外 国 文 学 名 著 丛 书

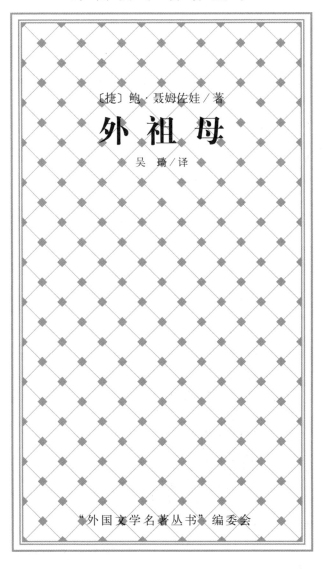

〔捷〕鲍·聂姆佐娃／著

外 祖 母

吴 琦／译

"外国文学名著丛书"编委会

人民文学出版社
PEOPLE'S LITERATURE PUBLISHING HOUSE

B. Němcová
BABIČKA
据 Státni Nakladatelství Dětské Knihy，Praha，1954 年捷克文版原书译出

图书在版编目（CIP）数据

外祖母/（捷克）鲍·聂姆佐娃著；吴琦译. —3 版. — 北京：人民文学出版社，2021（2022.2 重印）
（外国文学名著丛书）
ISBN 978-7-02-016213-0

Ⅰ.①外… Ⅱ.①鲍…②吴… Ⅲ.①长篇小说—捷克—近代 Ⅳ.①I524.44

中国版本图书馆 CIP 数据核字（2020）第 069671 号

责任编辑	刘　彦
装帧设计	刘　静
责任印制	王重艺

出版发行	人民文学出版社
社　　址	北京市朝内大街 166 号
邮政编码	100705
印　　刷	河北新华第一印刷有限责任公司
经　　销	全国新华书店等
字　　数	295 千字
开　　本	850 毫米×1168 毫米　1/32
印　　张	14.125　插页3
印　　数	4001—7000
版　　次	1957 年 11 月北京第 1 版 1998 年 2 月北京第 3 版
印　　次	2022 年 2 月第 2 次印刷
书　　号	978-7-02-016213-0
定　　价	55.00 元

如有印装质量问题，请与本社图书销售中心调换。电话：010-65233595

鲍·聂姆佐娃

出 版 说 明

人民文学出版社自一九五一年成立起，就承担起向中国读者介绍优秀外国文学作品的重任。一九五八年，中宣部指示中国科学院文学研究所筹组编委会，组织朱光潜、冯至、戈宝权、叶水夫等三十余位外国文学权威专家，编选三套丛书——"马克思主义文艺理论丛书""外国古典文艺理论丛书""外国古典文学名著丛书"。

人民文学出版社与中国科学院文学研究所，根据"一流的原著、一流的译本、一流的译者"的原则进行翻译和出版工作。一九六四年，中国社会科学院外国文学研究所成立，是中国外国文学的最高研究机构。一九七八年，"外国古典文学名著丛书"更名为"外国文学名著丛书"，至二〇〇〇年完成。这是新中国第一套系统介绍外国文学作品的大型丛书，是外国文学名著翻译的奠基性工程，其作品之多、质量之精、跨度之大，至今仍是中国外国文学出版史上之最，体现了中国外国文学研究界、翻译界和出版界的最高水平。

历经半个多世纪，"外国文学名著丛书"在中国读者中依然以系统性、权威性与普及性著称，但由于时代久远，许多图书在市场上已难见踪影，甚至成为收藏对象，稀缺品种更是一书难求。在中国读者阅读力持续增强的二十一世纪，在世界文明交流互鉴空前频繁的新时代，为满足人民日益增长的美好生活的需要,人民文学出版社决定再度与中国社会科学院外国文学研究所合作,以"网罗经典,格高意远,本色传承"为出发点,优中选优,推陈出新,出版新版"外国文学名著丛书"。

值此新版"外国文学名著丛书"面世之际,人民文学出版社与中国社会科学院外国文学研究所谨向为本丛书做出卓越贡献的翻译家们和热爱外国文学名著的广大读者致以崇高敬意!

"外国文学名著丛书"编委会

二〇一九年三月

编委会名单

目　次

译 本 序

　　鲍日娜·聂姆佐娃是捷克十九世纪一位伟大的现实主义作家,同时也是捷克近代散文文学的奠基人。她的著作非常丰富,有游记、民间传奇、童话、短篇小说和长篇小说数十种,都是捷克文学中的珍贵遗产。她的名著《外祖母》不仅在她的祖国是家喻户晓的百科全书,即使在世界文坛上也久负盛名,已有四十余种文字的译本,成为人类文化中一块瑰宝了。

　　对于《外祖母》,捷克当代著名学者,前科学院院长尼耶德利曾在《论聂姆佐娃》一文中说过这样一段话:

　　"聂姆佐娃的著作的确是捷克十九世纪最优秀的文化遗产中的一部分。如果我得从捷克文学中选出少数几部作品的话,我现在还不知道应该挑选哪一些,但《外祖母》肯定是其中之一。这部作品是千百万人都会珍视的。……即使对那些还不知文学和艺术为何物的儿童来说,《外祖母》也是那样一部美丽而迷人的完美读物。……当我们开始理解什么是真正的艺术的时候,《外祖母》又映现在新的光辉之中,它是一部奇美的真正的艺术作品。……我每次重读时,我的新的生活经验又使我从那里发掘出新的美、新的真理、新的智慧。"

　　这是尼耶德利对《外祖母》的热情讴歌,实际上也代表了捷克人民对它的共同评价。

聂姆佐娃于一八二○年二月四日生于当时奥地利帝国首都维也纳。母亲是捷克人,父亲杨·邦柯是奥地利的日耳曼人。聂姆佐娃出世后,父亲在一家贵族爵府里找到一个马车夫领班的职位,全家才迁到捷克斯卡里采附近的拉笛博日采村。聂姆佐娃在这里度过她的童年,并且在斯卡里采受了她一生中所受的唯一学校教育——小学教育。

聂姆佐娃的一生是凄凉而又光辉的,她同时兼有“殉难者”和“战士”的命运。她一出世就遭到母亲的白眼,因为她违反了十五岁的母亲的愿望,在母亲结婚之前就降生了。芭蓉卡①的童年过得很寂寞,直到外祖母玛·诺沃特娜迁来,才得到了她渴望已久的抚爱。关于她童年的生活、她对外祖母的热爱和崇敬,后来都一一写进了《外祖母》一书之中。

一八三七年聂姆佐娃十七岁的时候,凭父母之命嫁给一位比她大十五岁的海关税务官约·聂麦茨。聂麦茨当时是一个爱国主义者,但聂姆佐娃和他在一起并未享受到家庭幸福。因为她具有一颗高尚的心灵,不能安于那种平庸的生活。十二年后,她在给丈夫的信中坦白地承认了这一事实。信中说:

“从童年时代起,我的心灵就一直在渴望教育,渴望一种我在周围看不到的最崇高、最美好的东西,厌恶一切庸俗和粗暴的东西。这不仅是我的幸福,而且是我的痛苦;这是我们破裂的原因。我的心灵渴求人的爱抚,我需要爱情,就像花朵需要露珠一样,我一直在寻找着自己所感受的那种爱情,然而这一切都是徒劳的。”

①　聂姆佐娃的小名。

2

这封信简直就是聂姆佐娃整个灵魂的剖白,它不仅说明了她通过亲身的痛苦经历深刻地体会到妇女地位的低下,使她后来成了为妇女自由与权利而斗争的积极战士,更重要的是,它给我们提供了探讨聂姆佐娃文学活动的线索。她的文学活动一开始就带着鲜明的目的,她想通过这条途径来鞭挞她所厌恶的"一切庸俗和粗暴的东西",探求她所渴望的"最崇高、最美好的东西"。

一八四二年,聂姆佐娃迁居布拉格,在浪漫主义诗人赖贝斯基①的影响下开始写诗。不久她改写童话,在各种刊物上发表,后来集成《民间传奇与故事》七卷。在这些作品中,聂姆佐娃表现了她对人民的热爱和对被压迫者的权利与妇女的自由的追求,同时也意识到"在这个社会里,一般劳动人民还未被算在民族之内"。她的童话集出版后,在小市民阶层中引起了强烈的反对,原来聂姆佐娃在他们那种平庸猥琐生活的死水潭中投下了一块巨石,打破了他们的安宁。由此她才知道,并不是所有自称为爱国主义者的人都是站在人民一边的。

后来,聂姆佐娃先后在多玛日利采、伏雪鲁普、韵堡采等地居住,广泛地接触了贫民生活。伏契克说:"聂姆佐娃和穷人的关系并不是绸缎与破布片的关系,而是一个衣着褴褛的人和与她相似的人们的关系。她不仅感觉到自己是他们中间的一个,而且她和他们一样。"聂姆佐娃不只是看到了贫民的悲惨生活,还意识到必须改变他们饥饿和无权的状况。在她给女友卡·斯坦柯娃的信中有这样一段话:

① 赖贝斯基(1818—1882),捷克浪漫主义诗人,文学评论家兼翻译家。

"你不会理解穷人的贫困。请相信我:任何一个老爷宠爱的小狗都不会吃这些穷人不得不吃的东西。但就是这样的食物他们有的也不多。有多少金钱浪费在各种愚蠢的事上,有多少金钱在打牌时输掉,又有多少金钱挥霍在漂亮的装束打扮上!但是有的人却在饿死!正义啊!基督的爱啊!看到了吧,这就是将要改善人类生活的进步业绩!每逢我想到一切是怎样安排的,而一切又应该是怎样安排的,一种希望就抓住了我:走到这些不幸的人跟前去,向他们指出需要到什么地方寻找正义。'狗被锁链缚着,扒手得意扬扬,狗一挣断锁链,扒手也就完蛋。'"她当时发表的许多作品,如《多玛日利采近郊的图画》《寄自多玛日利采》《主妇闲谈》和《木采莱的奇迹》等,都是通过艺术形象阐明了她这种思想。

一八四八年,意大利和法国革命的浪潮席卷了整个欧洲,在这个暴风雨般的年代,聂姆佐娃以战士的姿态出现在农民中间,向他们讲解欧洲的时局,鼓动他们奋起反对哈布斯堡王朝的黑暗统治。当政府当局宣布宪法上规定的自由权利以示让步,各城市居民受到迷惑而雀跃狂欢的时候,聂姆佐娃发表了《农民的政策》,提出严正抗议。她痛心地问那些狂欢的大人先生们是否想到过,工人们为了遵照警察局的命令表示庆祝,把自己仅有的钱买了蜡烛①,而全家人却在忍饥挨饿。

同年布拉格六月起义爆发时,聂姆佐娃热情地从乡下奔向布拉格。起义失败后,聂姆佐娃并未失望,她参加了当时的进步组织"捷克摩拉维亚兄弟会",继续寻求她的"人类真正

---

① 当时警察局命令全城张灯结彩庆祝,贫民至少也要在自家窗台上点四支蜡烛,否则要砸破窗户。

博爱"的道路。

一八五〇年,聂姆佐娃又迁居布拉格,此后,除了曾到匈牙利和斯洛伐克去旅行外,她一直没有离开过那里。聂姆佐娃的晚年生活是十分困难的。在社会上她遭到反动势力的恶毒攻击,被诬为"危险的妖妇,恶劣的母亲",并受到警察监视,处于孤独的境况。但聂姆佐娃并未因此而气馁,她仍然积极参加社会活动。当伟大的爱国诗人哈夫利切克①出殡时,她违抗警察的禁令,向诗人献上了用荆棘编成的花冠。在经济上她也非常拮据,甚至连出门穿的皮鞋也没有。后来诗人哈莱克②回忆此事时说,捷克民族应该为此感到羞耻。暮年丧子使聂姆佐娃十分痛心,在贫病交迫的情况下,于一八五四年春执笔写《外祖母》,六月完篇,翌年出版,只得到一百五十八块金币的稿酬。聂姆佐娃于一八六二年一月二十一日逝世。

聂姆佐娃的名著《外祖母》不仅是捷克文学的一颗明珠,而且是捷克人民在民族灾难深重的漫长黑暗时代的一盏明灯,它给了捷克人民希望与力量。因此,要了解《外祖母》在捷克文学中的巨大时代意义,还须简单地介绍一下当时的背景。

捷克民族具有胡斯革命运动的光荣传统。十五世纪,捷克人民为了保卫民族的独立和生存,曾在胡斯革命运动中的民族英雄杨·日希卡的率领下,长期浴血奋战,先后击

---

① 哈夫利切克(1821—1856),捷克著名的爱国诗人兼记者,著有长诗和讽刺诗等。
② 哈莱克(1835—1874),捷克诗人,小说家兼戏剧家。

败了罗马教皇和神圣罗马帝国皇帝组织的五次十字军征伐，在捷克史上写下了光辉的一页。十七世纪初，在反对奥地利帝国哈布斯堡王朝的"白山战役"中失败后，捷克民族从此沦于日耳曼民族的奴役之下，长达三百年之久。在哈布斯堡王朝野蛮的统治时期，统治者曾在捷克强制推行日耳曼化，焚烧捷克文学书籍，放逐著名学者，禁止使用民族语言，使这个民族濒于灭绝的境地。这就是捷克民族史上悲惨的"黑暗时代"。

从十八世纪末到十九世纪中叶，随着资本主义的兴起，捷克开始进入了争取独立的"民族复兴时期"。当时，具有爱国主义精神的资产阶级知识分子都把争取恢复捷克语言的合法地位作为争取独立的一种手段，他们有的编写捷文字典、语法和捷克民族史，有的收集民歌和民间传奇，但由于当时捷克文字已被人遗忘，处于湮灭境地，初期有些著作甚至是用德文或拉丁文写成的。直到聂姆佐娃这一代，才彻底冲破前人的条件限制，开始用自己民族的语言（即城乡贫民的语言）进行创作。而聂姆佐娃在捷克文学史上的功绩，就在于以自己大量绚丽多彩的著作，为捷克近代散文文学奠定了基础。

聂姆佐娃的《外祖母》描写的正是这一特定的历史时期。当时捷克社会情况是非常复杂的：贵族、地主、官僚都是日耳曼人。捷克城市上层生活也已经完全日耳曼化，软弱的捷克资产阶级又不能提出自己明确的政治纲领，只是躲在哈布斯堡王朝的卵翼下乞求自己的所谓"民族权利"，而广大城乡劳动人民则在民族和阶级的双重压迫下呻吟，并且被排除在"民族"之外。因此，当时捷克社会给觉醒的爱国知识分子提出了一个十分迫切的问题：捷克民族是否还存在，谁是捷克民族的真正代表？就是在这种情形下，伟大的现实主义作家聂姆佐娃以大无畏的革命精神站在时代的前列，通过自己的《外祖母》对这个重大的社会问题作了科学的回答。她明确地向世界宣告：捷克民族尚未被灭绝，捷克民族的语言、传统和风俗习惯都完整地保存于民间，只有城乡劳动人民才是"捷克民族的核心"，才是捷克民族的真正代表！聂姆佐娃笔下的外婆以无比高尚的道德精神力量压倒了现实生活中的主人公爵夫人，成为拉笛博日采山谷的"灵魂"，这实际上就点明了《外祖母》一书的主题思想：捷克人民才是捷克土地上的主人！

《外祖母》写的是聂姆佐娃的外婆玛·诺沃特娜颠沛流离、含辛茹苦的一生。然而作者并没有给外婆写传记，更没有局限于真人真事；相反，作者用人民大众艰苦的生活经历和智慧，丰富了外婆的形象，把她塑造成一个具有劳动人民各种优良品德的光辉典型。外婆的形象是捷克劳动人民品德与智慧的化身。

从结构上来看，我们可以看出作者除力求创造出一个光辉的劳动妇女形象外，还有一个重要的目的，那就是描绘出一幅"捷克农村生活的图画"。小说是从外婆搬到女儿家度晚年开始的，除第六章魏克杜儿卡的故事外，其余各章都是通过外婆的日常活动来介绍劳动人民之间的纯朴友爱的关系、拉笛博日采山谷四季美景的变化、民间的风习和节日。作者通过这些细腻的描绘把读者领进捷克农村，使其与他们共同呼吸，乐其所乐，忧其所忧，从而变成他们的朋友，并深刻地认识到：捷克人民是勤劳、朴素、勇敢和友爱的人民。他们热爱自己的祖国，拥有悠久的历史传统、优美的民族语言，以及良好的风俗习惯,这样的人民完全有独立于世界民族之林的能力!

初看,作者笔下的拉笛博日采山谷的确是一个富有诗意的世外乐园,在那里人们完全生活在和平与友爱之中。然而,作者并没有把生活理想化,魏克杜儿卡的凄凉的歌声还不时打破这儿的宁静;如果我们再把克瑞斯特娜和米拉的遭遇联系起来看,那么,我们就会看到,在这个美好的小天地里还存在着另一种人,他们在摆布并威胁着这些善良人的命运及其和谐的生活,那就是贵族爵府及其帮凶。第六章在结构上虽然是独立的,但它是全书的一个有机的组成部分,作者通过魏克杜儿卡的悲惨命运,向当时不合理的社会制度提出了强有力的控诉。魏克杜儿卡的遭遇不是一般的情场失意,而是罪恶社会所造成的结果,如果外婆不营救克瑞斯特娜,她也会变成魏克杜儿卡第二,变成爵府匪徒的牺牲品。

值得特别注意的是,作者通过外婆的嘴谴责了爵府的表面豪华,而实际上空虚无聊的生活。作者两次借公爵夫人之口赞美外婆:"这女人真幸福啊!"用尼耶德利的话来说,这是作者对贵族生活的全盘否定。

在聂姆佐娃的作品中,除了享有盛誉的长篇小说《外祖母》之外,还有著名的短篇小说《野姑娘芭拉》《穷人》《庄园内外》《善良的人》和《老师》等。本书选收的《野姑娘芭拉》和《善良的人》是作者晚年的绝唱,它们真实地反映了当时捷克农村的风貌,深刻地揭示了社会矛盾和民族矛盾,充分地表达了作者忧国忧民的伟大情怀,成为捷克民族在遭受日耳曼异族压迫的那个漫长的黑暗时代的一面镜子。此外,这些作品中的曲折动人的爱情故事,浓郁的生活气息,生动朴素的群众语言和独特的民族风格,也赢得了捷克人民的喜爱。

吴　琦
一九八〇年三月于北京

外　祖　母

以一切尊敬的名义献给

高贵的夫人

高尼茨的叶列奥诺拉伯爵夫人①——

星形十字勋章获得者

许多慈善机关的委员

鲍日娜·聂姆佐娃

高贵的夫人：

这是一种习惯，每当我们送亲人出门时，我们总要将自己的祝福送给他，让他带上征途。

连我在把孩子——我幻想的朴实之子——送到世上时，也要在他额上印上那早为民族所敬所爱的名字来祝福他——我用了现在被尊敬得如同人民的保护者的名字，一切善和美的支持者的名字，您的名字，高贵的夫人！

我不知道能给他什么比这更好的祝福了。

从这里你可以看到，穷人并不完全如同我们所想的

---

① 叶列奥诺拉伯爵夫人(1809—1898)，她首次将《外祖母》译成德文，但她的译本的命运现在不详。

那样可怜;事实上,他们比我们所想象的幸福得多,比我们自己幸福得多!

——古兹柯:《精灵骑士》①

① 卡尔·古兹柯(1811—1878),德国新闻记者、小说家和戏剧家,"青年德意志"的成员。《精灵骑士》是其小说。

4

这已经是很久很久以前的事了:我最后一次注视那和蔼而恬静的面孔,吻那布满皱纹的苍白脸颊,凝视那显现出多少善良和爱的蓝色眼睛;这是很久以前的事了:她那苍老的手最后一次给我画十字祝福!——善良的老人已经不在了!她早已在那冰冷的土地里安息了!

但对我来说,她并没有死!——她的形象连同她那丰富的色彩一齐深深地嵌入了我的灵魂,只要我活着,我都将活在其中!——假如我完善地掌握了画笔,亲爱的外婆啊,我会以另一个样子来描绘你的;然而这幅水笔速写的素描——我不知道,不知道,人们是否喜欢它!

但你常这样说:"世上没有一种能使谁都满意的人。"如果这本书还能找到几个读者,他们能用我描写你时的那种喜爱来读的话,那就足够了。

第 一 章

外婆有一个儿子和两个女儿①。大女儿在维也纳朋友家里待了许多年，就从他们那里出嫁了。二女儿后来又去顶了她的空缺。做手艺的儿子入赘到一个城里人家去，也已经成家立业。外婆自己住在西里西亚边境上一座小山村里，同年老的贝特卡在一所小木房里满意地过着日子；贝特卡是和外婆同年的人，在外婆的父母还在世时就在她家里帮工了。

外婆在自己的小木房里过得并不寂寞；对她来说，全村的人都是她的兄弟姐妹，他们也把她当作母亲和有主意的人，婚葬洗礼都少不了她。

这时，外婆突然接到一封大女儿从维也纳寄来的信，信上说，她丈夫已经在一位公爵夫人②家里做事了，这位公爵夫人在捷克有一个大庄园，而且离外婆住的那个小山村只有几里路远。又说，现在全家就要搬到那里去了，丈夫只有当公爵夫人在那里避暑时才住在家里。在信结尾时，她热诚地请求外

① 外婆名玛格达伦娜·诺沃特娜，是木匠杨·裘达的女儿，约生于一七七〇年。儿子名叫卡西巴尔，织布工人，生于一七九四年；两个女儿是指约汉卡和德莱日叶，后者是聂姆佐娃（即书中的芭蓉卡）的母亲；事实上，聂姆佐娃的母亲是外婆最小的女儿。
② 公爵夫人指卡德仁娜·雅汉思卡(1781—1839)。

婆搬到他们那里去,在自己女儿和那些已在盼望着她的外孙儿女身边度过自己的晚年。外婆哭了,不知道怎么办才好。一方面心里牵挂着女儿和那些还没有见过面的外孙儿女,可老习惯又使她离不开这所小木房和这些好朋友。毕竟还是自己的骨肉亲①,想见外孙儿女的渴望终于战胜了老习惯,外婆最后还是决定去了。她把自己的小木房连同全部家具都给了贝特卡,还不放心地说:"现在我还不知道会不会喜欢那里,要是不行,我还是回来死在你们身边。"有一天,当马车在小木房旁边停下,车夫瓦茨拉夫把她的漆花大衣柜,还有那时刻不能离手的纺车,装着四只绒毛小鸡的篮子和装有两只小花猫的布袋架上马车并扶她上车时,外婆却又哭得连眼睛也睁不开了。朋友们的吉利的送别话伴同着她走向新居。

老漂白场的人是多么地盼望和欢乐啊!——人们把外婆的女儿卜罗西柯娃太太那所孤单的住宅叫作老漂白场,它位于那优美山谷之中,是主人借给她家住的。孩子们过不了一会儿就跑到大路上去探望瓦茨拉夫是不是来了,逢人便说:"我们外婆今天要来了!"然后又彼此不断地争论着:"外婆到底是个什么样子的人?"

他们认识许多老婆婆,这些老婆婆的样子在他们脑子里都给弄混了,真不知道自己的外婆到底像谁。马车终于到了!"外婆来了"的叫声传遍了全屋;卜罗西柯先生、他的太太、手里抱着小娃娃的别佳、孩子们和两只大狗,苏尔旦和笛儿,全都跑到门前来迎接外婆。

从马车上下来了一个包着头巾、穿着农村服装的老婆婆。

---

① 直译:血不是水。捷谚:"血不是水,妈妈是妈妈。"意即自己的骨肉亲。

孩子们三人挤在一块儿站着,发呆地盯着外婆,连眼睛也不肯眨一下! 爸爸和外婆握手,妈妈哭着去拥抱她,外婆也同样地哭着吻了妈妈的脸。别佳把怀中那个胖乎乎的阿黛尔卡送了上去,外婆向她笑着,喊她小心肝,还给她画了十字。后来,外婆看见了其他的孩子,就用亲昵的声调喊着:"我的小心肝,我的小宝贝,我是多么想念你们啊!"可是,孩子们却垂下眼睛,像冻僵了似的呆在那儿,直到妈妈下了命令,他们才把自己玫瑰色的小脸蛋送给外婆去亲。他们真的不能想象呀! 怎么这个外婆和他们所见过的老婆婆全不一样呢? 这样的外婆他们是从来也没有见过的啊! 他们的眼睛盯着外婆再也不肯放了。外婆走到哪儿,他们就跟到哪儿,并且从头到脚地盯着她看。

他们赞美外婆身上穿的那件背后带有长褶纹的黑毛短袄和镶着阔花边的皱褶藏青呢裙子。他们也喜欢外婆用在白色大头巾下面压头发的红色绣花小头巾;为了可以更好地看清外婆长筒白袜上的红袜带和黑布鞋,他们全都坐到地上去了。外婆手里提着一个小草篮,魏林用手去揪那镶在篮子上的小彩布条,而两个男孩子中最大的杨呢,却在偷偷地掀起外婆的白围裙,因为他在那里摸到什么硬东西了。原来那是个大荷包呢。杨还想看看那荷包里面究竟有什么,然而,孩子中最大的芭蓉卡却把他推开了,还对他耳语着说:"你等着吧,我要告诉妈妈,说你要摸外婆的荷包了!"然而这耳语声毕竟是大了点——就是隔九重墙也都能听见。外婆察觉了,便停止跟女儿唠家常,把手伸进荷包里,说:"喏,你们瞧啊,这里什么东西都有!"于是把念珠、小刀、几块干面包皮、线头、两个糖做的小马和两个洋娃娃从荷包里掏了出来。最后两样东西是给孩子们的。当外婆把这些东西交给他们时,还说:"外婆还给你们带来了别的东西!"于是又从提囊里拿出苹果和彩蛋①,从布袋里放出小猫,从篮子里放出小鸡。孩子们高兴得跳起来了! 这外婆可真是个最好的外婆啊!"这是五月生的小猫,四种颜色,很会捉老鼠,养在家里最好。小鸡呢,都很驯,要是芭蓉卡教它们,它们会像小狗一样跟在她后面跑呢!"外婆刚一说完,孩子们马上就问这问那的,一点儿也不害臊,立刻跟外婆交成了好朋友。妈妈叫孩子们别老缠着外婆,好让她喘口气,可是外婆却说:"让我们快活快活吧,德莱思卡,我们在一起多高兴呀!"而孩子们呢,他们是听外婆话的。一个坐在外婆怀里,一个站在她背后的长椅上,芭蓉卡却站在她的前面,连眼睛也不眨地盯着她。一个奇怪外婆的头发为什么白得像雪,另一个又奇怪外婆的手为什么有许多皱纹,第三个却说:"外婆呀,您只有四颗牙齿了!"外婆笑了,摸着芭蓉卡棕黑色的头发说:"我是老了呀! 等你们老了的时候,也会变成另一副样子的。"然而,孩子们不能理解,他们白嫩的小手也会像外婆的那双老手生起皱纹来。

在头一个钟头里,外婆马上就赢得了外孙儿女们的心;当然,她自己的一切也马上交给了他们。外婆的女婿卜罗西柯先生,她从前跟他也没有见过面,由于他那可亲的热诚、漂亮的容貌以及脸上表现出的善良和诚实,就在第一次见面时他就赢得了外婆的欢心。只有一件事使外婆不高兴,那就是他不会说捷克话。据说,外婆从前某个时期里也懂德国话,但早

---

① 按照捷克旧俗,在复活节前,人们在空鸡蛋壳上描绘各种彩色图案,以供孩子们玩耍,这种风俗现在仍然保存着。

已忘了。外婆是多么希望能够和他说说话啊！使她高兴的是他还能听懂捷克话。外婆马上听出来了，家里的交谈是用两种语言，孩子们和女用人跟卜罗西柯先生说捷克话，而他却用德国话来回答他们，他们互相都能听懂。外婆希望日子久了自己也能听懂，暂时只好尽可能地用手势来帮忙了。

外婆几乎都不认识自己的女儿了。从前在她身边的时候，女儿可是一个快活的农村姑娘呀；而现在见到的却是一位衣着华丽、严肃寡言并带有上层社会习俗的太太了！这不是她的德莱思卡！——外婆马上看出了女儿的家和自己所习惯的完全两样。第一天因为欢乐和惊奇弄昏了头脑，可是，后来在这个家里就开始感到不自在和不舒坦了，要不是有这几个小外孙儿女，她真想马上回到自己的小木房里去。

德莱思卡太太虽然有她自己那一套上层社会的嗜好，可也不能因此而菲薄她，因为她确是一位十分仁慈而又贤惠的太太。卜罗西柯娃太太非常爱自己的母亲，也不愿把她从自己身边放走，因为这样她就得停止在庄园里的工作，她再也找不到一个像外婆这样的人，可以放心地把家务和孩子们托付给她。

当她看出外婆是那样想家时，心里有点不安了，但她马上就察觉到并猜出外婆是缺了什么东西了。有一天，德莱思卡太太开口了："妈，我知道您是做惯了事的，要是您整天只跟在孩子们后面转，那您就会想家了。您要纺点什么的话，楼上还有点麻；今年如果地里出活，我们会有很多麻的。要是您不嫌麻烦代我管管家，那就太好了。在庄园里那些缝呀煮呀的事花掉了我全部的时间，其他的事我只好托别人做了。现在请您帮我一把，一切您就照自己的意思办吧。"

"只要你自己觉得方便，我真愿这样做。你知道，我是做惯了活儿的呀。"外婆满腔高兴地回答说。就在那天她爬上楼去看了麻，第二天，孩子们就平生第一次看见外婆在纺车上纺麻线了。

外婆在家务中最关心的是烤面包。她最看不惯女用人那样毫无敬意地对待上帝的礼物①，面粉进出钵子和烤炉时，就好像手里拿着的是块砖，连十字也不画一个。外婆自己呢，在发面之前，就用木勺子在钵口上画个十字，以后就这样重复地画着，从面粉到手直到做成面包放到桌上为止。她还不许多嘴的人走近她，说是怕把她的"上帝的礼物冲了"，就是魏林在烤面包时走进厨房，也不忘记该说声"上帝祝福"！

在外婆烤面包的时候，外孙儿女们就过节了。每个人都能得到一个薄烤饼或是李子和苹果馅的小面包卷，这些点心他们可从来也没有得到过呀。但是，可得注意面包屑啊！"面包屑应该扔进火炉里去。"当外婆把面包屑从桌上扫起来并把它扔进火炉时，老爱这样唠叨着。如果孩子中有谁把面包屑撒在地上而让外婆看见了，那她马上叫他捡起来，说："踩面包屑可不行，听说让祖先知道了，都会在净界里哭泣呢。"谁切面包切得不平，她看见了也不高兴："谁不能平正地对待面包，就不能公正地对待人。"有一次，耶尼克②要吃面包皮，请外婆从一边削，外婆不肯，说："你难道没有听说过，斜削面包就是削上帝的脚后跟吗？该怎么切就怎么切，你别学着在吃上要花样啦。"耶尼克小先生也只好放弃自己的新奇

----

① 指面粉，按宗教观念，粮食是上帝赐予的，故粮食有上帝的礼物之称。
② 杨的爱称。

吃法。

　　不管哪里丢下了孩子们吃剩的面包,即使是面包屑,外婆也都要捡起来放进大荷包里;当她走到水边时,就把面包屑扔给鱼吃;当她和孩子们一起散步时,就把它揉碎扔给蚂蚁或林中的鸟儿吃。总之,她是不肯糟蹋一口小面包的,并且还时常提醒孩子们说:"你们要尊重上帝的礼物呀,没有它就坏啦,谁不尊重,上帝就要狠狠地惩罚他。"如果孩子们把面包掉到地上了,为了请求恕罪,必须捡起来吻一下;就是一粒小豌豆掉了,外婆也会拾起来,很隆重地把它放进小酒杯里,然后再虔诚地吻一下小酒杯。这些礼节外婆全都教给孩子们了。

　　假如路上有一根小鹅毛,外婆马上就指着它说:"芭蓉卡,捡起来!"芭蓉卡在这种时候大多懒得动,便跟外婆说:"外婆啊,一根小鹅毛算什么呀?"这一来外婆马上就教训开了:"你得明白呀,孩子,积少成多,积沙成塔嘛!你要牢牢记住一句成语:好的管家婆会翻过篱笆去捡根小鹅毛。"

　　卜罗西柯娃太太房里有新式家具,而外婆却非常不喜欢。她觉得那些雕空花的靠背弹簧椅子是不好坐人的,坐下怕给弹了起来,靠着又当心把椅子弄垮了。外婆平生只坐过一次长沙发;当她第一次坐下的时候,把弹簧压了下去,可怜的老外婆吓得差点儿没喊起来。孩子们笑她,坐在长沙发上弹动着,叫外婆也过来坐,说椅子不会垮的;可是外婆不肯去,说:"得啦得啦,谁要坐那样的跷跷板呀,那是给你们坐的。"

　　外婆也不肯在光亮的小桌上和橱子上放什么东西,她怕把那光滑的表面弄糙了;而那个摆设纪念品的玻璃橱,照外婆的说法,放在房间里简直是一种罪过。然而孩子们却非常喜欢绕着橱子跳呀蹦的,通常也要弄坏一两样东西,挨妈妈一顿狠骂。外婆在抱阿黛尔卡时，总喜欢坐在钢琴旁边，因为孩子要是哭了，外婆只要轻轻地按按音键，孩子就住口了。有时候，芭蓉卡教外婆用一个指头弹"这是马呀，这是马呀"①，外婆点点头，就跟着弹起来，并且老爱这样说："还有什么东西人没有想出来呀！简直都教人以为里面关着鸟雀了，唱得就像鸟雀一样。"

外婆没事总不上那间房里去。当她在屋里屋外真没事可忙的时候，便喜欢坐在自己的小房间里，她的房间是在厨房和仆人住房的旁边。

这间小房间是按着外婆的口味安排的。在大火炉旁边有一张长椅，靠墙是外婆的床；床后火炉旁边放着漆花大衣柜，靠第二堵墙就是芭蓉卡的床，她是跟外婆一块儿睡觉的。在房间中央放着一张三只脚的菩提木桌子，一只作为圣灵象征的小鸽子在桌子上空的天花板上悬挂着。在窗户旁边的一个角落里放着一架纺车和带有线团的卷线杆，纺锭插在线团之中，纺轮挂在钉子上。墙上挂着几张圣者画像，在外婆那张床的上面还挂着一个装饰着花朵的十字架。窗台上花盆里的肉豆蔻和香堇长得绿油油的，旁边挂着的几只布袋里装满了各种各样的草根、菩提树花、丁香花、雏菊以及其他类似的东西，这就是外婆的药铺。房门背后挂着一个小锡圣水盆。桌子抽屉里装满了外婆的针线、《圣经》、十字路②、准备纺的麻团、主显节的粉笔和避雷小蜡烛③。小蜡烛外婆总是放在手边的，

① 捷克一首民歌的头两句，歌名与此相同。
② 一种表现耶稣受难的歌曲和祈祷文。
③ 主显节的粉笔是在主显节时用以在门上画十字的粉笔，见书中描写。避雷小蜡烛，民间迷信，认为受神甫抚触过的小蜡烛可以避雷。

遇到暴风雨时就点着它。在火炉上放着火绳和打火石，虽然全家都用装有硫黄的小瓶子来点火，然而外婆却碰都不想碰一下这鬼东西。她只用过一次，可不知怎的把她那件已经穿了二十五年的围裙也烧着了，外婆自己差点儿没给吓死。从此以后，她再也不碰那只小瓶子了，自己立刻做好了火绳。孩子们拿废布来做引火绒，将尖头放在磷里蘸蘸，就做好了火柴。当外婆有了自己用惯的打火器来引炉时，才完全安心地去睡觉。孩子们非常喜欢干这种差事，每天都要问外婆是不是需要火柴，说他们可以多做一些。

在外婆的小房间里，孩子们最喜欢的还是她的那个漆花大衣柜。他们喜欢看那箱底上画着的带有黄叶的蓝青两色的玫瑰花、蓝色的水仙花和花丛间那些红黄色的小鸟儿；但是，他们最高兴的还是外婆打开衣柜的时候。可看的东西可真多啊！柜盖背面上贴满了画和祈祷文，这些都是从庙会上得来的礼物。那个小抽屉里又装着什么呀！里面装着家谱、女儿从维也纳寄来的信件，还有一个装满了银币的小布袋。这些钱是孩子们寄给她买点好吃的用的，为了留作纪念，她一块也没舍得用掉，全都留下来了。在一个小木盒里装着五串人造宝石，一块刻有约瑟夫皇帝和玛丽叶·德莱日叶像的银币也串在一起。只要孩子们一要求，她就打开那木盒。当她打开的时候也老爱这样说："你们瞧呀，好孩子，这宝石是你们过世的外公在结婚时给我的，这块银币是我亲手从约瑟夫皇帝手里得来的。真是一个好皇帝呀，愿上帝赐给他永恒的光荣！喏，等我死了，这些东西就都是你们的了。"关上箱子的时候，也总爱加上这样一句。——"外婆呀，皇帝给您这块钱的时候是个啥样？说给我们听听吧！"有一次芭蓉卡央求说。

“以后你们再提醒我，我就说给你们听。”外婆回答说。

　　在大衣柜底下放着外婆的衬衣和外衣。所有这些裙子、围裙、夏装、紧身和头巾都是有条不紊地放着，最上面放着两顶浆硬的白布帽，后面还带有像小鸽子似的装饰。孩子们是不许往柜子里伸手的；外婆高兴时，她会一件件地拿出来，说："你们看呀，孩子们，这件裙子我已经穿了五十年啦，这外套是你们老老祖母穿过的，这围裙跟你们妈妈年纪一样大，一切都像新的一样。可你们的衣服一穿上身就破了。因为你们还不知道，金钱是多么宝贵！你们看，这件绸外套值一百块金币，那时候的纸币可值钱啦！"外婆就这样继续唠叨着，孩子们悄然无声地听着，真好像他们全听懂了似的。

　　卜罗西柯娃太太虽然好意地请外婆换件舒服的衣服穿穿，可是外婆就连身上最小的花边也没有换一点儿，而且唠叨着说："要是我也穿起时髦衣服来，上帝一定会惩罚我这个老婆子的，我才不穿那些奇装异服呢，我的老脑筋已经改不过来啦。"她照旧穿着自己的衣服。家里一切事情很快就按着外婆的话做了，每个人都喊她"外婆"，而外婆的一言一行也都是无可非议的。

第 二 章

　　夏天,外婆四点钟起床,冬天五点。她起床后的第一件事就是画十字和吻念珠上的十字架。这串念珠她是随时都带在身边的,夜里就把它放在枕头下面。然后她嘴里叨念着上帝就爬起床来,穿衣,洒圣水,搬纺车,纺线,同时还愉快地唱着晨歌①。她自己,这可怜的老人,已经没有什么瞌睡了,可是她知道睡眠是多么地甜蜜,希望别人都睡得很香。在她起床大约一个钟头之后,你才听到拖鞋向门外走去的嗒嗒声,第一道门开了,第二道门也响了,外婆在阶沿上出现了。就在这一瞬间,鹅在舍里叫了,跟着猪和母牛也都叫喊起来;母鸡在振着翅膀,一些小猫也不知从哪儿跑来,绕着外婆的脚边直蹭。两只大狗从窝里跳了出来,伸了伸懒腰,一个箭步就蹿到外婆的身边;假如她事先没有防备这一招,它们一定会把外婆撞倒,并把她手中的鸡食篮子打翻的。这些小动物就这样地喜欢外婆,外婆也非常喜欢它们。谁要是无缘无故地折磨动物,哪怕是一条小虫子,让她看见了,也会倒霉的。"有的动物对人有害,有的对人有用。杀是可以的,喏,那你就好好地杀得了,只是不该折磨它们。"她常这样说。就是杀只鸡,孩子们

---

　　① 　一种宗教歌曲,在清晨默唱。

16

也不许看，原因是怕他们可怜了鸡而使它很难断气了。

不过，有一次她对那两只狗，苏尔旦和笛儿，却发了很大的脾气。她那次气生得可是有理呀！原来它们偷偷地钻进了鸡舍，一夜工夫把十只活泼泼的小黄鸭统统咬死了。当早晨开舍那会儿只有一只鹅和三只剩下来的小鸭跑出来时，外婆的手都无力地垂下来了。鹅在惊叫着，像在为自己被谋杀了的孩子们鸣冤，因为这些小鸭是它代替它们那永远游荡的母亲孵出来的。外婆本来怀疑干坏事的是黄鼠狼，可是根据脚印却证明是狗干的。狗该是忠实的守护者呀！外婆简直不敢相信自己的眼睛了。而它们呢，就像没事儿一样，照样跑来讨好，这一点最使外婆生气了！"滚开，你们这些坏种！小鸭子又碍了你们什么事？难道你们饿了？不饿！你们只是任性才这么干的！给我滚开，我再也不要看见你们！"两只狗全耷拉着尾巴，困惑地爬进窝里去了；外婆也气得忘了现在时间还早，就跑进女儿房里去，把自己的痛苦诉给她听。

卜罗西柯先生看见满眼含泪、面色苍白的外婆跑进房里来，以为不是贼偷了东西就是芭蓉卡死了。当他听完了事情的原委，就忍不住要笑外婆了！几对小鸭对他来说算得了什么呀！他没有孵过小鸭，也没有看见过小鸭子是怎样从蛋壳里往外啄的，更没有见过，当它们在水里游泳，小脑瓜儿插进水里、小爪子在上面划时，是多么迷人。卜罗西柯先生关心的只是几块烤鸭罢了！然而他也得支持权利和正义的要求，于是便提起木棒跑到外面教训狗去了。当外婆听见外面的狗嗥声，赶忙掩住耳朵，想道："嗥有什么用？！活该！让它们好好地记住！"可是，一个钟头两个钟头以后，狗还没有爬出窝时，她又忍不住要去看看，是不是打得过狠了。"事情已经做了就算了,这只是哑嘴巴的畜生呀!"说着就向狗窝里探望。狗开始细声地哼了,痛苦地望着她,几乎用腹部爬向她的脚边。"现在后悔了吧,啊?懂吗,对付流氓就该这样!好好记住吧!"狗真的记住了。从此以后不论什么时候,只要鹅或鸭子摇摇摆摆地走进门时,它们情愿把眼光转向别处或者干脆跑开,就这样它们又完全赢得了外婆的喜爱。

外婆喂家禽的时候,如果女用人们还没有起床,她就叫醒她们。六点以后,她才走到芭蓉卡床前,轻轻地拍拍她的额头——说什么这样灵魂可以先醒过来——同时轻声喊着:"起来,小姑娘,起来吧,是时候了。"帮她穿好衣服,然后又去看别的小家伙是不是起床了;假如这个或者那个还在床上赖着不肯起来,她就轻轻地拍拍他的小背脊喊着:"起来,该起来啦,公鸡都到垃圾堆那边跑过两趟了,你还在睡觉,怎么不害臊呀?"她帮着外孙们洗了脸,然而给他们穿衣服却是件大麻烦事。她简直分不清那些扣儿、带儿、裤上衣上的小装饰是怎么弄的,总是把前面的东西穿到后面去了。等把孩子们的衣服穿好了,她就同他们一起在耶稣像前跪下,给孩子们画十字,默念祈祷文,然后再一起去吃早饭。

当家里真的没有什么重要事情的时候,冬天外婆坐在自己小房里纺线,夏天便把纺车搬到院子里的菩提树下,或者到果园里去,或者同孩子们出去散步。散步的时候,她还采集些药草,带回家晒干,保存起来以备不时之需。特别是过了圣杨·克西吉代尔①那一天以后,她常冒着露水去采集,据说那

---

① 捷克旧历上每日都排了人名,供洗礼时命名之用;本书所提到的这类人名,都指具体的日期。克西吉代尔指六月二十四日,即仲夏节。

时候的药草最好。有谁病了，外婆马上就能拿出准备好了的药草，苦味苣蓿管消化不良，龙芽草治喉咙痛，诸如此类；她自己一生从来也没有请过医生。

除此之外，克尔科诺谢山上一位老婆婆也常带些药草到她家里来，而外婆总要特别小心地购买很多。在每年秋天的一个特定的时候，那位老婆婆就来了，而且就在老漂白场过夜，白天夜里都受到外婆他们很好的招待。每年孩子们都从那位老婆婆那里得到一包治伤风的药，太太们便得到各种香料和苔藓①；此外，老婆婆还整晚地给孩子们讲雷伯尔楚尔的故事②，讲他是多么聪明啦，又在山上做了什么事啦。她还给孩子们讲雷伯尔楚尔搬到卡青山上卡青公主那儿去时的恐怖情形。可是，那位公主不让他在自己身边待很久，过一个时期又把他赶走，据说这时他要号啕大哭，直哭得山上所有的山沟都泛滥起来。当公主叫他来的时候，他是那样地高兴，那样地匆忙，以至把路上所碰到的一切东西都撞倒，连根拔起带走了。树连根拔起来了，石头从山顶上滚下来了，屋顶吹翻了，一句话，他所经过的路上的一切东西，上帝饶恕，就像被一个恶神扫平了。

卖药草的老婆婆每年都带来同样的草根和同样的故事，可是，孩子们总是百听不厌，而且总盼望着她来。只要草地上的秋水仙一开花，孩子们就说："喏，山上的老婆婆就快来了。"如果她来迟了几天，外婆就嘀咕着："老婆婆出了什么事啦？许是生病了，许是死了吧？"这样的谈话一直持续到那位

① 香料指燃之生香的材料；冬天乡下人用苔藓堵塞窗缝，也有香气。
② 一个民间传说。

老婆婆又背着药囊在院子里出现时为止。

外婆也时常跟孩子们到远一些的地方去散步,比如到猎人村、磨坊,或者到树林里去。在树林里鸟儿在悦耳地歌唱着,树木下的草地就像铺开了的软坐垫一样;在那儿还蔓生着许多喷香的铃兰、樱草、地钱、鸡冠花,一丛丛的瑞香和美丽的金百合。这时,脸色苍白的魏克杜儿卡给他们送来了金百合花,原来她看见他们在折花扎花束了。魏克杜儿卡脸色老是苍白的,眼睛就像两块黑煤似的在闪着光芒,乌黑的头发披散着,从来没有穿过一件好衣衫和说过一句话。在树林的边缘上耸立着一棵大橡树,魏克杜儿卡就整个钟头地站在那儿,凝视着山下的水坝。黄昏时,她来到水坝旁,坐在一个树桩上,看着水,唱着歌,要唱很久很久,直到深夜。"外婆呀,"孩子们问外婆,"为什么魏克杜儿卡从来没有一件好衣服,就连星期天她也没有穿过好衣服呀?为什么她从来也不说句话呢?"

"她疯了呀!"

"外婆,什么样的人是疯子呀?"孩子们问道。

"喏,就是神经错乱了的人嘛。"

"人神经错乱了会干什么呢?"

"比方说魏克杜儿卡吧,她不跟人说话,穿得很破,不论夏天冬天都住在树林里的石洞里。"

"夜里她也住在那儿吗?"魏林问。

"当然也住在那儿。你们总归听到过她在水坝那儿一直唱到深夜吧,然后,她就回到石洞里去睡觉。"

"她连鬼火和水鬼都不怕吗?"孩子们非常惊奇地问。

"才没有水鬼呢,"芭蓉卡说,"爸爸早就说过了。"

夏天，魏克杜儿卡很少来村子里讨饭，但在冬天却像乌鸦一样跑来敲门或窗子，然后只伸出一只手来，在得到一块面包或者别的什么之后，就无言地走开了。孩子们看到在那僵冻了的雪地里留下的她脚的血迹，便追着她喊道："魏克杜儿卡，回来吧！妈妈给你鞋呀，你可以住在我们家里！"但魏克杜儿卡连头也不回就逃到树林里去了。

　　在夏天美丽的夜晚里，当天空清澈而又晴朗，星星闪烁着光芒的时候，外婆喜欢跟孩子们坐在外面的菩提树下。那时阿黛尔卡还很小，外婆把她抱坐在怀里，芭蓉卡和男孩子们站在她的膝旁。别的站法是不可能有的，因为每当外婆开始讲什么，他们总要直接看着她的脸，好不让一个字眼儿溜掉。

　　外婆给他们讲光明天使，说他们住在天上，给人们送来光明；讲保护天使，说他们随时随地都在保护着孩子们。孩子们乖时，他们就很高兴；当孩子们不听话时，他们就都哭了。孩子们听了以后，都把自己的目光转向明净的天空，无数的星星在那儿闪烁着。有的小而暗淡，有的颜色美丽，大而明亮。"在这些星星里，哪一颗星星是我的呀？"有一天晚上杨问道。

　　"这只有上帝才知道。你也不想想看，在这几万万颗星星里哪能找着它呀？"外婆回答说。

　　"那些美丽的大星星是谁的呢？它们多亮呀！"芭蓉卡说。

　　"有些人做了许多好事，他们从来也没使上帝生过气，上帝特别喜欢他们，把他们挑选出来，这些星星就是那些人的。"外婆回答说。

　　"嗳，外婆，"当那断断续续的凄凉歌声从水坝那边传来，芭蓉卡又发问了，"魏克杜儿卡也有自己的星星吗？"

"有,可它已经昏暗无光了。现在咱们走吧,我带你们睡觉去,是睡觉的时候了。"当天已经完全黑下来时,外婆补充说。她和孩子们一起祷告"上帝的天使,我的保护者"①,再给他们洒洒圣水,才把他们放进小窝里去。年纪小的马上就睡着了;可是,芭蓉卡到好晚还把外婆叫到自己的床前来,请求她说:"坐在我这儿吧,外婆,我睡不着。"于是外婆握住外孙女的小手,开始和小姑娘一起祷告着,祷告着,直到她闭上眼睛为止。

外婆十点钟上床,这是她的睡觉时间,她完全是从眼皮上感到它的。到这时候,早上规定要做的事都做完了。在上床之前,她还要检查一遍,看看是不是所有的门都关好了,怕猫跑进房里吓了孩子们,便把它们喊到阁楼上关好,又用水浇熄火炉里的每个小火星,再把打火石和明子准备好放在桌上。如果要来暴风雨,她还得准备好避雷小蜡烛,用白头巾包好一块面包放在桌上,并吩咐女用人说:"你们可要记住呀,在起火的时候,应该抢救的第一件东西就是面包。这样做了,你们一生也不愁吃了。"

"外婆呀,这话可不吉利呀!"女用人们说,但她们这种话外婆是不爱听的。

"只有上帝是全能的,你们哪能知道呀。小心谨慎是万无一失的,你们要牢记住这句话。"

当一切都料理停当,她便跪在十字架前祷告着,然后再给自己和芭蓉卡洒一遍圣水,把念珠放在枕头下面,嘴里叨念着上帝就睡着了。

～～～～～～

① 祈祷文的开头两句。

第 三 章

　　假如一个习惯于大都市喧闹生活的人来到只住着卜罗西柯一家独户的那个山谷，他一定会这样想："这些人怎么能整年地待在这儿呢？除了玫瑰开花的时节，我才不愿待在这儿呢。上帝啊，这儿有什么快乐呀！"然而，这儿一年四季有着多少欢乐啊！在这低矮的屋顶下，幸福和爱情在不断地增长；只是有时候被环境所破坏，比方说，卜罗西柯先生出门进京城①去啦，或者家里有谁生病啦。

　　这所房子并不大，然而非常美观。在朝东的窗户附近蔓延着一片葡萄园，窗前有一个小花园，里面长满了玫瑰花、紫罗兰、木樨草、白菜、堇菜以及其他的蔬菜。东北边是座果园，在它后面是一片大草地，一直伸展到磨坊那里。小屋旁边有棵大梨树，它那茂盛的枝叶遮盖住了整个屋顶，顶檐下已有许多燕子筑了窝。院子中间有一棵菩提树，树下放有一张长椅子。在西南面还有一个存放杂物的小屋，杂草灌木从这儿向上一直伸展到水坝旁边。有两条路由此经过。一条是马路，向上沿河直达瑞森堡庄园和红山，向下可达磨坊，再沿河一直伸展到最近的一个小镇子，离这儿只有个把钟头的路。河是

————————

　　①　京城指维也纳，它是当时奥地利的京都。

狂暴的乌巴河,它从克尔科诺谢山起源,冲过悬崖绝壁,穿过狭隘山谷,一直奔流到平原,这才通畅无阻地流入易北河。河岸长满青草,河岸另一边是高耸的断崖,上面长满了各种树木。

在小屋前面,紧靠着花园,沿着水渠有一条小路,这条水渠是磨坊大爷从水坝那儿引来推磨的。水渠上有座小桥,把住宅和山坡连接起来,烤炉和烘干室就在对面的山坡上。冬天,当烘干室里的木架上装满了李子、苹果和梨子时,那杨和魏林就时常在桥上奔忙了;但他们做得非常小心,怕让外婆瞧见了。然而这又有什么用呢,只要外婆一走进烘干室,马上就知道少了多少李子和谁偷的了。"杨,魏林,过来!"外婆一走下山坡,马上就喊着他们,"我觉得,你们又在木架上添了些李子了吧?"——"没有,外婆。"孩子们红着脸争辩着。

"别说谎啦!"外婆威胁地说,"你们不知道,上帝在听着你们呢!"孩子们不吱声了,外婆也就明白了一切。孩子们对这件事感到非常奇怪,为什么只要他们干了什么,外婆马上就知道了呢? 可能是从他们的鼻子上看出来的吧? 因此,他们再也不敢在外婆面前隐瞒什么了。夏天,天气酷热的时候,外婆给孩子们脱得只剩一件衬衫并领着他们到水渠里去洗澡;但渠水可只许齐膝盖下呀,要不她害怕他们会被淹死。或者和他们坐在那块架在水面上的洗衣板桥上,允许他们把脚伸进水里去洗洗,和那些在水里来往如梭的鱼群逗着玩玩。黑叶的赤杨在渠水上面弯垂着;孩子们喜欢折断树枝,扔进水里,看着水把它们远远地冲走。

"树枝应该好好地扔进水里去,要不小草、树根会抓住它们,使它们在岸边停住,很久很久也不能淌到目的地。"外婆教训他们说。

"可是后来呢,外婆,淌到水闸就不能再往下淌了吗?"魏林反问了。

"可以再淌下去。"杨证明说,"你不知道,那一次我就是在水闸前面把一根树枝扔下水的。树枝先是在水面上打着旋儿,打着旋儿,后来就突然沉下去了,穿过水槽,跨过车轮,当我赶到那儿的时候,它已从水沟里淌到河里去了。"

"那后来又往哪儿淌了呢?"阿黛尔卡问外婆。

"从磨坊淌到日尼琪桥,从桥经过山坡淌到水闸,从水闸经过水沟又往下淌,经过巴尔威日山脚淌到啤酒厂,再穿过悬崖的大石头淌到学校,你们明年就要在那儿上学的。从学校经过水渠淌过桥,又经过草地淌到日俄莱,从日俄莱淌到雅罗姆尼什,再淌到易北河。"

"那再后来又往哪儿淌了呢?"姑娘问道。

"它沿着易北河淌了很久很久,一直淌到海里。"

"哎呀,淌到海里呀! 那——海在哪儿呢? 它又是个什么样子呀?"

"啊,海是很大很大的,有我们到城里一百倍那么长、那么宽。"外婆回答说。

"那——我那根树枝又会怎样呢?"小姑娘忧愁地问着。

"它会在海浪上翻滚着,海浪会把它送上岸来。有一天,许多大人和孩子经过海岸,其中一个男孩子拾起那根树枝想着:'小树枝呀,你是从哪儿淌来的? 谁把你扔进水里? 在很远很远的地方,一定有一个小姑娘坐在水旁,是她折断你把你扔进水里的吧!'那个男孩把它带回家,插进土里;小树枝将会长成一棵很好看的小树,小鸟儿将在它上面欢唱,小树就会很快活。"

小姑娘长长地叹了一口气,只顾发愣,把提起的裙子放到水里去了,这一来外婆又得为她拧干裙子。这时,猎人大爷恰好打附近过,便逗着阿黛尔卡说:"啊!成了一个小水鬼啦。"阿黛尔卡摇着红头发说:"才不是呢,没有水鬼的。"

每当猎人大爷打附近过时,外婆总是说:"歇歇吧,大爷,都在家里啦!"孩子们便一拥而上抓住他的手,把他拖到家里来。有时候,猎人大爷不肯坐,推说一窝小野雉就要孵出来了,现在他得去看看;或者推说要到森林里去或有别的什么事。可是,要是让卜罗西柯先生或者他太太看见了,管他愿不愿意,都得留下来坐坐。

卜罗西柯先生总爱在家里为亲密的客人准备一杯好葡萄酒,猎人大爷也是属于这种客人之列的。外婆马上端来面包和盐①,回回都是这样,而猎人大爷在这时也情愿忘记那窝要孵出来的小野雉了。后来,当他真的忘了时,他又狠狠地骂自己记性坏,马上就背起枪来要走。在院子里他又一个劲儿地骂狗。"赫克杜尔!"他大声地叫唤着,然而连狗影子也没有见一个,"又游阴曹地府去了!"他生气地咒骂着,孩子们这时都自告奋勇去找狗,它准是跟着苏尔旦和笛儿一起跑到哪儿玩去了。孩子们跑走了,猎人大爷只好暂时坐在菩提树下的长椅上。最后他总算上了路,可又停下来,喊着外婆说:"您也到我们上面去看看哪,我老婆已经为您准备好孵小鸡的鸡蛋了。"猎人大爷真是深知主妇们的弱点呀!——外婆马上就同意了,说:"给家里捎个好吧!我们会去的!"朋友们每一

---

① 斯拉夫民族风俗,以面包和盐为敬客之上礼。

次都是这样道别的。

猎人大爷，如果不是每天的话，隔一天一定要经过老漂白场一趟，全年如此，年年如此。

每天十点左右，在老漂白场小路上可以碰见的第二个人，就是磨坊大爷，或者更恰当点儿说这位被附近人们叫作老爷爷的，是一位很快活的人，而且也真会开玩笑。

原因是这样的，这位老爷爷老喜欢说俏皮话和开玩笑；可是，他自己却很少真笑过，只是做个鬼脸罢了。在他那双浓眉下面的眼睛总是闪射着快乐的光芒，愉快地看着世界。他是一个中等身材和有力气的人，一年到头穿着一条白裤子，有一次孩子们奇怪地问他为什么老穿这条白裤子，磨坊老爷爷告诉他们说，这是磨粉人的颜色。冬天，他穿着长长的皮袄和笨重的皮靴；夏天，他穿着蓝夹克、白长袜和便鞋，头上整天戴着一顶黑羊羔皮帽；不论天晴天雨，裤脚管总是卷起来的，还没有人见过他哪一次手里不拿着那个鼻烟盒呢。孩子们一看见他，马上就迎上去，向他道早安，然后就跟着他一起到水闸那儿去。在路上，老爷爷总是跟魏林和杨开玩笑，不是问："你知不知道黄莺坐着时鼻子朝哪方？"就是问："你知道牛的教堂①在哪儿？"或者问耶尼克会不会算用一毛钱换十合小麦做成的面包值多少钱。当耶尼克笑着答对了时，他就说："嗒，我早已看出你是个人才，在克那莫尔拉可以把你训练成一个呱呱叫的保长②。"他还常把鼻烟给孩子们闻，当他们一个劲儿地打喷嚏时，他又做开鬼脸了。阿黛尔卡一看见老爷爷，总

---

① 实指日俄莱的教堂，捷文"牛的教堂"与此同音，此是戏语。
② 克那莫尔拉是一个只有几户人家的小村子，那里根本就没有保长。

是藏到外婆背后去;她还不大会说话,而老爷爷每次都偏叫她跟着他说:"我们的三角形屋顶在所有的三角形屋顶里是最正三角形的!"而且要说得快,一连说三次,每次都这样惹她生气了。真的,这个可怜的小姑娘大多数时候都给逗哭了。因为老爷爷总是这样气她呀。然而她每次也都从老爷爷手里得到一小篮子杨梅或者杏仁或者别的什么好吃的东西。当老爷爷要特别讨好她时,还管她叫小红雀呢!

财主的看山人,瘦长的莫依瑞西,每天黄昏时也从老漂白场经过。他身材高得像根竹竿,脸很难看,肩上老搭着一条布袋。女用人别佳跟孩子们说,他是用这个布袋来装不听话的孩子的。打那时候起,孩子们一看见瘦长的莫依瑞西,就呆住了,小脸吓得像一张白纸。外婆虽然禁止别佳讲这种吓人的话;可是,当第二个女用人娥尔莎说莫依瑞西是贼,手指碰到的东西都偷时,外婆可没有责备过一句。这个莫依瑞西一定是个坏人,后来就连孩子们已不相信他的布袋装孩子时,他们也还是非常怕他。夏天,当公爵夫人住在庄园避暑时,大多数时候孩子们都能看见骑着马的美丽的公爵夫人和陪伴着她的老爷们。有一次,磨坊老爷爷一面看着公爵夫人,一面跟外婆说:"我觉得她就像扫帚星出现一样,后面还拖着一条长尾巴。"

"这可不同啦,老爷爷,扫帚星出现是主坏事,老爷们在这儿,老百姓可就好啦。"外婆回答说。

老爷爷习惯成自然地把鼻烟盒当作磨坊的小礤子在手指间滚动着,不置可否地做了个鬼脸。

克瑞斯特娜也时常在天黑的时候来看看外婆和孩子们,她是磨坊旁边那家酒店老板的女儿,是一个秀丽得像石竹、清新活泼得像松鼠、快活得像百灵鸟的小姑娘。外婆非常喜欢看见她，并管她叫"笑迷"，因为克瑞斯特娜是非常爱笑的。

克瑞斯特娜时常跑来聊聊天，猎人大爷也常来，磨坊老爷爷来了只待一会儿就走；磨坊大娘有时也带着纺车来老漂白场纺线，猎人大娘只来闲聊一会儿，因为她还抱着个孩子；但只有庄园总管太太降临到卜罗西柯家的时候，卜罗西柯娃太太才说："今天我们有贵客啦！"

这时候外婆总是带着孩子们跑开了。她虽然从来没有恨什么人的心肠，但这位总管太太她是看不惯的，因为她太装模作样了。当外婆刚到女儿家，跟周围人还不认识的时候，有一天，这位总管太太陪着两位小姐来了。卜罗西柯娃太太当时恰恰在山坡上有点什么事。外婆就只好按照自己的习惯请客人坐下，并端上面包和盐，诚心诚意地请这几位高贵的太太小姐吃。可是，高贵的太太小姐们皱着鼻子，带着轻蔑的神情谢绝了，说她们不吃，然后又讥笑地互相使个眼色，好像在说："你这个乡下佬呀，你把我们当作无足轻重的人了！"卜罗西柯娃太太一进屋就看出外婆做了违反上层社会习惯的事；客人走后，她便告诉妈妈说，以后千万别向这样的太太小姐们敬面包，她们是习惯了别的东西的。

"你说的什么呀？德莱思卡，"外婆愠怒地跟她说，"谁在我这儿不接受面包和盐，他就不配我端椅子来招待。你要怎么做随你的便，我是不懂得你们那些新派头的。"

在每年定期来老漂白场的客人中，首先应推卖货郎沃拉赫。他老是推着独轮车来，车里装满了甜食、杏仁、葡萄干、柿子、香水、橘子、柠檬、香皂以及类似的货物。卜罗西柯娃太太在春秋两季总要购买大批的东西，因此，卖货郎也总是暗暗地送一包糖给孩子们吃。外婆对他这一招儿感到特别高兴，时常这样说："这个沃拉赫是懂礼的，只有一点我不喜欢，就是公牛都能被他说成母牛①啦！"

有一个卖油郎也是一年来两次。外婆喜欢买他的油，常从他那儿买一瓶搽伤用的耶路撒冷香油，付钱时还另外送给他一块面包。

就是叫花子和犹太人来了，外婆也是满心仁慈和诚恳地接待他们；来的一般都是那些熟人，就好像他们已经和卜罗西柯家交上了朋友。只有当流浪的吉卜赛人一年一度在果园里出现时，外婆才害怕起来。她赶忙拿着面包跑到外面来给他们吃，并且常这么说："最好是把他们送到大路口上去。"

在这些常客中，贝尔大爷是孩子们和全家最欢迎的客人。他是克尔科诺谢山上的猎人，又是放运木材的管事，每年春天都下山来，管理沿乌巴河往下游放运木材的事情。

贝尔大爷是个又高又干巴、只剩皮包骨头的人。他有着一张可笑的长驴脸，一对明亮的大眼睛，一个突起的鹰钩鼻子，一头黄栗色头发和一部向下梳的大胡子。而瑞森堡的猎人大爷却是个有力气的红脸人，他只有一点儿小胡子，而且梳得很整齐；贝尔大爷的头发前面盖住额头，后面拖过衣领。这些区别孩子们马上就看出来了。瑞森堡的大爷总是用轻快的步伐走着路，而贝尔大爷走路就像跨沟一样。瑞森堡的大爷不穿那种齐膝以上的笨重皮靴，他有一支漂亮的猎枪以及皮带皮囊等，戴着一顶鸭嘴帽，上面还插着鹭毛；贝尔大爷穿着一身褪了色的衣服，猎枪上的皮带很厚，在绿色的礼帽上插着

----

① 指生意人会说话，会骗人。

大鹰、鸱鹰和鹭的羽毛。

　　这就是贝尔大爷的模样。孩子们第一次看见他就喜欢他了。外婆证明说,孩子们和狗一眼就能看出来谁喜欢他们,这次外婆又说中了。贝尔大爷的确是非常喜欢孩子们的。那个整天东碰西撞而被大家骂作野人的杨,现在变成他的小宝贝了。贝尔大爷说,这孩子将会长成一条好汉子,如果他喜欢打猎,他就要收他做徒弟。瑞森堡的猎人大爷也常来老漂白场玩,要是从山里来的猎人也在的话,他就说:"喏,怎么样,要是他想学打猎,我首先就要他,我的弗朗吉克也要学打猎的。"

　　"可别这样做呀,兄弟,这儿他家就在眼皮底下,而且,年轻人也该学会认识自己职业的艰难,而您这山下的猎人真是太舒服了,一点儿也不知道什么叫艰难。"猎人就这样开始叙述自己这一行的艰苦了:在冬天,他就讲暴风雪和大雪山,讲崎岖难行的羊肠小道,讲万丈深渊、漫山遍野的白雪和浓雾。他说他有好几次因为滑倒在冰冻的路上而陷入生命的险境,好几次因为迷了路,饿着肚子在深山里转了两三天,还不知道怎样才能走出这座迷宫。"在另一方面呢,"他补充说,"你们,山下人,才不知道夏天在山里有多美呢。雪融化了,山谷变绿了,花儿开放了,森林里充满了香气和歌声,而且这一切都是一下子出现的,像变魔术一样。这时最大的乐趣就是在森林里漫步,打野兽。一星期我要上斯聂什卡峰两次,当我看见太阳升起来,上帝的世界是那样清晰地呈现在我的脚下时,我可真不愿下山去了,这时我忘记了一切困难!"

　　贝尔大爷还给孩子们带来许多好看的结晶石,并告诉他们是在哪座山、哪个山洞里找着的;另外还给他们带来了像紫罗兰一样香的苔藓,还喜欢给他们描述美如仙境的雷伯尔楚尔花园,贝尔大爷曾经在一次可怕的风雪中迷路到过那里。

只要猎人大爷一来,孩子们就整天跟在他后面转,同他一起上水坝那儿去看放运木材,上木筏上去玩。第二天,当贝尔大爷告辞的时候,孩子们都哭了,还跟着外婆去送他一大段路;卜罗西柯娃太太总是准备许多食物,给他带在路上吃。"喏,明年再见了,你们保重吧!"告别之后,他就跨着大步走了。以后好几天里,孩子们都在讲着克尔科诺谢山上的奇景和恐怖,谈着贝尔大爷,他们又已经在盼着第二年的春天了。

第 四 章

除了周年性的许多节日之外,孩子们还特别盼望每一个星期天。在星期天,到了他们该起床的时候,外婆也不喊醒他们;原来,外婆那时早已在镇上的教堂里做早弥撒了,她和许多老年的婆婆一样做早弥撒已经成了习惯。爸爸在家的时候,妈妈和他也去做大弥撒,孩子们也跟着去;碰上好天气,孩子们还跟他们一块儿去接外婆呢。当他们从很远的地方一看见外婆,就大声地喊着,一窝蜂地向她拥去,就像一年没有看见她了似的。他们觉得外婆在星期天总有点儿不同,面容变得更明朗更慈祥了;身上穿着漂亮的衣服,脚上是黑色长筒袜,头上戴的是用浆硬了的白色缎带编成小鸽子似的白色便帽,鸽子坐在后颈上就像真的一样。孩子们自己说,外婆在星期天"真漂亮死啦"!——通常,当他们赶到外婆面前,每个人都想抢点东西拿着。一个抢到外婆的念珠,另一个拿着外婆的头巾,芭蓉卡最大,每次都由她提着小篮子。可是,孩子们还时常因此争执起来,原来是男孩子们好奇,总想看看小篮子里装着什么,而芭蓉卡又不肯让他们看,于是每次都得打一场官司,芭蓉卡向外婆告状,好让外婆去骂他们。可是,外婆不但不骂反而把手伸进篮子里去,不是给孩子们分苹果,就是分别的东西,这样一来,天下又重归太平了。卜罗西柯娃太太虽然每个星期天都说:"外婆呀,请您别再带东西了吧!"可是,外婆每次都这样回答:"从教堂里一点儿东西也不带给他们,这还像什么话。我们小的时候也不见得比他们强啦!"于是,一切仍然照旧。

跟外婆一道回来的还有一位大娘,那就是磨坊大娘,有时候,还有别的日尔洛夫村的大娘,日尔洛夫村就在磨坊附近。磨坊大娘穿着长裙和外套,戴着银色便帽。她是一个矮个子的女人,圆圆的脸上闪着一对快活的黑眼睛,有一个短小而塌陷的小鼻子、一张会说话的嘴、一个小小的双下巴。在星期天,她颈上还戴着一串小珍珠,平常只戴人造宝石。她手里提着一只小篮子,里面装着给家里买来的香作料。

在妇女们后面是老爷爷,通常是和其他的大爷们走在一起。要是天气热,他总是把那件淡灰色的外套用棍子挑在肩上。星期天,他穿着深齐小腿擦得发亮的皮靴,再上面就是孩子们所喜爱的流苏。他还穿着一条塞进皮靴里的狭筒马裤,头上戴着高大的黑羊羔皮帽,在帽子的一边还悬着几条蓝色的缎带。第二位大爷的装饰和老爷爷一样,只是他多穿了一件后面有褶纹并镶满大铅扣子的外套罢了。外套的颜色是绿色而不是灰色的,这正像老爷爷喜爱那磨粉人的颜色一样。

去做大弥撒的人欢迎着从教堂回来的人,从教堂回来的人又问候着上教堂的人。有时候他们在路上站住了,互相问这问那,日尔洛夫村发生什么事啦,或者磨坊出了什么事啦。冬天,在路上很少能碰到日尔洛夫村的人,因为从那儿进城上教堂的路是一条沿着陡坡的小路,走起来十分危险;夏天,他们就放心大胆了,特别是年轻的小伙子们。星期天上午沿草地进城的那条路上来往行人不断。一个身穿皮袄戴着头巾的老婆婆慢慢地走来了,在她身旁有一个老人扶着棍子向前跨着;这真是老古董呀,头上还插着把梳子呢,只有老婆婆才这么个打扮。戴着像小鸽子似的小白帽的妇女们和戴着黑羊羔皮帽或者阔气的水獭皮帽的男人们赶过了他们,过桥向山坡那边走去。姑娘们像母鹿似的用轻快的舞步从山上直奔下来;漂亮的小伙子们也像牡鹿似的跟在她们后面追赶。树林里飘闪着吹得鼓起来的白衣袖,这儿荆棘抓住了小伙子们肩上飘动着的黑缎带,那儿小伙子们的刺绣马甲又交织成了一幅多彩的图案。最后,这班快活的人群终归拥上了绿色的草坪。

一进家门,外婆就换下节日的服装,穿上长便袍,又在满屋里忙得团团转了。午饭后,她喜欢静坐一会儿,把头放在芭蓉卡的膝上,叫她找"活头发"①,说是头上痒着呢。通常她就这么找着找着睡着了,但从来也没有一次睡得很久。当她醒过来时,老是很奇怪自己睡着了,说:"喏,连我自己也不知道,眼皮就那样合上了!"

下午外婆常和孩子们上磨坊去。这已经像是议定好了的事儿,孩子们非常盼着这个下午。磨坊主人夫妇也有一个女儿,年纪跟芭蓉卡差不多,名字叫玛庆卡,她是一个又可爱又顽皮的小姑娘。

在磨坊门前的两棵菩提树中间有一座圣杨·乃波莫茨基②的铜像;星期天的午饭后,磨坊大娘总是坐在那里,有时候还有日尔洛夫村的大娘和玛庆卡。老爷爷手指转动着鼻烟

---

① 指虱子。作者由于尊敬外婆,忌讳直言虱子,故说"活头发"。
② 捷克一圣者。

盒站在她们面前,跟她们聊天。只要他们看见外婆和孩子们绕着水沟走过来,玛庆卡就飞也似的跑上前去迎接;而那位重新穿上便鞋,卷起裤腿和穿着灰夹克的老爷爷和日尔洛夫村的大娘便慢慢地跟在玛庆卡的后面。磨坊大娘却急忙转回磨坊去了,"得给这些孩子准备点东西呀,让大人也好安静点。"她一边走一边唠叨着。在孩子们还没有到以前,不是在窗下,就是在花园里或者在小岛上,冬天就在屋里准备好了一张小桌子。桌上有好吃的点心、面包、蜂蜜、果酱、奶油,最后还有老爷爷带来的一小篮子刚摘下来的苹果,或者大娘带来的一大包苹果干和李子。咖啡以及类似的上层社会饮料,当时在普通老百姓中间还不时兴。

"您真好呀,外婆,您到底是来了,"大娘边端椅子给她坐边说着,"我不知道是怎么搞的,要是您星期天不来,我就觉得不是星期天了。现在请尝尝上帝恩赐的东西吧!"

外婆吃得很少,还不断地请大娘别拿那么多的东西给孩子们,可是胖胖的大娘只是笑笑而已。"您是老人家,吃得不多,我不奇怪;可是孩子呀,哦,我的天哪,他们可是填不饱的鸭肚子呀!您就看看我们的玛庆卡吧,随您什么时候问她,她都说她的肚子又空了。"孩子们互相做个鬼脸,认为大娘的话完全正确。

大娘把小点心分给孩子们后,他们才到谷仓后面玩去了。孩子们在那儿掷皮球、玩骑马、猜颜色①,做其他各种游戏,外婆一点儿也不必去关心他们。通常早已有六个小伙伴在那儿等着他们了,这六个孩子一个比一个小,就像管风琴上的音管

———————————————

① 一种儿童游戏。

一样。这些就是酒店背后那间破屋人家的孩子;爸爸是带着手风琴在附近讨饭的,妈妈整天洗洗浆浆,或靠做零活赚点儿粮食来养活他们。这家人家除有这六个被老爷爷戏称为骑兵的孩子和一点儿音乐之外,别无他有。尽管如此,人们还是不能在孩子们身上或者在玩风琴的和他老婆身上看出一点儿贫穷来;孩子们的脸都长得胖乎乎的,而且大多数时候还从那间破屋里洋溢出一股香味,直使过路的人闻了都要咽口水。当孩子们带着油光发亮的嘴跑出来时,邻居们都在想:"古杜拉家又在烤什么好东西了?"——有一回,玛庆卡从古杜拉家回来,跟妈妈说古杜拉大娘给她吃了一块兔子肉,其味之香美,她简直都形容不出来,完全就像杏仁一样。

"兔子,"大娘想,"他们在哪儿捉的呢?古杜拉别是偷来的呀,那他可要自作自受了。"

翠儿卡是古杜拉最大的女儿,因为她家一年生一个孩子,结果这小姑娘怀里总是抱着个小孩子。这天翠儿卡正好抱着孩子来玩,大娘马上问她:"你家里吃的什么午饭啦?""什么也没有呀,只啃了几块干面包。"翠儿卡回答说。"什么什么也没有呀,什么干面包呀,玛庆卡说,你妈妈给了她一块兔子肉,味道可好着呢!"

"唉,大娘,那不是兔肉,是块猫肉呀。爸爸在红山那儿弄来的,肥得就像只小猪。妈妈用它榨油给爸爸涂面包吃。这是铁匠大娘给的单方,说他咳嗽吃了这个就不会得干痨了。"

"真作孽!你们吃起猫肉来了!"大娘一边嚷着,一边恶心地吐着唾沫。

"哦,大娘,您不知道那味道有多美呀!比松鼠肉还要好吃呢。有时候爸爸也带乌鸦回来,我们都不爱吃。这个我们可爱吃啦;庄园里女用人弄死了鹅,她们就把它给我们。我们不管什么肉都吃,有时候,我们弄到羊肉,有时候闹猪瘟了,我们还得到猪肉呢;最可怜的时候,是爸爸不在家,那他们就不……"可是,大娘打断姑娘的话说:"去吧,去,呸!说得我都起鸡皮疙瘩了!玛庆卡,你这个野丫头,你还到古杜拉家里吃兔肉呀!赶快给我去洗干净,不许再接受别人家的东西。"大娘这么说着,就把翠儿卡推出门去。

玛庆卡哭了,一口咬定兔肉好吃,惹得大娘直吐口水。老爷爷回家听见了,手指转动着鼻烟盒说:"孩子妈,您生什么气呀,天知道,也许姑娘吃了就会胖起来啦!众口难调嘛!说不定有一天我也来尝尝松鼠的好味道呢!"老爷爷又做开鬼脸了。

"您不许给我把这样的东西带进门来,孩子爸,别再胡说了!"大娘真的大发脾气了,而老爷爷却眯着一只眼睛在笑呢。

不仅是大娘一个人,还有许多人都怕从古杜拉家接受什么,连用手碰碰都怕,唯一的原因就是古杜拉家吃了猫肉,吃了大家都不吃的许多怪东西。但是,卜罗西柯家的孩子们才不管古杜拉家孩子吃了野雉肉还是乌鸦肉呢,只要他们到谷仓这边来和他们玩就好了。为了皆大欢喜,他们还公平地把自己的点心和别的东西都平分给古杜拉家的孩子们吃。翠儿卡已经是十岁的姑娘了,整天给妈妈抱孩子,这时她把一块点心往孩子的小手里一塞,把他放在草地上,自己就和别人玩去了;或者用车前花给男孩子们编花冠,给姑娘们编花篮。当他们玩累了,全部人马就一齐拉到院子里来,玛庆卡正式通知大娘,说他们都快饿瘪了!大娘一点儿也不奇怪,又给他们许多东西吃,就连她所嫌恶的古杜拉家的孩子们也都得着了。当孩子们拥来的时候,老爷爷常故意地逗大娘说:"不知道是怎么回事,我的胸口就像有什么东西梗住了似的,翠儿卡,你家没有一小块兔肉吗?你可以给……"大娘呢,在这种时候,总是吐着口水跑开了;而外婆却威胁着老爷爷说:"唉,唉,您真爱开玩笑,老爷爷,我要是大娘的话,真要给您用青豆烤乌鸦肉啦!"老爷爷转动着鼻烟盒,挤挤眼睛,恶作剧地笑了。

当老人们坐在花园里的时候,通常还有一个老头子也来坐坐,于是他们就开始谈论早晨神甫的教言,镇上新出的布告,自己为谁祷告了,谁跟谁一块儿去做了弥撒;从这些话题突然又转到收成和别的事情,谈洪水、风暴、冰雹,谈织布和漂布的事情,谈麻长得如何,最后谈到克拉莫伦地方的贼和牢狱。这个老头子十分健谈,一直在那儿谈到天黑,当磨粉的人来多了的时候,他才想起"谁先来,谁先磨"的谚语,走进磨坊去。老爷爷也跟着去看看工作进行得怎么样,老婆婆们只剩下自己了,还聊了一些别的事情。

冬天,孩子们几乎大半天都在火炉后面的那个炉炕①上玩;炉炕很大,那儿还有女用人的床,玛庆卡所有的玩具和洋娃娃也都放在那儿。当孩子们全爬上去时,满炉炕上都是人了,家里的大狗还只能坐在上炉炕的阶梯上。每个星期天,在这个炉炕上都要举行几个少女的结婚典礼。新郎是高敏尼克,米古拉什是神甫。婚礼之后,就开始吃东西、喝酒和跳舞。

---

① 捷克乡间烤面包的炉灶,很大,上面可以坐人。

在跳舞的时候,通常总有人踩了狗的脚,狗痛得大叫起来,把坐在房里聊天的人都引出来了。大娘大声责骂孩子们:"你们这些小捣蛋呀,别把我的炉炕弄垮了,明天我还要吃饭呀!"这一来炉炕上又重归平静。孩子们又在玩扮爸爸和妈妈的游戏了。扮年轻小妈妈的还生了一个小孩子;阿黛尔卡不会做饭,得扮成老婆婆;魏林和杨扮教父,他们给小孩子取了个名字叫亨利切克。于是又开始宴会,食品丰富多样,为了跟狗重修旧好,也请它来做客。亨利切克很快地就长大了,爸爸送他上学堂,这时杨又扮先生,教他字母的发音。可是,总共才只有一个学生太不像话了,因此,大家都得来念书,于是决议"我们来玩学校"了。他们到杨那儿去上学,可是谁也没有做练习,先生大怒,每人打了两下掌心;事情已是如此,只好马虎放过去了。狗也是学生,可它除在炉炕上用鼻子嗅嗅外,什么也不会;因此,先生除罚它打两下掌心之外,还要在它颈上挂块黑牌子,而且真这样做了。当他们把牌子挂到它颈上时,这个被激怒了的小流氓,从炉上直跳了下来,乱抓着自己那可耻的标志,弄出吓人的响声来。老头子吃惊地从椅子上跳了起来,外婆吐了一口口水,老爷爷用鼻烟盒向烤炉上威胁地喊道:"篓装鱼,袋装虾,①我也得来管管你们啦!"然后他又在手指间转动着鼻烟盒笑了,但这个可没有让孩子们看见。

"这准是我们那个野小子干的!"外婆说,"最好我们还是回家去吧,不然,这些孩子都要把磨坊给弄翻过来了!"

可是,磨坊主人夫妇不肯放他们走;因为还没有讲完那次

---

① 谚语,意即各归各管。

法国战争和那三个元首①的故事呢。这三个人外婆全认识，她阅历深，又熟悉军界内情，每个人都相信她。

"这三个人是谁呢，就是俄国人送到彭拉巴尔达的那三个冰人②吗?"一个漂亮而又快活的小伙子问外婆道。

"这个你才想不到呢，这是十二月、一月和二月这三个月份啦。"老头子解释说，"在俄国天气可冷哪，人们都得戴上马虎帽③，要不然，鼻子都要冻掉的。法国人不习惯冷，他们一到那儿，就都冻得半死了。俄国人早料到他们会这样的，因此把他们困住了。哦，俄国人可真有两下子呀!"

"您亲自见过约瑟夫皇帝④，认识他?"磨粉人中的一个问外婆。

"我怎么不认识呢，我跟他还说过话啦，是他亲手给了我这块银币。"外婆边说，边把那块串在人造宝石链子上的银币拿在手中。

"请您老人家讲讲，到底是怎么回事? 他在哪儿给您的?"大家追问着。当时孩子们在烤炉上比较安静，一听到这

---

① 法国战争指一八一二年拿破仑进攻俄国。三个元首指奥地利皇帝约瑟夫二世(1780—1790 在位)，俄国沙皇亚历山大一世(1801—1825 在位)和普鲁士王贝德希赫·威廉二世(1786—1797 在位)，外婆的确见过这三位元首。但与法国战争联系起来谈，应是亚历山大一世、贝德希赫·威廉二世和弗朗吉舍克一世代表墨德尔尼赫，此三人曾于一八一三年通过雅汉思卡公爵夫人在拉笛博日采(即外婆女婿家住的地方)开过会。

② 讹传，实指十二、一、二这三个月份。

③ 一种冬天戴的帽子，戴时只有眼睛露在外面。

④ 约瑟夫皇帝指奥地利皇帝约瑟夫二世，在他同他母亲德莱日叶共理国事时，为了适应新兴的资本主义的需要，进行了一系列的改革，并于一七八一年宣布废除农奴制度，故当时农民对他很有好感，流行着关于他的种种美好的传说。

个问题,都抢着溜下烤炉来求外婆讲了,他们全都没有听过呢。

"可是,大娘和老爷爷都听过了呀。"外婆拒绝说。

"好事百听不厌,请讲吧!"大娘说。

"喏,那就给你们讲吧!孩子们,坐下,安安静静地给我坐好。"孩子们马上就坐好了,悄然无声。

"当新柏莱斯城建起来的时候,我已经是个半大人了。我是奥莱西尼采人,你们知道奥莱西尼采在哪儿吗?"

"知道,那是在多柏纽什卡背面,在西里西亚边境上的山区里,对吗?"老头子说。

"就在那儿。在我家的旁边有一座小木房子,诺沃特娜寡妇就住在那里。她是靠织羊毛毡子过活的,当她织好了一些东西之后,就拿到雅罗姆尼什或者新柏莱斯去卖。她常来看我妈妈,我们孩子们也一天要到她那儿去好几次。我爸爸是她儿子的教父。当我能干点活儿的时候,一到她那儿去,她就老跟我说:'坐在机子旁边学学手艺吧,这将来对你有用哪。年轻的时候学会一种手艺,到老就不用愁了。'我这人做什么事从来都像一团火一样,用不着她怎么来劝我。我听了她的话,很快地就学会这行手艺,可以自己干活了。那时候,约瑟夫皇帝时常到新柏莱斯城来;到处都在谈论着他,谁见过他,都非常尊敬他。

"有一次,当诺沃特娜又要带东西进城去卖的时候,我求父母让我也跟着去,当时我也想上新柏莱斯去看看。妈妈见她背的东西很重,就说:'去吧,帮着大娘背背。'第二天,一大清早我们就动身了,中午前我们才赶到新柏莱斯城外的草地上。那儿放着一堆木材,我们就在那上面坐下脱鞋子。大娘说：'姑娘呀，我应该把这些马垫先拿到哪儿去呢？'这时，从新柏莱斯来了一位老爷，直朝我们走来。他手里拿着一根像笛子一样的什么东西；过不了一会儿就把那东西放在脸上，慢慢地转着朝四周看。'您看哪，大娘，'我说，'那准是个什么乐师吧，他在吹笛子了，自己还边看边转呢。'

"'傻姑娘，那不是笛子，他也不是什么乐师，那是管这个地方的什么老爷呀，我常常看见他们在这儿走动。他手里拿着的是根圆筒子，里面装着个小镜子，听说对着那镜子可以看得很远。他可以看到各处，看见那儿的人在干什么。'

"'可是大娘，他看见我们在脱鞋怎么是好？'我说。

"'嗐，那又怎么样？这又不是什么坏事呀。'大娘笑我了。说话间，那位老爷已经走到我们面前了。他穿着灰色的外套，戴着小三角形礼帽①，脑后还挂着一根用丝带扎着的辫子。他还是一位很年轻很漂亮的老爷呢，人长得就跟画上的一样。

"'你们上哪儿去，带的是什么东西？'他问完，就站在我们旁边。大娘说，带东西到新柏莱斯去卖。'什么东西？'他又问道。'羊毛毡哪，少爷，您也许会喜欢一两样的。'诺沃特娜说着，就很快地解开包袱，拿出一张放在木材上。这位大娘其实是个好人，可是，当她一卖起东西来，那张嘴就太能说了。'这是你男人织的，是吗？'老爷又问道。

"'他从前也织，少爷，到收割的时候，他过世已经快两年了。害痨病死的。我看见他织，也就学会了，现在就靠着这个糊口过日子。我常跟玛德娜说：自管学吧，玛德娜，你学会了

‒‒‒‒‒‒‒‒‒‒‒‒‒‒‒‒‒‒‒‒‒‒

① 拿破仑式的小三角呢帽。

一种手艺,就是收租的人来了也抢不走的。'

"'她是你的女儿吗?'老爷又问道。

"'不是我的,是另一个大娘的女儿。有时候她来帮帮我。您别看她还年轻,力气可大着呢,干起活儿来泼辣得很;这块毛毡就是她织的。'老爷拍拍我的肩膀,仔细地端详着我;我从来也没有见过那样漂亮的蓝眼睛,就像矢车菊一样美丽。

"'你没有孩子吗?'老爷转向大娘问。

"'有一个儿子,'大娘说,'我送他到瑞哈洛瓦上学去了。上帝赐给了他那份聪明,学习起来就像玩儿一样容易。在圣诗班里唱得也挺好,现在我情愿自己吃苦也要为他积点钱,好让他将来能当个神甫。'

"'要是他不肯当神甫呢?'老爷说。

"'肯的,少爷,易瑞是个好孩子呀!'大娘说。这时,我在死盯着那根圆筒子,琢磨着老爷是怎么用它来看的。他准是看出我的意思了,突然转向我说:'你想知道怎么用这个望远镜来看,是吗?'

"我脸涨红了,羞得连眼睛都抬不起来,可是,大娘却很快地搭上了腔:'她刚才还在说,那是笛子,您是乐师呢,我可把您是谁告诉她了。'

"'你知道?'老爷笑了。

"'嗯,我不知道您的姓名,但您一定是来这儿监工的那些人里面的一个,您是用圆筒子来看他们的,不是吗?'

"老爷听了捧腹大笑起来。'是呀,'他说,'老妈妈,后一件事你是猜中了。你要是想用这根圆筒子看看的话,就来看吧。'他大笑之后,转向我,把那根圆筒子放在我的眼睛上。

朋友们啊,我可看见奇迹啦!在雅罗姆尼什的人,一看就好像在眼前了,我清清楚楚地看见他们在干什么,好像就在自己的面前。我想让大娘也看看,她呢,却跟我说:'你是怎么想的,我这样的老婆婆也拿起这个来玩,还像什么话?'

"'这可不是用来玩的呀,老妈妈,有用着呢。'老爷跟她说。

"'喏,就算有用吧,我也不要碰它。'大娘说完,怎么也不肯看。那时我突然想到,要是用这个镜子来看看约瑟夫皇帝该多好呀,于是,我就在四周找着,因为这位老爷人也挺好的,我就把我要看的人告诉他了。

"'你为什么这样看重皇帝,你喜欢他吗?'老爷问我。

"'怎么不喜欢呀,'我说,'每个人都在赞美他的善行和慈心呢。我们每天都为他祷告,希望上帝保佑他和皇娘娘安康长寿,富贵万年。'

"老爷似乎微笑了,跟我说:'你也想和他说说话吗?'

"'哎呀,上帝保佑,那我还有地方放眼睛吗?'我说。

"'可你在我面前并不害臊呀,皇帝还不跟我一样也是个人。'

"'那才不一样呢,少爷,'大娘搭腔说,'皇帝是皇帝呀,总与普通人不同。我常听到说,当你看见皇帝,浑身都要发冷发热的。我们市议员跟他说过两次话,就是这样说的。'

"'你们的市议员许是良心坏,所以他才不敢正视谁。'老爷说完,就在一张小纸条上写着什么。后来,他把这张小纸条递给了大娘,叫她到新柏莱斯城仓库那儿去,说凭着纸条他们会用高价收买她的毡子。我呢,他给了这块银币,说:'留着做个纪念吧,别忘记约瑟夫皇帝和他的皇娘娘。为他们祷告吧,上帝是最喜欢热心肠的祷告的。等到你们回家以后,就可以跟大家说,你们和约瑟夫皇帝说过话了!'——他一说完,就很快地走开了。我们吓呆了,又高兴又害怕,简直不知道怎么办才好。大娘开始骂我,说我那样大胆,其实她自己也够大胆的了。可是谁能料到,这就是皇帝呢。我们都很高兴,他给了我们礼物,那准是没有见我们的怪。在仓库里,他们付给了诺沃特娜三倍多的价钱。我们马上飞一样地奔回家来,当我们到家的时候,还没等我们说完,大家都羡慕透了。妈妈在银币上穿了个小孔,从那以后,我就一直把它挂在脖子上。我碰到过多少次苦难,可也没敢花掉它。——可惜,永远的可惜呀,这位皇帝已经在地下了!"外婆叹了一口气,结束了自己的叙述。

"是可惜呀。"大家同意地说。孩子们知道了这块银币的来历之后,就把它翻来覆去地看个不休,觉得它是一个了不起的东西。从此以后,外婆在那些听过她故事的人的心目中也变得更了不起了,因为他们知道她和约瑟夫皇帝说过话。

在磨坊里,星期天晚上就已经开始了新的一周。磨粉的人从各地来齐了;磨子又以它那缓慢、单调、喳喳的节拍开始了工作;老头子在磨坊里奔忙着,用行家的眼光到处查看,是否有什么地方不对头;年轻小伙子唱着歌爬上跑下,从这箩边到那箩边地忙个不休;老爷爷站在磨坊前,以愉快的脸色迎接着顾客,并向他们敬鼻烟。

夏天,大娘和玛庆卡要把外婆一直送到酒店那儿。如果那儿正有音乐,她们就留在篱笆旁边站一会儿,通常还有几位大爷加入她们一伙,看着正在跳舞的青年人。进到里面去看是不可能的,那儿人都挤满了;克瑞斯特娜亲自给客人端啤酒到果园来时，还得把啤酒罐子①高举过头，免得他们碰翻啤酒。

"你们瞧，大爷，"大娘用头指点着果园说，那儿坐着许多庄园里的人，只要克瑞斯特娜一走到他们面前，他们就想抓住她，"看他们哪！我相信，这样的姑娘确是很难找的。但你们可别以为上帝故意让她们长大，好让你们把世界弄得乌烟瘴气的呀！"

"甭担心，大娘，克瑞斯特娜会对付他们的，"外婆说，"这姑娘会把他们赶出门的。"——事情真是这样地发生了。其中有一位，身上搽的香水十里路以外都可以闻见，他在姑娘耳边嘀咕了几句什么，而她却笑着把他推开了："只管写吧，少爷，您写您的诗，我们可不买呀！"一说完她就跳进了大厅，容光焕发地把手放到一个高个子青年的有茧的右手里，让他搂着去跳舞，再也不管"克瑞斯特娜，来酒呀！"的叫声了。

"她最喜欢这小伙子，有了他，就是整个庄园再加上它的老爷们和财宝，全都不在她的眼里了。"外婆微笑着，和大娘道了晚安，就带着孩子们回家去了。

---

① 古时捷克乡间用一种陶瓷做的罐子来饮啤酒。

第 五 章

在十四天或者是三个星期以后,有一天天气很好,外婆说:"今天我们到猎人那儿纺纱去。"从一大清早孩子们就在盼着了,一直盼到外婆拿着纺锤上路时为止。在水渠后面,有一条小路沿着陡峻的山坡脚下一直通到桥边,过了桥就是白杨成荫的大道直通瑞森堡。可是,外婆却挑选了山坡下沿河岸直达锯木厂的小路。锯木厂背后是一个秃山顶,上面长满了高大的毛蕊花,芭蓉卡就是为了它才肯爬上山呢。在锯木厂背后,山谷越来越窄了,河水在狭窄的河床里激怒地冲过挡在路中的巨石。两边的山顶上长满了松树和枞树,它们的阴影几乎遮住了整个山谷。孩子们和外婆就是由这个山谷走到了瑞森堡的废墟下面,城堡耸立在黑色森林之中,上面已经长满了青苔。

离城堡不远,有一条古老的地道,据说它长达三英里,由于潮湿和空气坏,从来也没有人进去过。在地道上面有一座带有三个大窗子的凉亭。老爷们打猎时,常在那儿进第二顿早餐。孩子们就朝着那座凉亭,在陡峻的山上像山羊似的飞奔着。可怜的老外婆却几乎一步一喘,左抓一把树右抓一把树地向上爬着。"喏,看你们把我累得连气都喘不过来了。"当她终于爬上山顶时说。

孩子们赶忙牵着外婆的手,把她领进凉亭里,让她坐在椅子上。亭子里很阴凉,地势也好,可以看得很远。在凉亭的右边,孩子们看见了城堡的废墟;城堡下面是一个半圆形的山谷,它的上下两端被两座长满了松树的小山截住。其中有一个山顶上还立着一个小教堂。只有潺潺的流水声和鸟儿的欢唱声打破了四周的静寂。

杨想起了瑞森堡老爷的牧羊人茨吉保尔大力士。这事就发生在下面的草地上。原来他在老爷的树林里偷偷地连根拔起了一棵树,在他扛着树过草地时,被老爷抓住了。老爷问他是从哪儿拿的,他诚实地承认了自己的错误。老爷不仅放了他,而且还请他上城堡去,叫他带着袋子去装粮食,说他能扛多少,就给他多少。茨吉保尔有点儿贪心,拿着他老婆的九尺长的被套就上城堡去了,他们也真的给他的被套填满了豆子和火腿。骑士很赏识他的力气和诚实,当国王在布拉格举行盛大骑士比武会时,他也把他带在身边。茨吉保尔力气大,打败了一个号称天下无敌手的德国骑士,因此,国王也封了他做骑士。

孩子们非常喜欢这个故事,从牧羊老人说给他们听的那时候起,就对城堡和那块草地发生了更大的兴趣。

"外婆,小教堂那儿叫什么名字呀?"魏林问。

"那是波辛拉,上帝保佑我们健康,等有庙会的时候,我们也去那儿瞧瞧!"外婆说。

"那儿也发生过什么事吗,外婆?"阿黛尔卡问,她愿意从早到晚地听外婆讲故事。

"那儿出现过奇迹。你们都忘记了,娥尔莎不是给你们讲过一次了吗?"

"我们都给忘记了。求求您,再给我们讲一次吧。"孩子们强求着,外婆也只好讲了。

"现在你们好好地坐在椅子上,别把头伸到窗外看了,别摔了下去,摔断脖子呀。在这个山头和这座树林的背面就是杜瑞、尼多包、斯拉金纳、麦佐夫、堡辛;这些村子从前都属于一个骑士,这个骑士的名字叫作杜瑞斯基,住在杜瑞山上他自己的城堡里。这个骑士有妻子和一个女儿。他女儿可是一个漂亮的小姑娘哪,只可惜她又聋又哑,父母为这感到十分忧愁。

"有一次,这小姑娘正在城堡后面散步,忽然想去看看在堡辛院子里的那些小羊羔,看看它们比上次又长了多少。——我得告诉你们哪,那时候,这儿还没有这个小教堂,连一个小村子也没有,这儿只有一个院子,杜瑞斯基的仆人就住在这儿,就在这儿放羊。四周全是大树林,树林里还有许多凶恶的野兽。

"杜瑞斯基的小女儿曾经到院子来过几次,但全是跟着爸爸来的;这个不懂事的小姑娘当时以为,从这儿只要跑几步就到了。于是她走了,眼睛看到哪儿就往哪儿走;她还以为条条道路都是一样的呢。那时她还很小,不懂事,就像你们一样哪。当她走了很久还没有看见院子时,就开始不安了。忽然又想到,自个儿从城堡里跑出来,爸爸妈妈要说她的,她害怕了起来,就往回走。人一害怕,就最容易糊涂了,何况她还是这样的小孩子呢。小姑娘迷路了,既回不了家,又找不到院子,她走进大森林里去了,那儿连一个人影子、一点儿光都没有。这时她才明白过来,她是迷了路啦!

"你们可以想象出她是个什么样儿!——你们在那种情

况下可能还好些,因为你们能听能说话呀,小姑娘恰恰就不能。她慌乱地跑着,越跑就越发糊涂起来。后来,她的肚子饿了,腿也痛了,但这些都还不算太可怕。天黑了,野兽一出来,那该是多么可怕呀,同时她又感到非常焦急,怕爸爸妈妈会生她的气。受惊而痛哭的小姑娘突然看见了一口小井,她很馋地跪了下来,喝了许多水;后来,她看看周围,看见有两条由脚踩成的小路。可是,她不知道哪条路对,迷路已经使她害怕,同时也教会她,不是每条路都可以走到家的。这时,她想起妈妈在害怕和焦急的时候,总是跑进自己的房间去祷告;这个小姑娘也跪在地上祷告着,请求上帝把她引出森林。

"突然,她听见了一种奇怪的声音,在耳朵里越响越厉害,越响越清晰起来。这是怎么回事呀?这是什么声音呀?她害怕得直发抖,大哭着想逃开——就在这个时候,从树林里沿着小路向她跑来一只小羊,接着又来了第二只、第三只、第四只、第五只、第六只,越来越多,直到井旁都挤满了羊群。每只羊颈上都挂了一个小铃,小姑娘听见铃子响啦!这是她爸爸的羊,这时牧羊狗也跑来了,接着牧人巴尔达也来了,小姑娘马上朝他奔去,大声喊着:'巴尔达!'巴尔达听见小姐会说会听了,高兴得不得了,一把把她抱在怀里,就向离那儿不远的院子跑去。杜瑞斯基太太已经站在那儿,满脸愁云;他们都不知道,小女儿突然从城堡跑到哪儿去了,出了什么事情。他们派所有的人到树林里去找,爸爸也去了,只有太太一个人在大院里等着。你们可以想象得出,当巴尔达把女儿抱了回来,而且女儿还能说会听了时,这个妈妈是多么快活啊!当爸爸回来时,女儿把遭遇的事情全给他们说了,她父母就想在那个小井旁建一座小教堂来感谢上帝。后来真的这样做了。你们看见的那个小教堂,就是原来的那个小教堂,旁边的井也就是那小姑娘在迷路时喝过水、还在那儿祷告过的那口小井。可是,那个小姑娘早已经死了,杜瑞斯基老爷、他太太和巴尔达也都早已死了,在杜瑞山上的城堡现在也塌了。"

"那羊跟狗跑到哪儿去了呢?"魏林问道。

"喏,狗死了,老羊也死了,羊羔长大,又有了小羊啦。亲爱的孩子们,这个世界上就是这样的呀,一个人死了,另一个人又生了。"

孩子们将目光转向山谷,他们好像看见骑士骑着马在飞奔,小姑娘在迷路了——嘿,突然有一位夫人骑着一匹漂亮的马从树林里奔了出来,沿着山谷直驰而下;后面还跟着许多随从呢。那夫人穿着黑色外套,棕色的长裙从脚镫上一直奔拉下来,头上戴着黑呢帽,绿色的面罩在乌黑的卷发周围飘扬着。

"外婆,外婆,你看哪,女骑士!"孩子们大声叫喊起来。

"你们想到哪儿去了,哪有什么女骑士呀,那是公爵夫人。"外婆说着,从窗口向下望去。

孩子们几乎全感到败兴了,这不是他们所想象的女骑士呀。

"公爵夫人到我们这儿来了!"大家叫着。

"谁知道你们看见什么了,马怎么能爬上这儿来?"外婆说。

"真的呀,阿儿兰德①爬得像猫一样快,你看看呀!"杨喊着。

---

① 阿儿兰德是马名。

"别吵啦,我才不要看呢。上层人真会寻欢作乐。"外婆边说,边拦住孩子们把身子探到窗外去。

没多会儿工夫,公爵夫人已经在山上了。她轻巧地跳下马,提着长裙跨过门槛,走进凉亭里来。

外婆恭敬地站起来迎接她。"这是卜罗西柯家里的吧?"公爵夫人边看着孩子们的脸边问道。

"对呀,夫人,是他家的!"外婆回答说。

"你一定是他们的祖母?"

"夫人,我是他们的外婆。"

"有这些健壮的外孙,你应该高兴了。可是,孩子们,你们是不是听外婆的话呢?"公爵夫人问那些眼睛直盯着她看的孩子们。孩子们被这样一问,全都垂下了眼睛,细声细气地回答说:"我们全听话。"

"喏,都还好! 有时候当然也难免——可这有什么办法呢,我们从前也不见得比他们强哪。"外婆说。

公爵夫人微笑了;看见椅子上放着一篮杨梅,便问孩子们在哪儿摘的。外婆马上推着芭蓉卡说:"去,姑娘,拿去给公爵夫人。这是孩子们一路上摘的,新鲜的,公爵夫人可以尝尝看。我年轻的时候,也非常喜欢吃水果,可当我孩子死了以后,我就没有尝过了。"

"这是为什么呢?"公爵夫人边问,边从芭蓉卡手里接过那只装杨梅的篮子。

"这是我们的风俗,夫人,当孩子死了,做妈妈的一直到杨·克西吉代尔那一天都不吃李子和杨梅。据说圣母马利亚时常巡视天堂,还把苹果分给孩子们吃。要是哪个孩子的妈妈没有禁住嘴,吃过水果,圣母马利亚就对那孩子说:'你看,孩子,你只能得很少一份了,你妈妈都替你吃掉了。'因此,做妈妈的都不吃水果。喏,禁嘴禁过了克西吉代尔,以后也就不再想吃了。"外婆一口气说完。

公爵夫人用手指拈着一个杨梅,甜的,红得就像她嘴唇似的,在听了外婆的话以后,就不自觉地又放回篮里去,说:"现在我不想吃,孩子们,你们在路上该没有可吃的了。"

"别管这个,公爵夫人,您只管吃吧,要不连篮子一块儿带回家去,我还可以再摘的。"芭蓉卡很快地推着送还的篮子,拒绝了。

"那我就收下你们的礼物了,"公爵夫人微笑着对这位好心肠的小姑娘说,"明天你们可要到庄园去取回篮子,带着外婆一块儿来呀,懂吗?"

"我们来,我们来。"孩子们点着头说,他们答应得那么痛快,好像是大娘请他们上磨坊似的。外婆还想说点儿什么谢绝的话,但是已经来不及了,公爵夫人微微向外婆弯弯腰,对孩子们微微一笑,就已经跨出凉亭去了。她把篮子交给了随从,就跳上阿儿兰德,像美丽的女神似的消失在树林之中。

"外婆,我真想到庄园去呀!爸爸说过,公爵夫人有许多好看的画儿!"芭蓉卡说。

"听说那儿有一只鹦哥儿,还会说话呢。等着吧,外婆,准会叫您大吃一惊的!"杨拍着小手欢叫着。

小阿黛尔卡却打量着身上跟外婆说:"我不穿这件衣裳,好不好,外婆?"

"我的老天爷呀,我还没有注意到这位姑娘呢。你可真够美的,你怎么弄得这样脏啊?"外婆看见小姑娘衣裳弄得很脏,画着十字说。

"这不是我搞的，是杨把我推倒在杨梅上弄脏的。"小姑娘辩解着。

"你们俩老像猫儿打架似的。公爵夫人要是想到你们这样干净，该说你们是淘气鬼呢。现在走吧，我们上猎人那儿去。可是，孩子们，我有话说在先，你们如果再弄得像这小姑娘这样，下次我再也不带你们上哪儿去了。"外婆嘱咐着。

"我们会乖乖的，外婆。"孩子们保证说。

"等着瞧吧。"外婆边说，边跟在孩子们后面跨上由森林通向猎人住宅的小径。

没走多远，他们就走进那枝叶茂盛的森林里了。穿过树林望去，已经可以看见白色的院子和在它前面的猎人房子。房子前面是一片绿色的旷野，四周都栽上了菩提树和栗树，在树底下有几条长凳、几张小桌，它们的脚都牢牢地埋在土里。有许多孔雀在草地上走着，外婆说，它们有天使般的羽毛，魔鬼般的叫声和小偷般的脚步。一大群有着斑点羽翼的火鸡在咯咯地叫着，坐在草丛中的小白兔，竖起大耳朵在倾听，一有声音，它们就惊得四散奔逃。一只戴有黑色颈圈的美丽的小鹿躺在阶沿上，几只大狗无目的地满院子走着。当孩子们喊它们，它们才欢乐地吠叫着，向孩子们奔去，围着他们又跳又跑，快活得只差没在地上打滚了。小鹿听见阿黛尔卡的叫唤也来了，用它那双蓝眼睛温情地注视着小姑娘，就像想说："啊，你呀，你又给我带来好吃的东西了吧，欢迎你！"阿黛尔卡一定是从它的眼睛里看出这句话了，她赶快将手伸进荷包，把一块面包给了它，小鹿衔着面包跟在小姑娘后面跑着。

"你们大队人马，上哪儿去啊？"猎人的声音在那儿响了，一会儿猎人大爷从屋里出来了，他穿着一身轻便的草绿色外套,头上戴着一顶便帽。"哎呀,亲爱的客人们来了!"他一看见外婆就大声叫起来,"欢迎——请进吧。赫克杜儿,荻安娜,阿美娜,快走开!叫得我连话也听不见了。"他大声地喝着狗。外婆走进那所大门上挂有一对大鹿角的屋子,屋里挂着几支长枪,挂得很高,孩子们都够不着。外婆很怕枪,就是枪里没有上子弹她也怕,当猎人大爷笑话她时,她说:"谁知道会不会出事呢,魔鬼可没有睡着呀!"——"对呀,"猎人说,"要是上帝允许,连锄头也会射击①呢。"

猎人大爷时常跟她开玩笑,外婆并不见怪,只是得注意别在她面前乱用上帝的名字来骂人;外婆是不能听这些的,她会马上捂住耳朵说:"嗳,嘴里不干不净的,这是干吗呀——您想要人听了您的话去洗耳朵?"猎人大爷敬爱外婆,因而在她面前特别注意不提到鬼,而鬼,就像他自己所说的一样,一开口就带上了。

"大娘呢?"外婆问道,他们进来时,屋里一个人也没有。

"只管坐下吧,我这就叫她去;您是知道的,她老是像只老母鸡一样让小鸡给缠住了。"猎人说着就去叫他老婆去了。

男孩子们都站在橱边,步枪和猎刀在橱里闪耀着白光;姑娘们却在跟跑进来的小鹿嬉戏着。外婆一眼就看出了,整个房间收拾得干干净净,井井有条。她说:"这话一点儿也不假,不管是哪一天来,这儿都收拾得像玻璃一样干净。"当她看见在火炉旁长凳上放着捆起来的纱时,赶忙走近去看那活儿。

就在这时候门打开了,猎人大娘走了进来。她还非常年

_____

① 捷克谚语,意即:意外事,谁也不能预料。

轻,穿着干净的家常便服,戴着便帽;怀里还抱着一个红头发的小女孩。她衷心地欢迎了外婆和孩子们,从她那明朗和蔼可亲的脸上可以看出,她是打心眼里高兴。"我在漂布哪,我真高兴,今年的布会像天鹅那样白。"猎人大娘解释一下为什么她没在屋里。

"您真勤快啊,"外婆说,"布还在漂着,这儿又在准备织了。这纱织出布来会很结实的。但愿织布的不哄人,能给您好好地织出来。您对织布的人还满意吗?"

"这您是知道的呀,外婆,都在哄人。"猎人大娘说。

"你这个女人,我倒想知道织布的怎样哄你啦,哪样东西你没有数过?"猎人笑了。"还是坐下吧,别净站着看呀!"外婆舍不得离开那纱团,猎人请她坐下。

"坐的时候还多着呢。"外婆说着,就牵过阿敏卡的小手;猎人大娘怕她跌倒,把她放在长凳旁边,让她扶着站好,她还刚刚会走路呢。

主妇刚一走出门,在她背后就出现了两个晒得很黑的男孩子,第一个黄头发像妈妈,第二个黑头发像爸爸。原来他们早就跟着妈妈高高兴兴地跑来了,可是,当妈妈在跟外婆聊天时,他们却不知道怎么跟小朋友们搭腔,怪不好意思地藏在妈妈的裙子后面了。"怎么啦? 你们这两只松鹤,"爸爸开腔了,"你们就这样吊在妈妈背后来欢迎客人吗? 快把手伸给外婆。"

孩子们乖乖地走向外婆,把手伸给她;外婆却把苹果放在他们手里。"这下你们有伴儿了,一块儿去玩吧,头回生二回熟嘛,男孩子还拉着妈妈的裙子,可不好看哪。"外婆提醒着,孩子们都垂下了眼帘,只敢看手里的苹果。

"现在出去吧!"爸爸下命令说,"带孩子们去看看枭鸟,把今天打死的松鹤扔给它吃;还可以领他们去看看小狗和小野鸡,可不许你们像鹰似的在它们中间飞呀,要不就……"这句补充的话孩子们已经没有听见了,因为就在爸爸说"出去"时,他们早就一下飞出了门槛。

"简直跟飞一样!"猎人笑了,可以看出来,他并不反对这个"飞跑"。

"孩子总是孩子呀,血气方刚嘛!"外婆说。

"这两个孩子真是太野了。请您相信,外婆,我整天都在提心吊胆呢。而他们呢,净做些傻事,整天在陷阱里,在树上爬着,裤子都给拉破了——看着都叫人害怕呢。感谢上帝给了我这个好女儿,她才给了我点儿安静的时刻。"猎人大娘说。

"您还想什么呀,大娘,俗话说得好,女儿像娘,儿子像老子呀。"外婆反驳说。主妇带着微笑将女儿递给丈夫,让他抱一会儿。"我去拿点东西来吃,马上就来。"她补充说。

"真是个好女人哪,"当她跨出门后,猎人说,"碰碰她都是罪过,只是她老担心孩子们会出事情;男孩子嘛,要不像团烈火那还算什么男孩子呀?"

"什么事情过分了都坏事,大爷,要是大人惯坏了他们,他们会爬上头来的。"虽然外婆自己通常并不按照这句话来对待孩子,但还是这样说出口了。

不多一会儿,主妇就满手拿着东西进来了。橡木桌上出现了白桌布、陶瓷盘子、鹿角柄的刀子、杨梅、蛋糕、奶油、黑面包、蜂蜜、黄油和啤酒。

主妇从外婆手中夺下纺锤说:"现在别纺了,外婆,吃点儿吧。切面包抹黄油呀。黄油是今天打的,啤酒没有掺水。蛋糕不怎么好,是我今天突然想起来烤的,要是突然来个什么人,也得请人家吃点儿。杨梅您是不吃的,奶油拌杨梅,孩子们可爱吃哪。"猎人大娘边敬客,边把面包切成一块块的,涂上黄油和蜂蜜。

突然,外婆像想起了什么似的拍着额头说:"这个老脑筋真是不顶用啦!看哪,我把我们在凉亭里跟公爵夫人说话的事都忘记告诉你们了。"

"这才不奇怪呢,孩子们把头都吵昏了。"猎人大娘说,可是,猎人马上又追问公爵夫人跟他们说了些什么。

"外婆,等我回来,您再说吧。"猎人大娘请求着,"我先去让孩子们吃点儿,好让他们安静些。"

这时,孩子们在外面玩着,猎人的两个儿子弗朗吉克和贝尔吉克领着他们,把一切都说给他听了。当妈妈在门口出现,喊他们吃点心时,他们正好站在门前草地上,看小阿美娜表演自己的艺术呢,那条狗在跳过棍子把扔出去的东西用嘴衔回来。孩子们没让喊第二声就聚齐了。"乖乖地坐在树下吃,别到处都弄脏啦!"猎人大娘边提醒孩子们边把食物摆在小桌上。孩子们坐好了,狗就围住他们站着,用鼻子闻着一直闻到他们脸上来了。

当猎人大娘转回屋里来时,她就请外婆讲公爵夫人。外婆就把在凉亭里发生的事,一字不漏地重复了一遍。

"我常说,她有一副好心肠。"猎人大娘说,"她不论什么时候来这儿,总要问问孩子们怎样,还吻过小安鲁西卡的额头呢。喜欢孩子的人都是好人呀。可是,那班下人不知道把她说成什么样子啦。"

"你待小鬼好,小鬼却拖你进地狱啊①!"外婆说。

"正是这样,正是这样哪,外婆,"猎人说,"这谚语说得真对。我也这么说,要是没有这班爪牙围在她身边哄她骗她,再好的夫人我们也不用盼了。这班人除了好吃懒做,屁事也不会干。我的好外婆啊,当我睁着眼睛看一看这世道,真盼望着五雷把他们碎尸万段! ——当我仔细一想,这怎能叫人不生气呀,这班脓包什么也不会,什么也不能,就只会像个木头人似的站在车后,在屋里打盹,而日子过得呢,跟我一样好;可倒过来他们说话比我还生效。我呢,不管雨里、泥里、还是雪里都得在森林里巡逻,白天黑夜地跟盗猎的打交道,我得负责,我得关心啊。本来我并不想埋怨,这样我也就满足了;可是,当那样一个眼睛朝天的人来到我这儿,把鼻子伸向我时,我真恨不得把他——唉,生气也是白搭啊。"猎人气呼呼地拿起玻璃酒杯,喝了一杯酒。

"要是夫人知道这些就好了,为什么受欺侮的人没胆量跟她去说呢?"外婆问道。

"见鬼,谁敢冒这份险哪? 我时常跟她说话,我可以把这些事一股脑儿兜出来,但我老这样想:弗朗吉克,闭住嘴,少管闲事吧。末了她也不会相信我的,她一问那些上面的人,你可就完了。官官相护,他们是穿一条裤子的呀。前几天,她和那个来做客的外国公爵在树林里散步的时候,我就跟她说过话了。他们在什么地方碰见了魏克杜儿卡,向我打听她的事;公爵夫人被她吓坏啦。"

"那您是怎么对她说的呢?"外婆问道。

①　好心得不到好报的意思。

60

"喏,我说了分内话;我说,她是疯了,并不惹人。"

"她怎么说呢?"

"她坐在草地上,公爵坐在她脚旁边,他们也请我坐下,讲讲魏克杜儿卡究竟是怎么疯的。"

"你才高兴扯呢,不是吗?"猎人大娘微笑着说。

"这你是不知道的,妇道人家,谁不愿为这位美丽的公爵夫人做点儿事呀。我们公爵夫人虽然年纪不轻了,可还是一个漂亮的人儿呀。除此以外,我又能怎么办,我只好说了。"

"您真是个会开玩笑的人哪,大爷,您答应过把魏克杜儿卡的事也说给我听听,我在这儿已经两年了,还一点儿头绪也摸不着。漂亮夫人我可不是呀,不能命令您,那我恐怕永远也不能知道了,对吗?"

"哎呀,我的外婆,您是比世上最漂亮的夫人还要好的人哪,您要是高兴听,我马上就把这段历史说出来。"

"真的,大爷太会奉承人啦①,"外婆微笑了,"要是您方便的话,就讲吧。老年人就像小孩子一样,孩子呢,你们自己也知道,总是高兴听听故事。"

"哪儿的话,我并不老,可也爱听故事呀。讲吧,孩子爸,讲啊,让我们也安安逸逸地过一会儿。"猎人大娘说。

"妈,再给点儿面包,我们连一口也没有了。"贝尔吉克的声音在门外叫着。

"这是不可能的,准是孩子们把面包扔了!"外婆奇怪地说。

"一半自己吃了,一半扔给狗、鹿和松鼠吃了,他们总是

---

① 直译:大爷一高兴,就把绸枕头送过来。

这样的。唉,我真受够了。"猎人大娘边切面包,边叹息着。她第二次出去给孩子们分食物,并把小女儿交给奶妈抱走;猎人在装着烟斗。"我过世的丈夫,愿上帝赐福给他,也有这样的习惯,在开始讲什么以前,总是把烟斗装好。"外婆说,幸福回忆的光芒在她眼睛里闪烁着。

"我真不知道怎么来说他们才好,他们男人都有这样的坏习惯。"猎人大娘在门口听见了外婆的话,接上腔说。

"你就别装作好像你不喜欢我抽烟的样子了吧,烟草是你自己从城里带来的呀。"猎人边说,边点燃了烟斗。

"哟,这还带坏了?要讨你的好眼色,哪能不样样给你准备好呀。开始讲吧。"主妇说着,就搬过纺车坐在外婆身旁。

"我早准备好了,请听吧!"猎人说着,就将第一口烟吹向天花板,把两腿交叉地放好,舒服地靠在椅子上,开始讲起魏克杜儿卡的故事了。

第 六 章

"魏克杜儿卡是日尔洛夫村一个农民的女儿。爸爸妈妈都早已过世了,哥哥妹妹现在还在。十五年前,魏克杜儿卡可是一个像覆盆子那样美丽的姑娘哪;远近没有谁能赛过她。活泼得像只小鹿,勤俭得像只蜜蜂,再好的女人也没有了。这样的好姑娘,再加上有分到家产的希望,当然不会没人注意的,这是明摆着的事情。关于魏克杜儿卡的传闻就这样传遍了远近,媒人把门槛给踩凹了。父母看中了许多人,其中许多都是有钱的人,而女儿也到了含苞待放的年龄了,但女儿自己就不想懂这个,她只看中跳舞跳得最好的人,而且也只在舞会上。

"有时候,爸爸在脑子里也考虑到女儿只在那样肤浅地挑选女婿,自己应该逼着她决定一个人,不然,就自己先挑好,再逼她嫁出去。可是,姑娘听了这话哭了,求着别把她赶出去,说她并没有赖着家不舍,说她刚刚才二十岁,什么好日子也没有过过,上帝才知道,她将嫁给什么人,以后又怎样过日子。爸爸很爱女儿,听了这样的怨言后,就非常怜惜她,望着女儿那美丽的小脸庞儿,想着:'时间还多着呢,你一定会谋到个好女婿的。'可是,人家却把这些说成另一样了;大家都说,魏克杜儿卡骄傲,说她在等着马车来接呢,还预言说:骄傲过分，没人过问，左挑右挑，坏的挑到，以及许多类似的种种预言。

"这时，在村子里住着许多大兵，其中一个开始跟上魏克杜儿卡了。如果她上教堂，他就跟在后面，站在离她不远的地方，不看圣坛，净盯着她看。如果她上草地，他一定也在附近哪个地方出现，总之一句话，不管她走到哪儿，他都像影子一样地跟在她后面。大家都说这人很傻，就是魏克杜儿卡自己在女朋友们中间谈论他时，也这样说：'为什么那个大兵老跟着我呀？像个畜生一样连话也不说一句。我真怕他。当他在我附近的时候，我浑身直打寒噤，一看见他那对眼睛，我的头都晕了。'

"那对眼睛，那对眼睛哪，人人都说，是不主好事的，在夜里据说还放光呢；而那对黑眉毛呢，就像乌鸦翅膀一样在眼睛上面张着，连成一道黑线，这就标明了那眼睛是凶眼啦。有些人替他惋惜地说：'我的上帝呀，他生下来就这样的，谁能担当这份错儿。这样的眼睛只有权利看一些心中没有私病的人。'不少的大嫂子，不论什么时候，只要他看了她们的孩子一眼，就害怕得不得了，赶忙用白布去揩孩子；也不论什么时候，只要村里谁家孩子病了，就嚷开说'是给黑兵魔住了'。末了，大家也都看惯了那副迟钝的面孔，姑娘们还说，如果那脸放和气点，也并不算太丑呢。但一般人都这样认为：'管这个怪人干吗？天晓得他是谁，是什么地方人；或许他连人都不是呢；大家都只差没在他面前画十字说：上帝在此，邪恶滚开了！既然他又不跳舞，又不说话，又不唱歌，我们饶了他吧！'大家真饶了他啦。但这又有什么用呀！他们说得多轻巧：饶了他吧，反正他又不是跟在他们后面呀；而魏克杜儿卡却受尽了折磨。

"当她不必上哪儿的时候,简直不敢出门了,只有这样才能逃脱那对时刻不离她的眼睛。舞会再也不能使她快活了,因为在屋里的某一角落里总有那个迟钝的面孔在看着她;她也不那么高兴跟姑娘们一起纺纱了,因为她准知道,要是她坐在屋里,黑兵就站在窗外,这姑娘吓得连话也不敢说,手里的纱也给拉断了。这真把她折磨苦了。每个人都看出了她的变化,可是,谁也没有料到,这是那个大兵所造成的罪过;因为大家都把他看成疯子了,而且以为,是魏克杜儿卡自己让他跟在后面跑的,所以也想不出别的办法来帮她。有一次,魏克杜儿卡却跟女朋友们说:'相信我,姑娘们,假如现在有女婿来求婚,不管是贫是富,是美是丑,只要是外村的,我马上就嫁给他。'

"'你这是怎么想的呀?你许是在家受了气,才这样随口乱说吧,难道连我们这儿你都不喜欢了?'姑娘们嚷着。

"'你们不要这样来想我吧。黑兵在这儿,我简直待不下去啦。你们连想都想不到,这个讨厌鬼是怎样在折磨我,使我生气啊。那对眼睛到处在跟着我,我已经连睡觉和祷告都不能安静了。'魏克杜儿卡连哭带抱怨着。

"'哎呀,上帝,为什么你不禁止他跟在你后面?你为什么不跟他说,你看不惯他,他是你的眼中钉呢?'姑娘们劝告她说。

"'哪样我还没有做过呀?只是没有跟他本人说罢了。他老那样像影子似的跟着我,我哪能跟他说话呀。我叫他的朋友跟他说了。'

"'嗯,他没有听?'姑娘们问。

"'不仅没有听,他还跟那人说:谁也不能命令他,他要上哪儿就上哪儿,要找什么人就找什么人。还说他既然没有对我说过他是不是爱我,我就无权托人去转告他说我不要他。'

　　"'瞧这不讲理的家伙,'姑娘们愤怒了,'他打的是什么主意呀?我们得整他一下。'

　　"'千万别胡来,他会魇住你们的。'多虑的姑娘们说。

　　"'胡说,他哪能魇住我们。他要魇住人,就得有那人身上穿着的一件什么东西,这个我们谁也不给,我们也不会从他那儿接什么东西,那还怕他什么?——你,魏克杜儿卡,别害怕了,我们会陪着你,总有一天我们要把这鬼狠狠地整一下。'胆大一些的姑娘在嚷着。

　　"魏克杜儿卡勇敢地看看周围,可并没有因为听了她们的话而快活起来,她叹息着说:'但愿上帝把我从这个苦难中救出来。'

　　"魏克杜儿卡告诉姑娘们的话并没有成为秘密,很快就传播开来,一直越过田野传到另一个村子里去了。

　　"几天以后,在魏克杜儿卡家的院子里出现了一位好管闲事的外村人。这人先东拉西扯地说了一通,而后,话里才透出点儿苗头,原来是他的邻居要给儿子娶亲,那儿子呢,恰恰看中了魏克杜儿卡,他是受托来说媒的,但又不知道他这个媒能不能做成。

　　"'您稍等一会儿,我去问问魏克杜儿卡,让她自己来说好了。说到我呢,我认识西曼和他儿子东尼克,我不反对这门亲事;是一个正经的庄稼人家。'老头子跟媒人说了,就去叫女儿到屋里来商量。

　　"魏克杜儿卡一听见是求婚的事,便毫不思索地说:'让

66

他们来好了！'

"她决定得这样突然，爸爸觉得很奇怪，就问她是不是认识东尼克，怕她白白地捉弄人家。可是，魏克杜儿卡并没有反悔，跟爸爸说，她深知东尼克是一个好人。

"'你这样我很高兴，'爸爸说，'另外呢，你怎样做了，你就怎样受。再见了，我去让他们来。'

"当爸爸出去给媒人回话时，妈妈跑进房里来，为魏克杜儿卡画十字，祝愿她幸福。

"'我最高兴的是，他家既无婆婆，又没妯娌，你嫁过去就一人当家了。'妈妈补充说。

"'唉，妈妈，就是他有两个婆婆，我也愿意嫁他。'魏克杜儿卡回答说。

"'喏，要是你们这样合得来，那就更好了。'

"'才不呢，要是别的好人来求婚，我也会答应的。'

"'哎呀，你这是在说什么呀，人家许多人来求过，你一个也没答应呀。'

"'那时还没有这个凶眼大兵跟在我背后。'魏克杜儿卡低声地说。

"'你简直在颠三倒四了，你说那个大兵干吗？你管他往哪儿跑，不理他就是了，他总不能把你从屋里赶出去吧？'

"'哎呀，妈，他，就是他把我折磨苦了，我就是在屋里也是坐立不安哪。'姑娘哭泣着说。

"'那你为什么不早说呢？说了，我也好带你找铁匠大娘去，她会治这些的。放心吧，明天我们去！'妈妈安慰女儿说。

"第二天，妈妈和女儿找铁匠大娘去了。据说，这个铁匠大娘知道许多人家都不知道的事情。比方说谁东西丢了，乳牛不出奶了,谁魇住谁了,铁匠大娘都有办法,她会算出一切的。魏克杜儿卡信任地把自己的一切全告诉了她。

"'那你从来也没有跟他说过话,连一个字也没有说过?'铁匠大娘试探她说。

"'连一个字也没有。'

"'他也没有给过你或者叫别人送过什么东西给你吃?比方说,苹果或者甜饼。'

"'没有,大娘,什么也没有;别的大兵谁都跟他合不来,听说他是个骄傲的人,从来就这样孤僻。我们那儿大家都这样说。'

"'这就是怪人啦,'铁匠大娘心中有谱儿地证实说,'你可什么也不用怕呀,魏克杜儿卡,我来帮助你,现在还不算太坏。明天我拿一件东西来给你戴在身上。清早,你走出门的时候,别忘了洒圣水和说声:上帝在此,邪恶滚开。在地里走的时候,你连背后左右也别看一眼,要是那个大兵来跟你说话,就是他说得和天使一样,你也别理他。他会用声音迷住人的呀,最好马上捂住耳朵。牢记这个。如果过了几天还不转好,我们再试试别的,你只管上我这儿来好了。'

"魏克杜儿卡带着愉快的心情离开了铁匠大娘,盼着自己马上就好起来,像从前一样过得很轻快。第二天,铁匠大娘给她带来了一个里面缝了什么东西的小布袋,并亲手把它挂在姑娘的脖子上,同时嘱咐她千万别拿下来,也不能给任何人看。傍晚,当她在割草的时候,虽然看见了一个什么人站在不远的树旁,并感到脸庞发烧,但是,自己马上鼓起了勇气,连周围也没有看一眼,工作一完,她就像背后有火烧来似的急忙跑回家去了。第三天是星期天。妈妈在烤饼,爸爸去请教师先生和几位老年的邻居来过下午,当时全村的人都在交头接耳地说:米克西家要订亲了!

"下午,三个穿节日服装的人来到村子里,其中有两个人在衣袖上还插着迷迭香呢。主人在门口迎接他们,女用人在阶沿上祝福说:'愿上帝给你们多多赐福!'

"'上帝赐福!'媒人代替父亲和儿子回答说。

"女婿最后一个走进门,那时候,外面已经传来妇女们的声音了:'这个东尼克可真清秀呀,头昂得就像只牡鹿似的,他袖上那枝迷迭香多美呀,是在哪儿买到的呢?'接着男人们的声音回答说:'这还用说吗,他在村里娶了一个最漂亮、最会跳舞的姑娘哪,人又能干又富有,他当然可以把头抬得高高的啰。这小伙子真算碰上啦!'全村许多父母都这样想,并且还为这事生气:魏克杜儿卡为什么一定要选隔村的人,她为什么就没有看中某人或者某人,这么快这么急又是为什么,还有其他种种说法,就像往常碰到这类事情的时候一样。

"黄昏时已经谈定了。教师先生写好婚书,媒人和双方父母都在那婚书上面画了三个十字来代替自己的签名,教父也签了名,魏克杜儿卡答应东尼克,说三个星期之后就是他的妻子。第二天,女朋友们都来给她贺喜,当魏克杜儿卡由空场上走过时,到处都有人向她问好:'上帝给你幸福,新娘子!'而青年人一开口总提:'真可惜呀,你要离开我们了,魏克杜儿卡,你为什么要离开呢?'这时,魏克杜儿卡眼睛里总是涌出眼泪来。

"这几天以来,魏克杜儿卡的确是快活多了,当她必须到村后去,去时也没有从前那种折磨她的不安心情了。在她还没有从铁匠大娘那儿得到驱邪符和做新娘之前,她老是坐不稳站不安的;现在,她觉得一切恐惧都从她身上消失了,她感谢上帝,感谢着铁匠大娘,是她给她出了这样的好主意。然而,她这种快乐并没有维持多久。

"有一天,天黑下来的时候,她和新郎坐在果园里。他们在谈论着未来的生活和婚礼。这时,魏克杜儿卡突然不说话了,眼睛直呆呆望着面前的草丛,手也抖起来了。'你怎么啦?'新郎奇怪地问她。

"'你看对面那树枝中间,你没有看见什么吗?'魏克杜儿卡低声地说。

"新郎看了看说:'什么也没有看见呀,你在那儿看见什么了?'

"'我好像看见了那个黑兵在看我们。'新娘说话的声音更低了。

"'嗯,你等着,我来了结这件事。'东尼克大叫着;他跳出去,找遍各处——可是白费力气,什么人也没有看见。'要是他现在还老这样看你的话,我就是不揍死他,也得狠狠地教训他一顿!'东尼克愤怒地说。

"'你可别跟他吵什么呀,东尼克,我求你别这样,你是知道的,大兵总是大兵哪。爸爸自己就去过红山,如果那儿的军官肯把这个大兵从村里调走,他愿意给那位军官送礼;可是,那军官说,就是他愿意,也不能那样做,还说,一个男人多看姑娘两眼,算不了什么罪过。爸爸在那儿听见大兵们说,这个大兵家里非常有钱,是他自愿来当兵的,他要上哪儿就上哪儿。跟这种人吵,你才占不了上风呢。'魏克杜儿卡跟东尼克这样说了,东尼克也答应她,不去惹那个大兵。

"从那天晚上以后,从前那种恐怖的时刻又重新降临到魏克杜儿卡身上来了,那对可恶的眼睛时常在附近出现,不管她怎样满怀信心地把驱邪符紧按在胸口上,也丝毫不管用,只是把胸口按得很痛罢了。魏克杜儿卡又去找铁匠大娘讨主意了。'我不知道,这也许是上帝给我的惩罚了。您给我的符一点儿也不管用,我可完全照您的嘱咐做了呀。'魏克杜儿卡埋怨着。

"'放心,姑娘,放心吧,他就是异教徒,我也会治住他的。可是,我先得从他那儿得到两件东西。在我没有搞到手以前,你先尽量躲躲他。向保护天使祷告,为那些在净界里没有人祷告的孤魂野鬼们祷告吧。如果你的祷告超度了几个灵魂,他们也会替你求情的。'

"'最坏的是,大娘,我现在连静心做祷告都做不成了。'姑娘哭泣着。

"'你瞧,你瞧,姑娘,你为什么这么久都不管,直到邪恶黏上身子了呀?喏,上帝会帮助我们来降服这个魔鬼的。'

"魏克杜儿卡全神贯注热情地做着祷告,当她要走神时,马上就想着上帝的受难,想着圣母马利亚,一心盼着邪恶脱身。她这样平安地度过了一两天;第三天就上爸爸田里最后的角落上割苜蓿去了,临走时还告诉长工,叫他马上就跟着来,快点儿把它割完。她用轻快的步伐走了,就像跳跃着的牝鹿一样,以致人们都停下脚步来看她那美丽的姿态。她去时是这样,而回家时却是去割青苜蓿的长工把她抬回来的,那时,她面色苍白,而且还受了伤。腿上扎着白色薄手帕,是人们用车把她送回来的。'我的老天爷呀!'妈妈惊叫着,'孩子啊,你是怎么啦?'

"'刺扎进腿了,很深,这一下可糟了。把我抬进房里去,我要躺一躺。'魏克杜儿卡请求着。

"人们把她抬到床上,爸爸马上跑着找铁匠大娘去了。铁匠大娘飞快地跑来,跟在她背后还来了一大堆不速之客,就像通常发生类似的事情一样。第一个大娘建议用款冬①,第二个说用荨麻,第三个主张念经,第四个提议烧香,铁匠大娘谁的意见也没有接受,自己用马铃薯糊敷在那红肿的腿上。然后,她就把所有的人都轰走了,说她亲自来看护魏克杜儿卡,很快就会好起来。

"'告诉我吧,孩子,那是怎么回事儿,你是受惊了吧?是谁用这块白手帕给你扎腿了?我怕那些多嘴的看见,早就把它藏起来了。'小心谨慎的铁匠大娘边说着,边把她的腿放到床上。

"'您把它放在哪儿了,大娘?'魏克杜儿卡连忙追问着。

"'在床垫底下。'

"魏克杜儿卡抽出那条手帕,仔细地端详着上面的血迹,端详着那不熟悉的绣名,她的脸色由苍白而变得通红了。

"'孩子,孩子,你这样我可不喜欢啊,你这叫我怎么来想你呀?'

"'您就想,上帝已经遗弃我了,我已经是永劫不得复生的了,我已经是无救的了。'

"'她许是发烧在说胡话吧?'铁匠大娘这样想着,就伸手去摸摸她的脸,然而,双颊是冰凉的,手也是冷的;只有那对眼睛在燃烧着,呆呆地凝视着那条用双手举在面前的手帕。

"'您听着,大娘,'她低声地开始说话了,'我告诉了您,

---

① 款冬是一种草药。

您可别告诉别人哪。这两天来我没有看见他了,您是知道的,我这说的是谁——可是,今天一清早就有个声音在我耳朵里响着:割苜蓿去,割苜蓿去,就像有谁在跟我说悄悄话似的。我知道去是碰运气,因为他时常在那儿,坐在离地很近的那个山坡上的树下;可是,我就安静不下来,最后拿着头巾和镰刀去了。在路上我突然想到,我要坏事了,可是,在耳朵里老响着:"只管去吧,割苜蓿去!"谁知道,他在不在那儿呢?你为什么要怕?托麦什马上就要来的。这声音就这样地把我赶到了地里。我向树那边看看,谁也没有。喏,我想,那儿谁也没有,这一关就算过了,于是,拿起镰刀就想割草。这时,我突然想找到四片小叶子的苜蓿草①,当时我这样想着:你要是找到了它,你将和东尼克一生幸福!我找着,找着,只差点儿没把眼睛掉到苜蓿草里去了,可是,什么也没有找到。这时,我又想朝山坡那边看看,看见了一个人站在树下——是大兵哪!马上,我转身就跑,可就在这一刹那间,我踩着了路旁躺着的刺,把腿划破了。我并没有叫,可是,痛得我眼睛直冒火花,便倒在地上了。就像在梦中似的,我看见一个人把我抱起来带走了,后来一阵剧痛才把我痛醒过来。那个大兵在小溪边跪着,把自己的白手帕用水打湿,再把它扎在我的腿上。我的天哪,当时我想,现在我连那目光都逃避不了啦。最好别看他的眼睛哪!我痛得要命,头也打起转转来,可是,我连气也没出,眼睛也没睁开。他用手摸摸我的额头,捉住我的手;我都打起寒噤来了——可是,我没吱声。后来,他放开我,用水洒我的

---

① 苜蓿草,通常只有三片叶子,又名三叶草。据捷克民间迷信说法,如找到四片小叶的苜蓿草,预示着将要走好运。

脸,抬起我的头。我又能怎么办呢,我只好睁开自己的眼睛了——哎呀,我的大娘哪,他那对眼睛向我直闪着光,就像上帝的太阳一样哪;我只得把眼睛躲开了!可是,这又有什么用呢?他在跟我说话了呀!——哦,您从前说得对呀,大娘,他的声音都能魇住人的;现在,我耳朵里老在响着他的声音,他的话。他跟我说,他爱我,说我是他的幸福,是他的天堂哪!'

"'这话多有罪呀,这也可以看出恶魔的面目,这样的话谁能想得出呀!——不幸的孩子,你这是怎么想的呀,你竟相信他了。'铁匠大娘埋怨着。

"'我的天哪,当他跟您说,他爱您,您怎能不相信呀!'

"'这只是他们挂在嘴边上的话呀,当什么真,骗人的话。他想把你弄得晕头转向。'

"'我也是这样跟他说的,可他却凭着上帝和灵魂起誓了,说他从第一次看见我就爱上了,他在避免跟我说话,怕把这些话告诉我,因为他怕把我拖进他的厄运里去了。他说,这命运到处在追迫着他,不让他像别人那样幸福地过活。哦,他还说了许多话,我都记不得了,他直把我说哭了。我完全相信了他,我对他说,我怕他,就因为怕他才嫁了人;我还告诉了他,我胸口上带着驱邪符。他要符,我就给他了。'魏克杜儿卡说。

"'哎呀,我的救主呀,'铁匠大娘叫苦不迭了,'她把驱邪符给了他啦,她把贴身的东西都给了他啦!你已经在他的魔力里了,就是上帝也不能从他的魔爪下解救你了,他已经把你彻头彻尾地魇住了!'

"'他说过,迷人的是爱情,别的叫我不用相信。'魏克杜儿卡又说道。

"'对呀,对呀,他们说的就是——爱情哪;我倒想告诉他,什么是真正的爱情。可是,现在已经一切都是白操心了,生米已经煮成熟饭了呀! 他是个怪人,现在他要吸你的血,直把你吸干了,再扼杀你,就是死了,你的灵魂也是不得安宁的。那你还哪能是个幸福的人呀!'

"魏克杜儿卡给大娘的话吓住了,但过了一会儿,她说:'已经没有用啦,我跟他去,他就是领我进地狱也情愿。已经没有用啦。把被子给我盖上吧,我发冷啦!'她在短短的沉默后说。

"大娘把所有的鹅绒被全给她盖上了,但魏克杜儿卡还是冷,连一个字儿也不说了。

"铁匠大娘是真喜欢魏克杜儿卡的,尽管她生气魏克杜儿卡把驱邪符亲手交给了大兵,然而,她确认无可挽救了的姑娘的命运仍然使她非常忧愁。魏克杜儿卡一直像死了似的躺着。除了在梦中说了些人家听不懂的话外,她没有说过话,也没有要过什么东西,更没有注意过什么人。铁匠大娘一直没有离开过她的身边,为了帮助这姑娘,她把自己全部的本事都使出来了。但丝毫也不管用,父母一天比一天忧愁更甚了,女婿也一天比一天揪着个更大的心事回家去。铁匠大娘直摇头,她想:'这可不简单啦;这是怎么回事呢? 什么法子都使尽了也不见效,我从前用这些方法救过许多人啦。是那个大兵把她魔住了,就是这么回事!'白天黑夜里她都有这样的想法。有一天夜里,当她偶然向窗外看时,看见了一个被树枝遮住的男人站在果园里的一棵树下,他那眼睛朝着她就像两颗烧红了的煤球一样在闪着光——至少她是这样想的——于是,她确认她的想法是对的了。

"有一天，当米克西带回消息说，大兵们得到命令要撤走了时，铁匠大娘高兴得不得了。'对我来说，所有的人都可以留下来，那个大兵要走了，我比得到一百块钱还高兴哪。是魔鬼把这人送到我们这儿来的呀。我觉得，这人在我们这儿，这一晌魏克杜儿卡就不像从前那样了，许就是他给魇住的！'爸爸这么说了，妈妈和铁匠大娘都证实了他的话。铁匠大娘已在盼着，在这个恶魔势力消除以后，一切都会好起来。

　　"大兵们走了。就在当天晚上魏克杜儿卡病得更厉害起来，以致铁匠大娘想派人去找神甫了；可是，到早上她又好了些，以后总是愈来愈好，几天以后，已经能自己起床了。铁匠大娘自己当然觉得情况的好转是因为恶魔势力的消灭，但她还是愿意听到大家这样说：'这铁匠大娘可是个能人哪！如果没有她，那魏克杜儿卡也别想再起床了。'当她到处都听见人家这么说时，最后，自己也相信是自己的本事救活了这个姑娘。

　　"可是，这还不能算是好定了。魏克杜儿卡虽然能走路了，并且还到院子里去过，但每个人都感到她生分了。直到现在她还没有说过话，还没有理过谁，她的目光是浑浊不清的。然而，铁匠大娘却在盼着她慢慢变好，并且认为没有必要再照顾她了；又像往昔一样，由妹妹玛仁卡陪她在房里睡。

　　"第一天晚上，当房里只有她们两个人的时候，玛仁卡靠近魏克杜儿卡坐在床上，用一种讨好的声音——她可是个好心肠的人啦——问她，为什么她这样怪，是不是有什么病。魏克杜儿卡看了她一眼，连哼也没有哼一声。

　　"'你知道，魏克杜儿卡，我真想告诉你一件事，只是我不敢说，怕你听了病又厉害起来啦。'

"魏克杜儿卡摇摇头说：'只管说吧，玛仁卡！'

"'在大兵撤走的头天晚上……'玛仁卡说。可是她刚一说完，魏克杜儿卡就一把抓住她的手，急忙地问道：'大兵走了？到哪儿去了？'

"'走了，哪儿——这个我可不知道。'

"'赞美上帝啊。'魏克杜儿卡叹了一口气，又重新躺下了。

"'那你听着，魏克杜儿卡，只是你可别生我的气呀，我知道，你是讨厌那个黑兵的，你可别把我看成坏人了，我跟他说过话了。'

"'你跟他说过话了？'魏克杜儿卡又急忙爬了起来。

"'是呀，他那样地求我，我怎好拒绝呢？不过，我一眼也没有看他，我怕。他时常在屋前屋后来回走着，我总是逃开了，那一次，他在果园里追上了我。他给了我一些草药，求我给你煮好，说喝了你就会好些；可我跟他说，我从他手里什么东西也不接，我怕他给你送来苋①。当我不肯也不接他的草药时，他说："那你至少为我转告魏克杜儿卡一声，说我走了，我可决不忘记自己的诺言，希望她也不忘记我们的重逢！"这个我答应了他，现在告诉你了。你别害怕，他不会再回来了，你也可以太平无事了。'玛仁卡说。

"'好，玛仁卡，做得好，你真是个好人，谢谢你的转告。现在去睡觉吧，去吧！'魏克杜儿卡在听完后对她说，并抚摸着她那丰满的肩膀。玛仁卡给她整理了一下头下的枕头，道了晚安就自己躺下了。

---

① 苋是一种春药之类的药草。

"早上,当玛仁卡醒来的时候,魏克杜儿卡的床已经空了。玛仁卡想,她许是到房里做事去了,可是,她并不在房里,连院子里也没有她的影子。爸爸妈妈都很奇怪,马上派人到铁匠大娘那儿去找,以为她是上那儿去了;可是,那儿也没有她。'她上哪儿去了呢?'找遍各个角落的人们在互相问着。长工也去找女婿了。当什么地方也没有找到她,当女婿从邻村跑来,也说不知道的时候,铁匠大娘才吐出了点儿口风来,说:'我想,她是找大兵去了!'

"'这是说谎!'女婿咆哮着。

"'这样想就错了!'父母说,'她是那样地讨厌他呀,这怎么可能呢!'

"'喏,是找大兵去了。'铁匠大娘证实说,并把魏克杜儿卡从前跟她说过的话全盘托了出来。玛仁卡也把昨天晚上转告姐姐的话说出来了,这样一人一句,最后说明了一切,那就是魏克杜儿卡不能克服统治自己的神秘的恶魔势力,而逃出去找大兵去了。

"'我们不能怪她,她自己也不能自主呀!她要是早告诉我就好了,我还可以帮助她的。现在已经迟了,他魇住她了,他要她,她就得跟他跑。就是现在你们碰运气找着她,把她领回家,她还是要跟他跑的。'铁匠大娘很肯定地说。

"'不管怎样,我还是要找她去。也许可以这样说,她一向是一个挺好的姑娘哪。'爸爸说。

"'我跟您去,爸爸!'东尼克叫着,这一切他就像在梦中听见似的。

"'你留在家里,'庄稼汉坚决地阻止了,'人在气头上遇事都不冷静,这样你就很容易进牢房或者去当兵。这又会有什么结果呢？这一晌，你跟我们一起也苦够了，现在可别再自寻苦恼啦。她再也不可能是你的妻子了，别再想这个吧。如果你愿意等玛仁卡年把工夫，我把她给你，她也是一个好姑娘呀。我高兴有你这样一个女婿，但我不会勉强你的，你自己决定吧。'大家听了这话都哭了，爸爸劝慰他们说：'别哭了吧，哭也没有用啦。如果我不能把她找回来，我们也只好把她交给上帝了。'

"爸爸拿了几块金币做路费，安排了一下家务事，就上路了。在路上，他到处询问人家是否看见了他的女儿，把女儿从头到脚地形容了一遍，可是，谁也没有看见类似的人。约瑟霍夫的人们说，大兵们已经搬到赫拉得茨去了；赫拉得茨的人们又告诉他说，那个黑兵从那儿参加了另外一队，而且他还打算离开军队呢。他到底上哪儿去了呢，那个大兵无法肯定，这就是那个曾经在米克西家住过的大兵。但他肯定地说，这儿没有谁看见过魏克杜儿卡。许多人都劝他去告状，说这是最好的办法，可是，这位庄稼汉又不愿意跟衙门打什么交道。'我不想跟衙门交涉什么，'他说，'我不愿让他们把她当作什么逃犯抓回来，更不愿让他们用手指着她来侮辱她。我不能让她丢脸哪。无论她在什么地方，都是在上帝的手中，上帝若不答应，就是连根头发也不会从她头上掉下来的。她该回来，自己会回来，不该回来，也是上帝规定好了的。到处敲锣打鼓地去找她，我是不干的。'

"他就这样打定了主意。并请求大兵说，如果什么时候碰见了她，或者听到了关于她的什么风闻，请告诉魏克杜儿卡，说他，她的爸爸找过她了。要是她想回家，或者有谁把她送回家，我都要千恩万谢，并且给些钱作报酬。那个大兵一切都答应了下来,因为他在这庄稼汉家里曾经受到过很好的招待。于是,庄稼汉转回家来,良心上也安了,因为他已尽了自己的本分。

"大家都为魏克杜儿卡哭了,在做弥撒和祷告时都为她祈祷,然而,半年,三个季度过去了,仍然没有一点关于她的消息,人们回想到她时,都当她是死了。这样一年也过去了。

"有一天,牧羊人给村子带来了这样的新闻,说他们在庄园的树林里看见了一个女人,她的高矮和黑头发都和魏克杜儿卡一模一样。米克西的长工们马上跑到树林里去找。他们分头找遍了各处,可连这样的影子也没看见一个。

"那时,我正是头一年在这儿——我的前辈、过世的丈人家里做女婿。当然,我们也听到谈起这事。第二天,当我要上树林里去时,丈人叫我帮着找找,也许能遇见这样的人。事实上,就在那一天,我看见了一个没戴头巾的女人坐在山坡上,就是坐在米克西那块地的上头两棵交叉的松树下面。我早先不认识魏克杜儿卡,但我看到这样孤单、这样野的人,就马上认出是她了。可真是她啦!她穿着一件男人的衣服,这衣服从前一定很漂亮,现在已到处都撕破了。我再看看她的身子,已经是妈妈啦!——我静悄悄地溜开,跑回家来找丈人。丈人又去通知日尔洛夫村。她的父母伤心地痛哭了一场,情愿把她交给上帝不管了。除此之外,又有什么办法呢?我们商量好要跟住她,看她往哪儿走,在哪儿睡,慢慢地使她驯起来。有一天,黄昏的时候,她来到日尔洛夫村,一直跑到她爸爸的果园里来了。她在一棵树底下坐下,两手抱着双膝,下巴靠着膝盖,眼睛呆呆地看定一个地方。妈妈想走近她,可她猛地一下跳起来,翻过篱笆,逃到树林里不见了。我丈人劝他们把饭和衣服送到树林里那棵松树下去,她也许会注意的,米克西家马上就把那些必需的东西带来了。我就把它们放在那儿。第二天,我再去看时——食物里只面包不见了,衣服里也少了一条裙子、一个紧身和一件衬衫。别的全都留在那儿,第三天还是如此。我怕被别的不规矩的人给拿走了,就把它们拿开了。很久我们也没有找出她在哪儿过夜,直到后来,我们才在那三棵松树下面找到了一个山洞——就去看看那儿是不是有人动过石头。洞口长满了杂草,不是有心人是很难找到的,何况她还用松树枝遮住了呢。我爬进去过一次。洞里只有能容两个人的地方,除了一点儿干草和苔藓以外,魏克杜儿卡那儿什么东西也没有。那就是她的床啦。熟人和亲戚,连她爸爸和已经嫁给东尼克做新娘的玛仁卡,都在各处等她,想和她说话,带她进屋里去;可是,她一直在躲着人,白天很少能看见她。有一天晚上,当她又跑到村子里来坐着的时候,玛仁卡轻轻地走近她,用她那讨好的声音请求她说:'来,魏克杜儿卡,跟我到房里睡觉去,你已经很久没有跟我在一起睡了,我很想念你呀,跟我来吧!'魏克杜儿卡看着她,让她拉住自己的手,一直牵到前屋里;突然,她又扭开手逃走了。以后好几天,在村子里都没有看见她。

"有一天夜里,我在老漂白场的山坡上等野兽,那时,月亮照得跟在白天一样,我看见魏克杜儿卡走出树林来了。她走路时,双手交叉地按在胸前,头向前垂着,跑得那样轻快,叫人感到她的脚好像不着地似的。她也像现在这样一跑出树林,就上水坝那边去。那时,我常看见她坐在水边,或者坐在山坡上那棵大橡树下面,不过,在那儿我没有马上注意到。当我仔细看她的时候,发现她在把什么东西扔进水里去,并且听见她在发狂地大笑,我听了头发都竖了起来。我的狗开始狂吠着。我当时也害怕得直打哆嗦。之后,魏克杜儿卡又坐在树桩上唱起歌来;我连一个字儿也听不懂,调子是妈妈唱给孩子听的摇篮曲:

> 睡啊,小宝宝,睡吧,
> 眯上你的小眼睛吧。
> 上帝将伴着你同眠,
> 安琪儿在为你摇床。
> 睡啊,小宝宝,睡吧!

　"这调子在夜里响得那样地凄凉,使我难过得几乎在那儿都待不下去了。她在那儿坐了两个钟头,就唱了两个钟头。从那以后,她每天晚上都上水坝那儿坐到深夜,也老唱着那个摇篮曲。早上,我把这个告诉我丈人,他可马上猜出来,她大概是把什么东西扔到水里去了——事实上真是那样。当我们再看见她的时候,她的身子已经改变了。妈妈害怕了,别人也是一样,可是,又有什么用呢?糊涂是无罪的嘛!慢慢地她也习惯上我家来了,通常都是饥饿逼着她来的。那时也像现在一样,她来了,就像塑像似的站着,哼也不哼一声。可是我老婆——那时她还是一个小姑娘呢——马上就拿东西给她吃;她默默地接着,就逃到树林里去了。当我在树林里碰见她时,我把面包给她,她也接了,如果我想跟她说话,她就什么也不拿地逃开了。她特别喜欢花;花束不是在手里拿着,就是插在上衣上,可是,当她看见孩子们或者她要上哪儿去的时候,她就把花束分给别人。谁能晓得,她知不知道自己在干什么呀?我也想知道,在她那糊涂的脑子里究竟想了些什么,可是谁又能够来解释这个呢,而她自己——又一直不开腔!

"当玛仁卡和东尼克结婚并在红山举行婚礼时,魏克杜儿卡也跑到村里来了——天晓得是偶然的呢,还是她听到的。她怀里抱着鲜花,一走到门槛边,就把鲜花撒满一院子。妈妈哭了,拿着饼和最好的东西给她吃,可是,她一转身就逃开了。

"爸爸为这事痛苦极了,他爱她呀。第三个年头上,爸爸就死了。当时我正在村子里,东尼克的老婆和他自己都哭着问我是不是看见了魏克杜儿卡。他们愿意把她接到家里住,但不知道怎么办才行。据说,当时爸爸老不能咽气,大家都认为是她在阻拦住他的灵魂。我回到树林里,当时想,如果我在什么地方碰见她,不管她懂不懂,我都要把这事告诉她。她坐在一棵松树下面,我装着没事的样儿走近她,就好像是偶然碰上的,我怕把她吓跑了。我说:'魏克杜儿卡,你爸爸快咽气了,你可不可以回家去一趟呢?'

"她没吱声,就像没听见似的。我想,这才是白费劲呢,我到村里告诉他们去。我跟玛仁卡还在门槛说话的时候,就有人叫着:'魏克杜儿卡真到果园里来了!'

"'东尼克,把大娘们叫出来,你们也去躲一躲,不要惊吓了她啦!'玛仁卡说了,就走进果园去。

"过了一会儿,她就把魏克杜儿卡静悄悄地领进房里去了。她手里玩弄着樱草,那对美丽的浑浊无神的黑眼睛老也不离开这个花束。玛仁卡就像领着瞎子老婆婆似的牵着她。房里静寂无声。妈妈在床的一边跪着,脚旁跪着他唯一的儿子;老人双手交叉地摆在胸前,两眼已经翻白了,他在跟死神搏斗着。玛仁卡把魏克杜儿卡一直领到了床前,快死的人将眼睛转向她,脸上飞越过一阵幸福的微笑。他还想举起手来,但已经不能够了。魏克杜儿卡许是想,他在要什么东西,就把那束樱草放在老人的手里。病人再一次看了看她,叹了一口气——就死了。她给他带来了幸福的时辰。妈妈哀号地痛哭起来,魏克杜儿卡一听见声音,吃惊地看了看周围,就夺门逃出去了。

"我不知道,她是不是还到过自己家里。她在树林里住下的十五年里,我只听见她说过一次话。这个我到死也不会忘记的。有一次,我下山到桥那边去,庄园里的长工们正抬着木料在大路上走,我看见了'金头发'也在草地上走。这人是庄园里的秘书老爷;因为姑娘们不想记住他那德国姓,而且,他又有着一头半长的、美丽的金色头发,所以就给他取了这样一个绰号。他是德国人。他在草地里走热了,就脱去帽子,光着头走着。

"这时,突然就像从天上掉下来的一样,魏克杜儿卡一下子抓住了他,抓住他的头发,又拉又撕,把他吓得像糖做的洋娃娃一样。那德国人尽着嗓子大声叫起来,我也从山岗上飞奔下来,魏克杜儿卡当时可真的狂怒了,在他手上咬了一口,非常愤怒地大声叫着:'现在我也抓住你了,你这条蛇,你这个魔鬼!我要撕碎你!你把我的孩子放到哪儿去了,你这个魔鬼?魔鬼啊,把他还给我!'她气得那样厉害,连说出来的话也含糊不清、很难听懂。德国人没有听懂她的话,完全愣住了。要是没有长工在,光靠我们两个人也是对付不了她的。长工们看见吵架,都跑到草地上来了,这样我们才把那个可怜的秘书老爷从她手中救了出来。当我们想把她抓住时,她用全力推开我们,逃到树林边,向我们掷石子,把祖宗八代都骂到了。以后好几天,我都没有看见她。

"德国人由此生了一场大病,怕魏克杜儿卡怕得情愿离开这儿。姑娘们讥笑他,他也顾不得这么多了,七十二计,走为上计,就走了。就是他不在这儿,地里还是照样长庄稼。我们也就忘记他了。

"喏,就是这些啦,外婆,这就是魏克杜儿卡的全部历史了,我一半是从过世的铁匠大娘那儿听来的,一半是玛仁卡告诉我的。谁知道,到底是不是这样,但她一定是碰到了坏事了,谁害了她,现在也够他后悔的了!"

外婆擦了擦老泪纵横的脸,带着和蔼的微笑说:"多谢您了,多谢您讲的故事。应该说,大爷就像念书人一样会讲呢,我们听着听着都忘记太阳已经快下山啦。"外婆指指屋里的日影,就开始收拾纺锤了。

"再待一会儿吧,我喂了鸡,也可以送您下山去。"猎人大娘请求着,外婆也情愿再留一会儿。

"我要上树林里去,也可以送您到桥边。"猎人说着,就从桌旁站了起来。

猎人大娘跑去拿谷子去了,一会儿,在院子里就响起呼唤声:"啰——唧唧,唧唧!"而家禽就从各个角落里飞拢来了。——最先到来的是一群麻雀,就好像是在喊它们似的。猎人大娘也说:"嘿,你们来得倒早呀!"然而它们理也不理睬这话。

外婆站在门槛上,怕孩子们惊了家禽,就把他们拉在身边,很显然,她是喜欢看它们的。都有些什么样的家禽呀!白色和灰色的大鹅、小鹅,大鸭、小鸭,黑色的土耳其种鸭,养驯了的美丽的野鸡和高腿翻毛鸡。孔雀、珠鸡、公火鸡和母火鸡,它们在咯咯地叫着,竖起羽毛,就像谁很器重它们似的。

普通的鸽子和翻毛鸽子在一块儿拥挤着,抢着啄谷子,互相在踩着脚,这个跨过那个地爬着,爬到一切可去的地方去。而麻雀呢,这群小捣蛋,肚子填饱了之后,就在笨鹅和鸭子背上跳来跳去。家兔坐在不远的地方,养驯了的松鼠在栗树上看着孩子们,尾巴翘过了头,就像戴上了钢盔似的。小猫坐在篱笆上,用贪馋的眼神注视着麻雀。小鹿让芭蓉卡抚摸着它的头,几条狗却乖乖地围着孩子们坐着,原来猎人大娘手里拿着一根粗棍子呢。尽管如此,当黑公鸡撵走在它们旁边啄食的小鹅,而小鹅又逃到赫克杜儿嘴边时,它还是忍不住咬了它一口。

"我看见了!"主妇大叫着,"你这头老笨驴,你倒挺会闹着玩。给你一个记性棍!"她举起那根粗棍子就来打狗。

赫克杜儿在自己的小朋友面前受到惩罚,感到很丢脸,便耷拉着脑袋慢慢地溜进屋里去了。可是外婆说:"那儿子到底还是比它爸爸强点。"原来赫克杜儿是苏尔旦的爸爸呢,苏尔旦曾经一次就干掉外婆好几只漂亮的小鸭。

鸡食喂完了。家禽各自归舍去了。孩子们从弗郎吉克和贝尔吉克那里得到许多好看的孔雀羽毛,猎人大娘把笛罗尔卡种的鸡蛋交给了外婆,抱着小安鲁西卡,猎人大爷捎上猎枪,把赫克杜儿叫来,就一起离开了这个可爱的家庭。小鹿也像小狗一样跟在他们后面跑。

在山脚下,猎人大娘向他们道了晚安,就跟孩子们回去了。在桥边,猎人大爷将那晒黑的右手伸给外婆握握,走到树林里去了。杨盯着他的背影看了很久,之后,跟芭蓉卡说:"等我再大一点儿,我就跟贝尔大爷去,我也会这样去打猎的。"

"那可还得多派几个人陪着你呢,你是害怕树精和火神的呀。"芭蓉卡讥笑他。

　　"你怎么知道我会这样?"杨对她发脾气了,"我大了,就不怕!"

　　然而外婆却走近水坝边,注视着那个长满了青苔的大树桩,想着魏克杜儿卡,叹息地说:"可怜的姑娘啊!"

第 七 章

第二天上午,外婆就和孩子们走出大门了。

"你们可给我听点儿话啊,"妈妈把孩子们送出门外时,嘱咐说,"在庄园大楼里可别伸手动脚的,好好地给我吻公爵夫人的手啊。"

"我们会做得好好的。"外婆担保地说。

孩子们打扮得个个像朵花一样,外婆也穿上了节日的衣服:深褐色的长裙,雪白的围裙,灰色的大马谢克城出产的外套,白鸽似的便帽,脖子上还戴了人造宝石和那块银币。大头巾挟在胳肢窝里。

"您带大头巾干吗呀? 不会下雨的,天色都晴朗了。"卜罗西柯娃太太说。

"不拿点儿什么,手就像没处可放似的,手里拿着点儿东西,已经成了习惯啦。"外婆说。

他们绕过小花园,走上了羊肠小道。

"现在,你们一个跟着一个好好地走啊,当心让草上的露水打湿了裤脚。你,芭蓉卡在前面走,阿黛尔卡我来牵着,她走路是不看路的。"外婆边吩咐着,边牵住阿黛尔卡的手。这小姑娘正在兴高采烈地欣赏着自己身上的衣裳呢。阿黛尔卡的那只老母鸡大黑子,在果园里跳跃着,这是外婆从小山村带来的那四只小鸡中的一只。外婆是那样地养驯了它,它可以从孩子们手里啄东西吃,当它下蛋的时候,总是跑到阿黛尔卡面前,要她把自己从早餐里留下来的面包卷给它吃。

"到妈妈那儿去啊,大黑子,我已经在那儿给你留下面包卷了。我要去见公爵夫人了。"阿黛尔卡向那只老母鸡叫着;可是,它好像没有听懂似的,飞快地跑到她面前来,想用喙来拉她的衣裳。

"笨蛋,难道你没有看见我穿着白衣裳吗?嘿——嘶嘶!"小姑娘赶着它,但它不肯离开,后来,逼得外婆只好用大头巾打它的翅膀了。

他们又走了一小截路。这次真得停下步来了,新的灾难又在威胁着白衣裳。两条大狗从山岗上直奔而下,划过水沟,爬上岸来稍稍地抖了抖身上的水,就一个箭步蹿到外婆身边。

"啊,你们这些可恶的,谁叫你们来了?赶快给我走开!"外婆生气了,吓唬着它们。狗听见外婆的怒喝声,看见她那绞着大头巾的手,突然呆住了,它们想:这是干吗呀?孩子们也在骂它们,杨举起石头要掷它们,可是石头飞到水沟里去了。习惯了把扔出去的东西抢回来或到水里去捡东西的狗,以为这是孩子们跟它们闹着玩的,便高兴地跳进水里去,一瞬间又爬上岸来,绕着孩子们身边乱转。孩子们全都大叫起来,藏到外婆的背后,而外婆也是束手无策了。"我回家去骂别佳。"芭蓉卡说。"别回去了,这会给路上招来不幸的①。"外婆说。这时,幸亏是老爷爷来了,他才把那两条狗撵走。"你们上哪儿去呀?是参加婚礼还是去做客呀?"老爷爷手指间转动着

---

① 这是迷信,意为出门再走回头路是会带来不幸的。

鼻烟盒问。“可没有人结婚呀，大爷，我们上庄园去。”外婆回答说。“上庄园去，这是大事啊。那儿有什么事吗？”老爷爷惊奇地问。“是公爵夫人请我们去的。”孩子抢着说了，外婆也就马上说出她如何在凉亭遇见公爵夫人的事。“现在可懂了，”老爷爷边说着，边闻着鼻烟，“喏，那就去吧，阿黛尔卡回来可要把在那儿看见的东西告诉我啊。你呢，耶尼克，要是公爵夫人问你，黄莺坐着时鼻子朝哪方，你是答不上来的，不是吗？”“她才不会问这个呢。”杨说完，就溜到前面去，免得老爷爷又惹他生气。老爷爷做个鬼脸，向外婆告了别，就向水坝那边去了。

古杜拉家的孩子们在酒店旁边玩，做小水车，翠儿卡抱着小孩子。“你们在这儿干什么呀？”芭蓉卡问他们。“没干什么。”他们边看着盛装的孩子们，边回答着。“嗳，我们要上庄园去啦。”杨开腔了。“哼，这又有什么了不起。”瓦夫银赖克噘着嘴说。“我们在那儿会看见鹦鹉呀！”魏林说。“等我长大了，我也会看见的。爸爸跟我说过，我将来要出门的。”调皮的瓦夫银赖克回答说；而第二个男孩子瓦茨拉夫和翠儿卡却说道：“我们也能去看看多好呀！”“喏，别吵了，我会带东西给你们的。”杨对他们说，“还把我们在那儿看见的事儿告诉你们。”

最后，外婆和孩子们终归来到了大花园，卜罗西柯先生已经在那儿等候了。

公爵夫人的大花园是谁都可以进来的，离老漂白场并不远，可是，外婆和孩子们却很少上这儿来，尤其是公爵夫人在这儿住的时候。外婆虽然赞美这一切风雅的布置、奇美的花卉、古怪的树木、喷泉以及鱼池里的金鱼，但她还是情愿和孩子们上草地去,或者到树林里去。在那些地方,孩子们可以大胆地在柔软的绿色地毯上打滚,可以闻闻每一个花朵,甚而可以折下它来扎花束和花环。在地里虽然没有橘子树和柠檬树,但到处都是枝叶茂密的野李树和野梨树,树上结满了果实,谁都可以随意摘来吃。在树林里呢,有的是杨梅、草莓、蘑菇、野扁核桃。喷泉虽然没有,可是,外婆情愿跟孩子们上水渠那儿去。他们看着水浪沿水渠湍急地向下流去,有时水浪向上飞溅出来,碎成千万颗小水珠落下来,再一次在多泡沫的漩涡中翻滚着,然后,再汇合成流,静静地流下去。在水渠里也没有什么吃惯面包屑的金鱼,可是,外婆在附近走过时,总要摸摸大荷包,把面包屑装满阿黛尔卡的围裙;当孩子们把面包屑扔进水里时,许多鱼就从深潭里涌现上来。游在最上面的是银白色的白鱼,正在抢食着面包屑,脊背凸出的鲈鱼却在它们之间穿游如梭,在不远的地方,长胡子的细长须鱼在闪动着,还可以看到大肚皮的鲤鱼和白头的鳕鱼。

在草地上外婆碰见许多人,他们都立刻向她问好:"赞美耶稣基督啊!"或者"您好啊!"有的人停下工作问道:"上哪儿去啊?外婆,您好吗?家里在干什么呀?"外婆总是马上就回答他们的问话。

可是在庄园里呢,那儿可什么也行不通了!这儿奔跑着穿制服的男仆们,那儿又是满身绸缎的女仆,除了老爷就是先生,一个个都装着了不起的模样,高昂着头,像孔雀似的踱着方步,好像只有他们才有权在草地上走。如果其中有谁问候外婆一声,那也十分淡然:用德语说"早安",或者用法语说"日安",使得外婆都脸红了,不知道是要回答"永远如此"还是"上帝赐予"。她在家里常这样说:"庄园那儿才真是个巴比伦①呢!"

　　在庄园大楼门口,两旁各坐着一个穿制服的男仆。左边那个双手放在膝上,什么事也不干;右边这个双手交叉地摆在胸前,瞪着眼睛望青天。当卜罗西柯先生走近他们时,他们用德语问候他,一人一个地方的口音。前厅是用白色大理石的小砖块砌成的,中央放了一张精制的台球台。靠墙摆着许多蓝色大理石的茶几,上面放着几个代表神话人物的白石膏像。有四道门通向内厅。在一道门旁边的躺椅上坐着一个身穿黑长袍的男仆,他已经睡着了。卜罗西柯先生领着外婆和孩子们走进了前厅。男仆一听见衣裳的窣缫声,抖动了一下;终于看见了卜罗西柯先生,向他问好并问他来大楼有何贵干。"公爵夫人希望我岳母和孩子们今天来见见。请您,列奥保尔德先生,进去通报一声。"卜罗西柯先生说。列奥保尔德先生皱着眉头,耸耸肩说:"我不知道会不会接见他们,她现在在自己的内室里工作呢。我可以给他们进去通报一声。"他站了起来,懒洋洋地走进了自己守着的那扇大门。一会儿工夫,他回来了,敞开大门,笑容可掬地请他们进去。卜罗西柯先生退了回去,外婆和孩子们走进了那富丽堂皇的内厅。孩子们连气也不敢出了,在那平滑如冰的地板上,他们老要摔跤。外婆也是如入仙境,她正在琢磨着应不应该在那华丽的地毯上走。"这真太可惜啦。"她说。可是又有什么办法呢,到处都铺上了地毯呀,况且,这个男仆就是在地毯上走的。男仆领着他们穿过音乐厅和书房,一直来到公爵夫人的内室,之

――――――――――――

　　① 《圣经》故事:传说巴比伦人很狂妄,想建一座高塔,上抵天庭,上帝怒,罚其语言不通。此指庄园人员复杂,语言也很杂乱。

后,他又回到自己的躺椅上,哼着鼻子说:"真是贵人多怪癖,让人来领乡下佬和孩子们。"

公爵夫人内室的墙壁是用淡绿色织金的壁挂镶起来的,门帘和那个跟门几乎一样大小的窗子上的窗帘也都是同样的颜色。墙上挂着许多大大小小的祖先画像。窗子对面有一座用灰色、黑色和白色的精亮放光的大理石嵌砌成的大壁炉,上面还摆有两只日本瓷花瓶,瓶里插着鲜花,花的香气散满了全室。在壁炉的两旁摆着两个用珍贵木头精制的橱柜,里面摆着各种各样的东西,一半是稀有的艺术品,一半是贵重珍宝和自然界里的小东西:美观的贝壳、珊瑚、宝石等。这些都是旅行时买的纪念物和大人物赠送的礼品。在靠近窗子的一个壁角里摆着一座用意大利甲拉斯特城产的大理石雕成的阿波罗①的雕像,在另一角落里放着一张简朴而又十分精美的写字台。穿着白色晨服的公爵夫人就坐在桌旁铺着深绿色天鹅绒的靠椅上。当外婆和外孙们进门时,她才放下手中的笔。"赞美耶稣基督啊!"外婆恭敬地鞠躬问候道。"永远如此!欢迎你,老人家,欢迎你和孩子们!"公爵夫人回答说。孩子们全都呆了,等到外婆向他们眨眼睛时,他们才拥上前去吻公爵夫人的手。公爵夫人也吻了他们的额头,同时指着那个铺着镶有金须的天鹅绒的座位,请外婆坐下。"多谢,夫人,我没有站累。"外婆不好意思了,原来她在担心会把那椅子坐倒或坐垮。可是,公爵夫人一定要请她坐下:"只管坐下吧,老人家!"外婆这才把大白头巾铺在椅子上,小心翼翼地坐下,说:"希望我们没有打扰夫人睡觉。"

---

① 希腊罗马神话中的太阳神。

孩子们静悄悄地站着,眼睛东张西望地从这个东西上跳到那个东西上。公爵夫人看着他们,微笑地问他们道:"喜欢这儿吗?""喜欢。"大家一齐说。"那还用说吗,您就是不请他们,他们也想来这儿玩,来这儿住了。"外婆说。"那你是不喜欢这儿的了?"公爵夫人问外婆。"这儿真像在天堂里呀,可我还是不愿住在这儿。"外婆摇摇头。"那为什么不呢?"公爵夫人奇怪地问。"我在这儿干什么呀?您又没有手工活儿可做,连纱和纺车我都不知道该放在哪儿好呢,我要在这儿干什么?""那你就不想无忧无虑地度过老年?""离我安静地睡去的时候还早着呢。在我活着,上帝给我健康的时候,我是要做事的。懒人再贵也不顶用哪。再说,世上也没有一个完全无忧无虑的人;这人忧这桩,那人又愁那桩,各人有各人的心事呀,只不过不是每个人都被它压倒罢了。"外婆说。这时,一只白嫩的小手撩开门帘,露出了一张年轻姑娘俊美的面孔,两根淡褐色的发辫盘绕在头上。"可以进来吗?"她用一种甜美的声音在问着。"只管进来吧,荷尔姐思叶,你找到好伴了。"公爵夫人回答说。

伯爵的小姐荷尔姐思叶,大家所说的公爵夫人的养女,就走进了室内。她身材单薄,还没有发育完全。身上穿着一件简便的白衫,一手拿一顶圆形的草帽,一手拿着一束玫瑰花。"哎呀,多么可爱的孩子呀!"她叫了,"一定是卜罗西柯家的,你就是从他们手里得到那许多好杨梅的,是吗?"公爵夫人点点头。小姐弯下腰,给每个孩子一朵玫瑰花,也送了一朵给外婆,一朵给公爵夫人,最后一朵自己插在腰带上。"这花苞儿新鲜得就像您一样,小姐。"外婆边说边闻着花儿。"愿上帝保佑她,夫人。"她转向公爵夫人,又补上了这一句。"这也是我最热诚的愿望啊。"公爵夫人说完,亲了亲可爱的养女的前额。"我可以领着孩子们去玩玩吗?"小姐问公爵夫人和外婆,公爵夫人点点头;可是外婆却说,那会麻烦小姐的,因为孩子们都像猎狗似的野,而杨就是特别野的一个。然而,荷尔姐思叶微笑着向孩子们伸出双手,问他们:"你们愿意跟我去吗?""愿意,我们愿意。"孩子们高兴地叫着,马上抓住了小姐的手。小姐向公爵夫人和外婆鞠躬后,就和孩子们在门口消失了。然后公爵夫人从桌上拿起小银铃摇着;一霎间列奥保尔德先生就在门口出现了。公爵夫人吩咐在餐厅准备早餐,还递给了他一束吩咐处理别的事的纸条。列奥保尔德鞠躬如也地退了出去。

在公爵夫人和男仆说话的时候,外婆看了那些挂在室内正壁上的画像。"我的天哪!"男仆走后,她说,"这些服装,这些脸是多么地怪呀! 这位夫人穿得就像过世的哈拉西柯娃一样,上帝赐福给她。她从前也是穿着高跟鞋,细腰裙子,腰细得就像是棍子把她拦腰打断了似的,头上还戴着奇形怪状的帽子呢。她丈夫从前是多柏纽西卡的市议员,我们在庙会时上那儿去过,在教堂里见过她。青年小伙子们把她叫作'罂粟夫人',因为她穿着那样的裙子,再加上油头粉面的,活像个罂粟果伸出花苞时那样。据说,那还是法国的时装呢。""这位夫人是我的祖母。"公爵夫人说。"喏,为什么不呢;是一位漂亮的夫人呀。"外婆回答说。"右边,那是祖父,左边是父亲。"公爵夫人一一指给她看。"都是好人哪;夫人您不像父亲。哪儿是太夫人呢?""那儿是母亲和妹妹。"公爵夫人指着挂在写字台上面的两张画像说。"漂亮的夫人哪,看了都叫人高兴,"外婆说,"可是妹妹既不像父亲,也不像母亲;孩子们像上几代某个人,也是常有的。可是,这位年轻的老爷,我像在哪儿见过似的,我已经记不大清楚了。""那是俄国沙皇亚历山大①,"公爵夫人很快地回答说,"你是没有见过他的。""见过,我怎么没有见过呢,我就站在大约离他二十步的地方。他是个美男子呀,只是这个要年轻些,可我还是认得出他来。这人和约瑟夫皇帝是少有的好人哪。"公爵夫人指指对面墙上挂的那张跟真人一样大的画像。"约瑟夫皇帝!"外婆拍手喊着,"跟他本人一模一样,看哪,什么好东西您都有了。我没有想到今天会看见约瑟夫皇帝。上帝给他永恒的荣誉,他可是个好皇帝②呀,特别是对穷人。这块银币就是他亲手给我的。"外婆边说,边从胸间掏出那块银币来。公爵夫人喜欢外婆的朴直和那兴高采烈的情绪,也就请她聊聊,皇帝是在什么地方给她的。外婆不让再请,就把我们在磨坊里已经听过的故事告诉了公爵夫人。公爵夫人也衷心地笑了。当外婆再环视全室时,看见了贝德希赫王③的画像。"这就是普鲁士王哪!"她叫着,"这位君王我是很熟的。我过世的易瑞曾经在普鲁士军队里服务过,我就在西里西亚待了十五年。有一次,他把易瑞从行列里叫出来,还奖赏了他呢。他喜爱身材魁梧的人,我的易瑞是全团最高大的一个,人生得又漂亮。我简直没有料到,我会送他的丧;人长得就像岩石一样哪,他已经早没了,而我还活在这儿。"老人叹了一口气,眼泪早已浸湿了满布皱纹的老脸。"你丈夫是阵亡的吗?"公爵夫人问。"不是直接死在战场上,受伤以后才死的。当那次起义在波

---

① 指沙皇亚历山大一世,见第41页注①。
②③ 见第41页注①。

兰爆发①时，普鲁士王和俄国兵都开上那儿，我们的团也在内。我带着孩子们跟着；那时我已经有两个孩子了，第三个是在地里生下来的。那就是约汉卡②，现在她在维也纳，从一出世她就得像大兵一样，也许就因为这样，现在她才那样地勇敢。那是一次不幸的战争呀。打过第一仗，他们就把易瑞抬到军营里来了。炮弹炸断了他的腿。——他们就把他的腿锯掉了。我尽了所有的力气来看护他。——当他伤口好点时，他们就把他送回尼斯。当时我很高兴，盼着他快点好起来，残废人他们是不要的，那我们就可以回捷克了。可是希望还是骗了我啦。他突然开始衰弱下去，毫无办法挽救，他要死了。我当时只要身边有一个铜子，就全拿去买药，可是，丝毫没有帮助。那时，我想我要疯了，悲痛已经把我的心都撕碎啦。可是，人，是什么都忍受得了的呀，夫人！——他只留给我三个孤儿；钱，连个铜子也没有，只有那点包袱。在易瑞服务的那个团里，有一个下士官叫作赖禾茨基，是易瑞最亲密的朋友，他帮助了我，当我说我会织坐垫时，他就给我买了一架织机和别的需要的东西。上帝会报偿他的！我还能织，那是我过世的婆婆在我年轻时教会我的。织出来的东西很快就能卖掉，不久我就还清了赖禾茨基的债，还有点余钱，使我能够跟孩子们在一起糊口。应该说，在那城里的都是好人，可是，我还是万分地想家；从易瑞不在了的时候起，我就常感到自己就像田地里的一棵梨树那样寂寞、孤单。我老觉得回家总比留在外

国好,我把这心思也告诉了赖禾茨基。他劝阻我,还担保说,我一定会得到什么抚恤金,皇上会照顾我的孩子的。对这个我真是万分地感激,可是我说,等我把抚恤金拿到手,我还是回家去。——德国话也苦够我了。从前我们住在克沃茨卡时,我还觉得好些,就像住在家里一样,那儿说捷克话的比说德国话的多;可是,在尼斯全是说德国话的,我呢,又不能再学什么德国话了。——我们刚刚过好了点儿,又发大水了。洪水要是一泛滥,那才是个害人精哪,就是骑着马也难逃出它的。洪水来得那样快,大家刚好逃出了一个光身人来。我赶忙把最好的东西打成个包裹背在背上,怀里抱着最小的,手里牵着两个大孩子,涉着齐踝骨的水才逃了出来。赖禾茨基也来帮我们的忙,把我们领到一个地势高点儿的城里,那儿的善人们收容了我们娘儿几个。

"关于我丢失了一切的消息,马上传遍了全城,那儿的善人们都帮助了我;那位将军老爷也把我叫了去,对我说,由于皇廷的恩典,我将每年得到一些钱和固定的工作;男孩子让他进军校,姑娘们也让进皇家女子学校去。这一点儿也没有使我高兴,我请求说,如果他们想给我点儿恩惠的话,最好给我几块金币,让我回到捷克家里去。孩子们我也不能丢下来,因为我要根据自己的信仰①,用自己的语言来教养他们哪。可是,他们不允许我这样做,对我说,如果我不留在那儿,我将什么也得不到。'得不到就得不到好了,上帝总归不会让我饿死的。'当时我这样想着,就千恩万谢地感谢了皇上。"

"可是我想,孩子们留在那儿不是会得到更好的照顾

_____

① 指宗教信仰,即信仰天主教。

吗?"公爵夫人反问道。

"那是完全可能的,夫人,可是,这样孩子们就会疏远我啦。那儿谁会教他们爱自己的祖国和说自己祖国的语言呢?——没有谁。他们就会学外国话、外国习惯,最后,他们就会完全忘掉自己的根本了。这样,叫我又怎能在上帝面前回答?不,不行啦,谁生出来是捷克的根,让他还是说捷克话吧。我申请离境,把剩下的东西打了几个包裹,带着孩子们就告别了我曾经度过几天痛苦和幸福日子的城市。房东主妇给了孩子们满兜的糕饼,也送了几块钱给我在路上花。愿上帝报偿那些救济过我的善人们的孩子。可怜的赖禾茨基送了我一英里路,替我抱着约汉卡。他很不乐意我走,从前把我们的家就当作他的故乡布拉格呀。我们两人在分别的时候都哭了。在尼斯的时候,他常上易瑞坟上去祷告,他们好得就跟亲兄弟一样。后来他在法国战争中死了。上帝让他安息。"

"那你又是怎样带着那些孩子回到捷克来的呢?"公爵夫人又问道。

"一路上我可真苦够啦,夫人。我又不认识路,经常迷路,使我们花掉了许多时日。脚上起满了泡,当我们很久找不到住宿的地方时,孩子们和我经常由于饥饿、昏厥和疼痛而痛哭起来。万幸,我终于带着孩子们走到克沃茨卡山,一到那儿就等于到家了。我是西里西亚边境上奥莱西尼采村人,夫人大概不知道奥莱西尼采在什么地方吧?当我已经靠近家时,我心中的一块石头才落了地。我想着我是否还能见到父母,他们又将会怎样来接待我们。从前,他们送了许多东西给我陪嫁,现在我却两手空空地回来了,而且还带着三个孤儿。他们会怎样说呢？一路上我耳朵里就响着这句话。我也怕在这音信断绝的两年中会发生什么悲惨的变化。"

"你们怎么都不给他们写信呢？你不写，至少你丈夫也该写呀？"公爵夫人奇怪地问。

"我们没有这个写信的习惯哪。我们心里都互相牵挂着，这个为那个祈祷，偶然碰上熟人的时候，我们就托他带个口信，说我们过得还好。用笔写的那种信呢，谁知道它会落到谁的手里，又会在什么地方出现呀。我们那儿也有人到什么遥远的外国去当兵的，当他们的父母想知道他们的死活，或者给他们寄点儿钱的时候，常来找我父亲代写信。可是，等他们回来时，他们都说，什么也没有收到过。事情就是这样的呀，夫人，老百姓寄信，总是会丢掉的。"

"你可别这样想呀，老人家，"公爵夫人插话说，"不管是谁寄的信，都会送到他写了名字的那个人手里。别人不许扣压、打开，不然，他要受到严重的处罚。"

"说得有道理，我相信夫人，可是，这又有什么用呢？我们总是情愿托好人带口信的。在一片小纸上哪能把一切事情都写上，人总是喜欢问问这又问问那的。等来往商贩或者赶庙会的香客们来了，他们会把所有的事情，一字一字地说清楚。我也想多知道点儿家里的情况，可是有了那些战争，来往的人就很少了。

"当我带着孩子们来到村里的时候，天已经黑下来了。是在夏天里，我知道，这时候他们正在吃晚饭。我生怕碰见人，所以从村后穿过果园。几条大狗从屋里跑出来，向我们叫着。我喊它们，它们叫得更凶。当时我心里感到非常凄凉，不禁掉下眼泪来。——我欢喜得把离家十五年的事都给忘记啦,这已经不是我亲手喂过的狗了。——在果园里新栽上了许多小树,篱笆也新修过,草堆上也有了新盖篷,我从前和易瑞一起栽的那棵梨树遭雷劈了,树顶垂挂了下来。在旁边的那座小木房依然如故;那是爸爸从过世的诺沃特娜那里接收过来的房子。诺沃特娜就是那个织坐垫的女人,我过世的丈夫是她的儿子。在小木房旁边有一个小菜园,我婆婆从前老喜欢在那儿种点芹菜、洋葱、凤仙草、鼠尾草①和过日子需用的一些东西,她也跟我一样喜爱药草。易瑞曾经给她在小菜园的周围用树枝编成了篱笆。篱笆还是原来的那个,菜园里可已经长满了荒草,只有几棵洋葱留在那儿。半瞎的老狗从窝里爬出来。'畜生,还认识我吗?'我唤着它,它就开始在我脚边蹭了。当那个畜生认识我并欢迎我时,我想,我的心都因为辛酸而破碎了。可怜的孩子们看着我,不知道我为什么哭,我也没有告诉他们,我要见他们的外婆去,当时我这样琢磨着,如果他们生我的气了,也好不让孩子们知道这一层。最大的卡西巴尔问:'你为什么哭呀,妈? 难道我们不能在这儿过夜吗? 你坐下来休息休息吧,我们再等等好了,我来拿着包裹。我们都不饿啊。'约汉卡和德莱思卡都点头说不饿,其实他们全饿瘪了;因为我们在树林里走了好几个钟头,没上一个村庄去。'不,孩子,'我说,'你们爸爸是在这个屋里出世的,现在还住着你们的外婆和外公哪。我们向上帝祷告吧,是他把我们好好地领到了这儿,还是请他让外公来接待我们。'我们一起祷告起来,随后,我就一个人走上门口去了。爸爸和妈

---

① 一种药草。

妈住在那个养老的小木房①里,大屋里住着哥哥,这些我都早已知道了。在大门上还贴着那张旧画,那是易瑞从万贝日采给母亲带来的圣母马利亚和十四圣人②的画像。当我看见它时,我的心都快乐得要跳出来了。'从前你们送我出门,现在你们又来迎接我了。'我这样想着,就满怀信心地走进了屋里。爸爸、妈妈和老贝特卡坐在桌旁,在一个海碗里喝着汤——那是通常喝的鸡蛋牛奶面条汤哪,我还记得清清楚楚,就像今天刚发生过的事一样。'赞美耶稣基督啊!'我问候着。'永远如此。'他们回答说。'请求您,主人,让我和孩子们在这儿住一夜,我们是从远地来的,又饿又累了。'我说着,可是声音在颤抖。他们没有认出我来。屋里已经很昏暗了。'放下包袱,在桌旁坐下吧。'爸爸说着,放下了调羹。'贝特卡,'妈妈吩咐着,'再煮点汤来。现在坐下吧,大娘,切面包给孩子们吃吧! 晚上你们就住在阁楼上。你们是从哪儿来的?''从西里西亚,从尼斯来的。'我说。'我们的玛德娜也在那儿。'爸爸叫了起来。'请问,大娘,您没有听说过她吗?'妈妈问了就走近我的身旁。'玛德娜·诺沃特娜,她丈夫是当兵的。她是我们的姑娘,已经快两年我们都没有听到她的消息了。我老在做噩梦哪,有时我梦见我牙齿掉了,痛得要命,我就这样地惦念着这个姑娘和外孙们。老是战争,易瑞也不知道是不是出了事了。唉,上帝才知道呀,为什么老是不给人一点儿太平日子过过。'我哭起来了,孩子们听见外婆那样说,也拉拉我的裙子问:'妈,这是我们的外婆外公吗?'他们

---

① 捷克风俗,儿女长大后,父母退住小屋养老。
② 乡人遇有困难时,都在十四圣人像前祷告,祈求保佑。

这样一说，妈妈马上就认出我来，一把抱住我的脖子，爸爸也抱住孩子们，这时我们才谈起原委来。贝特卡立刻跑去叫妹妹、姑姑和嫂嫂去了。不多一会儿，全村子的人都来了，不止我的亲戚和同辈，所有的人都把我当作自己的亲妹妹来欢迎。'带孩子们回来，做得对呀。'爸爸说，'是呀，到处都是上帝的土地，可是，自己的祖国总是更亲切些，我们的祖国对于我们来说也是这样，应该这样。只要上帝赐给我们面包，就是你不能工作了，你和你的孩子们也不会挨饿的。另外，你所遭遇的事情，真是一个沉重的打击啊，就是连这个你也别净放在心上折磨自己了。你要想到：上帝爱谁，才让谁去受苦的。'我就这样被他们收留下来了，变成了他们自己的人。哥哥要让出一间房子给我，可是，我却愿意跟爸爸留在易瑞住过的那座小木房里。孩子们马上就混熟了，父母非常疼爱他们。我辛辛苦苦地把他们送进了学校。在我年轻的时候，很多姑娘都不识字，只有城里的姑娘才会念点儿什么。一个人有了圣灵的礼物①，放着不用，那才真是可惜和罪过呢。可你如果没有这样的机会，那也是没有办法的。我过世的丈夫是一个见过世面的人，也识字，总之一句话，他是一个配得上坐车骑马的人②。这样才好呀，每个人都应该是这样的！

"我还跟从前一样织坐垫，赚了不少的钱。那时候世道可真坏呀，到处都是战争、疾病和饥荒。一个高莱茨③的燕麦要值上一百块金币。这才真是贵得吓人哪！——可是，托上

---

① 指聪明，天资。
② 意指多才多艺，并不是说他配做大官。
③ 捷克过去量具的最小单位。

帝的福,我们还是马马虎虎地混过来了。那时糟到这种地步,就是拿着钱也买不到粮食。我爸爸是个难得的好人,只要他有能力,他都要帮助人家;谁若感到无路可走时,都跑来找他。当穷苦的邻居来求他说:'量一个高莱茨的燕麦给我们吧,我们连一粒做面包的麦子也没有了。'他就说:'只要我有,我都愿意给;等我没有了,希望别人也给。'妈妈马上就把粮食倒到借粮人的布袋里去。钱,他是不收的,一个子儿也不肯收。'我们总算是左邻右舍呀,'他常这样说,'我们不互相帮助,谁来帮助我们?等来年丰收了,您再还我粮食,那我们就一清二楚啦。'后来真是这样做了。——为了这个上帝会千倍地赐福给他。我的妈妈,只要一天没有讨饭的来,她就要到大路上去找,这是她的快乐。为什么不帮助人家呢?我们吃得饱饱的,穿得暖暖的,为什么不能把多余的东西分点儿给人家?这还不算什么大善举呢,只是基督教徒的责任,要是谁把嘴边上仅有的一点东西拿下来给人,那才真是值得尊敬的。就这样也使我们生活改变多了,为了能把东西送给人家吃,我们一天只吃一顿饭。喏,就是这样的苦日子我们也熬过来了,太阳又重新照耀起来。后来世道太平了,日子就越过越好了。

"等到卡西巴尔小学毕业了,他要学织布,我没有反对他。手艺是个金饭碗①哪。手艺人就得出门学手艺。易瑞常说,整年赖在热炕上的手艺人,分文不值。几年之后,他回来了,在多柏纽西卡安了家,过得很好。对姑娘们,我要她们做家里的杂事,以便将来好帮人。那时,正好我堂妹从维也纳下乡来,她喜欢德莱思卡,马上把她带走了。我很难过,但我想

① 直译:手艺是主人。

到,孩子们有兴头出门闯闯,我是不好来妨害她的幸福的。况且端罗特卡也是一个好人,在维也纳有个正经的生意,又没有孩子! 她像妈妈一样地关心德莱思卡,在她出嫁时,她还给了她许多好东西呢。当时使我有点难过的,是这姑娘挑上了一个德国人;现在我可一点儿也不介意了,杨是一个十分贤明的好人,我们现在互相也能听懂了。喀,外孙们呢,他们是我的。——后来,约汉卡又上维也纳顶了德莱思卡的缺。她很喜欢那儿,听说过得不坏。——青年人的想法到底不同哪,要是我,连家也不愿离开,哪还谈得上跟外国人住在一起哟。

"几年以后,父母就都过世了,前后只隔六个星期。他们就像蜡烛熄灭了似的,静悄悄地离开了这个世界。上帝没有让他们受苦,也没有让一个先死好久,另一个来思念;他们一起生活了六十年。他们生时过得安乐,死后也将安静长眠。上帝赐给他们永恒的荣誉!"

"三个孩子全走了,你就不想他们?"公爵夫人问。

"那还用提吗,夫人,到底还是亲生的骨肉亲哪。我一个人偷着哭够了,可没有把这事跟孩子们提起,我怕妨害他们的幸福。我自己呢,也从来没有孤单过,孩子们总是不断地出世呀,这样我也可有好操心的了。当我看见邻家的孩子从摇篮里慢慢地长大起来,就觉得他们是我自己的。一个人要对人有良心,人们才会爱他。——他们求过我好多次,叫我到维也纳去;喀,我知道,在那儿我也可以像在别的地方一样找到好人,可以得到很好的奉养,可就是路远了点啦,人在风烛残年①的时候,

---

① 直译:人已如水壶上之蒸汽。

走起路来总是困难的。而且人老了也不知道哪天会咽这口气，我是情愿把骨头埋在家乡的。——哎呀，夫人，我一聊起来就像纺纱的时候一样了，请您原谅我的坦率。"外婆补上这一句，结束了自己的谈话，并从椅子上站起来。

"你的话，老人家，我感到非常亲切，你简直不知道，我是多么地感激你。"公爵夫人说着，将手搭在外婆的肩上，"现在同我一块儿去吃早点去，我想，孩子们也想吃东西了。"公爵夫人说完，就领着外婆出内室走进餐厅，那儿已经准备好了咖啡、可可和各种甜食。男仆在等候着吩咐；听了公爵夫人的命令后，立刻就跑去找小姐和孩子们去了。一会儿，小姐就像小孩子似的把他们领来了。"您看哪，外婆，荷尔姐思叶小姐拿了什么给我们啦！"大家举起各种礼物，一同大声地嚷着。"哎呀，我一辈子还没有见过这些东西呢，你们多谢了吗？"孩子们点点头。"玛庆卡看见了，她会怎么说呀？还有翠儿卡和瓦茨拉夫。""谁是玛庆卡、翠儿卡和瓦茨拉夫呀？"公爵夫人问道，她想知道一切的始末。"这个我来告诉您吧，亲爱的公爵夫人，孩子们都说给我听了。"小姐很快地回答说，"玛庆卡是磨坊主人的小女儿，那个翠儿卡和瓦茨拉夫是那个拉手风琴的人的孩子，他另外还有四个孩子。芭蓉卡跟我说，他们吃猫肉、松鼠肉，还吃乌鸦肉呢，由于他们没东西可吃，无衣可穿，大家都嫌恶他们！""这是因为他们穷呢，还是因为他们吃猫吃松鼠呢？"公爵夫人问。"因为他们吃猫吃松鼠呀。"外婆点头说。"嗳，松鼠的味道也不坏呀，我自己就尝过。"公爵夫人说。"哎呀，夫人，尝新吃它跟没有饭吃才吃它是不同的呀。这个拉手风琴的，上帝给了他一个能吃的肚子，孩子们呢，那更不用说了，只会张口要吃，一切都光靠那个手风琴来赚。别的收入又没有,吃穿的人又这么多,真是家贫如洗呀!"

说话间,公爵夫人已经在桌旁坐下了,荷尔姐思叶让孩子们坐在自己的左右,这样外婆也只得坐下来。荷尔姐思叶问外婆要咖啡还是要可可,可外婆两样都谢绝了,说咖啡和可可她都不喝。"那你吃什么早点呢?"公爵夫人问。"我从小就习惯了早上喝汤,多加酸菜,我们山里人都是这样的习惯。早饭吃酸菜和土豆,午饭是土豆和酸菜,晚饭也是一样;只有星期天才能吃上点黑面包。这就是在克尔科诺谢山里的穷人全年的饮食了,这还要感谢上帝给了好年成才能呢,人们时常连糠都吃不上呀。离内地近点的地方,每家才有点青豆、白一点的面粉、白菜和别的东西,每年还吃上一点儿肉;这样的人家已经算是挺好的了。老百姓是吃不惯老爷们吃的饭的,那样他过不了一会儿就会饿得像狗一样了。而且这样的饮食也不能使他们长力气。""这你就想错了,老人家,这样的伙食是长力气的呀,如果那些人每天能吃上一口肉,喝点好东西,我想,会比他们一天吃的东西长的力气还多些。"公爵夫人说。"喏,我们看哪,人总是多经一事,多长一智的。从前我老这样琢磨着,老爷们都是那样苍白,那样干瘦,完全是因为他们吃了那样的饮食,不能增加力气呢。"公爵夫人微笑着,没再说什么,但她端给外婆满满一杯甜葡萄酒,说:"喝吧,老人家,这会开胃口的!"外婆举起酒杯,说:"祝夫人健康。"只在杯上喝了一小口;因为怕侮辱了这样的款待,她也取了点甜食来吃。

"公爵夫人在那些小蚌壳里吃什么呀?"杨低声地问荷尔姐思叶。"那是海里的动物,叫作牡蛎。"小姐大声地说着。

"这东西连翠儿卡也不要吃。"杨说。"世界上有各种吃的东西,也有各样的口味呀,小杨。"小姐回答说。就在这样的谈话间,坐在外婆旁边的芭蓉卡,却把一件什么东西塞进外婆的荷包里,耳语着说:"藏好,外婆,这是钱哪;小姐让我带给古杜拉家的孩子们的,放在我身上,会弄掉的。"芭蓉卡的耳语被公爵夫人听见了,她那充满了难以形容的快乐的眼睛在凝视着小姐美丽的面孔。外婆也快活得不能自禁了,用那深受感动的声调说:"小姐,上帝会报偿您的。"小姐的脸羞红了,用手指在恐吓着芭蓉卡,芭蓉卡也因此红起脸来。"他们准要快活死啦!"外婆说,"现在也可以做点儿衣服穿了!""那么,我们再多给一点儿,让他们也好买点儿别的东西。"公爵夫人说。"您要是真的帮他一把,而不是施舍他一点儿什么东西,夫人,那您就真是做了一件好事啦!"外婆说。"那么,怎么办呢?""是这样的,古杜拉人很好,可以给他一点儿工作做做,他是一个勤俭的老实人,我想,他一定能做得长久的。这就使他受福不浅了。礼物呢,夫人,只能暂时地帮助这种人哪。钱一到手,他就会买这买那的,有时可能连不必要的东西也买了,因为他们就是在梦里也想把它花掉呀,而后呢,又是没吃没穿的,第二次再也不好意思来求了。如果他每天能有一定的收入,这就大大地帮了他的忙啦,同时,夫人也可以得到一个勤劳的工人,或者忠实的仆人,那样夫人您可真的做了好事啦。""你说得对,老人家,他是个玩乐器的,我拿什么工作给他做呢?""夫人,这是容易找到的。我知道,他愿意做看林人和守园人的。这样,当他在地里巡逻的时候,还可以随身带着手风琴呢;他就边走边玩着,也就够他过瘾了,他可是一个快活的人哪。"外婆微笑着补充说,"那我们就来给他谋谋吧。"公爵夫人说。"公爵夫人,您太好了!"小姐欢叫着,就站起来吻公爵夫人美丽的手。"善人中间才有天使呀!"外婆看着公爵夫人和她的养女儿。公爵夫人沉默了一会儿后,低声地说:"上帝把她给了我,我要永远地感谢上帝。"然后又大声地补充说,"我真想有一个这样的朋友,老人家,他能像你一样直接而诚恳地来对我说理。""夫人,您要他,您一定会找着他。朋友易交,可是难保啊。""你是想我不会尊敬他吗?""我为什么要这样来想夫人呢?通常都是这样的呀,有时候两个人说得是糖是蜜,可是突然不好了,交情也就完了。""你又说对了。从今天起,你随时都有权利来看我,随便说什么,我都愿意听,如果你是来请求什么,只要我能办到,我一定给你办好。"公爵夫人说完就从早餐桌旁站了起来。外婆想吻吻她的手,但她让开了,她吻了老人的脸,没有把手给她吻。孩子们拿起自己好看的礼物,恋恋不舍地离别小姐。"您也到我们那儿去玩玩吧,小姐。"外婆边喊着,边拉住阿黛尔卡的手。"来吧,来吧,荷尔姐思叶小姐!"孩子们请求着,"我们给您找杨梅呢。""我一定来。"小姐微笑了。"多谢了,夫人,再见了!"外婆告别说。"再见!"公爵夫人点点头,小姐送他们出了门。

男仆在收拾餐桌的时候,皱着鼻子想:"夫人的寻乐可真奇了,跟这样一个乡下佬来寻开心。"可是,公爵夫人却站在窗后,注视着离去的人。这时,只能看清姑娘们的白衣了,外婆头上的白鸽已经与一片绿色掺杂在一起。然后,她走进内室,低声地自语着:"这女人真幸福啊!"

第 八 章

在庄园的草地上,已是百花齐放,五彩缤纷了。草地中央有一条土埂,埂上百里香密密层层地长得就像铺了锦似的。阿黛尔卡就像坐在软垫上一样坐在百里香花丛中,看着一只小瓢虫在怀里乱爬,从怀里爬到腿上,从腿上爬到小绿鞋上。"别逃啊,小东西,留在我这儿吧,我又不会害你的呀。"小姑娘跟小瓢虫说着,就用手指把它挑起来,重新投入怀中。离阿黛尔卡不远,杨和魏林蹲在蚂蚁窝旁。他们注视着蚂蚁在身边奔忙。"瞧,魏林,它们在跑呢,你看,这个蚂蚁丢了一个小蛋,第二个蚂蚁拿着它就往窝里跑啦。""等一等,我荷包里有块面包,我捻碎了给它们,看它们怎么办。"他从荷包里取出了一块面包,将一块小的放在路上。"看哪,看哪,全挤到那儿去了,它们一定在想这东西怎么会突然出现的呢。喂,瞧呀,它们在一点儿一点儿往前推了。你看哪,它们从四面八方拥来了!可是,那些蚂蚁怎么就知道了这儿有东西呢?""你们在这儿干什么呀?"这时,他们才被那清脆的问话声惊醒过来。原来是荷尔姐思叶小姐,她骑着那匹小白马几乎都快走到他们跟前了,他们也没有听见。"我有瓢虫啦!"阿黛尔卡说着,就把小拳头举起给小姐看,这时小姐已经下了马,慢慢地向她走来。"给我看看!"阿黛尔卡打开小手掌,然而是空的。"哎呀,让它给跑掉了。"小姑娘哭丧着脸说。"等等,它想逃走,可是还没有逃了。"小姐说着,就小心翼翼地从小姑娘的光肩膀上取下那只小瓢虫,"你要它干什么?""我放它飞。等着,它要飞了,瞧呀!"阿黛尔卡把小瓢虫托在手心里,抬起小手念着,"叮当,叮当,飞到天上。""飞到那儿,牛奶洒了一漱口缸!"魏林顺嘴加了一句,就轻轻地打了一下阿黛尔卡的小手。这时,小瓢虫已经举起它那满布黑斑点的披风,张开在披风底下的嫩软翅膀,飞上天空了。"等一等呀,你为什么要推它?"阿黛尔卡生气了。"叫它快飞走啊。"男孩子笑了,转身向荷尔姐思叶,拉住她的手说,"来呀,荷尔姐思叶小姐,来看看我们怎样把面包撒给蚂蚁,有许多蚂蚁在搬它呢!"他用那大惊小怪的手势在比画着。小姐从黑天鹅绒外套的小荷包里掏出了一块糖,把它递给魏林说:"你去把这个放在草里,你马上就会看见它们是怎样跑拢来的。它们喜欢甜东西。"魏林照她的话做了,果真马上就看见蚂蚁从四面八方跑拢来,在糖上咬着,把小的碎块拖进自己窝里去,魏林觉得很奇怪,问小姐道:"您可得告诉我啊,小姐,怎么蚂蚁就知道这儿有好东西呢?为什么它们又老在搬着小蛋,拖出来又搬进去呢?""那是它们的小孩子呀,驮它们的就是它们的奶妈。太阳好,天气热的时候,它们把小孩子们从黑洞里搬出来晒太阳,让它们晒暖了,长得快些。""那它们的妈妈又在哪儿呢?"阿黛尔卡问。"都在家里坐着生蛋哪,这样蚂蚁就不会绝种了。做爸爸的就在妈妈它们周围走着,告诉它们各种事情,让它们高兴,让它们别思念着外面。你们看见在外面跑的这些蚂蚁,都是工蚁。""那它们做什么工呀?"杨问道。"寻找食物,修理或修建房屋,照顾蛹,也就是它们那些快长大的孩子,打扫房屋;哪个蚂蚁死了,它们要把它抬出洞来,还要监视敌人的进攻,要是敌人来侵略了,它们就保卫自己的地盘;这一切都归工蚁来做。""它们又不会说话,怎么能互相懂得呢?"孩子们觉得奇怪了。"就说它们不像高等点的动物或者人有那样的语言,可是,它们自己还是互相懂得的。你们已经看见了,第一个蚂蚁怎样发现了那块糖,它又怎样马上跑去告诉别的,后来大家又怎样跑来的。你们看啦,第一个跟第二个一齐停下来了,在碰着触角就像在谈话似的,在窝的旁边,也有一大堆蚂蚁在站着,谁知道它们在商量什么呢。""窝里它们也有房间和厨房吗?"阿黛尔卡问。"它们不煮东西,不需要厨房,可是,那儿有给孩子们和妈妈们住的房间,有给工蚁它们住的大厅。它们的房屋是分成好几层的,里面有走廊把这层和那层连在一起。""它们怎么造得那样好呢,就不塌下来?"孩子们又问了。"它们把房屋造得非常牢实,没有别的更强的东西来破坏,自己是不会塌的。它们建房子时,还砌墙架柱呢,这一切都是用非常小非常小的木屑、草秆、松树针、干树叶、草和泥土来做的,土是用小嘴来衔,如果太干了,它们就吐出口水来使它变软,做砖头用,就像泥水匠一样。它们最喜欢在细雨中建房子,因为那时土都潮湿了。""这又是谁教会它们的?"魏林问。"这是上帝赋予各种动物的天性,它们从小就知道怎样过活,怎样来保卫自己,有些动物是那样地聪明能干,能找到自己需要的一切东西,家务也管理得挺好,几乎像人一样。等你们上了学,会念书了,你们就会像我一样地知道许多动物和它们的生活。"小姐结束了谈话。

在他们谈话期间,外婆和芭蓉卡也来了,她们在草地上找到了满怀满抱的花儿和草根。孩子们马上把小姐说的关于蚂蚁的事情，争先恐后地说给外婆听；小姐却问外婆，拿这些草根干什么。"小姐呀，这是小茴香和一点儿龙芽草啊。小茴香晒干，籽儿可以用来做饭做面包，蒿草可以给孩子们洗澡，龙芽草最能治喉痛，只要放在口里漱漱就好了。附近人都知道我常有这些草药，时常来要。有药在家，就是自己用不上，救人也是好的。""难道这儿的镇上就没有药房？"小姐问。"镇上没有，还得从这儿跑一个钟头的路才有。就是万幸镇上有了药房，这又有什么用呢？药房里的药非常贵，我们自己会制的药，为什么还要花钱到药房里去买呢？""这是医生开的方，教您怎样制的吗？""哎呀呀，小姐，小病小灾的，哪有人去找医生呀。医生离这儿有一个钟头的路，等他来了，半天就过去了，要是不用土方子来治，病人可能都死了呀。医生一来，马上就开药，膏药和水蛭，又是这又是那的，把人的头都搞昏了，病人呢，还一点儿也没有得到帮助。我嘛，小姐，是不相信医生的，如果我或者这些孩子有点儿病，我的草药就够了；可是人家病了，我总是说：'找医生去吧。'当上帝用重病来收一个人的时候，医生就是聪明盖世，有天大的本事，也是不顶用的。上帝才是最好的医生。人注定活着，就是没有医生也会好起来；要是注定要死，就是把整个药房都搬了来，也是没用的。""那你们怀里抱着的都是药草啦？"小姐问。"不全是，荷尔姐思叶小姐，"芭蓉卡抢着回答说，"怀里抱的是扎花环的花儿。明天是圣体节①，我和玛庆卡都去当童女。""我也是，我跟海娜在一起。"阿黛尔卡补充说。"我们当童男！"男孩子们一齐叫着。"谁是那个海娜呀？"小姐问。"是那个城

<hr>

① 天主教的节日，三一节后第一个星期四。

里大娘的海娜,就是那个门上有狮子的大房子里的。""你应该说,是酒店里的孩子。"外婆教给孩子说。"你明天也参加仪式去吗?"芭蓉卡问小姐道。"当然去呀。"她说明了,就在草地上坐下,帮着外婆和芭蓉卡整理花儿。"你,小姐,从前在圣体节没有当过童女吗?"芭蓉卡问。"没有当过;只有一次,当我还在佛罗伦萨①自己养母身边的时候,我当过玛东娜节②的童女,我还给玛东娜拿过玫瑰花环呢。""谁是那个玛东娜呢?""在意大利把圣母马利亚叫作玛东娜的。"小姐回答说。"那小姐您是意大利人了? 是那个我们军队驻扎的地方吗?"外婆问道。"是呀,他们是驻扎在我出生的那个城里,不在佛罗伦萨。可是,在我出生的地方,人们会用稻草编织出非常漂亮的草帽,就像您有的那样。那儿田里生长稻米和苞谷,山岗上长满了甜栗树和橄榄树,遍地都是柏树和桂树,鲜美的花儿,天空也是晴朗无云、蔚蓝色的。""啊,我已经知道了!"芭蓉卡插话说,"你房里那幅画就是画的这个城市,对吗? 小姐,中间是一条宽宽的河,从河边直到山顶上都是房屋。啊,外婆呀,那儿的房子和教堂可真美呀! 在河的另一岸,全是花园和小房子,有一个小姑娘在一座小房子旁边玩着,她身边还坐着一位老婆婆——那就是荷尔姐思叶小姐的养母。是吗,小姐? 我们在庄园的时候,你不是告诉过我们了吗?"小姐没有马上回答,她已经陷入沉思中了,双手放在膝上一动也不动,过了一会儿,才长长地叹了一口气,说:"哦,美丽的祖国③! 哦,亲爱的女友④!"她那美丽的眼睛都湿润了。

①　意大利的一个城市。
②　即圣母节,意大利文叫马利亚为玛东娜。
③④　原文为意大利文。

"你在说什么呀,荷尔姐思叶小姐?"阿黛尔卡好奇地问着,并亲昵地靠近她身旁。荷尔姐思叶将头靠着小姑娘的头,禁不住眼泪从脸上流下,滴到怀里了。"小姐在思念自己的家乡和朋友啦,"外婆说,"你们小孩子还不晓得呢,一个人得离开自己生长的地方,是什么样的滋味。在别的地方即使是过得很好,也总是不能忘记家乡的。这个你们将来总有一天会尝到的。小姐在那儿一定还有亲人吧?""据我所知,在这个世界上我什么亲人也没有了。"小姐悲伤地回答说,"我的养母,我的好女友吉奥凡娜现在还住在佛罗伦萨,我常在想念她和我的家。公爵夫人,我的好母亲,曾经答应过,尽早地让我上那儿去看看。""小姐,公爵夫人怎么在那样远的地方找着您了?"外婆问。"公爵夫人认识我的母亲,她们从前是好朋友;我父亲在那次莱比锡战役里受了重伤,回到佛罗伦萨自己的别墅后,过了几年就死了,就是那次受伤的后果;这些都是吉奥凡娜告诉我的。母亲因为悲伤过度也死了。他们就这样把我这个小孤女丢在那儿。公爵夫人知道了这件事,去到那儿;如果吉奥凡娜不是像母亲那样地疼我,她早就把我带走了。她把我托给了吉奥凡娜,房子和屋里的全部东西也交给她管。吉奥凡娜就养着我,教育我。当我长大了,公爵夫人才把我带在身边。哦,我非常爱她,就像爱自己的母亲一样!""公爵夫人也是像疼自己亲生女儿那样疼您呀,"外婆说,"我在庄园的时候,就看出来了,我很喜欢夫人这一点。——对啦,我都忘记把古杜拉家的事告诉小姐了。当芭蓉卡把您给的钱交给他们的时候,他们就差点儿蹦到天花板上去;后来,当他得到看园工作和双倍工钱的时候,那种惊喜和欢乐呀,简直没法子说出来。他们到死也不会忘记为夫人和小姐祷告的。""这是应该感谢你的,外婆,感谢你的好话呀。"小姐回答说。"唉,小姐,如果好话没有落在好地方,它也是不会产生什么结果的呀,光有好话是不顶什么用的。"外婆说。

花束已经整理好了,外婆和孩子们走回家去。"我陪你们到路口上去。"小姐说完,就牵住那匹在吃草的马的缰绳,"男孩子们,要不要我把你们每个人抱上马,骑一截路?"男孩子们高兴得都往马上爬,杨立刻就爬上了马背。"哎呀,这是哪家的少爷呀!"外婆看见杨那样勇敢地骑在马上说。魏林本来也装着不怕,可是,当小姐把他抱上马时,他连耳朵都吓红了,等到杨笑他的时候,他才勇敢起来。小姐也把小阿黛尔卡抱上了马,自己跟着马扶着她;小姑娘快活得了不得,可是男孩子们笑她,说她坐在上面样子很瘦,活像个小毛猴一样,还给她取了许多谁也不知道的诨名,以致外婆不得不出面制止了。在路口上,小姐自己骑上了那匹小白马,把蓝色的裙角从脚镫上面放下来,戴紧黑色的呢帽,再一次向孩子们挥挥小马鞭,小马一听见高声的命令"走!"就带着她轻燕似的穿过树林上山去了。然后,外婆带着孩子们慢慢地走回老漂白场。

第二天有一个晴美的早晨,天空清洁得就像刚打扫过了似的。在屋前停着一辆马车,穿着白裤子、红衬衫,手中执着花环的杨和魏林已经站在马车上了。卜罗西柯先生在那漂亮的马匹身边踱着,不时用手拍拍马的光亮的腿部,摸摸它那浓密的鬃毛,用行家的眼光在观察着马的身躯和马具。过不了一会儿工夫,他又走近屋前,向窗里喊着:"你们还没有好吗?快点哪!""快了,爸爸,马上就好!"屋里的声音说。这个"马上"又很拖延了一些时刻,最后,姑娘们终于走出门来了。玛庆卡也在她们中间,在她们后面跟着卜罗西柯娃太太、外婆、别佳和娥尔莎。"你们多注意点,照顾家禽哪!"外婆吩咐着。苏尔坦想讨好阿黛尔卡,用鼻子闻着她手中拿着的花环,可她却双手把花环高高举起,外婆也撵着说:"你没有看见?笨东西,阿黛尔卡是童女啊!"

"她们像安琪儿似的。"当姑娘们上马车的时候,别佳对娥尔莎说。卜罗西柯先生靠着马车夫瓦茨拉夫身边坐在车子前头,拿起马缰,响亮地咂了一下舌头,马头骄傲地昂向天空,马车就像风吹了似的向磨坊奔驰而去。两条狗也跟在后面跑着,可是,主人在吓唬着它们,它们只好退了回来,没精打采地躺在阶沿上晒太阳,最后就发出鼾声来了。

小镇上是多么地美啊!房子全用树枝扎上了彩,广场四周的拱形走廊也全用青树枝装饰起来了。马路上和其他所有的路上都铺上了青色的芦苇。圣坛设在广场的四边,一个比一个漂亮。中央,在圣杨·乃波莫茨基塑像旁,在那几株绿色的菩提树下,准备好了一门小炮,一大群青年小伙子聚集在炮的旁边站着。"要放炮啦!"卜罗西柯先生指给孩子们看。"我要害怕的!"阿黛尔卡提心吊胆地说。"你干吗害怕?它的响声只有茶缸子从架上摔下来的那样大。"玛庆卡安慰她说。这样的声音阿黛尔卡在家里是常听到的,因而她才完全安下心来。

马车在一所挂有白狮子和一串葡萄商标的大房子旁边停住了。史坦尼茨基大爷在门口出现,他脱下那顶带有长飘带的鹅绒便帽来表示亲切的问候。他太太戴着银色呢帽,穿着短绸外套,也同样和蔼地对来客微笑着,当小海娜想逃到她背后藏起来时,她一手拉住她的手,一手牵着阿黛尔卡,把她们拉到一起,说:"喏,让我们看看哪,谁最懂礼!""就像一对双生姐妹啊。"外婆点评说。两个小姑娘互相瞟了一眼,立刻又都害臊地低下了头来。史坦尼茨基大爷挽住卜罗西柯先生的胳膊转身到屋里去,并请别人也进屋里去坐坐。"在仪式开始之前,我们喝上一杯聊聊。"他愉快地说。卜罗西柯娃太太去了,可是,外婆和孩子们却留在外面,并跟两位太太说:"你们跟老爷们一起,时间还多着呢,我可要跟大家伙儿在一起,迟了怕挤不进教堂。我留下来看孩子们吧。"她和孩子们站在门口。不多一会儿,从一条街角上转出来两个穿红衬衫的男孩子,跟着又出现了一对、两对,杨大声喊着:"他们来了!""阿黛尔卡和你,海娜,"外婆提醒着说,"等你们去参加仪式的时候,眼睛可得看着点儿路呀,可别跌倒啦。芭蓉卡,你跟在她们后面照顾点儿。你们,男孩子,也要好生走,别把灯弄烧了。在教堂里,在圣坛旁,你们也得祷告着点儿,让上帝喜欢你们!"在这样嘱咐的时候,小学教师领着小学生也来了。"您好啊,老师? 我也给您带来孩子了,又要让您操心啦!"外婆喊着老教师说。"好哇,外婆,这儿大大小小的都全了,像一群羊羔儿似的在跑呢。"教师笑着,把男孩子放进男孩子们一群,把姑娘放到姑娘们一伙里去。

外婆留在教堂门口的老邻居们中间,孩子们已经排好队环立在圣坛的四周。钟响了第三遍,人们拥入教堂,管教堂的执事给童男们分发点亮的三角灯,小铃响了,神甫们趋向圣坛——弥撒开始了。小姑娘们紧合着双手,久久地直盯着圣坛;当她们眼睛都望酸了的时候,头就开始左右转动了,这时,她们的目光碰上了坐在楼厅里的小姐那可爱的面孔。她们可得向她笑笑呀,不笑笑怎么行呢。妈妈坐在小姐的背后,爸爸也在那儿站着,他严厉地向姑娘们点着头,叫她们看着圣坛。

阿黛尔卡把意思领会错了,也向爸爸微笑着,以致芭蓉卡不得不搜搜她的衣裳,低声地说:"看着圣坛哪!"

献饼礼毕。神甫将圣饼托在手中,人们开始合唱着:"基督啊,怜悯上帝的羔羊吧!"顿时,许多大钟隆重地奏鸣起来。走在队伍前头的是那些拿着点亮了的三角灯的男孩子们,戴着花冠的姑娘们却竞赛似的将鲜花撒在路上。紧跟在他们背后走着神甫们、镇上的士绅们、本地附近的头面人物,再后就是普通市民和农民;外婆也走在他们的行列之中。各行各业的旗帜在头上哗啦啦地响着,神香的香气和新砍伐的树枝、撒在地上的鲜花的香味混合在一起,洋溢四方,钟声在空气中震荡着。一些没能参加行列的人,都站在阶沿上或窗前看。

看看这个五光十色的行列,是多大的眼福啊!服装是多么鲜艳、多么美啊!这儿是盛装的儿童,身穿华丽法袍的神甫,穿着时新外套的老爷;那儿又是一个穿着已经穿了五十年普通外套的诚实厚道的老乡,穿着绣花衬衫的青年人,穿着长齐脚踝的外套的大叔。夫人们穿着简朴些,但在那些奇装异饰的女人身旁,却显得分外整齐、端庄。镇上的妇女戴着镶有花边的金色和银色的呢帽,农村妇女戴着浆硬了的便帽和白色大头巾,姑娘们戴着花冠,穿着鲜红的衣裳。像根据招牌每个人都可以认出史坦尼茨基家是个酒店一样,衣服也就是这些人的思想、工作和职业的标志。一眼就可以看出来,谁是老板,谁是手艺人,谁是官吏,谁又是富裕农民和无地雇农;根据服装也可以看出,谁还在保持着古老的习惯和风俗,谁又是,照外婆的说法,赶上新潮流了。

外婆一直在注视着圣坛,原来她当心出事故呢,自己站得离孩子们近些,有事好来拉他们出来。每次放炮时,阿黛尔卡身子都要吓得一抖,在放炮之前,又是捂耳朵,又是闭眼睛的,然而,一切总算圆满地结束了。

盛典之后,外婆把孩子们一个个地找拢来,带着他们走进酒店,马车已经在那儿等着了。这时,克瑞斯特娜也从教堂里出来,外婆马上邀她一起坐车回去。"他们留在这儿吃午饭,座位空着啦。"外婆说。"我愿意跟您坐车回去,也愿意跟姑娘们一块儿步行回去。"克瑞斯特娜回答说,她的目光早已扫到一堆青年小伙子身上去了。他们就站在墓地上,等着姑娘们,好送她们回家去。其中有一个长得跟一棵松树一样,面孔漂亮,眼睛可爱。他好像在寻找什么人,当他的眼睛由于"偶然"和克瑞斯特娜的眼睛相碰时,两个人的脸都羞红了。外婆领着海娜到她妈妈那儿去,而她妈妈却马上抓住外婆和孩子们不放走,又请孩子们吃点心,又请外婆喝葡萄酒。因为房里都是男人,克瑞斯特娜不愿进去,外婆马上就把酒给她送进厅里来;可是,那个颀长的年轻小伙子却比外婆早一步跑到了。那青年悄悄地溜进了酒店,叫了两杯甜果酒,端了一杯递给克瑞斯特娜。姑娘害臊不肯接,可是,当那个小伙子几乎忧郁地说:"那你就不想接受我的尊敬了吗?"她才很快地接了酒杯,并为他的健康而干了杯。就在这一瞬间,外婆走进来了,因此,他们俩都得喝她一杯酒。"你来得正好啊,米拉,"外婆说着,嘴角上现出一种善意的微笑,"我刚刚还在当心呢,不知道找你们男孩子中的谁跟我一起走;没有杨或者别的男人跟在身边,我真害怕那两匹怪马。车夫瓦茨拉夫老不正经地驾车。你跟我走吧。""奉陪。"米拉说了,就转身到柜台前去付账。孩子们跟海娜、海娜的妈妈和自己父母告别后,就上了马车;克瑞斯特娜和孩子们坐在一起,米拉跳上驾车台,和瓦茨拉夫并排坐好，马车就走动了。"你们看米拉呀，像个老爷啦!"当马车经过时，在街上走着的许多小伙子叫着。"这个我相信，我有值得骄傲的事情哪!"米拉满面红光地嚷着，同时将目光投向背后的车厢里。刚才叫米拉的那个小伙子，是他最好的朋友，听了这句话，立刻把帽子扔上天空，唱着:"爱情，上帝啊，爱情，在哪儿人们可以把她找着? 既不生长在山上，又没有人种植在田里啊……"别的车上的人就没有听见了，因为那两匹马在飞快地奔向家去。

"你们是不是祷告了?"外婆问孩子们。"我是祷告过了，可是魏林，我想，他没有。"杨第一个开了腔。"别信他，外婆，我一直在做着祷告，可是杨在路上老用手指戳我，不让我安静一会儿!"魏林推诿地说。"耶尼克，耶尼克，这个不敬神的孩子，今年我一定要在圣米古拉什①面前告你的状!"外婆严肃地对着这孩子直摇头。"那你就等着瞧吧，你会什么礼物也得不着的。"阿黛尔卡在恐吓着。"真的呢，再过几天就是杨·克西吉代尔②，你们的命名日了。"克瑞斯特娜说。"那你送我什么礼物呢?"杨问着，直像刚才没有发生过什么事似的。"你这样淘气，我只能送你一根草绳了。"克瑞斯特娜笑着说。"我不要。"杨被激怒了，孩子们更加嘲笑他。"你平常会得到什么礼物呢?"芭蓉卡问克瑞斯特娜。"什么也没有。我们没有这种习惯，有钱的人才有呢。可是，有一次，我从总管家那位教书先生手里得到过一份贺词，现在我还放在小书里夹着呢。"她从书里取出一张叠好的纸，上面写着贺诗，四

---

① 即圣诞老人。迷信传说他在圣诞节前夕给孩子们分发礼物。
② 见第 18 页注①。

周用别针别着画的玫瑰和勿忘我花的小花环。"我全是为了这个小花环才藏好它;贺词我是一点儿也不懂的。""难道不是捷克文吗?"外婆问。"是捷克文,可是太文绉绉的了;您听,它是怎样开头的:'听我言,亲爱的美女,那达养女啊!'①天哪,我一点儿也不懂,怎么这样称呼? 我又不是养女,托上帝的福,我还有妈妈;这人是念书念糊涂了。""我们可不该这样想啊,姑娘! 学堂里出来的人可都聪明着呢,这样的人当然是跟我们合不拢的。从前,当我还在克沃茨卡的时候,我们隔壁就住了一个这样的念书人。他的女人——据说这样的念书人还疏远女人呢——常上我们家里来,对我们说,他是一个整天在念念叨叨的怪人。整天他都像鼹鼠似的在书堆里爬着,要是尤让卡不说'先生,去吃饭吧',他就会整天不吃饭的。尤让卡一切都得照顾他,要是没有她呀,书虫可早就把他给啃啦。他每天出去散一个钟头步,总是一个人出去,他不爱热闹。趁他出去了,有时候我去看看尤让卡。尤让卡喜欢喝甜果酒,我嘛,就是比这再厉害点儿,也不在乎,我总是不能推却她的好意喝上一杯。她常跟我说:'可别让我们老头子知道了,他自己只喝水呢,只是偶尔才滴一两滴葡萄酒到水里去。他老这样对我说:尤让卡,水是最健康的饮料呀,你要是老喝水,你就会健康而幸福的——而我却想着:那好哇,果子酒对我也一样。他想要我像只小鸟似的那样活着;吃喝他全不在意,只要使人能活下去就够了。他的胃全让书给塞满了,我真要感谢那样的食物。'——这样尤让卡仍照自己的做。有一

---

① 引自当时一诗人的诗句,作者用意在讽刺无内容的诗;那达是诗人歌颂的女人名。

次,她把我领进了他的书房,我一生也没有见过那么多的书,堆得就像柴堆似的。'喏,您看哪,玛德娜,'她老这样跟我说,'我们老头子的脑袋里净装了这些货色。我真奇怪,他为什么还没有发疯。——事实是这样的:要是没有我像照顾小孩子似的照顾他,天晓得,他会变成什么样子了。一切我都得操心,他呢,除了他这些书以外,什么也不懂。跟他在一起可得有份耐性哪。喏,有时候,我也用眼睛盯着他,而他就像给狗咬了一口,哼都不敢哼一声,使得我都可怜起他来了。当我实在受不了他这一套的时候,有时我也要吵嘴的;您想哪,玛德娜,在他那间小房间里,灰尘多得就像打谷场似的,到处都是蜘蛛网,就跟在古老钟楼里一样。您想,我敢拿着扫帚跑到他那儿去吗? 不敢哪。我这样想过:我等你不在房子里时再说。谁又会说他什么,坏话只会一股脑儿地落在我的头上;当有人来找他的时候,看见那样地脏,那可是我丢人哪。有一次,我请求一个常跟他在一起的熟朋友把他拖住,我就平生第一次地洗呀,擦呀,才把他的房间收拾得像个样子。那您看,玛德娜,他是怎样的一个人哪! 直到第三天,他连这房子洗擦过了也没有看出来呢。据说,他好像觉得房间里比先前明亮些。我还得这样来跟这个怪人相处呢。'——每次,当我上她那儿,或者她来看我的时候,她总有事情埋怨老头子;可是,你就是把整个世界都送给她,她也舍不得跟老头子分开的。有一次可把她吓坏了。他也是出去散步去了,在路上碰见了那个熟朋友,这人是上克尔科诺谢山上去的。那个熟朋友邀他同行,说马上就转回来,而这位好先生就像以往做过的怪事一样,真的跟着他去了。尤让卡左等右等,就是不见先生回来;天黑了,还是没有他的影子。她吓得昏天黑地地跑来找我们,哭着,可把我们弄苦啦。第二天早上,她才知道他出门去了;这一次,她可把他咒骂得不堪入耳呀。大约过了六天,他才回来,而她又是忙着给他每天烧饭了。当老头子在家的时候,她跑来跟我们说:'喏,看哪,他这个人就是这样的嘛,当我骂他的时候,他跟我说:喏,喏,别嚷啦,我出去散散步,后来就在斯聂什卡峰住下了,因此,我没能马上回来。'——有一次,她拿了几本小书来找我们,说那是她老头子写的,叫我们念念看。我过世的易瑞是个喜欢读书的人,他念了,可是,我们一点儿也没有听懂;他也会作诗,连这个我们也听不懂,净是些呆话。可是尤让卡说:'喏,它把我们的头都搅昏了,可不是还有价值吗!'然而,城里的人可尊敬他呢,每个人都说,他的学问已经高深得令人不懂了。"

"我就像那个尤让卡一样,"克瑞斯特娜说,"要是我不能懂,我就毫不在乎这样的学问。当我听见唱歌唱得很好和外婆您讲故事时,我觉得这个比什么学问都好。您是不是听见过红山的巴尔娜编的那支歌子?""好姑娘,这些时行歌子现在进不了我的脑袋里来啦,我也不太注意它们;我东奔西闯找歌子的时代已经过去了,现在,我只唱我的那些圣歌啦。"外婆说。

"是什么样的歌子呀? 克瑞斯特娜!"玛庆卡和芭蓉卡一齐问道。"喏,等等,我来教你们,开头是:那坐在橡树上的小鸟儿,你在说什么呀?""在你到家以前,克瑞斯特娜,一定得唱给我们听听。"米拉转身向车厢说。"唱两次也行哪。我们曾经在庄园里做工,巴尔娜也来了,当我们在山坡下休息的时候,吉汉可夫家的安萨说:'巴尔娜,给我编个歌子吧!'巴尔娜想了一会儿,就微笑着唱道:'那坐在橡树上的小鸟儿,你在说什么呀？哪个闺女有了情郎，面皮老是白得像粉墙？'可是，安萨几乎生气了，她想，这是挖苦她的。这个你们是知道的，她跟托麦什订婚了，还是个新娘呢。巴尔娜一看出她这种神情，立刻就编出第二节诗来讲和：'住嘴，小鸟儿，住嘴吧，你在撒谎！我虽然有个爱人哪，脸上还是红扑扑。'我们都非常喜欢这支歌，调子也配得挺好。日尔洛夫村的姑娘们也会听到的，她们还不知道这支歌子呢。"克瑞斯特娜说，玛庆卡和芭蓉卡在哼着新歌，这时马车正经过庄园前面。一个穿着黑衣的最年轻的男仆在大门口站着，他是一个矮小而又干瘦的人；一只手在理胡子，第二只手的大拇指绕着那条挂在颈上的小金链子，这样使得他手指上的几只金戒指更加灿烂得引人注目了。

当马车打他身边经过时，他眼睛灼灼地放射出光芒来，活像只雄猫见了麻雀似的，他亲昵地向克瑞斯特娜微笑着，挥着手。可是，妇女们却全都赶忙转过身来，连米拉也是满肚子不乐意地向他微微地脱一脱帽。"我真情愿看见鬼，也不愿见着这个意大利人。"克瑞斯特娜说，"他又在等姑娘了，等到只有几个姑娘走来的时候，他就会像只雄鹰似的向她们扑过去。""喏，有一次，他可在日里奇挨揍了，"瓦茨拉夫开腔说，"他上那儿去跳舞，净挑最漂亮的姑娘，好像人家就是为了他才把姑娘们请了来似的。这家伙不会说捷克话，可是，'标亮古娘①，我爱'这句话他马上就记住了。""有一次，他来喝啤酒的时候，也跟我这样瞎说，"克瑞斯特娜插嘴说，"要不是我接连说了十遍'我不爱您'，他定会像那拜子鬼黏上人就不脱

———————————

① 即漂亮姑娘，外国人发音不准。

125

身了。""喏,那次小伙子们可把他狠狠地揍了一顿,要不是我也在场,那他才知道其中的厉害呢。""让他留点神,别在另一个地方又挨一顿哪。"米拉说着,昂起头来。

马车在酒店门口停住了。"喏,一路平安。"克瑞斯特娜道过谢,将手伸给米拉,让他扶下马车来。"还有一句话,"外婆留住她了,"你不知道,日尔洛夫人和红山人什么时候上斯瓦托诺维采去吗?""大约跟平常一样:红山人在圣母升天节①左右,日尔洛夫村人在圣母诞生节②去。我也要去。""我也想去呢。"外婆说。"今年我也跟你去。"芭蓉卡笑了。"我也去。"玛庆卡点头说。其他孩子们都说要去,可是,芭蓉卡反对他们,说他们走不了那三英里路。这时,瓦茨拉夫又赶着马向磨坊驰去,在那儿他们抱下玛庆卡,外婆把准备给大娘的几个小花环也拿下车来。当他们到家的时候,苏尔坦和笛儿大步迎上来,外婆又在家了,它们高兴得简直不能形容。然而外婆这时却在感谢上帝保佑他们平安到家,她是情愿步行一百次,也不愿坐车的,因为坐在车里,当这两匹骏马飞快地奔驰时,她总觉得有摔破头的危险。

别佳和娥尔莎在阶沿上等着了。"喂,瓦茨拉夫,花环呢?"当外婆和孩子们走进了屋,多嘴的别佳问车夫道。"唉,姑娘,我早已忘记把它们放在哪儿啦。"瓦茨拉夫恶作剧地做个鬼脸,同时将马车转向大路。"别跟他说话,"娥尔莎拉拉别佳说,"你知道呀,他连圣饼也不晓得往嘴巴里塞呢!"瓦茨拉夫笑着赶动马匹,一会儿就跑得无影无踪了。外婆将新鲜

---

① 圣母升天节是八月十五日。
② 圣母诞生节是九月八日。

的花环挂在窗户中间和画上,把去年的旧花环扔进"上帝之火"中去了。

第 九 章

在外婆的小房间里就像在花园里一样，不管走到哪儿，到处都是玫瑰花、木樨草、野樱花和其他各种各样的花草，其中还有满抱的橡树叶子。芭蓉卡和玛庆卡在扎花束，翠儿卡在编大花环。阿黛尔卡和男孩子们坐在火炉旁的长凳上背诵着贺词。

这是杨·克西吉代尔的前夕，第二天是爸爸的命名日，也是全家的一个隆重的日子。在这一天，卜罗西柯先生总是邀请自己最相投的朋友们来家吃饭，这已经成为习惯了。就是因为这个，所以全屋里才那样忙得乱糟糟的：娥尔莎在擦着洗着，不让一个地方有点儿灰尘；别佳在泡鸡拔毛；卜罗西柯娃太太在烤饼；外婆一会儿发面粉，一会儿操炉，一会儿又去拔鸡毛，到处都需要她。芭蓉卡请外婆叫杨出去，说他到处绊手绊脚。魏林求外婆听他背贺词，阿黛尔卡却又拉住她的裙子，赖着要饼吃，而这时母鸡又在院子里咯咯地叫着，表示要进舍去了。"我的皇爷呀，我哪能在同一个时候管得了这么多的事呀！"可怜的外婆在怨诉着。这时娥尔莎喊："老爷回来了！"她们急忙锁起擀面杖，太太在收拾着，不留下一点儿痕迹，同时外婆在嘱咐孩子们说："可别把这些都向爸爸嘟出来啦！"爸爸走进了院子，孩子们上前迎接；可是，当爸爸向他们道过晚安,问到妈妈的时候,他们都像段木头似的呆站住了,不知道怎样说,才不至于泄露了秘密。阿黛尔卡是爸爸的小宝贝,照样地来到他跟前,当爸爸把她抱在肩膀上时,她轻轻地说:"妈妈跟外婆在烤饼啦,明天是你的节日。""好哇,你等着瞧吧,"男孩子们打断了她的话,"你说了,你要挨打的。"他们说完就去找妈妈去了。阿黛尔卡脸红了,像段呆木头似的坐在爸爸的肩上,最后终于号啕大哭起来。"喏,别哭了,"爸爸哄着她说,"我早就知道明天是我的节日,妈妈在烤饼了。"阿黛尔卡用衣袖揩干眼泪,害怕地望着被男孩子们叫出来的妈妈。可是,这一切还是全解决了,男孩子们知道阿黛尔卡并没有泄露什么秘密。然而这秘密一直在压迫着所有人,爸爸听也不许听,看也不许看。芭蓉卡在吃晚饭时还得不断地向他们眨眼睛和用肘子碰他们,终于才使他们没有泄露出来;别佳过后笑他们,说他们的嘴都是"鸡屁眼儿"①。

最后,一切都做好了,一切都准备停当了,烤面的香味也消散了;女用人们已经在床上躺下,只有外婆一个人还在屋里轻轻地摸着。她关上猫,熄灭火炉里的火星,又担心山坡上那个大炉子是不是还留着有小火星,最后连自己的那份小心也不相信了,情愿再跑去看看。

苏尔坦和笛儿坐在小木桥上,它们看见了外婆,觉得很奇怪;在这样的时候她从来也没有到外面来过呀,可是,当外婆摸抚着它们的头时,它们又开始讨好地围着她前后蹭了。"喏,你们又在等老鼠吗?怪物!这是允许的,只别钻进鸡舍里去。"外婆对它们说了,就向山坡走去。两条大狗跟在她脚

---

① 指存不住话,像鸡拉零屎一样。

后。外婆打开烤炉，万分小心地用火钳在灰里拨着，直到连一点儿火星也看不见了，她才关上炉门，往回走。在小桥旁边有一棵高大的橡树，夏天，家禽就栖息在它那纵横交错的树枝上。外婆向树上看看，听见在树枝子里有呼吸声、喃喃私语声和咯咯的叫声。"它们梦见什么啦？"她说着就往前走。——什么东西又使她在小花园旁边停步了呢？她在谛听花园里灌木丛中那两只夜莺的悦耳的歌吗？或者是在谛听从水坝那边传来的魏克杜儿卡那断断续续的歌唱声？是不是外婆在凝视山坡上那无数的萤火虫，这些活着的小星星在飞闪呢？——白色的纱幕不断地在山坡下的草地上翻滚着。人们说，那不是雾，是不是外婆也相信，在那半透明的、银灰色的纱幕里藏着许多森林女妖，借着月光在看她们奇妙的舞蹈呢？——不，不是这样，也不是那样；外婆在看着展向磨坊的那片草地呀。在那儿有一个披着白头巾的少女影子从酒店里跑出来，越过小溪跑到草地去了。那少女静悄悄地在那儿站着，就像鹿从林中隐藏处跑到原野来想找草吃似的在倾听着。除掉夜莺拖长的叫声，磨坊上喳喳的响声和水浪在赤杨下流过的哗哗声以外，一切都是静寂的。她右膀上的白袖在飘动着，她在折九色花，在找九种不同颜色的花呢。花束扎好了，她还在蠕动着，用新鲜露水洗了脸，然后就目不旁视地跑回酒店去。"是克瑞斯特娜呀！她在编花环了；我早就想过，她是爱那个小伙子的。"外婆边唠叨着，边紧盯着那个姑娘不放。已经看不见她了，外婆还在沉思中站着，她的灵魂在那回忆中完全陶醉了！在自己的面前，她看见了草地，看见了那个小小的山村，看见了天上明净的月亮和星星——就是这个永远美丽和不衰老的月亮和星星啊；然而，那时她还很年轻，还是一个清秀的小姑娘，也就在这一天晚上，她折了九种花朵来编织命运的花环。这就像刚刚发生过的事一样，外婆感到那样地害怕，怕路上来了什么人，冲走了那花环的魅力。她看见了自己的房间，看见了床上绣花的枕垫，在天明之前，她将把那花环放在它下面。她回想到，她曾经是那样热诚地祈祷过，请求上帝给她一个美梦，在那梦中将出现她灵魂所钟爱的人。她放在命运花环上的信念并没有欺骗她；在梦中她看见了身材魁梧、眼睛明朗、诚实的男人——这个人，对她来说，世界上再没有谁能和他相比了。外婆回想到这种儿童的贪欲时笑了。从前她就是怀着这种贪欲在太阳出山前跑到花园里的苹果树前，回去时再将那花环抛过苹果树，而由此推知，很快还是要很久才能看见自己的易瑞。她还记得，东升的太阳是怎样在她哭泣的时候照进了花园，哭泣是因为花环高高地飞过了那棵苹果树，停也没有停一下，这说明她马上就可以和易瑞相会了。外婆在沉思中站了很久，她不自觉地绞起双手，那恬静、信任的目光转向那闪烁着的星空，从嘴里吐出一个无声的问题："大约在什么时候，易瑞啊，我们再相见呢？"——这时微风轻柔地拂过老人苍白的面孔，有如那永恒的魂灵吻了她一下。老人打了一个寒噤，画个十字，两颗泪珠就落在她那交叉在一起的手上。片刻之后，她才轻轻地走进屋里。

孩子们在窗口张望着，什么时候爸爸妈妈才来；他们到镇上小教堂里去了。这一天爸爸捐钱做圣弥撒，外婆却捐钱来为自己家族，上自好几代名叫杨的祖先做祷告。美丽的花环、贺词、礼物——一切都准备好放在桌上了，芭蓉卡把贺词背给这人听了又背给那人听，可是由于背得太快，老是不是这儿就是那儿丢了字，又得从头开始。外婆满手都是工作，可是，她还常常打开门，向房里看看，并嘱咐说："你们好好的，别伸手动脚的呀！"说完又走开了。

恰巧就在外婆到小菜园里去割芹菜的时候，克瑞斯特娜用头巾包着什么东西从山坡跑来了。"早安哪，外婆。"她带着愉快的面容问候着，她满面春风、容光焕发，使得外婆久久地注视着她。"姑娘啊，你就像在玫瑰花上睡过觉啦。"外婆微笑地跟她说。"您猜对啦，外婆，我的枕头就是花。"克瑞斯特娜回答说。"你这个淘气姑娘，跟我在装傻呀！不管怎样，只要中意就好了。对吗，姑娘？""对，对呀，外婆。"克瑞斯特娜同意地说，但在琢磨透外婆那句话的含义之后，她的脸有点儿红了。"你拿着的是什么呀？""我给耶尼克送礼物来啦！他总喜欢我们的鸽子，我给他拿来一对小的，让他养着玩吧！""可又让你费心了，这是不必的呀。"外婆说。"哪里的话呀，外婆。我喜欢孩子们，孩子们又喜欢这样的东西，就留给他吧。我突然想起来了，昨天晚上在我们那儿出了事情，我还没有告诉您吧？""昨天我们这儿热闹得就像在布拉格桥头一样，连说话的工夫也没有呢，可是我知道，你是想告诉我关于那个意大利人的什么事。那就说吧，你可得说短些哟，我已经在等着我们上教堂的人了，客人也马上会来的。"外婆提醒克瑞斯特娜说。"那您想哪，这个意大利人，真是个讨厌鬼，每天都上我们那儿喝啤酒——这并不是坏事呀，酒店本来就是为每个人开的——可是得像个正经人在桌旁坐着，而不是要他像把扫帚似的在全院里乱扫呀，他就连牛栏里也钻进去了，总之一句话，我到哪儿，他就跟到哪儿。爸爸对这事黑着脸，您可是知道他的，他是个老好人，连只小鸡都不肯伤害，当然不愿赶走客人，特别是庄园里的主顾。他只好信赖我了；我曾经老实不客气地剋了这意大利人几顿,可是他呢,就像我跟他说了什么好听的话似的。我知道,他虽然不会说捷克话,可是他懂得。他老说着他那一句'标亮古娘,我爱',在我面前揉搓着双手,甚至跪下来了。""这人真刁!"外婆说。"全是这样的呀,外婆,那些老爷们整天在你耳旁咕噜咕噜的,直把你的耳朵都吵聋了;谁能相信他们哪,这些鬼话我一点儿也听不进去。可是,这个意大利人却死缠着我。前天,我们姑娘们在草地上割草,米拉也偶然路过那儿。"——外婆对她那"偶然"二字微笑了——"我们什么都谈了,我把我怎样吃着意大利人的苦头也告诉了他。'喏,放心吧,我来教训他一顿,叫他下一次再也不敢上你们那儿去。''你们可别让爸爸生气了。'我说,因为我知道,日尔洛夫村的小伙子们都是聪明绝顶的人。——晚上,亲爱的意大利人又光临了;过了一会儿,小伙子们也拥上来了,他们一共四个人,其中有米拉和他的朋友托麦什——您认识托麦什,不是吗? 他是一个最喜欢开玩笑的人,他将要娶我的女友,吉汉可夫家的安萨的。他们来了,我高兴得就像有谁送给了我一件新衣似的。我兴致勃勃地跑去给他们倒酒,在每个人的酒杯里我都喝了一口①。意大利人的脸恶毒地阴沉下来了;我可从来没喝过他的酒,鬼才相信他不会在酒里放什么药的。小伙子们在桌上玩起牌来,这只是在做样子罢了,他们在不断地开意大利人的玩笑。魏克特可夫家的孩子说:'你们看他呀,在死盯着她呢!'托麦什回答说:'我一直在瞅着他呀,看他什么时候气得把自己的鼻子咬下来。对付这样的家伙不必费手脚,只需一把拉住他的胡子

———————————

① 表示相互关系很亲密,很知己。

就行啦!'——他们就这样你一句我一句地说着;意大利人脸色都气变了,可是他没有吱声。最后,他把钱扔在桌上,剩下啤酒,招呼也没有打一个,就逃之夭夭了。我在他背后画了一个十字,小伙子们说:'要是他的目光能刺穿我们,那我们早就完蛋啦。'当他走了以后,我就做起自己的事来。这您是知道的,妈妈病了,一切开呀关的都归我管。小伙子们也走了。我进房睡觉的时候,大约已经是十点钟左右了。我开始脱衣,这时,窗上嗒嗒地响了起来。我想,这一定是米拉,许是忘记了什么了。他净是丢三落四的,我跟他说过,总有一天连头也会忘记在我家的!""已经忘记了。"外婆向姑娘证实说。"我赶快披上衣服,"克瑞斯特娜微笑地继续谈着,"跑去打开窗子。您猜,是谁呀?——是那个意大利人!我急忙关上窗,我吓得差点儿没吐出口水来!他开始求着我,跟我噜苏着,他知道,我是一点儿也不懂的,之后,他从手指上脱下金戒指了。我肺都气炸了,拿起一罐水来,跑到窗口说:'滚开,你这个混蛋,到你家乡去找爱去,不是在这儿,要不我要泼水了!'他从窗前向后退了一点儿,就在这时小伙子们从草丛里跳了出来,一把抓住了他,塞住他的嘴,让他不能嚷。'等着瞧吧,你这个意大利浑小子,现在我们可要教训教训你了。'米拉说。我求米拉别打他,就关上了窗子——其实,我只是掩上了,我哪能不看看他们怎样来对付他的呢。'喏,米拉,怎么干呢?这家伙全身瘦骨嶙峋的,他那颗兔子心跳得就像地震似的。''用刺毛来抽他。'一个人建议说。'用机油来漆他。'第二个说。'不用这些,'米拉决定说,'托麦什,你抓住他,你们,朋友们,跟我来。'他们走了。过了一会儿,他们带着木杆和油桶回来了。'朋友们,脱掉他的皮鞋,卷起他的裤筒。'米拉命令着。小伙子们马上就照着做了。当开始把他的脚放进油桶里去时，他们就像在哄着一匹小凶马似的哄着他：'哈嗬，小东西，哈嗬！''别怕呀，不会给你安马蹄铁的，'米拉跟他说，'我们只在你的脚板上抹点油，让你更好地跑回家去！''至少你也得多闻闻这样的好气味，'托麦什笑着，'就是不这样，你也臭得够熏死人了。'当他们把他的脚涂上油之后，就像给他穿了鞋一样，他们再把一根木杆平架在他肩上，拉开他两只手，把他绑在木杆上，就像钉在十字架上似的。意大利人想叫，可是托麦什用手掌捂住了他的嘴，牢牢地挟住他。'像你这样的懒汉，'他说，'稍微拉拉你的手脚是不碍事的，不然，你的静脉都要缩短啦。''朋友们，'米拉又命令着，'把皮鞋拴在一起，挂在他脖子上，把他弄到大路上去，放他回去好了。'
'等等，我们给他在扣眼上插朵花，让人家见了，也好知道他是从姑娘那儿回来的。'魏克特可夫家的孩子说，他拔了一把荨麻和刺，插在他的外套上。'喏，你也有花了，打扮得也够漂亮了，现在你可以带着礼物请了！'米拉笑了，同托麦什一起挟着他，就悄悄地把他从果园里拖走了。过了一会儿工夫，米拉又来到窗前，说那家伙大发脾气，扛着木杆逃走了。'可是你们怎样等到他的呢？'我问米拉。'喏，'他说，'我想跟你道声晚安，便叫朋友们在磨坊那儿等我，我就来到果园里。这时，我看见一个人从山坡爬下来，就像小偷似的跑到你窗前来。当我一认出是他，就悄悄地溜出果园找朋友去了。就这样把他给抓住了。我想他不敢再上这儿来啦。'昨天一整天我都在笑这个冒失鬼，晚上打更的高荷特上我们家来了，这人每天都要来喝一杯的，之后，他就天南地北扯起来。他跟我们描述了一番那个意大利人夜里是怎样回家的。'一定是有人整了他一下。'他开口就这样说，然后就开始描述他，把人说得头发都竖起来了。这您是知道的，他这人能把一只苍蝇说成一只大象的。据说，一群狗扑上去咬他，他又是怎样地害怕——而他老婆据说一直忙到天亮，才把他身上的机油擦洗干净。他给了他们一块银币，叫别在庄园里吐一点儿口风，还说，他咒骂得很厉害，说要报仇呢。现在我真为米拉担心；大家都说，这些意大利人全是恶人呀。高荷特还告诉爸爸，说这个意大利人常上总管家找玛尼昂卡，他是这样打算的，只要公爵夫人喜欢他，还给他个好差事干，他就可以娶他们的女儿。喏，您看哪，外婆，米拉也想上庄园帮一年工避避兵役；您想，这怎么行呢，要是这个意大利人告他一状，总管不收，他就糟啦。我翻来覆去地想过了，这些小伙子干的好事，可真把我愁死了——自然，昨夜里的梦还使我很高兴，可是，现在这又顶什么用呢！您是怎么想的呢，外婆？""这些孩子哪会干出什么聪明事来啊，现在爱情又纠缠到这件事里来了，我们是无法劝他啦。我的易瑞从前也干出了同样的傻事，他为这个受够了苦。""怎么回事呀，外婆？""喏，难道你还想让我聊个没完吗？将来有机会再说给你听。我们几乎都忘记了，我好像听见了马蹄的声音；他们就要来了。我们走吧！你告诉我的事，我再好好想想，也许会找到一些主意的。"外婆说完，就跨进门槛里去。

孩子们一听见克瑞斯特娜的声音，就全跑到前屋里来了，当杨得到那对美丽的小鸽子时，他一把搂住姑娘的脖子，他是那样狂喜地紧抱着她，以致在放开之后，在她那粉白的脖子上还留下红红的印痕。如果不是芭蓉卡叫"爸爸已经到了！"杨马上就要把鸽子送进鸽笼里去。爸爸和老爷爷几乎是同时到达老漂白场的。卜罗西柯先生看见站在周围的亲爱的朋友们和他所钟爱的而又很少在一起的家属时,他深深地感动了,等到芭蓉卡开始念贺词时,他已是泪流满面。孩子们看见爸爸、妈妈,连外婆都在哭,他们也哽咽得说不出话来,最后也开始哭起来。在门旁听贺词的别佳和娥尔莎,用蓝围裙蒙着眼睛,一个比一个哭得厉害。老爷爷把鼻烟盒拿在手中当磨轮似的转着,猎人大爷用袖子在擦着那把漂亮的猎刀(因为他穿着全套制服),想来掩饰自己的感动;克瑞斯特娜站在窗前,也毫不害臊自己的眼泪,直到老爷爷走近她,用鼻烟盒敲了敲她的肩膀,低声地说:"嘿,你是在想:你的孩子们将来也会这样来贺你的吧!""您呀,老爷爷,总是要俏皮人的。"姑娘说完,就擦干了眼泪。眼中含泪,心中充满欢乐和满足的卜罗西柯先生走近桌旁,往杯子里倒葡萄酒。"祝大家健康!"他说着,举起了第一杯。大家都为主人的健康而干杯了,脸上马上都因快乐而放射出光辉。耶尼克是最快乐的:他从猎人手里得到两只家兔,从大娘那里得到他爱吃的涂上各种香料的大饼,从外婆那里得到她藏在大柜子里的一枚二十分钱,从父母那里也得到许多礼物;午饭后,当公爵夫人和小姐突然在果园里出现,卜罗西柯先生、太太和外婆带着孩子们跑出来迎接她们时,耶尼克又从小姐那里得到一本漂亮的书,里面画有各种各样的动物。

"杨,我来看看你今天是怎样作乐的。"公爵夫人和蔼地跟自己的随从说。

"跟家里人,还有几个好朋友在一起,总算过得很好,夫人。"卜罗西柯先生回答说。"都是谁呀?""我的邻居们,磨坊大爷和他的家眷,还有瑞森堡的猎人大爷。""你别耽搁了,陪他们去吧,我也马上就走。"卜罗西柯先生鞠了一个躬,又不敢挽留自己的女主人;可是,好心肠的外婆却马上开腔了:"我们连饼子都不献给夫人和小姐吃,那还像什么话!去,德莱思卡,去拿来!来得突然,吃得更有味。芭蓉卡,快跑去拿篮子摘点儿樱桃来。夫人也许要尝点儿奶油和酒吧?"杨和德莱思卡窘住了,他们怕这样普通的邀请会侮辱了公爵夫人;可是相反,公爵夫人带着和蔼的微笑跳下马来,将缰绳交给杨,在梨树下的长凳上坐下,说:"你们的招待我觉得可亲,可是我不要你们把客人丢下不管了,让他们也来这儿吧。"

卜罗西柯娃太太跑开了,卜罗西柯先生将马系在树上之后,就去把桌子搬了出来,过了一会儿,大家都出来了,猎人大爷深深地鞠了一个躬,老爷爷更为紧张,可是,当公爵夫人问他磨坊如何,是否能赚钱时,他就恢复了常态,而且变得那样勇敢,还向公爵夫人敬了鼻烟。当她和每个人都和蔼地说过一句话后,她就从卜罗西柯娃太太手里接了饼,从外婆手里接了一玻璃杯的奶油。

这时,孩子们都围着杨在看动物图,小姐站在他们旁边,也因为他们的欢乐和惊异而高兴了,愉快地在回答着他们每一个问题。

"妈,您看哪,这是我们的鹿呀!"猎人儿子贝尔吉克喊着妈妈,原来是杨把小鹿给他看了,于是,妈妈们和孩子们全都把头挤在书上。

"苏尔旦!这是苏尔旦!"魏林在叫喊着,当苏尔旦听见叫声在他们中间出现时,杨把书递给它看,说:"你看哪,这就是你!"书上还有大象呢,阿黛尔卡看见它都吓了一跳;还有马、乳牛、兔子、松鼠、母鸡、蜥蜴、蛇、鱼、青蛙、蝴蝶、羊和蚂蚁;这些动物孩子们都是熟悉的。外婆在看见蝎和蛇之后,说:"这班人真是没事干,连这些害虫都给画上了。"磨坊大娘要看那从牙齿里喷射出火焰的龙,小姐说没有这样的野兽,说那是人假想出来的动物。磨坊老爷爷听到这话,转动着手中的鼻烟盒,开玩笑地说:"嗳,小姐呀,这不是空想哪,这样带着火舌的毒龙在世上多的是呢,只是它属于人类的上代,所以不在这些没有罪恶的野兽里面。"小姐微笑了,可是大娘打了一下老爷爷的手说:"又在多话了,孩子爸。"在这同时,公爵夫人在跟猎人和杨谈着各种事情,她问附近有没有盗猎的。

"还有两个这样的人。本来有三个,最笨的一个我已经罚了好几次,现在老老实实地坐在家里了;可是剩下的两个比鬼还刁,除了送点卫生丸子给他们吃吃,简直无法抓到他们。自然啰,管林的就老叫我这样干,可是,为了一只兔子来打伤人,这是值得考虑的。"

"我不想那样做。"公爵夫人说。

"我也是这样想的,偷掉这点儿小东西,夫人是穷不了的,大野兽呢,盗猎的也不敢在这一带动手。"

"我可听到说在我的森林里偷得很厉害啊?"公爵夫人问。

"喏,"猎人说,"我为夫人服务已经有一些年头了,在这一段时间里,就是偷得再多也算不了什么。大家就说是很多了;打比方说,我每年可以砍几棵树来卖,而我自己又不会好好地记上账,我就说:人家偷了。这其实是成心撒谎,胡诌八扯。秋天,当穷人割草砍柴的时候,我总是站在附近,我把他们骂得连森林都震动了,使他们害怕,不敢干出坏事;可是当一个老婆婆折了一把较粗的树枝时,难道我能把她打个半死吗？我想，就这样夫人照样还是生活得挺好嘛，穷人呢，也可以糊口吃饭，而且还感您的恩。这些我看都不算什么损失的。"

"你这样做很好，"公爵夫人同意地说，"可是在附近也有坏人哪。前天夜里彼柯罗①从小镇上回来，在野鸡场有人要抢劫他；当他反抗并大声叫喊起来的时候，他们把他毒打了一顿，打得直躺在地上爬不起来了；现在还在病着呢。大家都是这样告诉我的。"

"我觉得这不会是真的，夫人。"卜罗西柯先生摇头说。

"我们从来也没有听说过，在野鸡场或者附近有什么强盗。"猎人和磨坊老爷爷异口同声地说。

"那是怎么回事呀？"外婆边问边靠拢来。猎人把这事告诉了她。"这才是破天荒的大谎呢，"外婆边说着，边气得双手叉起腰来，"奇怪他说起瞎话来就不怕上帝哪。我也来告诉夫人另一件事吧。"于是，她就把早上克瑞斯特娜告诉她的事情全都说了出来。"我并不想夸这些孩子干得好，可是又有什么办法呢，每个人都得保卫自己呀。假如有谁看见了这个轻薄鬼在夜里站在姑娘窗前，那会马上就像传号筒似的传开的，那么，那姑娘的名誉可好啦，一生幸福都给弄糟啦；大伙儿都会说：'她嘛，老爷们儿找她，就不配跟我们在一起了。'那姑娘现在可提着颗心呢，怕这家伙会报复他们。"外婆一口气说完了。

"叫她别怕，我来处理这件事。"公爵夫人说；同时叫小姐走，两人骑上了马，和蔼地向大家告了别，就策着马儿飞快地

<hr>

① 那个意大利人的名字。

向庄园驰去了。

"真的,很少有人敢像我们外婆那样跟公爵夫人说话呢。"卜罗西柯娃太太说。

"这就叫作跟皇爷好说话,跟秘书缠不清呢,好话总得找个好落处呀。我要是不把这个说出来,谁知道将来又会弄出什么花样来。"外婆说。

"我早就说过,这位夫人就吃亏在有人在跟前说谎。"猎人边说,边跟卜罗西柯先生和老爷爷走进屋去。

傍晚,古杜拉来了,孩子们一听见手风琴的声音,马上就跟克瑞斯特娜、别佳和娥尔莎一起跳起舞来。公爵夫人派人送来了香槟酒,叫大家为她的健康干一杯,大家都喝了。连魏克杜儿卡也没有被忘记,当天黑下来的时候,外婆把好吃的东西攞了几样,送到水坝旁边那棵长满青苔的树桩上。

第二天早上,大娘来告诉外婆,说老爷爷夜里太多话了,回家的时候,一路上摇摇晃晃的,然而外婆却微笑着说:"大娘哪,一年才有一回呀,哪有个小教堂一年到头也不宣一次教的呀①!"

---

① 意即:一年一回的事,不要紧。

第 十 章

　　有五个女香客在爬日尔洛夫山岗；这就是外婆、大娘、克瑞斯特娜、玛庆卡和芭蓉卡。前面两个头上包着白色大头巾，就像在脸上架起了一个小凉棚似的；姑娘们却都戴着圆形的草帽。她们都像克瑞斯特娜一样提起自己的小裙子，年老的妇女在背上还背了个背囊，里面装着吃的东西。"我好像听见唱歌的声音了。"当她们爬上了山岗时，克瑞斯特娜说。"我也听见了。"姑娘们一齐叫嚷着，"走快点哪，外婆，别赶不上了。"她们催着外婆，就想开步跑了。"你们这些急性子，会长知道我们要去，我们不到他们不会走的。"外婆这样阻拦她们，这样小姑娘们才安心地跟别人跨着同样的步子。山岗上有个牧羊人在放牧羊群，还在很远的地方就向她们打招呼了。"我们不会淋湿的吧，尤贾？"大娘问牧羊人道。"放心吧，天要晴到后天呢。替我祷告啊。一路平安！""再见了，我们会祷告的。""嗳，外婆，这尤贾怎么知道什么时候下雨，什么时候天晴呢？"芭蓉卡问道。"快下雨的时候，蚯蚓会爬出土来做窝的；黑蝎会爬出洞来张望，就是鹰和蜘蛛也都要躲藏起来，小燕子会擦着地皮飞。牧羊人整天在外头，没事的时候，他们就注意这些动物，看它们怎么生活。我最好的皇历就是这些山头和天空。根据山头上的明暗和天空的颜色，我就知道,什么时候天气好,什么时候天气坏,什么时候要刮风,什么时候要下雹,什么时候要下雪的。"外婆说。

在日尔洛夫的小礼拜堂旁边站着一大堆香客,男女老少俱全,不少的妈妈还抱着用小被包裹着的婴儿,这些婴儿都是要献给圣母的,祈求保佑他们健康、幸福、快快长大。

会长马尔丁赖茨站在小礼拜堂的门槛上,他那大个子比众人高出一头,因此,他一眼就可以看清全体。当他一看见外婆和别人来了,就说:"现在都到齐了,我们可以上路了。在走之前我们来祈祷一路平安。"香客们全在小礼拜堂前面跪下,祷告着,站在广场上的村民们也跟他们一起在做着祷告。祷告之后,大家都洒了洒圣水;一个青年人举起那高大的十字架,托麦什新娘将花环挂在它上面,克瑞斯特娜献上红幡,男人们聚在会长的身旁,妇女们按照年纪长幼排在他们的后面。可是队伍还没有移动,原来妇女们还在嘱咐着什么呢。大人们提醒青年人小心火烛,照顾家里,孩子们在要求:"可要带东西回来给我们哪。"老婆婆们也在嘱咐着:"也为我们祷告祷告呀!"这时,马尔丁赖茨高声唱起:"祝福你啊,上帝的女儿。"于是香客们也都和着他合唱起来;青年人高高举起那个用花扎了彩的十字架,人群就跟着他向斯瓦托诺维采出发了。沿途,每逢碰到十字架和小礼拜堂,队伍都要停下来,默念一遍"奥切拉西"①,在每棵挂有圣母马利亚像的树旁,在每个从前发生过不幸的十字架前,他们都要祷告一番。

连芭蓉卡和玛庆卡也在专心注意着马尔丁赖茨,跟着大家一起唱歌。当队伍走过红山之后,芭蓉卡却开始不时地问

____

① 祈祷文的开头一句话,意译:上帝,我们的父亲。

外婆了:"请问您,外婆,都林在哪儿呀?那个哑巴姑娘是什么地方的人呢?"这时她恰恰没有走好路;外婆回答她说:"在你去朝拜的时候,你应该只想着上帝,不要想别的事情。你们唱歌吧,或者轻声地祷告。"姑娘们又唱了一会儿歌,就走进森林里来了,各处草丛里杨梅还在闪烁着红光,不摘是多么可惜呀!姑娘们真想去摘。就在这时,有的帽子歪了,有的裙子掉了,这样她们又有事可忙了;最后一个个的都想起了背囊里的蛋糕,于是她们就开始一片片地拿出来吃。外婆和大娘是那样地沉湎在虔诚之中,以至都没有察觉到她们,可是跟安萨走在一起的克瑞斯特娜却瞅见了,警告她们说:"你们这样地敬神哪,一定会得到好报的,这是一定的。"并向她们微笑着。香客们是披着黄昏来到斯瓦托诺维采的;队伍先在城外停了一下,妇女们忙着整理鞋袜衣裙,然后才走进城去。他们先来到教堂下面那口小井旁,井水分七股由那棵挂有马利亚圣像的树底下喷射出来。香客们在小井旁边跪下祈祷着;然后每人都饱饮泉水,并三次用它来擦洗自己的眼睛和脸庞。这清澈刺骨的冷水可真是奇水啊,千百人都因为它治好了自己的病而在感恩不尽。之后,香客们离开了那口小井,向上面那灯烛辉煌的教堂走去。从教堂里传出各种各样的歌声,因为来朝拜的队伍是来自四面八方的,各个地方的人都在唱着自己的歌呢。"哦,外婆啊,这儿真美!"芭蓉卡低声说。"怎么不美呢,跪下祷告吧。"外婆回答说。姑娘在老人身旁跪了下来,外婆却已叩头到地,将那热情的祷告献给最神圣的上帝之母了。圣母像映现在那烛光辉煌的圣坛上,周围装饰着花环和花束,花环花束大多数是新娘们和少女们敬献的,祈求最神圣的圣母保佑她们爱情成功;圣像放置在那名贵的帷幔之中,上面披悬着许多精美的飘带,这都是那些在她脚下来寻求帮助的病人献的。祷告完毕,会长和管教堂的执事接洽好应做的事后,就率领着自己的一群羔羊投宿去了。其实,会长是不必来安排宿夜的,因为他们就像燕子春天飞回自己老窝似的,马上就各归其所了。他们跑到每年常住的人家去,那里尽管没有丰盛的款待,可是至少能得到主人和蔼的脸色、面包、盐和干净的床铺。大娘和外婆老在煤矿总管家里宿夜。他家的老两口子,照外婆的说法,都是"旧世界里"的人了,因而住在他们那里她感到就像在家里一样。总管太太一听到日尔洛夫香客要来,通常还在傍晚时分就坐在门前的凳子上等候了,以便迎接客人进家。在上床之前,主妇总爱把自己的宝库显给大娘看看。她那宝库里净是些布匹、帆布和纱团,这都是她自己纺的,一年一年地积起来的。"敬爱的太太,您已经嫁出女儿了,这些又是给谁准备的呀?"大娘也总是好奇地追问着。"可我还有小孙女儿呀,您是知道的,布匹和衬衫是嫁妆的底子。"她这样一提,大娘自然就明白了;可是,有时总管先生勇敢地搭上一句:"嗳,孩子他妈,您又开讲了,要我到市集①上去宣传吗?""哎呀,孩子他爸,这可就像洋铁一样地结实呀,就是搁上五十年也撕不破的。"外婆在朝拜期间,只进面包和水,总管太太为不能用好东西来款待外婆,心中感到万分歉疚;而外婆的许愿却又是神圣得什么也不许侵犯的。大娘也很喜欢住在总管家里,当她在那布满了灰尘的垫褥上躺下时,总是深为满意地说:"真好睡啊,人就像倒在雪里了。"

克瑞斯特娜和安萨住在一个寡妇女房主家里。主妇给她

① 捷文"市集"和"撕裂"音同,故有下句的误会。

们在阁楼上铺上了干草,她们就睡在那上面。就是在青石板上她们也会睡得香甜的哟!这一夜,她们并没有留在阁楼上,而是从小梯子溜了下来,跑进果园里去了。"这儿不是比楼上好上千倍吗?花园是我们的床铺,星星是我们的蜡烛,青草是我们的鹅绒被。"克瑞斯特娜边唱着,边裹紧裙子在树下躺下来。"漂亮的姑娘,我们就在这儿睡吧。"安萨回答了她,就在她身边躺下。"嘿,你听哪,老浮士柯娃的呼噜打得就像石头滚下山了。"她笑了。"真的,睡在她身旁,那才美呢。嘿,伏兰金娜,你想他们明天会来吗?"克瑞斯特娜边问,边翻身面向自己的女伴。"哪会不来呢?"安萨有把握地说,"托麦什恨不得骑着马撵来。米拉嘛,他会不来?我才不信呢。他是在爱着你呀。""谁知道呢,这样的话我们从来也没有提过。""那还用说吗,一眼就看出来啦;连我自己也弄不清,什么时候托麦什跟我说过我爱你,可我们在相爱得发狂,马上就要结婚了。""那到底什么时候举行婚礼呀?""爸爸想把生意让给我们做,自己搬到小木房里住,等那间木房造好了,我们就举行婚礼,大约是在卡德仁拉①前后。要是我们同一天结婚,那才美呢。""去,去,去,衣服还没动手做呢,你就说得好像胳膊已经穿在衣袖里了。""没有的事也可以有哇。要是雅古普②过赘到你家里去,米拉家里人都会高兴的,你爸爸也可以得到一个机灵的儿子;没有再好的人能配得上你们的生意和你了。真话就是真话呀,雅古普是全村里最漂亮的小伙子,保长女儿鲁庆娜,我想,在咒他了。""你看,这也是我们路上的一块绊

---

① 指十一月二十五日。

② 雅古普是米拉的姓。

146

脚石。"克瑞斯特娜叹了一口气。"丫头,那才不只是一块绊脚石呢,你以为鲁庆娜很轻吗,她自己就够肥的了,她爸爸为了加重她的身价还外加一袋金币呢。""这样就更坏啦。""所以,你不必费脑筋啦,尽管她爸爸是保长,那也不是上帝呀,而鲁庆娜呢,就是连她所有的钱加在一起也比不上你的。米拉眼光才好呢。""可是,如果他们跟他为难,不让他进庄园,那他就得当兵去了。""别净想这些事吧!要是总管闭着眼睛看人,送点东西哄哄就是了,懂吗?""那又管什么用?老这样可不行啦。在克西吉代尔那天晚上,我做了一个梦,梦见米拉找我来了,那我们会相聚的,可是梦只是梦哪,外婆常说,我们不许把信念寄托在迷信上,也别想从上帝那儿知道未来的事。""外婆又不是福音。""我相信外婆就像相信《新旧约全书》一样,她总是那样诚恳地给人出主意,大家都夸她是个十全十美的女人;她说出的话都是万分正确的。""我也是同样看她的,可是,我愿意用手指来打赌,她年轻的时候一定也跟我们一样相信这些的。这样的老人多着呢;就拿我妈妈来说,她老在埋怨我们,说什么现在年轻人只会寻欢作乐,跳舞呀,玩呀,而理智呢,却连颗芝麻也不值。还说,在她年轻的时候才不是这样呢。可我万分相信,我们的老祖母在年轻的时候也不比我们好过一根头发,等我们做了老婆婆,我们也会这样唱的。晚安,我们睡觉吧。"安萨说完,裹紧了裙子,过一会儿,克瑞斯特娜再看她脸时,她早已进入梦乡了。

在阁楼上睡觉的妇女中还有一位在哄着孩子,可那孩子就是一气地哭着不罢休。"怎么啦,大娘,这孩子每夜都这样吵吗?"另一个妇女问着,她是从梦中给吵醒了。"是呀,已经十四天了,夜夜都是这样。有人劝我煮点罂粟、车叶草给他喝,我也煮了,就是一点儿也不管用哪。铁匠大娘说,孩子肠子上长了小水泡。我想把他带到圣坛上献给圣母去,要不快好起来,要不让上帝快点把他收了去。""明天你把他放在泉水底下,让泉水冲他三次,我的女儿就是这样治好的。"妇女劝告完,就转身向另一边睡觉了。

清晨,聚集在教堂前的香客们互相握手,按惯例说了声:"我们赎罪去吧。"因为他们就要到圣母供桌旁去。这时,有两个熟悉的声音在克瑞斯特娜和安萨背后喊着:"也给我们赎赎罪吧。""你们不用忏悔,我们就赦免了你们的罪了。"安萨回答着,把手伸给托麦什,克瑞斯特娜也红着脸将手伸给米拉。青年人参加了马尔丁赖茨的队伍,跟着大家一起进教堂去了。

从教堂里出来之后,大家全都到温泉里去洗澡,在洗澡时年老的妇女们和男人们通常还在身上插上吸血罐①,这也是全部日程中的一项。洗完澡之后大家就去买东西。大娘买了一大包裹的画像、念珠、小木偶和各种各样其他的礼物。"老有青年人上我那儿磨粉,每个人都瞪着眼睛在盼我送点儿礼物给他。"她跟外婆说。老浮士柯娃站在外婆的身旁,她们都想买那胡桃核雕成的念珠;可是,当商人跟浮士柯娃说,那要值二十个克来查尔②时,她忧郁地将它放回柜台,说太贵了。"贵了?这还贵了?"商人生气地说,"老婆子,您一生也没有在手里拿过这胡桃核念珠呢。您去买糖做的吧!""哎哟,我的大爷,对别人也许不算贵,对我可是太贵了,我整个财产也

---

① 一种类似我国东北火罐的瓷罐,放在皮肤上吸血,作用如水蛭。
② 奥地利最小的货币单位。

才值这半块金币呀。""这点钱哪,您连胡桃也买不着。"商人说。浮士柯娃走开了,可是外婆追上她,叫她跟她上另一家去,说那里有便宜货卖。我们看哪,那商人真的只要很少的钱就卖了很多东西,对外婆这样,对浮士柯娃也是这样,浮士柯娃用那半块金币不仅买到了胡桃核念珠,而且还买到了许多画和别的小东西。可是,当她们离开店时,芭蓉卡却说:"嗳,外婆,她少给的钱都是您付给商人了,我可看得清清楚楚,您怎样给商人使了眼色,只是没有让浮士柯娃看见。""看见啦就看见啦,可别再说下去了;右手给人家东西,左手也别让它知道①。"外婆回答说。克瑞斯特娜买了一只小银戒指,上面雕着有两颗火热的心;米拉马上也买了一只,上面是两只紧握在一起的手。香客们把购买的全部东西送给神甫画了十字,而这些经过神甫手摸过的念珠、戒指、画或者小书,每个人都把它们当作圣物一样地珍藏起来。

在所有的事情都办妥了之后,香客们就向自己的房主人道谢,在那口神奇的井旁再一次地祷告着,然后,他们就在圣母的庇护下告了别,走上回家的道路。在海尔丁森林里,在那口离九个十字架不远的小井旁,他们坐下休息了。他们都渴了,大家全围在那泉水旁边;而当他们瞅见克瑞斯特娜在用手掌心捧水给米拉喝时,也一窝蜂拥了过来,要她照样地捧给他们喝,她也高兴地从命了。这时,老年人都已经散坐在草地上,在闲聊着谁花了多少钱买了什么礼物,在谈论着他们刚刚经历过的朝拜队伍。姑娘们全跑到森林各处折花做花环去了,小伙子们却在修理着那座上面立有九个十字架的大坟墓。

---

① 意即:自己做了好事,自己不要宣扬。

"告诉我，安庆卡，为什么这儿有九个十字架呢?"芭蓉卡一面问着，一面在给她整理花束，安庆卡在编花环呢。"听着，我来说给你听。离这儿不远有一个倒塌了的旧城堡，叫作魏森堡。很久很久以前，在那个城堡里住着一位小贵族，他的名字叫赫日曼。他爱上了一个姑娘，那姑娘就住在离这儿不远的一个村子里。同时还有另一个人在追求她，可是她不喜欢这个人，她把心许给赫日曼了。他们要举行婚礼了。就在那天早上，赫日曼母亲来找儿子，还给他带来了红苹果，问他为什么那样忧郁，她儿子回答说，他自己也不知道。母亲求他别去了，说她夜里做了一个噩梦，可是儿子不理，跟母亲告了别，就跳上那匹白马。可是白马也不肯走出大门;母亲再次求他说:'孩子，留在家里吧，这是坏预兆呀，你不会成功的。'他仍然没有听，刺着马就跑过桥去了。这时，白马立了起来，又不肯走，母亲第三次求他;可是，赫日曼什么也不管，就骑着马找新娘去了。当他们去结婚，并且走到这个地方的时候，第二个追求新娘的人同着他的朋友们来干涉了。这两个情敌就开始打起来，赫日曼被杀死了。新娘看见杀死了她爱人，就拿起把刀来自杀了，而参加婚礼的人们又把那个情敌杀死，据说就这样一共死了九个人。人们把他们安葬在一个坟里，还给他们立了九个十字架做纪念。打那以后，人们常来修理这些十字架。夏天我们由这儿经过的时候，有时我们还献个小花环，每个人都为他们的灵魂祷告着。"安萨这样结束了故事，可是，在附近捡蘑菇的老浮士柯娃听见了这故事，却摇头说:"不是这样的，安萨!赫日曼是利托博日城堡的小贵族，他不是魏森堡的，新娘子是斯瓦托诺维采人。在他同男傧相和主婚人来迎新娘之前就被杀了;新娘在等他，可是没有等着。他们坐在桌旁,这时丧钟敲响起来,新娘三次问母亲,这是报谁的丧,母亲都是东拉西扯地混过去了;后来她把新娘领进房里去,那儿正好躺着被杀死了的赫日曼。新娘一看是如此,就用快刀刺进自己的心窝。人们把他们一起安葬在这儿。我听说过是这样的。"浮士柯娃一口气说完了始末。"这已经是很久很久以前的事了,谁能断定我们谁对呢。不管它是怎样发生的,但发生这样的事总是很坏。最好是他们结了婚和幸福地生活着。""要是那样谁也不知道他们了,我们也不会回想到他们,也不会给他们的坟墓敬花环了。"托麦什一面说着,一面在修理那歪倒了的松树十字架。"就这样又有什么用,我才不愿做那样倒霉的新娘呢。"安萨说。"哦,我也不愿。"克瑞斯特娜说了,就从树后面拿来几个编好的花环。"嗒,我也不希望在结婚的那一天被人杀死呀,"米拉说,"可是,赫日曼要比他的情敌幸福多了。当那人看见自己钟爱的人,被别人娶回家去,那一定是件最痛苦的事情。为了这个他应该得到我们最热情的祷告,因为他是死于痛苦,死于不幸,而赫日曼却死在幸福和上帝的宠爱里。"

姑娘们把花环挂上了十字架,就将那剩余的鲜花遍撒在那布满青苔的墓上,她们做过祷告,就回到香客们休息的地方。不一会儿,会长拿起手杖,青年人举起十字架,香客们就唱着歌走回家去。在离日尔洛夫村不远的大路口上,家里的人已经在等候他们了;当孩子们一听见歌声,从远处一看见那飘动着的红幡,他们已经不能再等了,就一窝蜂似的跑上前去迎接妈妈。在队伍还没有进村以前,男孩子们已经在吹着新喇叭,吹着新笛子,骑着小木马在跑了;女孩子们手里也已经拿着洋娃娃、小篮子、画片和糖做的小心形的饼了。在小礼拜堂里做完祷告之后，香客们在向会长道谢，青年人将那饰有鲜花的十字架插在小礼拜堂里，花环和旗幡挂在圣坛上，然后大家就各自散了回家。在克瑞斯特娜和安萨握别的时候，安萨看见了她手指戴着那个闪亮的小银戒指，微笑着说："这不是你自己买的那个呀？"克瑞斯特娜脸有点儿红了，在她回答之前，米拉就跟安萨耳语说："她把心给我了，我把手给她了。""这种交换可真叫棒呀！上帝祝福你们成功。"安萨点头说。

　　卜罗西柯全家和老爷爷都坐在磨坊旁边那几棵菩提树下的铜像旁；他们不时向日尔洛夫山岗上张望着。他们是在等候着香客呢。当太阳将自己的余晖送上山顶，大橡树和幽美的树林顶梢染上金色的光辉时，白色头巾已在那低矮的灌木丛中现出来了，草帽在那翠绿中飞快地闪动着。"她们来了！"向山坡上探望最勤的孩子们叫喊着，就一齐向那过河的小桥奔去。卜罗西柯家的大人和转着鼻烟盒、稍稍眯缝着眼睛的老爷爷也跟在孩子们后面去迎接外婆和大娘。孩子们亲着外婆，围在她身旁欢跳着，就好像已经有一年没有见她了似的。芭蓉卡又在向父母夸嘴了，说她的脚一点儿也不痛。外婆问孩子们想不想她，大娘却向老爷爷问道："有什么新闻吗？""秃子剃头了，孩子他妈，这可是件大事呀。"老爷爷一脸正经地回答说。"谁也不能从您嘴里得到一句正经话。"大娘笑着打了一下老爷爷的手。"您在家时，他逗您生气，您走了，他可愁眉苦脸，坐立不安哪。"卜罗西柯娃太太说。"是这样的呀，大娘，男人们在缺少我们的时候，才知道尊重我们。"就这样扯扯这个，又聊聊那个，话永远也没个完。斯瓦托诺维采的朝拜尽管不是什么稀奇的事情，每年都要重复一次，但它对这个小山谷里的居民来说总是那样地隆重，在以后整整的十四天之内,人们净在谈论着它。如果说邻近有什么人要上万贝日采去,人们要在他走前谈论三个月,回来后又谈论三个月的话,那么,人们谈论玛瑞塞尔的女香客,是从年头谈到年尾的了。

第 十 一 章

公爵夫人和荷尔姐思叶小姐走了,爸爸也跟着走了,连在屋檐下喃喃情语的小燕子也离开这儿了。几天以来,老漂白场就像遭了火灾似的显得空空荡荡,妈妈经常在哭泣着,孩子们看见妈妈哭,也跟着哭泣不休。"喏,德莱思卡,别哭了吧,"外婆说,"哭有什么用? 在你嫁他的时候就该料到这一层了,现在你得有份耐心来忍受着。嘿,孩子们,住嘴了吧!替爸爸祷告,祝他健康,明年春天来了,他就会回来的。""等到小燕子再飞来的时候,是吗?"阿黛尔卡问。"当然啰。"外婆担保着,小姑娘才揩干了泪水。

连老漂白场周围也开始变得忧郁和静寂了。森林显得疏朗开来;当魏克杜儿卡从山顶下山时,在很远的地方就可以看见她了。山坡枯黄了,风和水浪把一堆堆枯树叶不知卷向何处去,果园里的果实也已收藏在家了;只有野菊花、万寿菊和金鱼草之类还在小花园里开放着。在水坝后面的草地上,秋水仙已经变红了,夜里磷火在那儿干着自己神出鬼没的勾当。当外婆领着孩子们出外散步时,男孩子们总不忘记拿着风筝到山岭上去放。阿黛尔卡一边在后面追着他们,一边用小棍子捞住那在空中飘舞着的游丝。芭蓉卡在山坡上替外婆采集做药用的山楂果和野梅子,或者为家用摘野蔷薇子,或者用山楂果给阿黛尔卡做手镯和项链。外婆喜欢跟他们坐在庄园背后的小山岗上，从那儿可以看到山谷里放牧着财主牛羊群的青草地，可以一直看到镇上。庄园大楼建在山谷中央一个小山岗上，环抱着它的那座美丽的大花园就躺在他们的脚下。窗上那翠绿色的木帘已经放下来了，阳台上没有了鲜花，围绕在白大理石栏杆四周的玫瑰花也已经凋谢，代替穿制服的仆役和女主人在花园里奔走着的工人们，他们在用松枝盖覆花圃，那里已经没有那万紫千红的花儿了；然而它们的种子却在休憩着，准备着开放出更美丽的花朵，等女主人归来时，让她再饱享眼福。名贵而又稀罕的树木也已经失去自己的绿绸衫，被包裹在稻草里，喷射出银色细流的喷水池被木板和青苔盖住了，小金鱼隐藏在鱼池的深处，往常那清澈的水面，现在也为枯叶、水草和绿色的泡沫所掩盖了。孩子们看着下面，回忆着在客厅里进早餐和跟荷尔思叶小姐在花园里散步那一天的情景，那是多么地美啊！他们又想："现在她大概在什么地方呢？"然而外婆却总喜欢用目光穿过那对面的山坡、村庄、牧场、树林、鱼池和森林，直看到新城、奥波青和她儿子住着的多柏纽什卡，在多柏纽什卡背后，在那崇山峻岭之中有一个小山村，那儿住着她许多亲爱的朋友。当目光转向东方时，她看见了克尔科诺谢山像半个美丽的花环似的躺在自己的面前，从赫依肖维纳山长长的山脊直看到山岭上那终年积雪、高耸入云的斯聂什卡峰。外婆一边遥指着赫依肖维纳山，一边跟孩子们说："我熟悉那儿每一条小山路，克沃茨卡就在那些大山里头，你们妈妈也就在那里出世的，万贝日采和瓦尔塔也在那里，我在那里度过了好几年的好光阴。"她陷入沉思里面去了。可是，芭蓉卡却用问题把她拉了出来："在瓦尔塔那儿有一个锡比拉骑在大理石马上,是吗?""大家说在瓦尔塔附近一个山岗上。据说她骑在一匹大理石马上,她自己也是大理石雕的,一只手举向天空。传说,等到她全身陷进土里,连手指也看不见的时候,她的预言就要实现了。你们的外曾祖父常说,他看见过它,马肚子已经陷进土里去了。""那谁是这个锡比拉呀?"阿黛尔卡问。"锡比拉是一个圣明的女人,她会预言未来。""那她预言了些什么啦?"男孩子们问。"我已经说给你们听过了。"外婆说。"我们都给忘记了。""你们可应该牢牢地记住呀。""外婆,我还记得许多呢,"芭蓉卡说,她总是非常专心听外婆讲话的,"锡比拉预言过:重重灾难将降临到捷克土地上,将会有战争、饥荒、瘟疫;可是最坏的是将要到这样的时候,那时老子不懂得儿子,儿子不了解老子,兄弟也互相不了解,文字和诺言都不生效了,然后最坏的,据说捷克将要被五马分尸。""你记性很好。但愿上帝不让这样的日子到来。"外婆叹了一口气。芭蓉卡跪在外婆的脚旁,紧握着的双手放在她的膝上,明亮的眼睛信赖地凝视着外婆那副严肃的面容,继续问道:"您说过的那些关于布拉尼克骑士、圣瓦茨拉夫和圣普罗科普①的预言,又是什么样的预言呢?""那又是那个青年瞎子的预言了。"外婆回答说。"外婆啊,有时候我是那样害怕,连把它说出口都不能够;您是不是也不愿捷克被五马分尸呢?""傻丫头,我哪会希望这样的灾难呀,每天我都在为捷克土地的繁荣祷告着呢,她是我们的母亲哪。喏,

---

① 圣瓦茨拉夫(921—929 在位),捷克封建主义国家的奠基人,有各种关于他的古代传说。在布拉格最主要的瓦茨拉夫大街上就有他的铜像。捷克人把他看作自己民族的保护者。圣普罗科普是十五世纪捷克光荣的胡斯革命运动中继扬·日希卡之后一位杰出的将领。

那么当我看见自己母亲陷入毁灭,我能无动于衷吗?假如有人要杀死你们的妈妈,你们会怎么做呢?""我们会叫,会哭的。"男孩子们和阿黛尔卡抢着说。"你们真是小孩子呀。"外婆微笑了。"我们应该帮助她才对,是吗?外婆。"芭蓉卡说着,眼睛里放射出光芒来。"对呀,姑娘,应该这样,这才是对的,叫喊和哭号是不顶用的呀。"老人说了,用一只手抚摸着小外孙女儿的头。"外婆呀,我们这样小,怎么能帮助呢?"杨开口了,要是外婆很少夸奖他,他就满身不自在了。"你们就不记得我说过的小达维德克杀死科利亚什的故事了吗?你们看,只要深深地信仰上帝,就是这样的小孩子也是可以的——好好地记住吧。等你们长大了,出了家门,你们就会知道善与恶的,它们要来引诱你们,你们就要受到考验了。然后你们再想想自己的外婆,想想她跟你们在一起时说什么来着。你们总知道,普鲁士王给我好日子过是我自己不要的,我情愿工作到昏倒,也不愿让孩子们变成外国人了。你们应该爱捷克土地,就像爱自己的母亲一样超过一切,做一个好孩子,为她工作,那么,你们所害怕的预言就不会实现了。我不会等到你们长大成人的;可是,我希望你们都会记住外婆的话。"外婆用一种深沉感人的声调说完了这段话。"我永远也不会忘记的。"芭蓉卡一边轻声地说着,一边将脸藏到外婆的怀里。男孩子们悄然无声地站着,他们并没有像芭蓉卡那样理解外婆的话,阿黛尔卡这时却贴近外婆,用哭泣的声音说:"外婆呀,您不死,好不好?""世上一切东西都有一定的时数哇,亲爱的孩子,就是我,上帝也会召回去的。"外婆边回答阿黛尔卡,边亲热地将她搂在自己的怀里。她们就这样沉默地站了一会儿;外婆在沉思着,孩子们也不知道如何是好。

这时,他们听见了头上有翅膀扇动的声音,他们抬头看见了一群大鸟在天空中飞行着。"这是雁哪,"外婆说,"它们从来也不一大群在一起飞的,只是一个家庭在一起,飞的时候排列也是不同的。你们看,两只在前头,两只在后头,其他的不管是远是近,除非在转弯的时候,它们总是一只靠着一只。穴乌、乌鸦、燕子总是一大群在一起飞的;飞在前头的几只为大家寻找休息的地方,警戒员飞在后头和两旁,在危险的时候,它们就保护母的和小的,因为它们常常会碰上敌人的队群,打起仗来。""外婆呀,鸟雀又没有手,不能拿马刀和枪,怎么能够打仗呢?"魏林问。"它们是用自己的方法和天生的武器来打仗的。用喙啄,用翅膀扑击,就像人们用厉害的武器来打仗一样残酷;在每一次这样的战斗中,都要掉下来很多。""它们才真傻呢。"杨说。"喏,孩子,人总算有理智了吧,还不是一样为了一件小事,或者无缘无故地就互相打起来,甚至于打死吗?!"外婆说完,便从长凳上站起来,叫孩子们走了。

"你们看,太阳下山了,太阳下山时是深红色,明天要下雨的。"然后外婆又转向山上看看,补充说,"斯聂什卡峰都戴上帽子①了。""可怜的贝尔大爷,当他必须到森林里去的时候,又得受苦啦。"魏林回想起克尔科诺谢山的猎人时,痛苦地说。"行行都有自己的苦处呀,谁选定了哪一行,不管是好是坏,他都得承担下来,甚至要牺牲性命。"外婆说。"我将来要做猎人,我会很高兴地上贝尔大爷那里去的。"杨说完,便将风筝放上天空,一溜烟从山上直奔了下去,魏林也跟着他背后跑去,因为那被牧人赶回家去的牛群在叫了,而孩子们非常

---

① 指云雾。

喜欢这群漂亮的乳牛,特别是那几头走在牛群前头的牛。在它们的红皮颈圈上系着许多小铜铃,每个小铜铃都发出不同的响声。显然可以看出来,这几头牛是懂得这样的标志的;它们骄傲地将头左右摇晃着,而那些被摇动的小铜铃就发出悦耳的响声来。阿黛尔卡一看见牛,就立即随口唱道:"嗬,嗬,乳牛来了哦,带来了牛奶和乳酪。"她拉着外婆就往山下跑,可是外婆却不时回头看看还留在山岗上的芭蓉卡。芭蓉卡这时正在仰视着天空,在西方的天空上云彩织成了各种美丽的图案。在那黑色重山叠峦的光亮的边缘上,云彩组成了各样巨大而又奇异的形状:一会儿变成了长长的森林带,一会儿变成了小山岗,上面还有着城堡和小教堂。从平地里忽而升起了几条细长的云带,组成了希腊式建筑的圆柱和拱门,落日余晖给西方天际镶上了金色埃及象形文字和阿拉伯花纹的花边。群山、森林和城堡消散了,马上又在原处组成了更奇特的式样。小姑娘喜欢得发狂起来,拼命喊外婆上山,可是外婆不肯再爬上去,说她已经没有青年人的腿了,小姑娘只得回到大家身边来。

在万圣节①早上,孩子们像往常一样去接外婆,路上谈着:"今天外婆要给我们从教堂里带小蜡烛回来了。"外婆真的带回来了许多小蜡烛。"如果我们不能上坟去祭鬼魂,至少我们也要在家里点点蜡烛。"外婆说。每年她都这样跟孩子们在家里祭魂。在万灵节②的傍晚,她将许多点着了的小蜡烛滴粘在桌上,每点着一支小蜡烛都叫出一个死鬼的名字,

① 指十一月一日。
② 指十一月二日,古俗在那天祭魂。

说明这是敬给他的。最后她还为无名的亡魂点着几支小蜡烛，说："这些是为那些没人纪念的亡魂点的。""外婆，我也为海尔丁森林里那不幸的婚礼点一支吧？""点吧，点吧，姑娘，我们的祷告也许会让他们更感到亲切些。"一支小蜡烛点着了，于是外婆和孩子们在桌旁跪下，祷告着，直到小蜡烛都点完为止。"愿永恒之光为他们照耀，愿他们永远安息。"外婆每次都这样来结束祷告，孩子们接着必须说出"阿门"①。

在万灵节之后一个星期，外婆在叫醒孩子时，告诉他们，说圣马尔丁已经骑着白马②来了。孩子们飞快地跳下床，奔到窗口——看哪，一片白色了。山坡上连一片绿叶子也看不见了，小河旁的白杨，水溪边的垂柳都不见影子了。森林里只有松树和枞树还在发青，但它们的枝丫在雪的重压下都低垂了下来。一只大乌鸦坐在屋旁那棵山楂树上，树上还挂上了几条大冰溜子；家禽在院子里静悄悄地站着，惊异地注视着这个新奇的世界。只有麻雀还在阶沿上欢乐地蹦跳着，在啄食母鸡剩下来的食粮。捕鼠归来的小猫，每跨一步都要抖一下腿子，很快跳到炉子上去。两条大狗却冒着没膝的大雪，在雪中欢畅地奔跳着。

"雪，雪啊，这多好呀，我们可以坐雪车了。"孩子们欢叫着，他们欢迎冬天，因为它又给他们带来新的欢乐了。圣马尔丁③给他们带来了好吃的面包卷。在圣马尔丁之后，人们就开始扯鹅毛了。当然，孩子们是更喜欢纺纱的时候，因为在那段时间里他们有更多的自由。当扯鹅毛的妇女们在厨房里围

① 祷告时的结束语。
② 指下雪。
③ 此处指日期：十一月十一日。

着一个长板桌坐下时,在桌上就出现了像雪堆似的高高的鹅毛山,这时外婆就不断地把阿黛尔卡和男孩子们从桌旁赶走。原来有一次发生过这样的事情:站在扯鹅毛妇女中间的杨突然摔进鹅毛堆里去了。那是一件多么糟糕的事情,是很容易想象得出的。从那时以后,外婆就常说这些小家伙是上不得台面的。就是规规矩矩地跟着大人在桌旁扯鹅毛也不许,只要吹点儿风,或者门开大了点儿,他们马上就挨到咒骂。在扯鹅毛时唯一的欢乐就是吃胡椒油炸豆和听那些讲怪物、强盗、鬼火和火神的神话。在那些漫长而又多雾的黄昏里,当扯鹅毛和纺纱的妇女们跨出自己的小屋,从这个村子跑到那个村子的时候,常常可以听到:这儿有什么东西使人吓了一跳,那儿又有了什么怪物,只要这样一扯开头,就没完没了啦,因为她们每个人都碰到过好几个这样的例子。连那些春天进牢冬天释放回家的小偷——人们说他们是"放学归来"的,因为听说他们在那儿总要学到点儿什么东西——她们也常常把他们编成谈话的资料。谈了谈他们,话题马上又拉到所有的小偷身上去了,于是她们就聊开了关于强盗或者绿林侠盗的故事。孩子们坐着像瘟虱一样,一声不响,他们怕得那样厉害,你就是要他们的命,他们也不敢逃出门去。就因为这个,在谈这些的时候,外婆总是不高兴,然而她也无法打断她们滔滔不绝的谈话。

马尔丁过后,小镇上就开始一年一度的冬集了。卜罗西柯娃太太同别佳和娥尔莎到镇上购买了大批的器具和过冬用的各种东西。孩子们等妈妈简直都等得不耐烦了,因为妈妈这时总是给他们带回来什么玩具和好点心,外婆每年也能得到棉袜、便鞋和六条纺车上用的索子。当把这些东西放进大木柜时,她跟杨说:"如果没有你,我一根就够了。"阿黛尔卡这次得到一块上面写有字母的木板。"等明天先生来了,你得开始学习了;别人都在念书,你一个人待着也怪寂寞的。"妈妈说。小姑娘高兴得直跳,马上就小心翼翼地在看字母;好心肠的魏林提议教她:i、e、a、o、u,可是她将木板藏在背后说:"我不要你教,你没有老师那样会。""我的天哪,我都会念书,还不会字母?"男孩子受了侮辱生气了。"在书上可不是像这样的。"小妹妹反击他。"喏,喏,你真傻呀!"男孩子拍手叫着。"不用你管。"阿黛尔卡昂起头,就拿着木板到光亮的地方去了。当这两个为着教书的事在争吵的时候,杨却在厨房里为苏尔旦和笛儿举行音乐晚会,他在一边吹着小喇叭,一边乱敲着妈妈刚从冬集上带回来的小鼓。狗对这样的音乐一定觉得很不悦耳;它们全都把鼻子翘到天上去了,苏尔旦在吠着,而笛儿却在长啸了,听了叫人头发都要竖起来。外婆和女儿正在房里收拾买回来的东西,一听见这音乐,就飞快地跑了出来:"我早就料到是你这个小淘气了;你是干不出半点儿好事来的①,快别吹啦!"杨从嘴里拿下小喇叭,就像没有听见外婆的话一样大声笑起来,说:"您看这狗呀,我吹的时候,它们恼成那个样子!""要是这狗也有理智,它们会跟你说,鬼才会听这样的音乐,懂吗? 马上给我放下! 真的,你要再这样顽皮,我今年一定告诉圣米古拉什,叫他一点儿东西也不给你。"外婆一边吓唬着,一边指着进房间的路。"喏,这是真的呀,城里人都说,圣米古拉什买了满车的礼物,今年要大送礼的,可只是给听话的孩子!"娥尔莎在门里听见了外婆的话,

---

① 直译:在你身上一根好静脉也没有。

这样说。第二天老师一到,阿黛尔卡就掏出自己的木板坐在别人的旁边了。她注意地听了课,一个钟头之后,就非常高兴地跑来找外婆,说第一行字母她都学会了,马上还把字母一一念给外婆听,连同老师为了便于记忆所作的一些解释也都一齐说了出来。妈妈和外婆对她都很满意,特别是第二天她都会了;因为她常常把字母指给外婆看,外婆又愿意听她念,最后外婆跟小外孙女一样也把字母学会了。"看哪,"她说,"我一生也没有想到,什么时候我也能学会这些字母,现在真是八十岁学会当吹鼓手啦。喏,谁想跟小孩子们在一起,有时候他就得变成小孩子。"

有一天,杨连喊带叫地跳进了房间:"孩子们,孩子们,你们来看哪,外婆把纺车从阁楼上搬下来了!""这又有什么好大惊小怪的?"妈妈看孩子们跟芭蓉卡一齐奔出门时警告地说。自然,怪倒不怎么怪,只是妈妈没有提到,外婆是怎样把欢乐连同纺车一块儿搬进房间里来了。纺纱的妇女们都带着纺车来了,同她们一起还带来了美丽的神话和快乐的歌曲。当然,就是这些神话和歌曲也都不能使妈妈高兴的,她情愿一个人坐在自己的小房间里,念着从庄园图书馆里借来的书。当外婆说:"你也把这些历史里的东西说点给我们听听哪。"妈妈说了,孩子们和大人都觉得枯燥无味;可是,当她开始描述维也纳生活的时候,大家都爱听了。如果说,纺纱的妇女们听了后只说一句"在那样的大都市一定是很美的"而别无他求的话,那么,孩子们却一定这样想着:"真希望我们已经长大了,可以上那儿去看看!"——然而他们觉得最有趣的(妈妈除外,她不爱听这些),还是外婆开始讲童话的时候。她讲着额上有颗金星的公主,讲着骑士和王子如何变成了狮子和狗,有时甚至变成了一块石头和一颗小小的核桃,连全身华丽的衣服也一齐装在里面,讲着黄金宫殿和海洋,在海洋底下还住着许多美丽的仙女。妈妈没有料到,芭蓉卡大多数时候就在这样的东拉西扯中陷入沉思了;她向窗外凝视着那光秃秃的山坡和那为白雪覆盖着的小山谷,在那里她看见了仙宫、宝石砌成的大殿,火红的鸟雀,披着金发的夫人;那条冻结住的小河在她眼中也幻变成了浪涛汹涌的蓝色海洋,无数穿着珍珠甲壳的美丽的仙女沐浴在浪花之中。男孩子们常常指着苏尔旦,在沉思中把它当作王子变的,可惜苏尔旦直条条地睡在地板上,并没有梦见这种光荣。——当天色慢慢地暗下来时,房间里是多么舒适啊!娥尔莎关上了百叶窗,柴在火炉里噼啪响着,在房子中间放着一个高大的烛台,在它的铁臂上插上了燃烧着的明子;纺纱的妇女们就将凳子和小桌子围着放在它的四周,除这些之外,外婆每次还为她们准备一小篮子的苹果干和李子来引口水①。孩子们是怀着多么大的热情在期待着啊!是不是马上就有人敲门了?纺纱的妇女们是不是马上就要来了?因为每逢纺纱的时候,在纺纱的妇女们还没到以前,外婆是不肯讲故事的。白天外婆净唱着降临节之歌。孩子们直到现在还不大明白外婆情绪也有好坏的时候,他们以为,只要死缠住她,故事就出来了。可是,外婆却总是一两句就讲完了一个故事。或者给他们讲:从前有一个牧羊人,他有三百只羊,有一天他赶着羊儿上牧场,来到一座小桥旁,桥窄得要命,羊只好一只只地过桥。"现在我们可得等着了,让它们全过了桥。"外婆说完就沉默了;过了一会儿,孩子们大叫

---

① 纺纱时常需口水捻纱,故用果干以引之。

起来："外婆,它们已经过来了吗?"她却说："哪有这样快呀,等羊全过来了,还得等他两个钟头呢。"这时,孩子们才明白过来,这是怎么回事。或者是这样开始的："喏,你们不要听这个,我来讲别的。你们看,我有七十七个荷包,每个荷包里有一个故事,你们要我讲哪一个荷包里的故事呢?""就讲第十个荷包里的吧!"孩子们叫着。"现在就讲第十个荷包里的。第十个荷包里的故事是这样的:从前有一个皇帝,他有一根擀面杖在大炉炕上,在那根擀面杖上蹲着一只公猫,你们听着,这故事很长。"这样又算讲完了。可是,最糟糕的是外婆讲红色卡古尔卡故事的时候。孩子们简直没法听下去,立刻逃开了;在别的情况下,他们还是可以请求外婆的,假如他们不想听到外婆重复他们自己说的话,那最好还是别开口。他们这才知道外婆是不肯讲的,只好耐着性子等候纺纱妇女们的到来了。克瑞斯特娜总是最早来到,米拉跟在她背后;随后就是住在庄园里的古杜拉家的翠儿卡,她是别佳和娥尔莎的好朋友,有时候连猎人大爷和大娘也带着玛庆卡来了。克瑞斯特娜一星期有一次把年轻的托麦什老婆也带了来,通常托麦什也跟着她来了。在妇女们还未暖和过来和坐下之前,大家总是要闲聊一会儿。如果谁家里发生了什么事,或者听到了什么新闻,大家就聊起那个;如果是个什么民族风俗和迷信混合成的节日,或者是个正经的节日,她们也把它当作闲谈的资料。例如圣诞节前夕,克瑞斯特娜就问阿黛尔卡,是不是已经把袜子放在窗外了,说米古拉什已经在附近敲门了。"等我睡觉了,外婆会放的。"小姑娘说。"可别把你自己的小袜子放上去! 你告诉外婆,叫借双大点儿的给你。"克瑞斯特娜出主意说。"这可不行哪,"杨开腔了,"那我们都要受骗的。"

"你嘛,米古拉什同样只送给你一根棍子。"克瑞斯特娜开玩笑地说。"圣米古拉什一定知道,外婆有根棍子从去年就藏起来了,一直没有打过我们。"杨说。可是,外婆却说,杨有好几次都该挨棍子的。

　　鲁翠叶①那天对孩子们来说是不太好过的。这是一种迷信,说鲁翠叶那天夜里要出来走动,她是一个又白又高、披头散发的女人,妈妈们就常用她来吓唬孩子,说谁不听话,她就抓谁。"吓唬才真是蠢办法呢。"外婆说,她不高兴大人用什么东西来吓唬孩子;她教他们除上帝愤怒之外不要怕任何东西,可是有些迷信,如老爷爷时常讲的水妖、怪物、鬼火、火神,说火神常在人面前像个稻草人似的跛着,在路上碰上了应该好好地感谢它一番等等,外婆是不会反驳的,因为相信它们的信念在她身上是根深蒂固的了。自然界的一切在她眼目中全都拟神化了,它们不是好神就是恶鬼;她也相信地狱里的恶鬼,上帝将它们送到世上来考验他的子民。她相信了这一切,然而她不怕它们,因为她心里有着对上帝坚定不移的信仰,她认为世界、天堂和地狱全掌握在上帝的手里,没有他的意志,人的头发也不会从头上掉下一根的。她也在努力把这种信仰灌输到儿童的心灵里去。因此在鲁翠叶那天,当娥尔莎开始讲那白色女人的时候,外婆就把她骂住嘴了,还补充了一句,说鲁翠叶只在夜里出游。米拉最会做玩具,他不是给男孩子们雕小雪车、犁和小车,就是做明子,男孩子们寸步不离地跟在他后面转。如果在谈什么可怕的鬼怪时,魏林靠近他,他就说:"什么也别怕,魏林,我们用十字架来打魔鬼,用棍子来搂

----

　　① 十二月十三日。

怪物,把它们打得粉碎。"男孩子们喜欢这样,就是半夜他们也愿跟米拉到什么地方去。外婆向他点头说:"喏,这还有什么可说的,男人总归是男人呀!""真的呢,雅古普既不怕鬼,也不怕比鬼还坏的总管老爷。"克瑞斯特娜说。"喏,"外婆想起来了,"干吗谈总管老爷呢,雅古普,你进庄园总有希望了吧?""我想是不成了。现在两边都在挤我,有许多坏女人都插进这件事里来了,她们在跟我唱反调呢。""别这么说吧,也许还有可以改过来的余地。"克瑞斯特娜忧愁地说。"我也是这么希望呀,可是,我不知道。我们把那个意大利人整了一顿,总管小姐可把我恨死了。据说,她本来对他有意思,后来为了这件事,公爵夫人很快就把这个家伙送走了,这样她的如意算盘也落空了。她现在正趴在总管的耳朵里叫着别收我呢。这是一个;另一个是保长家的鲁翠叶,她本打算找我做她'长夜节'①的皇帝,因为我不配有这份光荣,保长也要大发雷霆的。明年春天一到,我想,我就得唱起'森林——森林——绿色的小森林啊——'当大兵去了。"米拉开始唱起歌来,姑娘们和着,只有克瑞斯特娜一人忍不住哭了。"别哭了,姑娘,离春天还远着呢,谁能料到事情会怎样变化呢。"外婆安慰她说。自然,克瑞斯特娜只好揩干眼泪了,但她仍是郁郁不乐的。"别净想这个了吧,爸爸也许会设法来挽救的。"米拉说完,就坐在她的身边。"不订什么条约,难道你也不能扮这个皇帝吗?"外婆问道。"喏,当然的,外婆,在我们那里有些小伙子在没有选定谁之前,同时跟两三个姑娘要好的,姑娘们也是如此。我不愿做鲁翠叶的第一个爱人,那也不必去做最

---

① 长夜节是纺纱妇女们的一种娱乐集会,通常在谢肉节之初举行。

后一个,一次来搞两个姑娘,在我们那里还没有听说过;而去扮皇帝,那就跟去参加婚礼是一样的呀。""这样,你不去当然是最好。"外婆同意地说。"这个鲁翠叶是怎么搞的,恰恰只要你,就像你们那里没有别的小伙子似的。"克瑞斯特娜恼怒地说。"老爷爷会这样说的:口味是无法反对的呀。"外婆微笑了。

在圣诞节之前,讲故事和唱歌是在交替地进行着,有时也顺带谈着烤圣诞糕的事,谁家用的是白面啦,黄油放得多不多啦,姑娘们在谈论着"浇铅"①,而男孩子们却在盼着圣诞糕、漂蜡烛②、耶尤谐克③和唱圣诞节晚歌了。

---

① 捷克旧俗,在圣诞节前夕,化铅或蜡淋于冷水上,而后看其所形成的形状以测未来的命运。
② 旧俗,将小蜡烛置于核桃壳里,再放在水上漂,漂得最远,即表示那人寿命最长。
③ 圣诞老人式的人物。

第 十 二 章

这是一种风俗,在磨坊是这样,在猎人村和老漂白场也是这样:谁在圣诞节那天来了,他就要受到酒足饭饱的款待;要是没有人来,外婆会跑到大路口上来拉客人的。当儿子卡西巴尔和奥莱西尼采的侄儿在圣诞节前一天出人意料地来到时,外婆是多么快活啊!由于快活外婆整整地哭了半天,并不时丢开烤圣诞糕的活儿,跑进房里来跟孩子们坐坐;一会儿看看儿子,一会儿又问问侄儿,谁和谁在奥莱西尼采又怎样了;而且还不止一次地跟外孙儿们重复着:"你们看看舅舅就可以知道你们外公是什么模样了,只是舅舅没有他高。"孩子们就开始从前后左右来观察这位舅舅,他们非常喜欢他,特别喜欢他那和气地回答他们每个问题的态度。为了要看看金猪仔①,每年孩子们都想绝食,可是意志宏大,身体太弱,他们从来也没有真的绝食过。在圣诞节每个人都分到了东西,就是家禽和家畜也得到了一份圣诞糕。吃过晚饭以后,外婆把吃的东西每样拿了一点儿,一小半扔到水渠里去,一小半埋在果园里的大树下,期望水源永远长清,大地永远丰收;然后就把全部面包屑收拾起扔进"火"里,期望"别遭火烛"。隔了一会

---

① 传说于圣诞前夕绝食,即可以看见金猪仔。

儿工夫，别佳在外面边摇着一棵丁香树，边大声地喊着："丁香树，我来摇，告诉我，狗啊，我的亲人在哪儿①？"而在房子里的姑娘们却在浇铅和蜡，男孩子们在放出点着小蜡烛的核桃船了。杨偷偷地推了一下那只装了水的大海碗，水震荡起来，而那些象征着生活之舟的小核桃壳则从碗边摇荡到中心去；然后他欢叫着："你们瞧呀，我的最远，我将会出远门的！""唉，好孩子，等你真的被卷入生活的激流中去，在信仰和暗礁之中，波浪将颠簸着你的生活之舟，那时你才会渴望地想到你从那儿开船的那个恬静的海港呢。"妈妈一边低声地说着，一边为这孩子试"运气"，将一个苹果从正中劈为两半。苹果核子是星状的，三片是好的，两片已经不满，给虫子蛀过了。妈妈叹息地将它们放在一边，再为芭蓉卡劈第二个，当看见又是变成暗色小星的时候，她说："不论第一个，还是第二个，将来都不能一生幸福的！"她又为魏林和阿黛尔卡劈了，四片核瓣全是完好的。"你也许。"妈妈默想着，这时阿黛尔卡恰巧把她从沉思中唤醒过来，她在抱怨着她的小船不肯离岸，小蜡烛就快要点完了。"我的蜡烛也没走很远就熄了。"魏林说。这时，谁又推了一下大海碗，水在碗里立刻掀起了波浪；在中间航行着的小船全都覆没了。"嘿，嘿，你们要比我们早死啦！"阿黛尔卡跟魏林一起欢叫着。"再多些干吗？我们的船已经走得很远了。"芭蓉卡回答说，杨附和着她，只有妈妈一个人在忧郁地注视着那熄灭了的蜡烛，预兆擒住她的灵魂了，孩子们无心的游戏是否就是他们未来的预言呢？"耶尤谐克给我们带来什么了吗？"当开始收拾桌子时，孩子们偷偷地询

①　据说可以由此测知爱人在何方。

问着外婆。"这个我也不知道呀,你们听着铃声吧。"外婆说,小一点儿的孩子们在窗口前呆站着,他们以为,耶尤谐克一定要从窗前经过,他们也一定可以听到他的。"难道你们就不知道,耶尤谐克既看不见也听不见吗?"外婆说。"耶尤谐克是坐在天堂里那金晃晃的龙椅上,叫小天使们给好孩子们捎礼物,天使们就用金色的云彩包着礼物送来。你们除了铃声之外是什么也听不到的。"孩子们一边凝视着窗外,一边虔诚地听着外婆讲话。这时,烛光在窗上闪动了,铃声在外面响了起来。孩子们紧张得揉搓着双手,阿黛尔卡低声地问外婆道:"外婆啊,那光就是耶尤谐克,对吗?"外婆点点头,这时妈妈也走进门来,通知孩子们,说耶尤谐克在外婆房间里已经给他们分配好礼物了。当孩子们看见了那棵烛光辉煌、装饰得很美丽的圣诞树和它底下那些漂亮的礼物时,他们高兴得又跳又叫起来!外婆虽然不知道这种方法,在民间是不这样搞的,然而她却非常喜欢;还在圣诞节很久以前,她自己就老惦记着这棵小树,并且帮助女儿把树打扮起来。"在尼斯和克沃茨卡也有这种风俗;你还记得吗,卡西巴尔?当我们在那儿的时候,你还是一个很听话的小孩子呢!"外婆跟儿子说,她让孩子们在一边高兴地打开礼物,自己却坐到火炉边儿子的身旁。"我哪会记不得呢;美好的风俗啦,德莱思卡,你办得挺好;等孩子们将来在生活中碰到困难时,这将会是他们美好的回忆。就是住在外国,人也是最高兴回想起这一天的,我在外面的几年内就尝够这种滋味了。从前我在师父家里过得挺好,可我老这样想:我情愿坐在母亲身边吃糊喝粥,啃干面包,吃青豆和青菜,也不愿在外面吃好喝好的了。""我们的饮食,"外婆微笑着点点头,"你可还是把苹果干给忘记啦。""您是知道的,我向来不大关心这些的;在多柏纽什卡人们把它叫作木齐卡①,可我却常常联想起另一样大家都喜欢听的东西。""我知道你想的是什么:牧人笛子,这儿也有,你等着吧,马上就可以听到的。"外婆刚一说完,牧人的木管就在窗外吹响了。最先是吹奏着圣诞牧歌的调子,随着开始唱起来:"起来,牧人们,传来的消息说,救主在伯利恒②的马厩里降生了……""你说得对呀,卡西巴尔,要是没有听见这支歌子,圣诞节我也不会过得这样快活的。"外婆边说边欣然地谛听着。然后她跑了出去,把吃的东西塞进牧人的背袋里。在什杰班③那天,男孩子们上磨坊和猎人村唱颂歌去了;如果他们不去,大娘会以为天花板落在他们的身上了,她会亲自跑到老漂白场来找的。贝尔吉克和弗朗吉克也同样地下山来唱颂歌。

圣诞节过完了,孩子们又已经在谈论着即将到来的主显节④和教师要来在门上画上三个十字同唱颂歌的事了;主显节过后,纺纱的妇女们才开始庆祝"长夜节"。当然,老漂白场和磨坊是不能和那些有许多青年的村子相比的;在那些村子里人们会选出皇帝和皇后,会有音乐,会摆出穿纱竿,会招待吃饼子的。在老漂白场举行了一个快乐的晚会,纺纱的妇女们会集齐了,唱着,吃着,喝着,门外一响起手风琴,人们就在厨房里跳起舞来了。托麦什、老爷爷和猎人全来了,还到了一些别的男人,小小的舞会开始了。厨房里自然是砖头铺的

---

① 原文为 muzika,有两种含义,一是音乐,一是一种苹果干,因而引起下文的联想。

② 巴勒斯坦一地方,耶稣的降生地。

③ 十二月二十五日至一月六日之间的一天。

④ 指圣诞节后的第十二天。

地面,可是,姑娘们全不在乎这个,有些爱惜鞋的,就干脆光着脚板来跳。"喏,怎么样,外婆,我们也来小小地跳他一场吧?"老爷爷从那间净坐着老人们的房间里走进跳舞的厨房时开玩笑地说,外婆在厨房里照顾家禽,原来它们跟苏尔旦和笛儿混在一起了。"哎哟,我的大爷呀!从前我才不在乎呢,就是脚板上长满了血泡,只要有舞跳就行啦。那时候,当我在酒店里或者夏季在打麦场上一出现,小伙子们就吼着:玛德娜来了,奏起卡拉玛依卡和伏尔塔卡①吧,跳呀,玛德娜早就飞舞起来了。可是现在,我的老天爷呀,我已经像水壶上的蒸汽②了。""哪儿的话,您还跟鹌鹑一样呢,外婆啊,我们来试试吧。"老爷爷一边说着,一边在手指间滚动着鼻烟盒。"这才是女伴呢,老爷爷,她会转得跟纺车轮一样快。"外婆微笑着,一边拉住站在老爷爷背后并听见他们谈话的托麦什新媳妇的手。新媳妇欣然地拉着老爷爷的手,告诉古杜拉再奏第一支曲子。手中拿着一段玉米棒在忙里偷闲地吃着的古杜拉马上奏起那支邀请舞曲,而老爷爷不管他愿不愿意就得跟着转起来了。青年小伙子们鼓掌喝彩,把大娘们都从房里引出来,看看究竟发生了什么事。她们刚一出来,托麦什立刻拉着磨坊大娘就跳起舞来,老爷爷跳得很热烈,没过一会儿,连那些老年人也卷进了狂舞的旋涡中去了,后来外婆把老爷爷大大笑话了一通。

"长夜节"刚过完,磨坊又举行酒宴了,宰了猪,做了果馅油炸饼,老漂白场的朋友们和猎人在这种场合是一定不可少

---

① 两者都是捷克古老的民间舞曲。

② 意即:风烛残年。

的；老爷爷派雪橇来接他们去了，再后猎人家里请客，最后是卜罗西柯家里。紧接着又是看陀罗达表演了。古杜拉家的瓦茨拉夫扮皇帝迪奥克拉齐安，皇后陀罗达是他妹妹丽达，两个朝臣、判官、刽子手和皇帝的仆役们都是日尔洛夫村的孩子们扮的。仆役和朝臣都背着准备装礼物的小背袋。在卜罗西柯家门前有一个很长很滑的斜坡，演员小先生们通常总要在那儿停下来，稍为地滑他一下；陀罗达皇后却在一边没办法地看着他们，一边冻得直打哆嗦。她虽然直在喊快点儿走，然而她的声音被他们的欢呼声淹没，听不见了。在滑冰之中，如果有谁推了谁一下，接着他们就要互相掷雪球，在这样的时候，皇后只好权当他们的仲裁人了。最后他们来到了村子，两只狗用一种吓人的吠声在欢迎他们，而孩子们却高兴得不得了。演员们在火炉旁整理了一下衣服，放下背袋。服装是很简陋的；皇后陀罗达穿着一双哥哥的皮靴，在自己的裙子外面再披了一件向玛庆卡借来的白衫，颈上戴着项链，头上包着妈妈的白头巾，在头巾上再戴上纸做的凤冠。男孩子们却只在衣服外面套上一件白衬衫，腰上围着各式各样的布带，戴着纸帽。皇帝迪奥克拉齐安也戴着皇冠，把那个由于妈妈特别高兴而借给他的星期天用的花围裙挂在肩上当作披风。当他们稍为暖和过来，大家就站到房子中间来，开始表演自己的节目了。孩子们虽然每年都看到这种戏，但他们总是非常喜欢它。异教徒皇帝迪奥克拉齐安判处女基督教徒陀罗达死刑，奴仆们就把她挟起来，拖上刑场去，在刑场上刽子手已经拔出剑在等着她，用一种十分激动的声调高声叫着："陀罗达皇后你跪下，我的剑呀你不用怕，只管英雄地低下头，我会熟练地砍下它！"陀罗达皇后跪下，垂下头，刽子手一剑将那凤冠从她头上砍了下来,奴仆们就把它高高地举起。再后大家都鞠躬哀悼,而这时陀罗达皇后早又戴上凤冠,站在门边的角落里去了。"瞧!孩子们真会演,好看得很呢。"娥尔莎说。外婆也一个劲儿地夸奖他们,赏给他们许多礼物,小演员们就一起挤出门去了。在村子外面,他们检查着得到的礼物;吃的东西皇帝马上分给大家了,然而钱他却塞进自己的口袋里,原来他是全班人马的头目,只有他一个人有权利得钱,因为也只有他一个人得交涉得负责的呀。在这样公平的分配之后,小演员们就整装出发上瑞森堡去了。在以后的好几天里,卜罗西柯家的孩子们还在重复着这个剧中的格言,扮演着陀罗达。只有妈妈一个人不理解,怎么会有人喜欢这样的愚蠢把戏。

接着又开始"忏悔节"①了;星期天从城里来了一辆漂亮的雪橇,马来时身上铜铃子在院子里响得如此厉害,使得那些在卜罗西柯家阶沿上的冬季客人——乌鸦都飞快地逃上了那棵山楂树,母鸡和麻雀也带着极其惊异的目光在注视着那匹马,它们许是这样想:我的天老爷啊,这又是什么玩意儿呀!他们是来接卜罗西柯一家子进城上史坦尼茨基家里过谢肉节的。外婆却从来也不想去,常这样说:"到那儿去干吗?让我留在家里吧,我是不惯跟大人先生们在一起的。"史坦尼茨基家里的都是和蔼可亲的好人,然而他家是个酒店,各种客人都有,远隔几里路还有人来呢,这就不是谦逊的外婆的社会了。当他们晚上回到家时,孩子们把在那里吃的好东西都一五一十地诉给外婆听,也给她带来了好吃的;不绝口地赞美着他们听过的那种喧闹的音乐,数说着在那里的所有的客人。"那

_____

① 谢肉节的末尾几天。

您猜猜看,我们在那儿还看见谁了?"杨说。"喏,看见谁了?"外婆问。"卖货郎,就是常上我们这儿来,还给我们柿子吃的那个沃拉赫。可是您都要认不出他来了,他不像上我们这儿来时穿得那样脏;穿得就像皇爷一样哪,还挂着一根金表链呢。""什么东西一多了,就会乱花的。"外婆说,"另外呢,"她补充说,"你们也不要穿着在家里滚脏了的衣服上外面去,只要条件允许,都应该穿着干净的衣服,这是一个人对社会对自己应尽的义务呀。""可是,那人一定是很有钱的,是吗?"孩子们说。"不知道,我又没有在他钱柜里待过,他可能很有钱,他是那样地会做买卖呀。"在谢肉节最后一天,姑娘们抬着那个用豆秸扎成的像大狗熊似的马索普斯特①,带着喧闹的声音在村子里奔跑着。在每个村子里,主妇们都从它身上拉把豆秸藏起来。在鹅孵蛋的时候,她们就把那从马索普斯特身上拉下来的豆秸垫在窝里,据说这样蛋要出得好些。

马索普斯特游行之后,冬季娱乐会告一段落。外婆在纺车旁唱着忏悔的歌;当孩子们也坐拢来时,她就跟他们讲耶稣的生活,在谢肉节第一个星期里,她一直穿着丧服。白天越过越长,太阳越来越厉害了,和暖的风儿吹化了山坡上的白雪。母鸡又在满院子里咯咯地叫了,主妇们一碰头就谈开孵小鸡和种麻的事儿,男人们已在准备犁和耙了。当猎人大爷想从对面的森林里直接来老漂白场时,已经不能从河上走过来了,就像老爷爷早上去巡视水闸时,在卜罗西柯家门前停下来跟外婆说的一样,河里的冰已经裂开,一块跟着一块在慢慢地告

---

① 马索普斯特是谢肉节的音译,此处是指那个豆秸人。

别了。第二周,第三周,第四周都过去了,第五周①是死亡的节日,孩子们又快活了起来:"今天我们要抬死神出村啦。"而姑娘们却补充说:"今天是我们的节日!"外婆给阿黛尔卡扎了一个草把人,把几天以来收集的空蛋壳全挂在它身上,为了使它样子显得快活点儿,她还用了几根红绸带捆扎着它。姑娘们全都去送了。上午所有的姑娘全聚在磨坊里打扮死神。翠儿卡编好草帽,其余每个姑娘都捐出点儿衣服之类的东西挂在它身上;死神玛任娜打扮得愈漂亮,姑娘们的骄傲就愈大。把死神打扮好之后,由两个姑娘举着它,别的人就一对对地排在它后面,然后她们就舞动着草把人歌唱起来"我们把死神抬出村,欢迎新的夏天来临",从磨坊直走到水坝边。大一点儿的姑娘在附近跟着她们,男孩子们却用一种可笑的动作围着草把人跳着,想拉下它的草帽;小姑娘们则在一心一意地保护着它。她们来到水坝边就很快地脱光死神的衣服,用巨大的欢叫声将草帽扔进水里去;然后男孩子们跟着姑娘们一齐往回走,路上男孩子们唱着:"死神已在水上漂,新夏带着红蛋,带着黄野鸡来访了。"接着姑娘们开腔唱道:"夏天,夏天,夏天啊,你在哪儿待了这样久?在井旁,在水边——洗了脚和手。罗兰、玫瑰不能开,等着上帝来帮助。"男孩子们接着唱:"罗马的圣彼得送来一瓶葡萄酒,让我们喝了好把上帝来赞美。""喏,来吧,孩子们。"卜罗西柯娃太太在阶沿上听见了歌声,就喊着他们。小伙子们和家里的姑娘们一齐进屋来了,克瑞斯特娜和其他的人跟在他们后面,也跟他们一起在

---

① 指谢肉节中的五周,亦即复活节前的五周。

唱着。在第一周①的礼拜天，芭蓉卡一早就跑到河边去摘那早已开放的菜黄花去了。"花儿就像知道今天需要它们似的。"姑娘想着，在她跟外婆到教堂去做大弥撒时，每人手中都握着一把菜黄花去敬神。"西卡来达"礼拜三②，当外婆已经纺完了纱并把纺车架上阁楼时，阿黛尔卡叫着："哦呀，纺车搁上楼了，外婆又要用纺锤来纺麻线了！""只要上帝保佑我活到冬天，我们再把它弄下来。"外婆对她说。青礼拜四③，孩子们知道那天除白饼和蜂蜜之外，什么也不许吃的。老漂白场没有蜜蜂，可是，老爷爷总是在这时候给他们送来一板蜜。老爷爷是养蜂的人，他有许多蜂房；并且还答应过卜罗西柯娃太太，等他蜜蜂增多时，他要送她一窝蜂；原来有一次他听到了外婆这样的感叹，说她在这屋外除掉蜜蜂再也不需要什么了，说人在看着这些整天忙着进窝出窝、勤勤恳恳工作的小蜜蜂时，会感到高兴的。

"芭蓉卡，起来吧，太阳就要出来啦！"大礼拜五④早上，外婆喊着小外孙女，一边还轻轻地拍着她的前额。芭蓉卡睡得很警觉，立刻就醒了过来，她一看见外婆站在床边，马上就想起昨天晚上请求外婆叫醒她做早祷的事情。她急忙跳下床，三把两把地穿好裙子，戴上头巾，就跟着外婆出去了。外婆也叫醒了娥尔莎和别佳；她说："叫孩子们睡觉吧，他们还不懂得这个呢，我们代他们祷告。"前屋的门一开，家禽和牲畜全都叫了起来，那两条大狗早已从窝里蹦出来了。外婆和蔼地

---

① 由复活节向前推算，故有第一周之称。
②③ 复活节前的礼拜三和礼拜四。
④ 复活节前的礼拜五。

将它们推开并对其他的家禽说:"再忍耐一会儿,等我们做完了祷告!"当芭蓉卡按照外婆的吩咐在水渠边洗好脸后,她们就在山坡上按照习惯默念九遍上帝祈祷文和圣母祈祷文,祈求上帝保佑他们全家全年身体健康。年老的外婆跪在地上,热诚地将那双布满皱纹的老手合在胸前,她那恬静的眼睛虔诚地朝向那东方的玫瑰色朝霞,它预告着太阳即将升起。芭蓉卡跪在她的身边,清新而红润得就像小花苞儿一样。在这一瞬间,就连她也在虔诚地祷告着;可是,后来她那对明朗而快活的眼睛从东方转向森林、草地和山坡了。浑浊的水浪在慢慢地流过,通常还带着冰块和雪块,山坡上的洼地里还有雪在闪着白光;然而草已经到处都发青了,早开的延命菊已经吐放,树木和灌木也已开始泛出点儿绿意,大自然已经苏醒过来,开始了愉快的生活。玫瑰色的朝霞在天空中消散开来,金色的光芒一次比一次更高地从山背后放射出来,染黄了树梢,然后太阳才慢慢地露出自己的全面目,它的光流注满了整个山坡。对面的山岗还罩在半明半暗中,雾在水坝后面渐渐地下降了,越过水面可以看出跪在锯木厂后山岗上女人的身影。"您看哪,外婆,日出多美呀,"芭蓉卡说,她全身心地沉醉在那天光的奇景中了,"要是现在我们跪在斯聂什卡峰上多好啊!""如果你要热诚地祈祷上帝,随便哪儿都可以,上帝的大地到处都美。"外婆说完,画了十字,才从地上爬了起来。当她们向四周环视时,看见魏克杜儿卡在同一山岗上依树站着。她那浸湿了露水的鬈发披散在脸上,衣服又脏又皱,颈项露在外面,黑色的眼睛在凝视着太阳,里面燃烧着奇异的光芒,手中拿着一束迎春花。她像是没有看见外婆。"这可怜的孩子这一晌又到哪儿去了?"老人难过地说。"嗳,外婆,她已经在哪儿找到迎春花了!""在山顶上什么地方,她常在那儿到处乱钻的。""我去求她把花给我!"小姑娘说完,就跑上山岗;这时,魏克杜儿卡恰从自己的冥想中惊醒过来,飞快地转身跑开,当芭蓉卡叫"魏克杜儿卡,请把花给我",她才站住,眼睛望着地上,把迎春花递给了她。然后,她身子一晃,就箭一般地从山岗上飞奔下去了。芭蓉卡跑到外婆面前。"她已经好久都没有来讨吃的了。"外婆说。"昨天您在教堂里的时候,她上我们家里来了。妈妈还给了她一块面包和几个大饼呢。"芭蓉卡说。"夏天,这可怜的姑娘又要好过一点儿;可是天才知道,她就好像没有感觉似的。整整一冬只穿着一件单衣,赤着脚;她在雪上走过时,一步一个血印哪,而她就像没事似的。猎人大娘是多么愿意每天给热饭让她吃饱啊,可是她除了一块面包,什么也不肯接。不幸的人哪!""在山洞里许是不冷的,外婆,要不然,她总得到处跑跑呀;我曾经好几次求她在我们家里留下。""猎人大爷说,冬天在这样的山洞里是暖和的,所以魏克杜儿卡才从来也不进到烧得暖洋洋的屋里去。她不像我们那样感到冷。这上帝已经安排好了;他派保护天使下凡保卫孩子,而魏克杜儿卡也是一个可怜的孩子呀。"外婆边说着,边走进屋里。

平常,中午从日尔洛夫山岗小礼拜堂的塔顶上都传来祷告的钟声;这一天,杨和魏林却拿着唧唧轮①跑到果园里来,唧唧地响个不休,把麻雀都从屋顶上吓飞开了。下午,外婆同孩子们到镇上去参加圣葬,走到磨坊前,她们停下来叫大娘和玛庆卡。这时大娘总要把外婆拉进房里来,让她看看为贺客

---

① 一种玩具,形似小鼓,下有长柄,执柄摇之,则发出唧唧之声。

准备的那满满一篮子五彩鸡蛋①，还引她去看那成群的野鸡和肥羊。又给孩子们大饼吃，然而她没有给过外婆，因为她知道老年人在青礼拜四从早上到晚上复活之前，是滴水不进的；她自己在大礼拜五也绝过食，可是像外婆绝得那样干净，她说她是办不到的。"各人凭着自己的心意呀，亲爱的大娘，我是这样想，要绝食嘛，那就绝他个干净。"外婆在观看大娘的手艺，赞赞这个又夸夸那个，然后补充说，"明天我们要开炉烤面包了，一切都准备齐了；今天一天完全用于祷告。"在卜罗西柯家里的确是这样过的，因为外婆说的话全算数。白礼拜六②那天，老漂白场从一大清早就热闹得像在布拉格大桥上一样了：房间里、厨房里、院子里、烤炉旁，干活的手到处在互相碰撞着，加上孩子们为着各自的大事在里面穿梭似的跑来跑去，每个妇女都埋怨说，她不知道怎么办才好。连芭蓉卡也有满手的事情，以致她做了这个，忘记那个。可是到晚上一切都就绪了，外婆同着芭蓉卡和妈妈去参加复活节仪式。后来，当在那烛光辉煌、一片神圣的气氛的教堂里从所有的嘴里响起"敬爱的赎罪者这时已经站起来了！哈来鲁呀！"时，小姑娘这时感到被一种强烈的感情擒住了，胸口胀得很，迫使她出去，到那辽阔的空旷之地去，在那里她才能表现出那在她灵魂里高声歌唱着的不可形容的欢乐。整个一晚上，她都沉浸在这种不平凡的快乐中，当外婆和她道晚安时，她搂住外婆的脖子哭了起来。"你怎么啦，为什么哭呢？"外婆问她。"没有什么，外婆，我太快活啦，我得哭出来才行。"小姑

---

① 复活节的礼物。
② 复活节前的礼拜六。

娘回答说。老人一把搂住小外孙女,吻着她的前额,抚摸着她的脸,一句话也没有说。她是多么了解自己的芭蓉卡啊!

在复活节①那天,外婆带着奶饼、葡萄酒和鸡蛋上教堂去敬神。后来,当她把这些敬过神的东西带回家时,她将它们分开,家里每个人都得到了一块奶饼、一个鸡蛋和一点点葡萄酒。家禽和家畜也像在圣诞节一样都得到了两样东西,外婆说,这样它们才会恋家,鸡鸭才会多下蛋,乳牛才会多出奶。可是礼拜一却是妇女们最害怕的日子,因为这天是鞭打妇女的节日②。清早,卜罗西柯家里人刚起床穿好衣服,门外就已经响起了"我是来唱颂歌的"等等,突然有谁在敲大门了;别佳去开门,她开得异常小心,可能是孩子们吧,因为熟人中没有人来找她抽打的。原来是起得最早的老爷爷呢!他像没事的样子来了,祝贺"节日幸福快乐",在大衣里面却藏着一根柳条鞭子;这时他突然做个鬼脸抽出鞭子,就开始鞭打妇女了。所有的女人都挨了几下,连主妇和芭蓉卡都挨到了;可是他打外婆时却打在裙子上,还带笑地说:"跳蚤不会咬您了。"像别的贺节人一样,老爷爷也得到了鸡蛋和苹果。"孩子们,你们怎样去贺节呢?"老爷爷问男孩子们。"他们可乖极了呢,平常赖着不肯起床,今天我一起床,他们就到房里来打我了。"芭蓉卡诉苦说,老爷爷和男孩子们都大笑起来。连猎人大爷也下山来打,然后又来了米拉和托麦什,总之一句话,一整天就没有一刻工夫安静过,小姑娘们一看见男孩子们来了,赶忙就把那光胳膊藏到围裙底下去。

———————————

① 复活节是三月二十一日满月后第一个礼拜天。

② 即复活节后的第一天,捷克旧俗,在这一天男人有权用柳条鞭打妇女,挨打的人还得送打她的人鸡蛋和苹果。这种风俗现在仍然保存。

第 十 三 章

　　春天一步踏进了人间,人们已经下地耕种了。在山坡上面有许多蜥蜴和蛇爬出来晒太阳,孩子们上庄园背后那个小山岗上去折紫罗兰和铃兰时,常被它们吓得大吃一惊;可是外婆却叫他们别怕,说到圣伊日①之前,什么野兽都没有毒,可以拿到手里来的。"可是,太阳已经出山很高的时候,它们就有毒了。"她补充说。在水坝后面的草地上白头翁和毛茛已经开花了,苔藓铺绿了山坡,迎春花在闪耀着金色的光辉。孩子们在采集做汤用的嫩叶和喂小鹅的荨麻,外婆不论什么时候进牛栏,都答应斯特拉西卡②,说尽早地放它出去吃草。一眨眼间树林都穿上了新装。蚊子在空中愉快地飞舞着,云雀在高空飞翔,孩子们听得见,但很少能看见这个小歌手。孩子们一听见布谷鸟叫,就冲着森林中高声喊道:"布谷鸟啊,告诉我们,我们能有多长的寿命③?"布谷鸟有时应着叫几声,有时简直都使阿黛尔卡生气了,它竟故意地一声也不回答。男孩子们教阿黛尔卡挖空柳树枝子做哨子吹;当哨子吹不响时,他们就责怪她,说她在挖的时候没有念好咒。"你们女孩子

---

　　①　圣伊日是四月二十四日。
　　②　斯特拉西卡是乳牛的名字。
　　③　这是迷信,传说根据布谷鸟叫声的多少能预测人的寿命长短。

呀,连这个小叫叫也不会做。"杨讥笑着。"这不属于我们的事呀,你也不会编这样的小礼帽的!"芭蓉卡一边说着,一边将柳条编的、用松针别上许多美丽的野菊花的小礼帽拿给弟弟们看。"唔,这可是艺术呀!"男孩子歪了头去。"就你这么认为,我才不呢。"芭蓉卡笑了笑,就去做衣服和用丁香树枝做洋娃娃的身体去了。杨却将一根树枝放在膝盖上,跟阿黛尔卡说:"现在你好好地听着,看着,我是怎么来做的。"他在挖的时候,口中唱道:"挨打吧,小叫叫,你要是不叫,我就把你往王爷那里告,他要打得你魂飞魄散。嘀,嘀,嘀,我将刀子往你身上戳,戳,戳,戳,雕出你的小灵魂啰,哈,哈,哈,你会像小鸟儿一样来歌唱。"小哨子做好了,吹得很响。可是魏林说,这远不如瓦茨拉夫的牧笛那样响得好听;杨不高兴再做哨子了,就用一根树枝当作小车子,驾着它开始满草地跑起来,两只大狗也跟在他后面跑着。芭蓉卡把做好了的洋娃娃递给妹妹时说:"喏,你可得学着自己来做呢,我们一上了学,你就一个人了,谁能跟你一起玩。""外婆还在这儿呀。"小姑娘回答说,从她的小脸上可以看出:孤单虽然不好,但只要外婆留下,就一切都留下来了。这时磨坊老爷爷从附近经过,交给芭蓉卡一封信,说:"把信拿给妈妈去! 你告诉她,我的徒弟进城了,这是邮局托他捎来的。""这是爸爸的信!"孩子们欢叫着跑进屋里去。卜罗西柯娃太太满脸高兴地念着信,念完之后,告诉大家说爸爸和公爵夫人在五月中旬要来了。"我们还得睡几个晚上哪?"阿黛尔卡问。"大约有四十夜。"芭蓉卡说。"哦呀,这还长着呢。"小姑娘忧愁起来。"你知道吗,"魏林建议说,"我们在门上画上四十道记号,每天早上起来就擦掉一道。""画上吧,这样时间也过得快些。"妈妈笑了。

磨坊老爷爷从水坝那儿转回来时，在卜罗西柯家停了一会儿。他脸色很忧郁，既不做鬼脸，也不眨眼睛，连拿在手里的鼻烟盒也不转动了，只是不时地用两个手指头敲打着它的盖子。"你们知道，有什么新鲜事吗？"他进屋时说。"出什么事了？"看见老爷爷不是平常的样子，外婆和卜罗西柯娃太太异口同声地问。"山洪下来了。""上帝保佑，可别突然发大水呀。"外婆担心地说。"我就担心这一招，"老爷爷说，"这几天来中午都起过风，山里还下着大雨呢，那儿来磨粉的人说，所有的山沟都满了，还说山上雪化得很快呢。我马上就回家去，把水道通通。我劝你们也准备着点儿，小心从来也不是多余的。下午我再来看看。请你们注意看涨水——你呢，小红雀，可别上水边去啦。"老爷爷说完，用手指弹了一下阿黛尔卡的脸蛋，就走出门去了。外婆到水坝边去看看，水渠两边的堤埂是用橡树杆子建的，羊齿草在树缝里已经长得好高了。外婆从堤墙上看出水在往上涨，那些最低的羊齿草已经淹没在水里了。浑浊的洪流卷着树木、草根和树枝由水坝中急驰而过。外婆心事重重地回到家里。在冰块下来时，常发生河道堵塞的事，因而河水灌入水坝，淹没房屋；所以在解冻的时候，人们都担着一份心事，磨坊的人不断地来巡视，拨开那堆积成山的冰块，以减少危险。可是对山洪却是毫无办法的。山洪会像骑着野马似的从山上直奔而下，卷去一切挡路的东西，撕裂堤埂和河岸，掀翻树木和房屋，这一切会来得那样快，连人都还没有清醒过来呢。外婆也是有这种经验的人，所以当她一跨进门，就叫人准备把屋里东西搬上楼，马上就动手做好了。这时，猎人大爷来了，他到森林里锯木厂附近去过，听见了洪水奔流之声，也看见河水在不断地上涨。"这些孩子只给你们添麻烦,要是情况紧,他们怎么办呀,我把他们带上山去吧。"他这样一说,主妇们全都欢迎他的建议。孩子们带走了,东西收拾好了,家禽也迁居到小山坡上去,斯特拉西卡送到猎人家里喂去了。"你们现在跟孩子们去,好让大娘少操些心。"当一切都收拾停当时,外婆对女儿和别佳说,"我和娥尔莎留在家里,要是大水进屋里来,我们就爬上楼去,上帝总不会让洪水把我们连房子一起卷走的;这儿不像磨坊那儿水流得那样急,他们可苦了呢。"卜罗西柯娃太太怎么也不同意母亲留在家里,可是,当无法说服外婆时,她只得走了。"别让狗跑了。"她走出屋时吩咐说。"别操心这个吧,它们知道什么地方好躲,不会丢开我们的。"事实上,苏尔旦和笛儿也真的跟着外婆的脚后跟寸步不离,当她拿着纺锤坐在窗前,顺便看着河时,它们就乖乖地躺在她的脚边;习惯于东揩揩西抹抹的娥尔莎却在收拾着鸡舍,她只想做点儿事,可没有想到,也许在一个钟头以后,水和污泥将会填满它的。

天黑下来了,水又涨了很多,水渠里的水已经装得满满的了;水坝后面的草地已经没入水下,要不是杨柳挡住了视线,河堤尽管那么高,就是坐在低地里,外婆还是可以从窗户看到那浪涛的汹涌。她放下纺锤,捧着双手开始祷告。娥尔莎也跑进房里来。"水吼得叫人听了都不安啦;禽兽好像也感到要出事,都躲藏起来了,连只小麻雀也瞧不见啦。"她边说着,边揩抹着窗下长凳子上的灰尘。这时马蹄声响起来了,有一个人骑着马由水坝那条大路飞奔而来;到屋前停了一下,大声吼叫着:"快逃吧,乡亲们,洪水来了!"立刻他又沿河奔向磨坊,再由磨坊飞奔到小镇上去报告水警。"我的天哪,上面已经危险了,才派人来报警。"外婆说,面色都吓白了。可她还劝慰娥尔莎,叫她别害怕。她自己再一次跑出去,看看是否一切都很安全,水有没有溢过堤来。在河边她撞上了老爷爷。他穿着一双高齐膝盖的胶皮靴,指给外婆看,说洪水已经从河里和水渠里溢出来了。米拉和古杜拉都要来给外婆做伴,好不让她一个人留在屋里;而外婆却将古杜拉送回家去了。"您是有孩子的,要是有个三长两短,那我可就有罪了。如果一定得有个男人伴着我们,那就让雅古普留下吧,他是最合适的人;酒店里是不需要他的,那儿不用担心,除非水淹进他们的鸡舍。"古杜拉走了。到半夜大水已经包围住了房屋。人们打着灯笼在日尔洛夫山岗上走着;猎人大爷也跑到山坡上来看看,知道外婆要睡觉了,他高声地喊着,吹着口哨,想知道那儿到底怎样。雅古普在窗口上回答他,说他在警戒着,叫卜罗西柯娃太太别担心自己的母亲,猎人大爷听了这些话就回去了。清早才看出来,整个山谷已是一片大湖了。他们在屋里得在搭起的木板上走,米拉费尽了力气才蹚到山坡上去看看家禽,水流得那样湍急,在路上差点儿没把他冲倒。白天里,所有的人都从猎人村往山下看,孩子们看见房屋淹没在水里,外婆在屋里木板上走,他们就在山坡上大号大哭起来,哄都哄不住了。两条大狗在屋顶上的天窗口上向外眺望着,当杨叫它们时,它们又哼又叫,要不是米拉拉住,它们早就跳下去了。古杜拉来告诉大家,说下面的洪水大极了。在日里采已经漂走了两间房子,一间房子里还有一位老婆婆呢。她不听人家的劝告,没有出来,后来没有挽救得了。桥、洗衣板桥、树木全被洪水冲走了,总之一句话,洪水卷走了它遇到的一切东西。在磨坊人们也住进上房里去了。克瑞斯特娜跑来看看,是否可能送点儿热食给他们吃,可是毫无可能,当大胆的米拉想要蹚水过来时,她自己就请求他留在原地别过来。恐怖延续了两天;第三天水开始慢慢地落了。当孩子们从猎人家转回来时,他们是多么奇怪啊;小花园冲没了,果园里到处是渣滓、大水坑,白杨和柳树都齐腰染上污泥了。洗衣板桥被冲散了,鸡舍给冲平了,狗窝连影子也不见了。男孩子们跟阿黛尔卡跑到屋后去看了看。一年以前,他们从森林里背回来了树苗,外婆给姑娘们栽的白杨,给男孩子栽的松树,都还完好地留在那儿。在一棵梨树下他们曾经盖了小房子,小房子四周还修了小花园和篱笆,小水渠和在水渠上的小水车,在水渠里装满了水时,小水车就会滚动起来。那儿本来还有一个小烤炉,阿黛尔卡用泥巴做成的饼子和蛋糕就放到那炉里去烤。这全部的小家当都被冲得无影无踪了。"真是小孩子呀!"外婆听见他们在惋惜这些时微笑起来,"在这样的大水里,谁还管得了你们的小玩意儿,几百年的大树和牢实的房屋都给冲走了呀。"

经过短短一段时间以后,太阳就晒干了田地、草地和道路了,风儿卷走了渣滓,草儿比从前绿得更娇,一切损害都恢复了原状,这场破坏性的大水很少留下痕迹,只剩下人们在长时间内谈论它了。燕子又飞来了;孩子们欢欣地迎接了它们,他们又在盼着贝尔大爷和爸爸回家了。这是菲力普和雅古普①的夜晚。外婆用粉笔在所有的房屋、牛栏和鸡舍的门上画上三个十字之后,就领着孩子们到庄园背后的秃山岗上去。男孩子们肩上还扛着旧扫把。克瑞斯特娜、米拉、庄园里和磨坊上所有的青年都已经在山岗上了。玛庆卡也在那儿。古杜拉

---

① 五月一日以前是名叫菲力普和雅古普的人的命名日。

家的瓦茨拉夫和他的弟弟们在帮着米拉给扫把上松香,别的人在收拾木柴和树枝来烧篝火。夜,是美丽的;和暖的微风在掀起一道道青苗的波浪,从大花园里和盛开的果园里给全岗上捎带来了沁入肺腑的花香。猫头鹰的叫声从森林里阵阵传来,在大路旁一棵高大的白杨树上有一只山鸟在婉转地叫着,夜莺的悦耳清唱从大花园灌木丛中直飘送到山岗上来。这时,日里采山岗上突然点着火了,跟着日尔洛夫山岗上也烧着了,于是各个山岗上的大小火苗都开始闪动和跳跃起来。在遥远的纳霍德山岗和新城山岗上也烧起篝火来了,火光在舞蹈着。米拉也将上了松香的火把投入柴堆里去,篝火马上燃烧起来。小伙子们开始欢跳着,每人手中拿着一把上了松香的火把,点燃它,把它尽力地抛上空中,高声叫着:"飞呀,巫婆,飞呀!"然后大家排成行列,手执火光熊熊的火把开始跳舞了,而姑娘们却手挽手地围着篝火跳着唱着;当柴堆烧倒下来时,她们拿着火苗乱扔,并尽力从火堆上跳跃过去。

"看哪,这老巫婆一定飞得最高!"米拉喊着,拿起火把狠狠地抛了出去,火把叫啸着飞出手了,飞得很高,一直飞到青苗地里姑娘们站的地方才落下来。"巫婆在叫了!"青年小伙子们边笑着,边跑去抢那把上了松香烧得呜呜叫的扫把。男孩子们在鼓掌喝彩。从日尔洛夫和日里采山岗也传来欢呼声、笑声和歌声。在那殷红色的篝火四周,许多幻想中的人影围成一个个奇异的圆圈在闪动着;不时有一个巫婆从他们之中飞上天去,火花在空中爆炸了,闪亮着千万颗小火星,然后再降落到人类的狂欢中去。"嘿,这个飞得可高啊!"玛庆卡边叫着,边用手指着日尔洛夫山岗。可是,有一个女人却把她的手拉了下来,叫她不要指着巫婆,说这样巫婆能够将火星扔到她手指上来。

当外婆和孩子们回到家里时，已经很晚了。"外婆啊，您没有听见什么吗?"芭蓉卡边低声地说，边拉着外婆站在房屋附近百花盛开的果园中央，"像有什么东西在沙沙作响。""没有什么东西，是风在吹动树叶子。"老人说了，又补上一句，"这风可吹得好呀!""为什么好呢?""因为这样树就会互相靠拢自己。古话说得好：树在开花时接吻和拥抱，结的果子搬也搬不了。""哦，外婆啊，现在樱桃、杨梅都要开花了，我们得整天坐在学校里，多可惜呀。"杨发愁地说。"这可没有办法呀，孩子，你总不能老在家里待着，老是玩哪。现在你们有了别的操心事和别的快活了。""我高兴上学去，"芭蓉卡说，"只是，外婆啊，我们整天看不见您，我会想您的!""我也会心里不自在的，亲爱的孩子，可是，这又有什么可说的，小树开花了，孩子长大了，花谢果落树，孩子长大离亲去啊。上帝的安排嘛。树在健壮的时候结果子，后来枯老了，就砍倒当柴烧，上帝之火烧化它，灰烬用来肥地，在地上又长起别的果树来。你们外婆也一样地将自己的纱纺完，然后你们就让她去长眠了。"老人半低声补了这句。夜莺在小花园旁的灌木丛中歌唱着，孩子们说这是他们的夜莺，因为每年它都飞到花园旁灌木丛中来做窝。从水坝那边传来魏克杜儿卡那凄凉的摇篮曲。孩子们还想在外面待一会儿，可是外婆却逼着他们进屋去了。"你们都知道明天要开学了，要早起呀，快去睡吧，别又让妈妈生气啦。"她边说着，边将孩子们一个个地让进门去。

清早，在吃早点的时候，妈妈在嘱咐孩子们（阿黛尔卡除外，她还在睡觉呢）应该怎样学习，怎样听先生的话，路上又要如何规规矩矩的，她说的都是些好话，直把孩子们都说哭了。外婆为他们准备好点心。"你们每人一份点心,"她将三块大面包放在桌上时说,"一把小刀,这是我给你们收起来的。你是知道的,耶尼克,你早就把小刀丢掉了,现在你用什么来切面包?"她说着,就从大荷包里拿出三把红柄小刀,然后又把每块面包都钻个小孔,将黄油灌进小孔里去,再用面包心把小孔塞住,给芭蓉卡放进芦草提篮里,给男孩子们塞在皮背包里。面包之外,还给了些干果子。她没有吃早点,就伴着孩子们上路了。"去吧,别忘记我跟你们说过的话。"妈妈在门槛上提醒说。孩子们吻了吻妈妈的手,眼睛全湿了起来。外婆没有跟孩子们告别,她陪着他们穿过果园,苏尔旦和笛儿也跟着跑来了。"孩子们,芭蓉卡说你们时,你们可得听着啊,她是你们中间最大的。"外婆嘱咐着,"在路上可别顽皮,别摔倒了。在学校里别光呆坐着不好好听课,要不,你们将来要后悔来不及的。要有礼貌地向每个人问好;要让车让马。你呀,魏林,别见着什么狗就抱,有恶狗呀,会咬你一口的。别上水边去玩,跑热了的时候,别喝冷水。你呢,耶尼克,别老早就把面包吃了,又去骗别人的吃。现在你们去吧,天黑时,我和阿黛尔卡再来接你们。""外婆呀,可别忘记给我们留午饭的各样菜呀。"杨请求着。"去吧,小淘气,我们哪会忘记呀。"外婆微笑了。之后,她替孩子们画了十字,当他们要走的时候,她又想起了什么事情。"要是有了暴风雨,我想不会有的,你们不必害怕,安静地走自己的路,做祷告,可别站在树底下呀,因为雷最欢喜殛树的,懂了吗?""懂啦,外婆,爸爸也这样跟我们说过一次了。""喏,那你们就走吧,跟先生说我问候他啊。"外婆说完话,飞快地转过身去,她怕孩子们看见她那不自觉地含在眼睛里的眼泪。两条大狗在围着孩子们大步跳着,它们以为他们要带自己散步去,可是杨指着回家的路,把它们赶回去了。狗听到外婆的叫唤才回到她的身边,但它们还不时地回过头来,看有没有谁在叫唤它们。外婆也老在回头看,当她看见孩子们过了桥,玛庆卡已经在那儿等候他们了,才不再回头地走回家去。这天外婆一整天都像丢了什么似的,不断地在屋里跑着,就像是在寻找谁。屋里的钟刚敲过四点,她就把纺锤夹在胳肢窝里,跟阿黛尔卡说:"走吧,姑娘,我们去接学生去,上磨坊旁边去等他们。"她们去了。大娘坐在菩提树下的铜像旁,老爷爷和几个磨粉的人在一旁站着。"你们来接他们,是吗?"大娘从很远的地方就喊了,"我们也在等玛庆卡呢。来这儿坐坐吧,外婆!"外婆在他们中间坐了下来。

　　"有什么新鲜事吗?"外婆问老爷爷和其他的人。"我正在谈小伙子们这星期就要入伍的事。"磨粉人中有一位回答说。"喏,上帝保佑他们快活。"外婆说。"哎呀,我的外婆,将来又是一片哭声哪;我想米拉胆子是很小的。"大娘说。"人生得漂亮点儿都是这样的呀。"老爷爷一边开玩笑地说,一边眨眨眼睛,"假如米拉长得不那么漂亮,那他不会去当兵的,这全是保长家的鲁翠叶吃醋和总管小姐的怒气对他的报复。""这个他爸爸也许还能改过来的,"外婆说,"总管老爷在圣诞节辞退雅古普时,他至少是这样想的。""嗯,"磨粉人中有一位开腔了,"老米拉会拿出一百或者两百块金币来做这事的。""一两百块嘛,老兄,还少得很呢,"老爷爷说,"多了米拉也给不起,生意又不大,几个孩子全靠着这爿小店啦。如果他要了保长家的鲁翠叶,那当然可以很好地帮他一把;可是,口味是无法反对的嘛。我知道,假如米拉一定得应征,他还是可以选择的,但他情愿去当大兵,也不愿去做保长的女婿。"
"嗻,这可是两头受罪啊①!"磨粉人中一位点头说,"谁要是
讨了鲁翠叶,他不必再说'上帝别惩罚我'了,他会被折磨得
掉一层皮的。""我最可怜克瑞斯特娜这个姑娘,"外婆说,"这
也会够她受的了!""姑娘才没有什么呢,"老爷爷眯眯眼睛
说,"哭一哭,抱怨几句,就完事了;最苦的还是雅古普!""一
定是这样的,谁都不愿当兵,这是很难习惯的,可是,最后他也
会跟别人一样地习惯下来。我知道得最清楚,老爷爷,那是怎
么回事;死鬼易瑞,愿上帝赞美他,比这个更坏的他都得习惯
呢,而我就是跟他在一起的,可是我们从前是另一回事,克瑞
斯特娜的情况又不同了。易瑞得到结婚许可,我们就结婚了,
生活得很美满。在这儿可不许这样的呀;米拉不高兴去,毫不
奇怪,两人仔细一想,得互相等上十四年哪!嗻,也许能成功
的。"老人说完,整个脸上都忽然开朗起来,原来她从很远的
地方看见孩子们来了。孩子们一看见外婆,就马上开步大跑。
"嗳,玛庆卡,饿了吧?"当小女儿向他问好时,老爷爷问道。
"当然饿啦,爸爸,我们都饿了,根本就没有吃午饭嘛。"玛庆
卡回答说。"那面包、干果子、鸡蛋糕呢,都不算吃的东西②?"
老爷爷边眯着眼睛,边滚动着鼻烟盒。"啊哟,爸爸,那可不
是什么午饭哪。"小姑娘微笑了。"跑了这么一大段路,又用
功学习,这都要使人肚子饿的,我说得不对吗,孩子们?"外婆
边笑着,边将纺锤夹在胳肢窝下,接着说,"我们快走吧,我还
想要好好留着你们呢,可别给我饿死啦。"大家互相道了晚

_____

① 直译:刑具都是相同的。
② 直译:那是露水?

安。玛庆卡跟芭蓉卡约好，明天她还在小桥头上等他们，然后她就跟在大娘背后跑进磨坊去了，芭蓉卡却牵住外婆的手。"现在你们说给我听听，今天你们是怎样过的，在学校里学了些什么，顽皮了没有？"外婆在路上询问着。"嘿嘿，外婆呀，我当上了'邦克奥夫泽尔'①啦。"杨一边说着，一边在外婆前面蹦跳着。"好孩子，那是什么呀？"外婆问。"您知道，外婆，谁坐在椅子边上，他就得监视坐在他旁边的其他人，要是谁不守规矩，他就记下他的名字。"芭蓉卡解释说。"我觉得我们那儿称这个为监督，可这件事通常是让全排最规矩、最用功的孩子来做的，先生不会马上让他当监督。""我们放学的时候，科卜日夫家的东尼克就说，如果我们不是卜罗西柯家的孩子，先生也不会对我们这样注意的。"芭蓉卡诉苦说。"你们可别这样想哪，"外婆说，"先生不会另眼看待你们的，该挨打时，他就会像打东尼克一样地来打你们；他让你们当监督，是叫你们尊重这种荣誉，乖乖地上学，努力做个好学生。那你们学了什么啦？""默写。"芭蓉卡和男孩子们一齐回答说。"那又是什么呢？""先生照书本上念，我们在底下写，然后再从德文翻成捷文，从捷文翻成德文。""难道那些孩子都懂德语吗？"外婆问道，其实她对这一切都有自己的看法，可是她像公爵夫人一样高兴把事情问个一清二楚。"外婆，没有人会德语呀，只有我们会一点点，因为我们曾经在家里学过了，爸爸又总是跟我们讲德语；只要他们把功课做好了，不懂也没有什么关系。"芭蓉卡解释说。"他们连德国字都不认识，那怎能做好功课呀？""他们没有做好，已经挨够罚了；先生不是给他们在

---

① 原文是德文，意为监督。

黑簿子上划上一道,就是罚他们站在黑板前面,有的时候他们还挨打手心呢。坐在我旁边的安尼娜,从来也不会做德文默写,今天又被罚在黑板旁边站着了。晌午,当我们一起坐在学校门前时,她跟我诉苦,说她不会做。她吓得连饭也不敢吃了。我马上给她写了,我从她那里得到两块点心的报酬。”

“你可不该接呀。”外婆说。“我本来不想接的,可是她说了,她还有两块呢;我替她做了功课,她高兴得了不得,还答应我:只要我帮助她做德语练习,她每天都带东西给我吃。我为什么不能给她做功课呢?”“帮助她可以,可别替她做,要不她就学不会啦。”“那又有什么,她不必会呀,因为先生要教,我们才学呢。”“先生要教是为着你们好呀,你们会的东西越多,将来做事就越容易。何况德语还是一种必需的语言哪;你们看,我跟你们爸爸连话都说不通。”“您并不说德语,可是爸爸照样懂您的话,您也懂爸爸的话。在日里采的人只说捷克话,所以安尼娜也不必会德语;她说过了,要是她想学,她可以到德国去学。先生呢,可不管这些。外婆呀,谁也不愿学那个德文默写呀,太难了;假如是捷语,嘿,每个人都会像背祈祷文一样。”“喏,你们还不懂事,就得听大人的话,乖乖地学好所有的功课。男孩子们是不是听话?”“听了,只有耶尼克在先生出去的时候跟孩子们闹,他们还在椅子上跳来着。我可跟他说过了……”“你跟我说过了,你? 是我自己停下来的,因为我听见先生回来了!”“我可听到新鲜事了,你该管着别人,自己倒先闹了;这是怎么啦?”外婆说。“嗳,外婆啊,”直到现在还没有开口的魏林叫喊着,一边把在学校里用一个小钱跟什么孩子换来的一根干草和一册烫金的小书给阿黛尔卡看,“外婆啊,那些男孩子在学校里可顽皮得要命哪。您可没有

195

看见哪。他们在长椅上跳呀打呀,那些监督也跟他们一起闹。""哎呀,我的王爷呀,那先生会怎么想呀?""先生出去了,他们才那样闹。等先生要来了,他们就立刻坐在自己的座位上,手放在椅子上,就鸦雀无声了。""这些小淘气!"外婆说。"我总归看清楚了,女孩子们也在学校里玩洋娃娃。"杨告着状。"你们都是顽皮精,跟你们在一起,先生可得有份耐性才行呢。"外婆说。孩子们还告诉她学校里许多事情以及他们在路上所碰到的种种情况;这是他们自己第一次出门,他们对自己的独立所感到的自豪,真像他们是从巴黎远征回来似的。"那你们的点心呢,都吃了吗?"外婆再次问道,她想知道孩子们都吃了些什么东西,因为她是非常关心他们健康的。"我们吃了一个,另一个我本想带回家来,可是,当我在黑板上写字的时候,科卜日夫从我的书包里偷走了。他就坐在我背后。如果我当时说了,在放学时他会打我的,那人可真坏呀。"外婆虽然不认为孩子们做得对,但她在心里想:我们从前也并不比他们好呀。孩子们都知道外婆比母亲更纵容他们;她对男孩子所做的恶作剧只是眨眨眼睛,就是芭蓉卡有时候顽皮了,她也不加以反对,所以孩子们的心里话都情愿告诉她而不告诉妈妈。妈妈是一个性格严肃的人,处理起事来也是非常严格的。

第 十 四 章

这是五月一日几天后的一天;是星期四,孩子们没有课,就在小花园里帮助外婆浇花,浇葡萄,葡萄的藤蔓已经爬上墙壁绿叶成荫了。孩子们也去浇了自己的小树;这个星期四他们的活儿可真多呀,芭蓉卡已经有三天没有照顾自己的小洋娃娃了,男孩子们也没能骑上小木马和坐上小车跑出去遛遛,木枪和剑都躺在角落里无人过问。他们也没有上鸽子窝那儿去过,兔子是由阿黛尔卡喂养的。这一连串的工作都得在这个星期四补起来。外婆浇完花后,让孩子在一边玩耍,自己却坐在那蓝色的丁香树下的草墩上纺起纱来,原来她是连一眨眼的工夫不做点儿事都不习惯了。她忧心忡忡,既没有唱歌,也没有注意到从开着的门进到小花园里来的那只黑母鸡,那只母鸡看到没人来管,就开始用爪子在花坛上扒起土来。一只灰鹅在篱笆外寻找着食,她的许多小黄鹅却将小脑袋伸进篱笆里来,向小花园里各处张望着;外婆是非常疼爱这些小鹅的,这时连它们也没有注意到了。她的思想向四方飞去了。杨从维也纳来信说,五月中旬他们不能回来了,因为荷尔姐思叶小姐得了重病。只有上帝保佑她好起来,然后公爵夫人或许来看看庄园,当然这也没有定下来。当这封信到家时,德莱思卡太太哭了,孩子们也哭了。本来在门上魏林只要擦去几道记号了,可这一切期待突然都变成了泡影。而那位亲爱的好荷尔姐思叶呢,可不能死呀,这消息简直出乎他们意料,在每次祷告时他们都没有忘记为她祈祷。孩子们过后就好了,而德莱思卡太太呢,本来就是一个沉默寡言的人,现在她更少说话了,外婆不论什么时候进房里去,都看见她在哭泣。外婆想方设法送她出去玩玩,散散心;当德莱思卡上哪儿去了,外婆就高兴得了不得,因为她看得清清楚楚,女儿老闷在小房间里就会更加思念,何况她又是多年过惯了那种喧闹的大都市生活呢。在夫妻生活中她是非常幸福的,然而坏也就坏在这上面,因为杨一年大部分时间得在维也纳度过,而她却得生活在恐惧和思念之中。现在她又不能看见丈夫了,孩子们等爸爸也许又得等上一整年了。"为了生活就得这样地操心哪!"外婆说。外婆第二个女儿约汉卡,本来也打算跟杨一块儿回来的;一来是想念妈妈,来看看她;二来也好商量一下,因为她该出嫁了。外婆早就在盼望着了,而现在也同样是一场空欢喜。除此以外,米拉的应征也使她很难过。米拉是一位漂亮而又诚实的小伙子,克瑞斯特娜又是一位好姑娘,外婆非常喜欢他们俩,她早就希望他们能成家了。"凤遇到凰,总是夫唱妇随的,上帝自己也会为这样的一对而高兴!"她常这样说。就是这一欢乐也为一个严重的打击所威胁着,米拉早上已经跟别人一起给拉走了。这一切都横在外婆的脑子里,所以她才这样忧郁。

"外婆啊,您看哪,黑鸡在扒土了。你等着啊,你这小猴子精!嘁嘁!"芭蓉卡的声音在叫着,外婆抬起头来,看见母鸡飞出小花园去了,在花坛上扒了一个大洞。"真是个机灵鬼,怎么就跑进来了呢!芭蓉卡,拿铲子来,把这个洞填起来。

我们得留心着它啦。啊,鹅也在这儿了。它们在叫唤我,是进舍的时候了,我差点儿都给忘记了。我得给它们拿食儿去。"外婆边说边放下纺锤,就去喂家禽去了。芭蓉卡留在小花园里整理花坛。过了一会儿工夫,克瑞斯特娜来了。"你一个人在这儿吗?"她站在篱笆旁问。"只管进来吧,外婆喂鸡鸭去了,马上就回来。"芭蓉卡邀请着。"那妈妈在哪儿呢?""她进城做客去了;这你是知道的,因为爸爸今年可能不回来,妈妈老在哭,所以外婆把她送到外面去宽宽心。我们都在盼望着爸爸,也盼望着小姐,现在可都是空欢喜一场了。可怜的荷尔姐思叶!"芭蓉卡说完这些话之后,就将一条腿跪在小径上,手肘架在第二个膝头上,头垂俯在手掌里,沉思起来。克瑞斯特娜坐在丁香树下,双手交叉地窝在怀中,头在胸前耷拉着。她是完全垮了,眼睛都哭肿了。"可别是那个最凶的伤寒啦;要是她有个三长两短,哦呀,上帝啊!克瑞斯特娜,你从来也没有害过伤寒病吗?"芭蓉卡沉思片刻后问道。"没有,我从出世以来没有害过病;现在我的身体可要垮了。"克瑞斯特娜悲伤地回答说。芭蓉卡这时才注意地看着她,她的脸是完全变了个样子。芭蓉卡从地上一跃而起,跑到她身边来,问道:"你是怎么啦?难道米拉已经给拉走了?"克瑞斯特娜没有回答,放声大哭起来。这时外婆回来了。"他们已经回来了吗?"她很快地问道。"还没有回来,"克瑞斯特娜摇摇头,"可是这些都是徒劳的了。听说鲁翠叶发过誓,如果她得不到米拉,那连我也不能得到。她要这样,保长就照她的想法行事呀,她是他的宝贝嘛,总管也太偏向保长了。总管小姐也不会忘记米拉把她的爱人赶跑了,她一定要加油添醋的,什么干不出来呀,好外婆啊,我哪还能存什么希望呢?""可是米拉爸爸上衙门去了呀，我听到说，身边带了好些钱呢；希望是有的呀。""对，这就是我们的一线希望，要是他们问了，或许会帮助的；可是这样的事也已经不止一次了，他们问是问了，可就是不给人帮一点儿忙；他们干脆说，这不行，人嘛，只得收心了。""米拉也许不会出什么岔子的，就是不成了，我想，他爸爸再加些钱，你爸爸再添一点儿，也可以根据法律把米拉赎出来的；要这样你们就都过了一关啦。""要能这样就好了，外婆。一来米拉爸爸所有的钱都拿出来了，用光了；二来我爸爸除掉做生意的本钱，也没有许多现成的钱了，尽管他非常喜欢雅古普，甚至不反对我嫁给他；可是他在盼着女婿来给他赚钱啦，现在倒过来要抽他的钱，他心里总要不好受的。而到最后他还得东借西挪才能凑齐这笔款子，米拉又是爱面子的人，他不想从我这里接受一点点东西，他一定不会答应我爸爸来赎他的。""他也许是这样想的：'谁得了大嫁妆，女的就要摆布男的。'这一点每个爱面子的男人都在避免的呀，好姑娘，其实就是让步了，对他也不算是一个耻辱。另外呢，我们所说的，也许不必去做了，假如得再来第二遍，那就困难了。""错了，上次那样整意大利人太错了；那时候我还笑来着，现在我连哭都来不及了。"克瑞斯特娜说，"要是没有那件事，米拉早进庄园了，在那里熬过两年，就免了兵役啦。使我最难过的，就是那次实在是我的罪过。"

"傻孩子，你有什么罪过呀，就像我们两个人都为了要这朵菊花而争吵起来了，而那朵菊花不能为这个负责一样。从前我把我的死鬼也拖进了相同的境地，那么，我也有罪过了；我们那次几乎跟你们这次完全相似。亲爱的姑娘，当愤怒、嫉妒、爱情或者什么别的热狂擒住了他，难道他还有时间来跟理智商量？在这样的时候就是送掉性命,他也是不顾的。说这些又有什么用呢,就是十全十美的人也得在弱点面前屈服的。""外婆,去年您在卜罗西柯先生命名日说过,外公也遭到过相似的情况,受尽了折磨,现在您又提到它了;从那时以后,我把问您的念头忘得一干二净了,现在请您告诉我吧。错过了这时候,我们又会想到别的事上去了,坐在这棵丁香树下倒挺安逸的。"克瑞斯特娜请求着。"也可以呀,"外婆说,"你,芭蓉卡,给我照顾孩子们去,别让他们到水边上去啦!"芭蓉卡走了,外婆才开始叙述起来:"在玛丽叶·德莱日叶①和普鲁士打仗的时候,我已经是一个大姑娘了。那次仗②是为了一件什么事打起来的。约瑟夫皇帝将大军开到雅罗木列斯,普鲁士兵也拉在边境上。四周围,甚至连村子里都驻满了军队。那时在我家里也住了几位大兵和一位军官。那军官是一个轻佻的人,他好像以为每个姑娘都会投入他的罗网,就像苍蝇投入蜘蛛网似的。总之,我回绝了他,可是他不把我的话当回事,把它当作露水似的从身上抖掉了。当话也不管用时,我就这样安排了我要走的路,好别让自己一个人在路上碰上他。这是怎么回事,你总是知道的,乡村里的姑娘一会儿要下地,一会儿又要割草,家里人出去了,她就得一个人行动,总之一句话,没有习惯也没有必要让什么人来照顾姑娘,她们必须自己照顾自己,这样就给那班坏种留下许多调戏她们的机会。可是上帝保佑了我。当大家都还在睡觉,我总是一清早就把草割好了。我从小就喜欢大清早起床,妈妈老跟我这样说:

---

① 玛丽叶·德莱日叶,十八世纪中叶奥地利的女皇,在她和儿子约瑟夫二世统治时期,进行了一系列的改革。参考第41注④。
② 指一七七七年巴伐利亚继承权之争;巴伐利亚是今日德国南部一州名。

'早起早起,开门见喜。'她可说对啦,假如说我从早起里没有得到什么别的益处的话,至少欢乐我是得到了。当我一大清早上果园或者上地里去时,我看见了浴在露水中那疼人的绿草,我的心都喜欢得笑开了。每一株小花都像姑娘似的在那儿亭亭玉立着,昂着小头,睁开那睡得香甜的小眼睛。从每一片小叶子里,从每一棵小草里,都洋溢出那沁心的香气。小鸟儿,可怜的小家伙,在我头上飞舞着,唱着赞美上帝的歌曲;除鸟声之外,到处都是一片寂静。然后,当太阳开始爬出山时,我总觉得我就好像站在教堂里一样,我唱着歌,活儿干得更顺手了。有一次,我也是一大清早就在果园里割草,突然我听到了从背后传来'你早哇,玛德娜!'赶忙回头来看,想回答'你早!'可是我吓得连话也说不出口了,镰刀从手里掉到地上。"

"是那个军官,不是吗?"克瑞斯特娜插话说。"你等着呀,慢慢来,"外婆接着说,"不是那个军官,要是他的话,我镰刀就不肯放手了。那是欢乐的惊吓呀。是易瑞站在我面前啦!我得告诉你,我已经有三个年头没有看见他了。这个你知道吗?易瑞就是我们邻居那个诺沃特娜大娘的儿子,我跟约瑟夫皇帝说话时,就是她在我旁边。""是呀,我知道了;您也跟我们说过他不当神甫而当了纺织工人。""喏,对呀,那是他叔叔的罪过;他学习得很好,不管什么时候,爸爸上瑞哈洛瓦去看他,老是只听到别人夸奖他。星期天,当他回家度假时,他总是代替我父亲给邻居们念《圣经》,我父亲也是一个了不起的会念书的人,他也念得挺好,我们都高兴听他念;诺沃特娜大娘常说:'我就好像看见这孩子在宣教呢。'我们大家对他就好像他已经做过受任式了,谁家做了什么好吃的,都送给他,如果诺沃特娜大娘推却说:'我的上帝呀,我们怎么来还你们哪。'

她们就说:'等易瑞做了神甫,让他来给我们祝福吧.'我们俩是在一起长大的,当他回来过第二个、第三个假期时,我不像从前那样勇敢地去找他了。我一见他就害臊,他可总是跟在我后面上果园里来,全力地帮着我背草,我让他干这样的活,是有罪的呀,我再三再四地跟他说,神甫先生不应该干这样的粗活,而他呢,还笑我呢;说等他成了神甫,还要流掉几筐子水①呢!事情常常是这样,人考虑好了一件事,上帝却把它改变了②。当他在家过第三个假期时,突然,易瑞叔叔从克沃茨卡来信了,叫他上他那儿去。他这个叔叔是个织布工人,会织很漂亮的花布;这样他很挣了一笔钱,加上自己又没有子息,因此才想到了易瑞。大娘本不想送他出去,可是爸爸劝她放他走,说这可能使他走运的,何况叔叔也有权利来管教他的呢。他去了;他妈妈和我爸爸陪着他去的,他们是上万贝日采赶庙会的。后来他们回来了,易瑞就留在那儿。大家都很想念他,我和大娘更想了,只是她想就把它说出来,我是不好意思跟谁张口的。叔叔答应像照顾自己儿子那样来照顾他。大娘原本想他在克沃茨卡进学堂了;并且在盼望着他很快地得到第一个受任式,而出人意料——易瑞过了一年回来,说自己是出了师的织布工人了!大娘差点儿哭死过去,可是这又有什么用呢,易瑞求她原谅,并且自己承认,尽管自己喜欢念书,但没有兴趣去当什么神甫。况且叔叔也劝他别再续学,说要受多么长的苦,挨好多的打才能毕业,才能找点儿事做,挣块小面包,不如来学手艺,马上就可以养活自己,手艺是金饭碗

---

① 意思是:还需要很长的时间。
② 人虑不如天定的意思。

啦,更好的是他亲自来教他。总之一句话,易瑞听了他的话,就学起织布来,全心全意地学会了一切,自己也能单独干活了。叔叔在一年内就让他出了师;然后把他送出门去见世面,他已经跟在柏林的熟人说好了,要把他送到那儿去。可是,易瑞最先还在捷克我们那儿待了一些时候。就在那个时候,他从万贝日采给我带来了这串念珠。"说着外婆就从胸间掏出那串时刻不离身的胡桃核念珠,深为感动地凝视着它,然后吻了吻它,再收起来,继续说道,"我爸爸并不认为易瑞学了手艺是什么坏事,劝诺沃特娜大娘不必操这份心,他不会使她失望的。'说不定这样会使他走起运来呢,'他说,'让他去吧,他怎么决定了,就让他怎么去做,即使他是在纺麻索头,只要他精通自己的本行,是个诚实的好人,那他就跟不管什么大人先生一样配接受光荣的。'我爸爸没有生气,易瑞非常高兴,因为他尊敬他就像尊敬自己父亲一样。连诺沃特娜大娘也没二话了——她还能说什么呢?他总是自己所疼爱的孩子呀,当然她不愿儿子在自己职业上不走运。易瑞在我们那儿待了几天,就出门去了。直到那天早上在我面前出现为止,整整三个年头,我没有看见他和听到他的什么消息。你可以想想,我是多么快活,虽然他变了很多,我还是马上认出了他;个子长得特别高,又结实,简直很难找出第二个像他那样的人来。他跑到我面前,拉住我的手,问我为什么那样害怕他。'我怎能不吓一跳呢,'我说,'你就像从天上掉下来的呀。你从哪儿来的?什么时候回来的?''我是直接从克沃茨卡回来的,因为那儿到处在抓壮丁,叔叔怕我也给抓走了;我刚从外面出门回来,他就把我送回捷克,他想这儿要容易躲些。我顺利地翻山越岭来到了这儿。''哎呀,我的上帝,'我对他说,'但愿他们别在这儿把你拉走呀;妈妈怎么说的呢?''我还没有见着她。我在半夜两点钟到的。我不想吵醒妈妈。当时我想,我就在玛德娜窗下的草地上躺躺吧,她是个早起的人,等她起来了,我就找她去,于是我就在那绿色的鹅绒被上躺下来了。真的,村子里说你的事一点儿也不假,还在夜莺开始歌唱之前,玛德娜就已经抱着草回家了。天刚一亮,你又在忙着割起草来。我早就看见你在井边洗脸,梳头,我简直都控制不住自己要跳到你跟前来了;当你在祈祷的时候,我才不想来打扰你。现在你可得告诉我,你是不是还爱我?'他说出了这样的话;我除了说爱,叫我说什么好呢? 我们是从小就相好的呀,我从一出世就没有想到别的什么人。我们谈了一会儿,易瑞就钻进小屋里见他妈妈去了,我也去找爸爸,把易瑞回来的事告诉他。爸爸人挺精明,易瑞在这样危险的时候回来,他很不高兴。'我不知道,'他说,'在这儿他能不能逃过兵役,我们只能尽可能地让他安静下来;可别告诉什么人他在这儿呀。'诺沃特娜大娘,虽然非常高兴,可是又非常担心,因为易瑞在花名册上有名字,这样躲起来,谁也不知道他在什么地方了。他在楼上草堆里躲了三天。白天他妈妈陪着他,夜里我也爬到他那儿去,我们在一块儿天南地北地谈着。当时我是那样地担心,以至整个白天我都像只迷了路的羔羊似的到处乱窜着,连那个军官也忘记躲了,这样我跟他迎头碰上了好几次。他也许在想,我想跟他好起来了呢,立刻又开始唱起他的老调子;我听任他瞎扯,不像以前那样厉害地拿硬的给他吃了,因为我在担心易瑞呀。我已经说过了,易瑞在躲着;除了我,他妈妈和我父母,谁也不知道他。第三天晚上,我在易瑞身边耽搁久了些,我走出小屋的时候,到处都已一片静寂,黑得很厉害,就在这时,那军官在路上挡住了我。我晚上到大娘家里去,他已经嗅出来了,所以他才在果园旁边等着我。怎么办呢?我本可以叫的,可是易瑞在楼上连大声点儿的话都会听见的,我怕把他喊下来。我只好依靠自己的力气了。等到那个军官不听好话劝时,我们就在一起扭打起来。别笑呀,姑娘,别笑,别看我现在是这样的;我个子虽不大,从前我的力气可大着呢,我这双做惯重活的手可重着呢。假如不是他在大怒时开始骂我,我可以很好地把他对付过去。经他这一骂,事情就惹出来了,易瑞突然晴天一声雷似的出现在我们中间,一把掐住了他的狗脖子。原来他听见了骂声,从天窗里爬出来一看,在半暗中认出我,就不管三七二十一马上从天窗上跳了下来,真的呀,只差点儿没把头摔掉了。他还要想什么,他就像下面柴堆着了火似的不顾命了。‘夜里跟一位可敬的姑娘在这儿吵嘴,先生,这是哪一国的礼节呀?’易瑞叫着。我劝他,求他,叫他想想自己的处境,可是他牢牢地掐住他的脖子,愤怒地摇着。简直不让人说一句话。‘要是在别的时候,别的地点,我们满可以好好地教训你一顿,现在干这个可不是时候。现在你听着,记住:她是我的未婚妻。假如以后你再动手动脚地不给她一点儿安静,我们再用别的方法来讲理。现在给我滚开!’之后,他把那位先生像扔烂梨似的抛出门外;他搂住我的脖子说:‘玛德娜,记着我吧,替我问候妈妈他们,现在我可得走了,要不然他们会抓住我的。你不必为我担惊受怕,这儿每条山路我都认识,我一定能逃到克沃茨卡去,在那儿我再想法子躲起来。请你一定上万贝日采赶庙会去,我们在那儿再见吧!’在我还没有回过味儿来以前,他就无影无踪地不见了。我马上跑到诺沃特娜大娘那儿去,把发生的事告诉了她；然后我们一起来找我的父母，大家全给这件事吓呆了。只要有一点儿动静，我们就害怕起来。那个军官派兵到各条路上去追了，他本来不认识易瑞，以为他是邻村的人，所以就到那些地方去找，这样易瑞才幸运地逃脱了他们。我在尽可能地回避他，他没有办法报仇，就在村子里说我的坏话，把我说得就像一个坏姑娘一样。大家都了解我的，他又没有成功。这时幸亏来了命令，把军队调回去了。普鲁士人越过境来，这些军队连一枪也没放就逃之夭夭了，农民把他们叫作'大饼子兵'，因为大兵们在村子里吃饱大饼子就溜回家去了。"

"那么，易瑞又怎样了呢？"克瑞斯特娜紧张地听了后，问道。"直到来年春天，我们没有听到一点关于他的消息，因为时局不太平，就没有人在两地走了。我们真的如坐针毡。春天来了——还是一点儿消息也没有；我答应过易瑞去赶庙会，就按约去了。那年许多熟人都去了，我父母就把我托给他们照顾。我们会长已经上过克沃茨卡好几次了，哪个拐拐角落里都熟悉，我爸爸就托他把我带上那儿去。'我们在尼杜西卡大娘家里歇会儿吧，也好喘口气。'当我们到达小城时，会长说。我们走进了市郊区一家小酒店里。从捷克来的人都上尼杜西卡大娘那儿去歇歇脚；她也是我们那儿的人。那时候，克沃茨卡到处还在说捷克话，尽管这样，人总是愿意找找同乡的。尼杜西卡大娘非常高兴地迎接了我们，把我们让进她房里去坐。'只管请坐吧，我给你们拿葡萄汤①去，马上就回来。'她说着就在门外不见了。那时我心里很紧张，高兴的是要跟易瑞相会了，可是又害怕他出了什么事，我们还不知道。

----

① 一种汤的名称，并不是用葡萄做的。

这时,突然听见有个熟悉的声音在外面问候尼杜西卡大娘,喊着她。'请进去吧,易瑞先生,从捷克来赶会的全在那儿!'门很快地被打开了,易瑞出现在门口。我虽然看见了他,但我还是像给雷震傻了似的呆坐着。他穿上军装了。这太突然了呀!易瑞伸手给我,将我搂进怀里,几乎带着哭声地说:'你看,玛德娜,我这人多倒霉呀;我刚刚学会手艺,把从前我不喜欢的东西摆脱了,现在又在我脖子上架上新的轭。我真是逃开了雨,又掉到泥坑里去啦。要是在捷克,至少我是为自己皇上服务,在这儿我得为外国皇上服务了。''请看在上帝的分上,告诉我他们怎么把你抓住了?'我问他。'唉,亲爱的,年轻不懂事呀。我没有听有经验的叔叔的话,当我从你那儿逃出来时,我到处都想逛逛,心里烦乱得不得了。有一次,我不听劝告,在星期天跟几位朋友上小酒馆去了。我们喝着酒,直到大家都喝醉了,这时抓壮丁的人走进了小酒馆。''那批王八羔子,'尼杜西卡大娘恰巧端汤回来,便插进易瑞的话说,'要是易瑞先生那时在我店里,他什么事也不会出的,我才不买他们那套欺骗的账呢;叔叔可不上别处,只上我这儿来的呀。喏,人总得有点良心哪,青年人嘛——他们不懂事,你能把他们怎么办?别再操心了,易瑞先生,您是一个清白的人,我们皇上挺爱身材高大的士兵,不会很久不让您戴上肩章的。''随他的便,'易瑞开腔说,'生米已经煮成熟饭了呀。当时我们都醉得不省人事,抓壮丁的人才骗了我们,当我们清醒过来时,我和我的最好的朋友赖禾茨基,都成了大兵啦。我当时真想砍掉自己的脑袋,可那又济什么事?叔叔也埋怨得够呛;后来他想到,尽管这事不能改变过来,至少还能改善一些。他跑去见将军,死求着让我留在这儿,让我最快地当上中士,那些我们以后再谈吧。现在你不必为我难受,我见到你,就很高兴。'不管出了什么事,我们总得快活的。后来,易瑞把我领到叔叔那里去,他看见我们非常高兴。晚上,他朋友赖禾茨基也来了,他是一个好人。他一直到死都是忠诚于易瑞的。他们两个都长眠了,而我还在这儿。"

"您从此就没有回家了吗?外婆,外公娶了您,是吗?"早已转回来的芭蓉卡打断了外婆的沉思,外婆完全陷入他们当时相会的那种甜蜜的回忆中去了。"当然,他不想另一个样子来做。结婚的许可证,他叔叔早就帮忙弄到手了。他们只在等着我们赶庙会了。易瑞回兵营宿夜去了,我就留在叔叔家里住。叔叔可真是个好人哪,愿上帝让他安宁。第二天,一清早易瑞就跑来了,跟叔叔商量什么事商量了很久。然后他跑来找我说:'玛德娜,你老老实实地告诉我,凭良心说一句,你是不是那样地爱我,使你可以同我共患难,可以离开妈妈和爸爸?'我说,我可以办到。'你说可以,那你就留在这儿做我的妻子。'他说完就抱住我的头吻着。他从来没有吻过我呢,我们乡下人没有这种习惯,可怜的人简直快乐得不知如何是好了。'那你妈妈会怎么说呢,我的父母又会怎么说呢?'我说了,我的心也因欢乐和期望而在蹦跳着。'他们会说什么?我们总是相爱的呀,他们总归不想让我们来受苦吧。''我的上帝呀,父母总得来祝福我们的呀,易瑞!'——对这件事易瑞一声也没吭;可是,这时叔叔进来了,他把易瑞推了出去,跟我说:'玛德娜,你是个虔信上帝的姑娘,我很欢喜,我看出来易瑞将会很幸福的,从前他也没白白地整天叨念着你了。假如他是另一种人,我也会反对他的,可是他有自己的头脑呀。要是没有我在,拉他当大兵,他会失望的,我尽可能地劝慰他,因此，我帮他把结婚许可证也弄到手了。我总不能老在说谎啊。到捷克去他不能够；要是你再回家去，谁也不知道，他们会不会把你说服。等你们成了家，然后我们一块儿上奥莱西尼采去，父母也不会拒绝给你祝福的。我们先写信托赶庙会的人带回去。后天你们就在军人小教堂里结婚，我来代表你的父母，我以良心对这事负责。玛德娜，你看看我呀，我的头发都雪白了，你想，我会干出我在上帝面前不能负责的事来吗？'他叔叔这样跟我说着，眼泪流满了一脸。这一切我都答应了。易瑞差点儿快活得疯起来。他立刻给我买了裙子、外套和结婚时用的戴在颈上的宝石，别的都是叔叔给我办的。一串宝石，就是我拿的这串，一条皱褶花裙、一件黑色外套。赶庙会的走了，叔叔把信托他们捎了回去，说我在这儿还待几天，然后再跟他一块儿来，别的什么也没有写。'最好我们当面说。'他这样说。第三天早上，我们举行结婚仪式，军中神甫给我们证了婚。尼杜西卡大娘是女傧相，赖禾茨基是男傧相，他妹妹是侍女，叔叔和另一个城里人是证婚人，别的那儿再没有谁了。尼杜西卡大娘为我们准备了早点，尽管我们那天是在那样的欢乐中度过，可是，我们仍然想念着家乡。尼杜西卡大娘在桌旁老打趣易瑞，不断地跟他说：'您呀，您呀，新郎官，连我都不认识您了，这不是那位整天愁眉苦脸的易瑞先生了；您红光满面的，这可一点儿也不奇怪啊！'她东拉西扯地聊开来，就像在这种场合应有的那样。易瑞马上就想让我留在他身边，叔叔可没有答应，说等我们从捷克和从万贝日采赶过庙会回来才行。过了几天以后，我同叔叔回奥莱西尼采去了。我结了婚，大家都很奇怪，妈妈哭的是因为易瑞在当兵，这种种情况，我简直没法跟你说出来。我妈妈老是绞着一双手,不停嘴地抱怨我丢了她,跑到外国跟大兵去,把我说得连头发都竖起来了。爸爸可是个通世故而又圣明的人,他一口答应了。'现在完了,'他嚷着,'床怎么铺了,就怎么去睡①。他们相爱,就让他们在一起试试吧;你呢,孩子他妈,你是知道的,你为了我也丢开了自己的父母,每个姑娘都命中注定要这样的呀。这样不愉快的事落在易瑞头上,谁也不能负责。另外呢,他又不会老在那儿服务,等他服满了兵役,他可以上这儿来。大娘们呢,也该心满意足了,易瑞是个挺懂事的孩子,结了婚,他就不会太思念了。你,玛德娜,别哭了,上帝降福给你,你跟谁走上了圣坛,希望你也跟谁走进坟墓②。'爸爸就用这些话祝福了我,他流泪了。大娘们也都哭了。我妈妈本是个操心人,现在更是忧心忡忡了。'你就这样会办事呀,'她埋怨我说,'那儿没有一床鹅绒被,连家具、衣服都没一件,你就嫁人了。我从出世到现在也没有见过这样颠倒过来的世界。'我得到一份很体面的嫁妆,当我把一切都办好了后,我就回到易瑞身边,直到他死也没有离开过他。那是一次害人的战争啊,要是没有那次战争,他现在还活着呢。你是知道的,亲爱的姑娘,我晓得什么是乐,什么是愁,我也晓得什么是年轻不懂事呀。"外婆说完了,带着恬静的微笑将她那双干瘪的手搭在克瑞斯特娜丰满的肩膀上。

"您是受过很多苦了,外婆,可是您总算是幸福的,您心里想的东西,您得到了。如果我知道,我在受尽了一切折磨之后能得到幸福,我也愿意来忍受它,即使我得等米拉等上十四

---

① 各人做事各人当的意思。

② 从一而终,百年偕老的意思。

年。"克瑞斯特娜说。"未来掌握在上帝手里。将来该怎样,就会怎样,这个你是逃不脱的呀!姑娘,如果你能深信上帝的意旨那就好啦!""我能有什么别的办法?人可不能老在互相想念哪,如果他们把雅古普带走,我会埋怨的。我的一切欢乐都跟着他一齐走了,我唯一的依靠也失掉了。""你这是怎么说的呀。克瑞斯特娜,难道你没有爸爸了?""我有个好爸爸,上帝保佑他,可他年纪总归老了,整天唠唠叨叨不停嘴。今年他就老嘀咕着让我嫁人,让他好有个依靠。要是雅古普走了,我怎么办呢?我总归谁也不嫁的。假如他们都跟我作起对来,我就拼着性命来干活,好让爸爸没有什么可嘀咕的;假如那样还不行——那就不行好了,嫁人我是不肯的。唉,外婆啊,您简直不相信,我在这个酒店里是受着什么样的罪哟!我简直不想干了,上帝保佑,活儿我是不怕做的,可那些使我难受的村言村语,我只得常常装着听不见。""那你就毫无办法了吗?""唉,您,我能有什么办法?我几次跟爸爸说:'爸爸,您是什么都看见了的,您不能让那班客人这样胡闹呀。'可是,他不愿跟谁吐露一句,也不愿说客人一声,而跟我却老这样说:'求求你,女儿,随你怎么说,只别那样凶,别把客人撵走了,你知道,这是我们的生意呀。'我不该凶啦狠啦;要是我和气点儿,我马上就变成了苹果核,让人放在嘴里嚼来嚼去;从前我是一个又快活又爱唱的姑娘,我还将是那个样子,可现在怎么办呢?假如这只是些喜欢扯闲话的人,我可以马上让他们闭上臭嘴;可是庄园上的总管老爷和秘书先生都是惹不起的客人哪,我恨死他们了。我都不好意思跟您说,那个老山羊是怎样来调戏我的,好像有谁跟我说过,他在尽一切努力要搞掉米拉呢;因为他知道米拉是我的保护人,同时又怕自己像意大利人那样出丑。他这样干,正是投了保长的所好,因为他也在为女儿报仇呀,聪明人可净是想着自己啊。爸爸是怕他的,可怜的妈妈,您是知道的,她只能算是个活死人啦,躺着的时候比走路的时候多,这样的事我是不能跟她说的。要是我出嫁了,一切都会是另一个样子;当我不喜欢谁时,我只能告诉米拉一个人;假如他不能把那人撵走,他至少要警告他,使得那人连恶意地看我一眼都不敢。唉,外婆啊,要是我能把他是怎样爱着我,我又是怎样爱着他说出来就好了,可惜说不出来呀。"姑娘将胳膊架在膝上,脸埋在手掌里沉默了。

就在这一瞬间,不为人注意的米拉静悄悄地走进小花园里来了。他那漂亮的面孔被痛苦犁上了一道道的印痕,明朗的眼睛变得黯然无光了;原先搭在额头上的棕栗色的卷发被剪去了,插着松枝的军帽在头上代替了黑羔皮帽。芭蓉卡被米拉吓了一跳,外婆也吓得手都无力地落在怀中,面色苍白,低声地说:"上帝保佑你快活,孩子!"当克瑞斯特娜抬起头时,米拉将手伸给她,几乎无声地说:"我是个大兵了,三天之后,我就得上赫拉得茨去!"而克瑞斯特娜就昏倒在他的怀里了。

第十五章

第二天,当外婆跟平常一样去接孩子们时,她的第一句话就是:"你们猜呀,孩子们,谁来了?"孩子们一时愣住了,没有马上想起是谁。这时芭蓉卡喊道:"贝尔大爷,是吗?外婆!""你猜着了,他把儿子也带来啦。""啊,太高兴了,我们跑去见他去!"杨大声叫着,拔腿就跑开了。魏林也跟在他后面追去,书包在腰旁蹦跳着。外婆喊着,叫他们走路也得像个人样,别跟野兽似的奔跑,然而那两个男孩子已经不知道跑到哪国去了。他们几乎气都喘不过来地飞进了屋里,妈妈刚想开口说话,但贝尔大爷已经伸出了自己的长胳膊,把他们一个个地举起来,拥抱着他们,亲着他们的小脸蛋儿。"嗳,你们整年干了些什么呀,都好吗?"他用那洪亮而又低沉的声音问着,那声音在小空间里激起了强烈的回声。孩子们没有立刻回答,他们的目光紧盯着那个站在贝尔大爷身旁、年纪约有芭蓉卡大的男孩子。他是一个漂亮的孩子,长得跟他爸爸像是一个模子里倒出来的;当然,他的四肢不像他爸爸的那样干瘦,脸如盛开的花朵,从那对小眼睛里放射出童年欢乐的光辉。"啊哈,你们在瞅我的儿子呀!喏,现在就仔细地瞧瞧吧,大家伸出手来握握,做个好朋友。这就是我那个奥列尔。"他说着就把儿子推上前去,他儿子也毫不羞怯地将手伸给孩子们。这时,芭蓉卡同着外婆和阿黛尔卡也到了。"喏,你看见芭蓉卡了,在家里我常跟你说起,我在这儿住宿的时候,她总是第一个来问我早安的。今年他们都不同了。你们都已经上学了,那耶尼克也得跟芭蓉卡一块儿早起了。你们都喜欢上学吗?杨,你就不想到森林里去逛逛了吗?你看,我的奥列尔跟我一块儿上山打猎,他慢慢地就快像我一样会打枪了。"猎人询问着,闲聊着,他被孩子们给包围了起来。"哦,您别告诉他们这些吧,"外婆说,"耶尼克一激动,他就要看奥列尔的猎枪了。""喏,这又有什么,让他看看好了。去,奥列尔,把枪拿给他,没有上子弹呢。""没有上,爸爸。你知道的,最后一颗子弹我打了雕啦。"孩子说。"你也打中了呀!你可以夸夸嘴了。去拿给孩子们看看。"男孩子们欢乐地跟奥列尔跑出去了。贝尔大爷虽然担保奥列尔会小心,但外婆仍然放不下心,也跟在他们后面去了。"你的名字可像鸟雀①呀?"当他们在外面时,阿黛尔卡向奥列尔问道,耶尼克和魏林却在看那只被打死了的雕。"本来我叫俄列尔,"奥列尔向阿黛尔卡微笑着说,"可是爸爸却老喜欢叫我奥列尔,我自己也很喜欢;鸷可是一种美丽的鸟呀。有一次,我爸爸就打下了一只鸷。""我也是这样想的,"杨说,"我拿鸷和许多别的动物给你看看,去年我得到的一份礼物是本书,在那本书上什么动物都画着呢,跟我来!"他说着就把奥列尔拖进房里,立刻拿出书来给他看。奥列尔非常喜欢那些鸟兽,连贝尔大爷也带着巨大的喜悦在一页页地翻阅着。"这个你去年可没有呀?"他问杨道。"这是我从小姐那里得来的礼物,我还从克瑞斯

---

① 奥列尔(Orel),鸷的音译,故有此问。

特娜那里得到一对鸽子，外婆给了我一个值二十钱的大钱，爸妈给了衣服呢！"杨夸耀道。"你真是个走运的孩子呀！"贝尔大爷说着，又看着书本，刚好看见了狐狸，他微笑起来，"就像活的呀。等着吧，机灵鬼，我得给你一枪！"魏林以为大爷要给画上的狐狸一枪，奇怪地向他看着，贝尔大爷微笑着说："不用怕，对这只狐狸我是没有什么可干的，可是在山上的那一只啊，完全像这一只，我们得把它干掉，它净在破坏庄稼。""彼得或许会捉住它的，在来这儿以前，我已经和他安好捕笼了。"奥列尔说。"孩子，狐狸可比彼得聪明十倍呀，它诡计多端，连人都难想得出的。就拿我现在追捕的那一只来说吧，甚至有一次它钻进捕笼里来了。我们在捕笼里放了炸肉，以为这次稳可到手了；它饿了，就不会那样刁了。好家伙，它咬断自己那只被夹断了的腿，还是逃掉了。现在是更难捉到它了。人是经一事长一智的，狐狸呢，可也跟人一样聪明哪。"猎人一边说着，一边翻阅着画册。"常说'聪明得像只狐狸'，才不是一句假话呢。"外婆说。"这是鸳啊，这儿！"男孩子们大声喊着，一面注视着一只张着翅膀像冲下来抢食的美丽的大鸟。"我恰巧就打中了这样的一只；那是一只漂亮的大鸟呀，我几乎都可怜它了，可是有什么别的办法？这样的好机会不是时时都能碰到的。我一枪就把它干下来了；这点可是最重要的，就是不要折磨鸟兽。""我也常常这样说呀。"外婆说。"您可一点儿也不可怜鸟兽呀，贝尔大爷，我是什么鸟兽也不忍打的。"芭蓉卡说。"你可是能够宰家禽的呀，"猎人微笑着说，"你说哪个更好呢？是鸟兽不知道危险一枪就打中了好呢，还是在抓的时候就把它们吓个半死，拿刀拿碗又把它们吓个半死，然后再来宰它们好呢？许多时候杀得不好，它们还得半死不活地飞逃呢。""我们不宰家禽，"芭蓉卡反驳说，"是娥尔莎宰，她不可怜它们，总是一刀就送了它们的命啦。"孩子们还谈了一会儿鸟兽，然后妈妈来喊他们去吃晚饭。——别的时候，孩子们总是要向贝尔大爷问问山里其他许多事情，他们想知道，他是否又迷路到雷伯尔楚尔花园去了；这次他们只不停嘴地问奥列尔了。当奥列尔跟他们谈着他和爸爸经历过的危险，他打中的鸟兽，向他们描述着山上巨大的雪堆怎样埋没了整个的村庄，人就像埋葬在它下面似的，要到外面来，通常要从烟囱里钻出来，再在自己门前开辟出一条路，孩子们带着巨大的惊异在静听着。这一切并没有吓倒杨，他仍然在盼望着自己快点儿长大，可以上贝尔大爷那里当学徒去。"等你在我们那儿了，我爸爸就要把我送到瑞森堡猎人这儿去学轻松活啦。""你不在家，那太可惜了。"杨感到很难过。"你不会想家的，那儿还有两个伴儿哪，哥哥捷赖克跟你一样大，妹妹玛仁卡会喜欢你的。"奥列尔说。当孩子们坐在院子里听奥列尔讲话，并透过他们带来的水晶石向亮处看时，贝尔大爷也在那儿倾听外婆讲大水和一年来所发生的各种各样的新闻。"我哥哥家里都好吗?"猎人问道。"都好哇，"卜罗西柯娃太太说，"安鲁西卡长大很多啦；男孩子们到红山上学去了，他们上那儿比进城近些；我真奇怪，猎人大爷还没有来；他说过，在他上山去打猎时要来这儿欢迎您呢。他早上来过了，还告诉我从维也纳来信了。我马上赶到庄园，才知道小姐好点儿了，公爵夫人也许要来这儿过收获节的，大约要在这儿待半个月的样子，然后再上佛罗伦萨去。我希望孩子们的爸爸能留在这儿过冬；据说这次公爵夫人不带随从。好几年了，我们才有这次较长的时间能聚在一起。"卜罗西柯娃太太很久没说这样多的话了,很久没有像今天这样满意的样子,今天她收到了一封太令人欣喜的信,她丈夫要回来了。

　　"赞美上帝,那小姐总算从这场病里逃出命来了,这样的年轻人要是有个三长两短,真太可惜了。我们大家都为她祷告过上帝;昨天,古杜拉家的翠儿卡还在这儿为她哭了一场呢。""她哭是有原因的呀。"卜罗西柯娃太太说。贝尔大爷问这话是怎么说的,外婆就把自己访问庄园的事告诉了他,在谈话中她把帮助古杜拉全家的功劳自然全归到小姐身上去了。"我听说过,"猎人问道,"说小姐是女儿①呢……"这时有谁在敲窗了。"这一定是猎人大爷,他一敲我就知道是他。请进来吧!"卜罗西柯娃太太大声地叫着。"人的嘴真坏呀,"外婆在回答猎人的问题,"好人在太阳底下走,影子还在追他呢,世上的事都是这样哪;是女儿就是女儿好了,这又有什么丑。"猎人大爷进来了,两个猎人互相衷心地问候了一番。"您到哪儿玩去了,这么久也没来?"外婆一边问着,一边担心地看着猎人大爷挂在窗子钉上的那支猎枪。"我有了稀客啦,总管来催木柴;他私自卖了租,现在想用木柴来抵数,叫人来干骗局。他看中我了。我马上就猜着了他是来干这类勾当的,因为他来时就像尊笑面佛一样哪。我可把他顶了回去!我还为米拉把他痛骂了一顿;我真可怜这孩子,也可怜克瑞斯特娜。今天早上我在他们那儿喝啤酒,看见他们那副样子,把我都吓坏了。这就是那个狗——日的——"猎人大爷想到自己是坐在外婆身边,马上打了自己一个嘴巴,"干的。""是怎么回事呀?"贝尔大爷问,外婆就把米拉当壮丁的来龙去脉告

---

　　①　暗示小姐不是公爵夫人的养女,而是她的私生女。

诉了他。"在这个世上就是这样,人不管转向哪儿,到处都能找到折磨和贫困,富人穷人都是一样,谁要是没有,他还要自找烦恼呢。"贝尔大爷说。"用不幸和痛苦把人从一切坏品行里清洗出来,就像黄金得用火来锻是一样的。没有痛苦就没有快乐。如果我知道怎样才能帮她一把,真愿意来帮助这个姑娘,可是没有办法呀。暂时只好忍着点儿。明天等米拉一走,她就更难过了。""明天他们就走了呀?"猎人惊奇地说,"喏,这次真快呀。上哪儿去呢?""上赫拉得茨去。""那我们走的是同一条路了,只是我跟运木工人坐木筏走水路,他们走旱路。"男孩子们跑进屋里来,杨和魏林把奥列尔打中的雕拿给猎人大爷看,奥列尔却跟爸爸说,他们上水坝那儿去过了,还在那儿看见了疯子魏克杜儿卡。"这个女人还活着?"贝尔大爷颇为惊异。"真可怜哪,死了倒比活着强呢。"外婆回答说。"可是比以前已经差多了,老啦;除了在明亮的夜里,很少听见她唱歌了。""她可还总在水坝旁坐着,呆呆地看着水;大多数时候,一坐就坐到半夜。"猎人说,"昨天我从她身边走过,她在折柳枝,往水里扔;那时已经很晚了。'你在这儿干什么?'我说。她没有做声,我第二遍问她,这时她才转向我,眼睛里冒着火星;我以为她要来扑我了,也许她认出我了或者有了什么别的念头,她又转向水,把柳枝一根接着一根地扔过水闸去。有时候,你简直不能跟她说什么事。我可怜她,我真希望她早点儿结束这个可怜的生命;可是,如果我没有看见她坐在水坝旁,或者在我打猎时,没有听见她唱歌,我就像丢了什么东西似的;我会想念她的。"猎人说话时,雕一直拿在手里。"一个人要是习惯了什么东西,要克服它是很困难的,"贝尔大爷说着,将燃烧着的明子按在烟斗上,正经地吸了几口后，又接着说，"不管习惯的是人，是禽兽，还是东西都一样。我有这样的习惯，在我走路时，就得衔着这个烟斗；我母亲从前也用差不多的烟斗抽烟，我就好像看见她坐在阶沿上呢。""什么，您妈妈也抽烟？"芭蓉卡惊奇地叫起来。"在山峡里女人大半都抽烟哪，特别是老婆婆们，只是用土豆根须来当烟抽抽罢了，如果能得到，她们也抽樱桃树叶子。""我想那是没有什么味道的。"猎人说，他也在抽着烟，只不过他用的是带有画儿的瓷烟斗。"就是在森林里我也有几处固定的地方，"贝尔大爷又开腔了，"我总喜欢不知不觉地在那儿停下来，我爱上了那个地方啦，因为它不是使我想起某某人，就是使我回忆起我一生中度过的好日子和不好的日子。假如那些地方少了一棵树，一根草，我也仿佛丢了什么东西似的。有一处是个陡峻的悬崖，上面只长着一棵孤零零的枞树。那是一棵老树了，它的枝叶都从一边垂在那个万丈深渊上，在树的裂口里长满了羊齿草、茅草或者青草，在下面有一条溪水流过一块大岩石，造成了一道天然的瀑布。我自己也不知道是怎么回事，当我苦恼或者遇到什么不如意的事时，我总是转转就转到那儿去了。比如在我追求我妻子的时候，我本以为不能娶到她；她父母反对呀，后来他们才答应了。我大儿子死时，我母亲死时我都上过那儿。我总是从屋里跑出来，无目的地走着，连左右也不瞅一眼，脚就不自觉地把我领到深谷那儿去，当我发现我又在深渊之上的那棵忧郁的枞树旁时，当我看见面前的重重叠叠的山峰时，那种重负就像从我身上掉了下来，我就毫不害臊地放声大哭起来。当我拥抱那棵树的粗硬的树干时，我仿佛觉得它是活着的，它懂得我的痛苦，它的枝叶在我头上呼啸着，就像同我一起在叹息，就像它想把同样的痛苦倾诉给我一样。"贝尔大爷沉默了,他那双大眼睛转向桌上的灯光,烟云代替了那温柔的字眼从他嘴巴里吐出来,背负着他的思想向天花板飞腾上去。

"真的,有时候人就觉得树是活的,"瑞森堡猎人说,"我也经历过这么回事。有一次——已经有好几年了——我把要锯的树做出记号。管林人不能去,我负责找树。伐木工人去了,首先准备砍掉一棵美丽的白桦树;那棵树身上连一个结疤也没有,就像一位少女似的在那儿亭亭玉立着。我看着它,突然觉得——现在说起来觉得很好笑,当时我可是一本正经的呀——就像它在我脚旁跪倒了,它的枝叶就像抱住了我,对着我耳朵说:'为什么你要断送我青春的生命,我又惹了你什么啦?'这时候,那锋利的锯已经在它的皮肤上嘶叫起来,吃进了它的肉体。我不知道我当时是不是大声喊了出来,但我知道,我叫住了伐木工人别再锯下去;可是,当他们带着惊异的脸色看着我时,我又害臊起来,让他们继续锯下去,我自己却逃进森林里去了。整整一个钟头,我都在无目的地走着,白桦树哀求我别断送它生命的念头总在追随着我。最后,当我好过来时,它已经死了,已经被砍倒了,它身上连一片小叶子也不动弹了,就像一具死尸似的躺在那里。我就像谋杀了人似的后悔起来。好几天我都吃不下饭去,可是我没有对别人说过,要不是今天谈起了这个,我是决不说的。""有一次,我也出过这样的事,"贝尔大爷又用他那低沉的声调开始叙述了,"那时我应该拿鸟兽去交租了。我忙着去打猎。恰好一头鹿跟我迎头碰上。那是一头非常漂亮的鹿呀,就像是雕磨出来的一样。它愉快地在林中环视着,吃着草。我忽然怜悯起来;但我又想:你又不是疯了,你这是干吗呀?我开了枪,但手发抖了,打中了鹿的肚子,它倒下来了,不能逃跑。狗要向它蹿上去,我可没有让它去,好像有种什么东西在阻止我去再伤害它似的。我走到它身旁,我现在简直都说不出来,那个畜生是怎样痛苦地在看着我,又像求饶又像怨恨。我拔出猎刀来,刺进它的心脏;它四肢抖了几下就死了。而我那时却放声大哭起来,从那以后——我为什么要为这个害臊呢。""爸爸不再打鹿了。"奥列尔很快地插嘴说。"你说对了。不管什么时候,只要我一瞄准,我就看见在我面前有一头受伤的鹿,眼睛是那样怨恨,我胆怯了,我害怕打不中又伤了野兽;我情愿就那样放掉它。""您应当只打那些坏野兽,好野兽应当放掉,打死太可惜了。"魏林说,他几乎流出泪来了。"世上没有什么十全十美的好野兽,也没有什么彻头彻尾的坏野兽,不像我们人一样哪。我们常以为那些有着漂亮与和善嘴脸的野兽一定是好的,那些我们不喜欢的就是坏的,要这样想,那就错了。在这个世上,面貌很多时候是个大说谎者。通常是这样的,人们对讨厌的、不感兴趣的东西,就容易自宽自解,也不像怜惜他所喜爱的东西那样来怜惜它,因此,常常是不公平的。有一次,我在赫拉得茨看执行两个犯人的死刑。第一个犯人长得很漂亮,第二个却生得非常丑,既骄横,又粗野。第一个犯人杀死了自己的朋友,因为他疑心自己的朋友在偷他的老婆。第二个犯人是我们的同乡;在他被判定死刑时,我到牢里去问他,是不是想告诉家里什么,我愿意代他转告。他瞪着眼睛向我看了一眼,就粗野地大声笑起来,然后摇摇头说:'我告诉、问候谁?我什么人也不认识。'他转过身去,将脸埋在手掌里,就这样坐了一刻工夫,然后跳了起来,背着手站在我面前,问:'朋友啊,我要求的事你都肯做吗?''肯,一定的。'我说着就将手伸给他。这时,他脸上露出了那样沉痛的表情,我真心愿为他做一切事情;他脸上一切反抗的表情全消失了,唤起了痛苦和同情。他一定是看透了我的心,因为他用力地把手伸给我,紧紧地握着,用那深为感动的声调说:'要是在三年前你能够向我伸出这只手,我也不会在这儿了。为什么当时我们没有相见呢?为什么我只遇到了那些人,他们把我放在灰里踩着,用我的面容来开玩笑,只用黄连和毒汁来喂我呀! 妈妈不爱我,哥哥把我从家里赶走,妹妹为我害羞,而那个女人呢,我本以为她爱我,我也曾经为她情愿舍出自己的性命,为她那迷人的一笑,我愿爬上天去采下天上的蓝色来,我曾经惋惜自己没有十条性命来为她的爱情而牺牲;而她呢,只是一味地在玩弄我,当我想从她嘴里听到大家在传的话时,她叫狗把我从大门里轰出来了。'这个粗野的人这时也像个小孩子似的号哭起来。过了一会儿,他擦干了眼泪,握着我的手,低声地补充说:'等您到马尔肖夫斯基葡萄园去时,请您上那个深谷里去一趟,在那深渊上有一棵孤独的枞树,您把我的问候捎给它,捎给那些在它周围飞翔的野鸟和那些高山峻岭。我曾经整个夏天睡在那棵树的枝叶下,我把谁也不知道的心事都告诉过它了。当时,我还不是这样一个可怜虫,我是……'他吞吞吐吐煞住了话尾,重新坐在凳子上,既没有说一句话,也没有看我一眼。我带着怜悯的心情离开了他。人们却把这个丑人咒呀骂呀没个完,骂他活该死,说从他眼睛里就可以看出他的心眼坏,说他既不要见神甫,也不要见其他什么人,说他见了人就伸舌头,说他去死时就像做祷告似的那样悠闲。那个长得漂亮的人大家都惋惜他,抢夺着他在狱中写成的小调,大家都希望他能得到宽恕,因为他只是为了嫉妒才杀死了朋友;而第二个犯人呢,却完全是恶意地杀死了那个姑娘,据说她并没有什么事对不起他,说他还杀死过别人呢。每个人就这样根据自己的感情来判断哪;各人有各人的见解;每个人眼睛看的事情都不一样,因此,也很难断定:这就是这样,而不应该是那样哪。只有上帝知道这个世界,他能看清人心最隐秘的深处并判断他们;他懂得兽言鸟语,每朵花蕾在他面前都是透亮的;他熟悉每个甲虫走过的小路,风是听了他的命令才咆哮,水是照着他指定的道路来泛滥的。"猎人又住了嘴,烟斗已经熄灭了;他的眼睛在美丽地闪耀着,面孔就像那个镶着晚秋柔弱阳光的小山谷,尽管山顶上已经积有白雪了,但它还是一片草绿与花红。大家都在呆看着贝尔大爷,直到外婆这样说:"您说得对呀,贝尔大爷,我们就像听了一场好听的讲道。可是,现在是让孩子们睡觉的时候了;您的小儿子跑路也累了,您自己也是一样;别的我们明天再谈吧。"

"奥列尔,把你的雕送给我的枭鸟吃吧,你要这干吗?"猎人说完,就将猎枪挂到肩上。"奉送。""我们明天一清早就给您送去。"男孩子们请求着。"你们得上学呀。""明天我放他们一天假,陪陪客人哪。"妈妈说。"喏,我也把我的那些松鹤留在家里,让你们好好地玩一天。现在我走了。晚安!再见!"和气的山下佬,贝尔大爷有时这样称呼他,跟朋友们握过手,喊着奥列尔十分喜爱的赫克杜儿,就走出门去了。清早,在孩子们还没有穿好衣服之前,奥列尔就已经站在木筏上,向岸边划来了。吃过早饭,贝尔大爷带着男孩子们上猎人家去,外婆领着芭蓉卡和阿黛尔卡上酒店去向米拉告别。酒店里挤满了人;跟士兵们告别的父母们、朋友们、姐妹们,连熟人也都在场了。尽管人们在互相劝说着,尽管酒保和克瑞斯特娜倒酒也来不及,还得米拉帮着忙,尽管青年们在唱着各种军歌和快乐的小调来鼓舞自己的勇气,然而,这一切都是无济于事的;就像往常去应征的人们一样,他们没有一个人喝醉。这时,青年小伙子们将绿色的松枝插在军帽上,尽情地蹦跳着、喝着、唱着,他们想借此来冲淡和麻醉自己的恐惧。当然,就是这些身体长得最匀称、最漂亮的小伙子也还存有一线希望。后来,他们又夸耀着姑娘们的怜惜,那种像是深藏在地球内心而在这时如热流似的奔放出来的父母之爱使他们欢欣鼓舞,他们为熟人的夸奖而自豪:"哦,他是不会退回来的,这样的孩子嘛——长得就像棵小松树一样哪——身体的各个部分都像从模子里倒出来的,长官最喜欢这样的兵士。"虚荣心就是用这样的甜水珠滴来冲淡这苦味的饮料,那就是他们必须应征的责任;与此相反,在为健壮而又漂亮的青年们减轻痛苦的同时,却更加苦了那些自觉生理上有缺陷而不必害怕的青年;他们情愿当兵,也不愿身受这种折磨,听到这样的嘲骂:"你妈妈不必为你哭了,你是不会摸到鼓边的,你只齐到狗的袜带那儿呀①。"或者:"伙伴,你去参加骑兵吧,你的腿就像一对弯牛角一样哪!"以及其他类似的俏皮话,人们就用这些话来鞭笞他们。外婆走进酒店,可是没有进到屋里去;这并不是因为她嫌屋里空气太燥热,而是因为那种窒息人们心房的沉痛使大家脸上就像蒙上了一层布罩一样,这就不禁使她大大地惊吓了。她的心情就像那些焦忧的母亲一样,她们中有的人在沉默无言的痛苦中绞扭着双手,有的却在暗泣或者放声号哭。那些姑娘更是难过得很,她们羞于把自己的悲伤表露

① 指身材矮小,还没有狗腿那样高。

出来,当她们看着那些面色苍白并忧郁地站着喝酒的青年,看见他们想唱歌而歌不成声的时候,她们也不能不哭出声来了。她们的心情也像那些闷闷不乐坐在桌旁的父亲一样,他们除了谈着、想着将来从哪儿能找到他们失去的如同自己左手一样勤恳的孩子的代替人,他们将又怎样怀念他们,遥遥无期的十四年将使他们受苦的事外,他们是什么也不说,什么也不想了。外婆带着孩子们坐到果园里去。一会儿,克瑞斯特娜也来了,她像被判了死刑一样哭着,脸色苍白得像堵粉墙。她想说话,但她心中压着石块,喉咙就像锁住了似的一句话也说不出来。她靠在一棵花儿盛开的果树干上。这就是她在圣杨之夜抛过小花环的那棵果树。花环是飞过树顶了,而现在怎样才能达到自己的愿望呢?她和爱人不是相聚,而是必须离别了。她用白围裙捂住脸,放声大哭起来。外婆没有劝她。米拉来了。他那丰满的脸,他那眼睛的活力消失到哪儿去了呢?他像是一座大理石雕成的人像。默默地将手伸给外婆,无言地拥抱着自己亲爱的姑娘,从怀中抽出那条从他姑娘那儿得来的定情的绣花手帕,替她揩拭着眼泪。他们没有做声,他们的悲伤是多么深沉啊,可是,当从酒店里传来这样的歌声时:

> 等到我们离别后,
> 两颗心儿要痛碎。
> 两颗心来四对眼,
> 日日夜夜哭不休。

克瑞斯特娜狠狠地抱住自己的爱人,将自己的脸埋在他胸间号哭起来。这歌子就是那支在他们心中不断回响着的曲调的回声啊。外婆泪流满面地站了起来,芭蓉卡也哭了。老人将手搭在米拉的肩上，用一种感人的声调说："上帝保佑你，雅古普。去做你应该做的事吧，高高兴兴地去做，你就不会觉得太困难了。上帝如果使我的想法成功，这离别是不会太长久的。你们这样期望着吧。你，姑娘，你要爱他的话，就别用怨言来加深他的痛苦了。再见了！"她说完就给米拉画了十字，握握他的手，很快地转过身去，牵着小姑娘们的手，带着安慰过忧郁人的那种甜蜜的心情转回家去了。外婆的话就像甘露降落在那枯萎的花朵上一样落进了这对恋人的心田里，唤醒了他们的新生；他们在那盛开的果树下拥抱着，微风吹落下来的花朵，从上面飞降到他们身上。带有栏杆的马车在酒店前咕噜咕噜地响了，是来接兵士们的，有人在院子里喊着："米拉！——克瑞斯特娜！"然而，他们并没有听见。他们在拥抱着——他们还需要什么世界呢，每人怀中抱着的就是自己整个的世界。

下午，连贝尔大爷也和殷勤的主人们告别了。卜罗西柯娃太太像往常一样给他们父子俩装了满袋在路上吃的东西。男孩子们每人都送了点儿东西给奥列尔做纪念，芭蓉卡送了圈在礼帽上的围带，阿黛尔卡问外婆她该送什么，外婆让她把从小姐那里得的小玫瑰花送给他。"可是您说过，等我长大了要戴在腰带上呢，"小姑娘说，"那个太好了。""要是你想尊敬亲爱的客人的话，你就该把你自己觉得最珍贵的东西送给他。把花送给他吧，姑娘们送花最合适。"阿黛尔卡将那朵美丽的玫瑰花给奥列尔插在礼帽上。"哦，亲爱的阿黛尔卡，我不知道这朵花的美丽能保持多久，奥列尔是只野鸟呀，他整天飞在巉岩和山岗上，飞在风雨之中。"贝尔大爷说。阿黛尔卡将那询问的目光转向奥列尔。"别操心吧，爸爸，"男孩子边说，边高兴地玩赏着那礼物，"我平常上山的时候，会好好地把它藏好，只在节日里才戴上它来显摆显摆，它一直会是好好的。"阿黛尔卡高兴了。谁也没有猜想到，她自己就是一朵玫瑰花，奥列尔有时在想她，想把她带到那积雪的山上去，种植在森林中的隐蔽处来供自己欣赏，她的爱情将是他生活的光明，将是他生活的幸福。

第 十 六 章

　　已经是圣灵降临节以后了,外婆把它叫作"发青"的时节,也许是因为那根白桦做的"春之象征"①把整个房子装饰漂亮起来的缘故,里里外外,连桌子和床铺在内,一切都映在绿色之中。已经过了美丽的圣体节和仲夏节了。夜莺已不在灌木丛中歌唱,燕子也已经将新生的雏燕从屋檐下引出来,五月新生的小猫熟睡在炉炕上的母猫身旁;阿黛尔卡最喜欢逗它们玩。黑母鸡领着一群小鸡在玩着,苏尔旦和笛儿又每夜跳到水边捉老鼠去了,这样又给老漂白场增添了谈话的资料,说洗衣板桥上有"水鬼"在吓人。阿黛尔卡常跟娥尔莎去放牧斯特拉西卡,跟外婆去寻找药草或者靠着她坐在院子里的菩提树下,外婆也已经把菩提树花晒干②了,而且还跟她讲书上的故事。黄昏,当她们去接孩子们时,总是从地里穿过去;外婆顺便去看看麻,高兴地望着财主家那片辽阔的土地,丰满的麦穗很快地黄了,当风掀起一道道的麦浪时,她爱得连一眼也不舍离开它。古杜拉在巡地,总是来到外婆身边,外婆常跟他说:"看见这个上帝的礼物真叫人高兴,上帝啊,你可别降

---

①　一种装饰物,用白桦木做杆,上面悬挂着一个用树枝扎成的圆环,环上悬有各样彩色飘带。

②　捷克人喜摘菩提树花做茶,其味清香可口。

灾啦!""是呀,天气太闷热了。"古杜拉常这样说着,一边将眼睛转向天空。当他们经过豆地时,古杜拉总不忘记给阿黛尔卡摘满一兜嫩豆荚,他认为这就是公爵夫人自己也不会反对的:"因为她喜欢外婆和孩子们的呀。"这样一来,他就心安理得了。芭蓉卡不再给小妹妹带甘草和松糖了;这些东西不是她用一个小钱买来的,就是帮别的姑娘做德语功课时得来的。只要卖货郎将樱桃在离学校不远的地方一摆开,每天中午她们总要为它花掉些钱。当他们回家路过橡树林时,他们就摘杨梅;芭蓉卡用柳条编成小篮子,总是给小妹妹找到满满一小篮子的杨梅。当杨梅没有了的时候,他们就找草莓,再后就带回来覆盆子和各种坚果。外婆却从森林里带回来蘑菇,她也教会了孩子们怎么来识别它。总之一句话,这是七月尾的时节了。八月初,公爵夫人和爸爸就该回来了,除此以外,孩子们还在高兴地等待着放暑假。卜罗西柯娃太太又是整天在庄园里忙开了,连一个小角落也不能放过不擦洗,种花的老爷爷在花园里东奔西跑着,检查着每一个小花坛,看花是否按照他的愿望生长起来;检查着草地是否有些草长得太长还没有剪去,好马上把它剪得跟别的一样齐;他在挨株地检查着灌木,看是否还有散工们忘记拔去的荨麻,他好拔掉扔到篱笆外去。处处都在准备着女主人的来临。许多人在盼望着她来,因为她会给他们带来好处;也有许多人在担心害怕,总管家里人的头一天比一天低下来了,而当"明天就到"的消息在庄园里传播开来时,总管老爷变得那样谦虚,就连一个仆人的问候他也要感谢了。在冬天,当他还是庄园里的第一个主人时,从来也没有这样做过。外婆祝福公爵夫人一切平安,每天都在为她祈祷着;可是,如果她的女婿的重归不与夫人的莅临联系在一起的话，那她见到或者见不到夫人，她是毫不介意的。然而，这一次外婆却在焦急地等待公爵夫人，她究竟有着什么从未告人的秘密的心事呢？

八月初，收割工作慢慢开始了。公爵夫人真的在八月头一天就带着全部随从人员驾临了。总管小姐早就在等待着那个意大利人，然而给她带来的消息却是夫人把他留在京城里。卜罗西柯娃太太快活得喜笑颜开，孩子们又见到自己的爸爸了。自然，外婆脸上是稍带着点儿愁云的，因为她没有看见女儿约汉卡同杨一块儿归来。但她接到了一封信，女儿在信里转告婶娘端罗特卡和叔爷对她的千万次的问候，还告诉她，说她是因为叔爷病了才不能回来，因为把店务和照顾病人的事全丢给婶娘一人，那是太没心肠了。她还说，她的未婚夫是一个好人，她要嫁给他，婶娘都同意了，准备在卡德仁拉①结婚，现在他们在等待着外婆的同意呢。"等我们结了婚以后，只要一有机会，我们就来捷克。请您，妈，给我们祝福，让您认识认识我的易瑞，可是我们管他叫尤拉。他也不是捷克人，是土耳其边境上一个什么地方的人，但您一定会懂他的话，我早已教会他捷克话了，而德莱思卡还没有教会杨呢。我本来也打算嫁给捷克人，我知道这会使您感到高兴，可是，这又有什么办法呀，妈，心是无法来命令的呀，我爱上了这个克鲁包。"信就这样结束了。信是德莱思卡念的，杨也在场，他说："我就像听见这个快活的约汉卡说话啦，她是一个好姑娘；尤拉也是一个规规矩矩的人，我认识他，他就是叔父那里的大徒弟，我不论什么时候到铁匠铺里去，我都很喜欢尤拉。是个身板像

①　十一月二十五日。

座小山的汉子呀,了不起的手艺人。""可是那里有一个字,德莱思卡,我没有听懂,在信尾巴上什么地方,你给我再念一遍。"外婆指着信尾说。"克鲁包这个字是吗?""这到底是个什么呀?""维也纳人给克罗地亚人取的诨名。""到处都是一样。喏,上帝赐福给他。可是谁也没有料到,相隔这样远的人会弄到一起。而且他还叫易瑞呢,跟她过世的爸爸的名字一样!"外婆说完,将信纸叠好,揩揩眼眶里的泪水,就把信拿去藏在大柜里。孩子们有了亲爱的爸爸在家,快活得简直无法形容。他们连多看一眼爸爸的工夫也没有,就在互相抢着讲这一年来所发生的事情,其实这些他早从妈妈的信上知道了。"你这次可留在家里过冬了吧,是吗?爸!"阿黛尔卡一边讨好地问着,一边用手摸着爸爸的胡子,摸胡子是她的一种爱好了。"等驾雪车了,你就带我们坐在漂亮的雪车上,让马夫骑在马上赶车,是吗?爸爸,冬天,城里大爷有一次派车来接我们,我们和妈妈一块儿去了,外婆却不肯去。车跑起来,小铜铃一路上在响着,城里每个人都跑出门来看看,是谁在路过呢。"魏林说。爸爸还没有来得及回答,杨又接着开腔了:"你知道不,爸,我要当猎人了?等我小学毕了业,我就上山里贝尔大爷那里去,奥列尔要上瑞森堡这儿来。""好哇,只是现在你得在学校里用功念书。"爸爸微笑了,让孩子们自由地想象去。连朋友们也来了,猎人大爷和磨坊老爷爷都来欢迎亲爱的客人。小屋里顿时活跃了起来,连苏尔旦和笛儿也带着不平常的快活向赫克杜儿奔去,就像它们也想把这些新闻告诉它似的。真的,主人可喜欢它们哪,从那次它们干掉小鸭挨打以后,一直没有挨过打,无论什么时候,它们跑到他跟前去,他都要摸摸它们的头。外婆看见它们那样快活,也说畜生最晓得谁是爱它的,而且牢记不忘。

"那小姐是不是完全好了呢?"带着小孩子来欢迎教父的猎人大娘问道。"说是好了,不过依我想,她还没有。一定是有什么东西在折磨她呀。她本来身子就很单薄,现在简直只剩下一口气了,眼睛完全失去了光彩,我看见她的时候,简直都想哭了,她是个安琪儿呀。小姐生病的时候,公爵夫人也给折磨得够苦,在家里停止了一切宴请,小姐正好在生病之前应该和一位伯爵订婚。伯爵是一个有钱氏族的子弟,公爵夫人和他父母又是很好的朋友,据说,公爵夫人非常盼望着这门亲事呢。——喏,我不大清楚。"卜罗西柯先生摇摇头表示不相信地结束了谈话。"那这位伯爵怎么说呢?"妇女们问。"他还有什么可说的?他得满意了,要是他真爱她的话,他可以穿丧服的。听说,他想到意大利来找公爵夫人呢。""那小姐也爱这伯爵了?"外婆问道。"谁知道。如果她心上没有另一个,她会喜欢他的,是一个堂堂一表的人哪。"杨回答说。"自然啰,如果她不太爱另一个人的话,"磨坊老爷爷一边说着,一边将打开的鼻烟盒伸给卜罗西柯先生敬烟,"众口难调嘛!"这是他喜欢用的一句成语,"我们这儿的女酒保,要是那些鬼没有拉去她的爱人,她早就结婚了,也不会落到现在这样丧魂落魄的田地。"磨坊老爷爷说完,敬了大家烟之后,自己也用手指撮了一撮鼻烟,一边向当时也在场的克瑞斯特娜那边眨眨眼睛。

"德莱思卡把这事写信告诉我时,我也为你们两人难过了一番,"卜罗西柯先生望着那个面容惨白的姑娘说,"现在米拉是不是已经习惯了点儿呢?""又有什么办法呢?可怜的人!就是再苦,也得干。"克瑞斯特娜回答说,怕别人看见自己的眼泪,将身子转向窗子那边去了。"这点我相信,"猎人说,"你就是把鸟儿关在金鸟笼里,它总归还是恋林的。""何况那儿还有母的在盼着它呢。"老爷爷在一旁打趣地说。"我从前也当过大兵。"卜罗西柯先生开腔了;当他说这句话时,在他那漂亮的嘴角上挂着微笑,那对蓝色的眼睛落在德莱思卡太太身上。她也微笑了,说:"你是个英雄啦,你!""别好笑呀,德莱思卡,当你同端罗特卡婶娘上城堡来看我怎样在操练时,你们俩都哭哭啼啼的。""你也跟我们一起呀,"德莱思卡太太笑了,"那时候,我们可不觉得这是很可笑的呀,除非那些在看着我们的人。""我得承认,"好心肠的主人说,"不管人家把我看作狗熊还是英雄,当时我都毫不在乎——我不稀罕这种光荣。在我当兵的那整整十四天内,我总在叹息着,哭泣着,既不吃也不睡,等到我得到释放时,我只剩下一个影子了。""你只当过十四天的大兵哪——喏,米拉要是只当年把大兵的话,他也会马马虎虎的算了。"磨坊老爷爷说。"要是那时我早知道,我的好朋友在为我赎身,我弟弟要来顶替我的话,我也不会那样痛苦的。事情来得太突然了。我弟弟喜欢当兵,他也比我来得适合。你们可别以为我是个胆小鬼呀。假如那是保卫家庭和家乡,我会第一个参军的。喏,我们每人性格都不同,这人适合做这件事,那人又适合做别的。是吗,德莱思卡?"卜罗西柯先生说完,将一只手搭在德莱思卡太太的肩上,温情地注视着她。"是呀,杨,你只适合跟我们在一起。"外婆代替女儿回答说,大家都知道主人的柔情性格,都默认外婆的话说得正确。

当朋友们都散了后,克瑞斯特娜溜进外婆的卧室,从怀里掏出一封带有军扣胶封①的信,轻轻地说:"是雅古普来的!"
"那好哇,写了些什么呀?"与姑娘一同感到高兴的外婆说。
克瑞斯特娜打开信,慢慢地念道:"我亲爱的克瑞斯特娜:我
千百次地问候你和吻你。哦,上帝,这是报应哪!我情愿真正
地吻你一次,也比在纸上写一千次来得强,但横在我们中间的
三英里路却使我们不能相会了。我知道你每天都要这样想好
几次的:'雅古普大概在干什么呀?他好吗?'我有很多工作
要做,但工作只是工作呀,身子在工作之中,思想早飞到别处
去了。我过得很糟。要是我还像魏特科达家的东达一样是个
单身汉,也许我也会欢喜当大兵;同伴们都习惯了,他们渐
渐地就不觉得有什么困难了。就是我也在学习着一切,我什
么牢骚也不发……可是,我并不快活,我不仅不能慢慢地习惯
起来,反而感到越来越吃力了……从早到晚我都在想念着你,
我亲爱的小鸽子,要是我能知道你很健康,要是我从你那里得
到只字的问候,我都将心满意足了。当我在野外站岗时,我看
见鸟雀向你那儿飞去,这时我总这样想着,为什么它们不会说
话,不能将我的问候转告给你;或者我情愿自己变成一只小
鸟,变成一只小夜莺,飞到你身边去。——卜罗西柯家的外婆
没有跟你说什么吗?她说我们的离别也许不会长久的是个什
么意思?你不知道吗?我呢,当我最难过的时候,我总想起她
最后的话,一想起它,上帝就像进入了我的身体,增强了我的
希望,指导我应该怎样去做。她的话没有白说。写几行字来
让我快活快活吧,总有人会给你写的呀;把一切都告诉我,懂

---

① 昔时欧俗用胶封信,并在胶上印上信记。军扣上有花纹,军人多将扣纹
印在胶上以资凭信。

吗？你们已经割完小麦了吗？收获如何？这儿已经开始收割了。当我看见割麦的人下地去时，我真想不管他三七二十一逃出去。求你别一个人下地去，我知道，他们会问你，会使你心里难受——别去吧，而且那个嚼舌根的人，那个秘书——"

"这简直是发疯了，他在怕我会——"克瑞斯特娜生气了，可是马上她又接着读下去，"——会不让你安宁的。你依靠着托麦什吧，我求过他做你的右手。代我问候他和安萨。请你上我家去一趟，将问候转达给他们，也问候你的父母，千百次地问候外婆、孩子们、一切熟人和朋友。我还有许多话想告诉你，可是纸短话长，要是都说了出来，日尔洛夫小贩子背都背不回去了。现在是我去站岗的时候了。当我在夜里站岗时，我总是唱着：'你们这些美丽的小星星，你们已经不小啦。'在离别前夕我们曾经一起唱过它；你在唱它时还哭了呢。哦，上帝啊，这些小星星曾经使我们快活过，但上帝才知道，它们会不会再使我们快活呢。再见了！"克瑞斯特娜折好了信，用询问的目光望着外婆的脸。"喏，你应该高兴了，是个好孩子呀；给我向他问好，他相信上帝，就是坏事也会变成好事的；太阳也会照耀他的。我可得跟你说得确实点儿：这事将来如何，在我没有把握之前，我不能跟你说。需要的话，你得去做劳工；在收获节的时候，我希望你能去给公爵夫人献花环，如果你也上庄园去干活，再没有人比你去献花环更合适了。"

克瑞斯特娜听了这些话万分高兴，答应依照外婆的劝告行事。当杨回家的时候，外婆向他问过好几次，公爵夫人什么时候在家，常上哪儿，直把卜罗西柯都问得奇怪起来。"外婆从来也没有好奇地打听过庄园里的事情，庄园对她来说好像不存在似的,而现在呢,却是一问再问的。她是在干什么呀?"可是外婆没有说,他们也不好问,他们什么也摸不清,只好把这算作好奇心了。

过了几天以后,卜罗西柯先生和太太带着所有的孩子进城去了,他想让他们痛痛快快地玩一天。娥尔莎和别佳也上地里去了,只剩下外婆一人在家里看家。她像往常一样带着纺车坐在院子里那棵菩提树下。她在思量着什么,连小调也不哼了。她一会儿摇摇头,一会儿又点点头,最后才好像一切都决定好了似的,说:"我们就这样来做。"这时她看见小姐从山坡上下来,绕过烘干室走向小桥。小姐穿着一身白衣,头上戴着圆形的草帽,脚上穿着缎子鞋,轻飘飘地像仙女似的从山坡上飘下来。外婆赶忙站起来,十分高兴地迎接着她。当她看到这姑娘的面孔是那样苍白,几乎是透明的时,她的心都绞痛起来了,姑娘脸上带着那样的恬静和深深痛苦的神情,谁看见了也不能不心痛的。

"您一个人吗?这儿这样静!"荷尔姐思叶在衷心地问候过外婆之后问道。"一个人,一个人,他们都进城去了。孩子们这么久没有看见父亲,现在简直恋着不肯离身啦。"外婆一边说,一边用围裙揩揩凳子,请小姐坐下。"真的太久了;这都是我的罪过。""这是哪里的话呀,小姐,上帝让人害病,谁能有什么法子。我们大家都很难过,祷告上帝保佑小姐的病早些好起来。健康可真是宝贵呀,人一失去了它,才知道它的宝贵。小姐,您还年纪轻轻的,要是您有个三长两短,公爵夫人会难过死的。""这个我知道。"小姐叹了一口气,将交叠的双手放在膝上一本包得很好的画册上。"您的脸色太苍白了,小姐,现在您怎么样呢?"外婆带着深深的同情询问着那

237

位像是痛苦化身的姑娘。"还好,外婆。"小姐回答说,并勉强笑了一下,但这微笑却正好泄露了她心头的痛苦。外婆不敢再多追问,然而她已经看出来了,小姐不只是害着肉体上的病的。

过了一会儿之后,小姐开始询问一家人过得如何,孩子们是否还在惦记着她,外婆高兴地一一告诉她了,然后又互相问问,公爵夫人是否过得好,做了些什么事。"公爵夫人上猎人那儿去了,"小姐回答说,"我求她让我留在这儿画画这个小山谷,顺便来看看您。公爵夫人要来这儿接我的。""那样就真像是上帝派她来的了,"外婆高兴地说,"我得去换件干净的围裙,这个麻呀,弄得我满身都是灰。您等会儿,小姐,我一会儿就回来!"外婆说完了,就走进屋里去,不多一会儿工夫,她就围上干净的围裙,头上包着干净的头巾,手里拿着白面包、蜂蜜、黄油和奶油回来了。"不知道小姐是不是有胃口切块面包尝尝,是昨天烤的。不过我们还是坐到果园里去吧,那儿要阴凉些。虽然菩提树也有荫,我常常喜欢坐在它下面,因为我可以看见家禽在周围抓呀跑呀的。""我们就留在这儿吧,坐在这儿挺好。"小姐一边插嘴说,一边摆弄着拿来的食物。她一点儿也不羞怯了,切着面包,吃着,喝着;因为她早就知道,要是什么也不吃的话,外婆会难受的。同时她打开了画册,将她画的画拿给外婆看。"哦,我的小上帝呀,这是整个山谷了,草地、山坡、树林、水闸,真的,这儿连魏克杜儿卡也都在了。"外婆惊叫着。"她正处在这种孤独里。我在山坡上碰见了她,瘦得不成样子了。难道就毫无办法帮助她了吗?"姑娘痛心地问。"唉,小姐呀,身体可以补救;但她却失掉了主要的东西——理智,那就没有用了。她的灵魂迷失了,她行事就像在梦中一样。也许这是上帝的仁慈,把她痛苦的记忆夺走了,这记忆一定是十分可怕的;要是她有理智的话,也许会在失望中把自己的灵魂也丢了,就像——喏,上帝恕她,如果她有罪,她也为它受够苦了。"外婆岔开自己的话,又翻了一页。又是新的惊异啊!"我的老天爷,这是老漂白场哪!院子、菩提树——还有我、孩子们、狗,什么都有了;我的耶稣呀,这些我简直都没料到呀!他们要看见才好呢!"外婆不断地惊叫着。"谁待我好,"小姐说,"我就决不会忘记他们的,为了使他们的样子永远鲜明地保留在我心灵里,我才把他们的容貌画了下来。就是这些风景也是这样的,我在哪儿度过了什么欢乐的日子,我就把它画在纸上留作纪念。这儿这个小山谷是很幽美的。要是您同意的话,外婆,我也愿意为您画一张像,给孩子们留个纪念。"外婆脸红了,摇了摇头,羞怯地拒绝说:"画我这个老太婆?小姐,这简直都不配了。""别说了,外婆,等您又是一个人在家时,我来这儿给您画;为您的小外孙女呀,她们也好有您的画像了。""要是您一定要画,小姐,那就请来吧,"外婆决定说,"不过请您别让别人知道了,人们会说外婆还在爱虚荣呢。只要我还活着,他们就不需要画像,等我闭上眼睛了,随他们怎样做,我都不管。"小姐同意了。"可是小姐在哪儿学会了画画呢?我一生也没有听见过女人会画什么画呀!"外婆边问,边又翻了一张新画。"像我们这样的人得学会许多东西,好让我们晓得用什么方法来消磨这样漫长的时光。我是特别爱上了画画。"小姐回答说。"好事情啊。"外婆边说,边注视着一张插在画册里的画儿。在那张画上画着一个长满树木的悬崖,海涛在崖脚下汹涌地冲击着。在那悬崖上站着一位青年,手中拿着玫瑰花苞,目光凝视着大海,在大海的天际上可以看见几只鼓胀着的帆影。"这也是小姐画的吗?"外婆问道。"不是,是一位画家画的,从前我跟他学画,他送了我这张画。"小姐喃喃地回答说。"这人也许是他本人吧?"小姐没有回答,满脸泛满红晕地站了起来:"我觉得公爵夫人已经来了。"外婆很快地领会了,她已经知道小姐缺少的是什么东西了。公爵夫人并没有来。小姐又坐了下来,外婆在几句客套话之后,就开始谈起克瑞斯特娜和米拉的事来;并托小姐抽空跟公爵夫人提一声。小姐赞扬她的意图,答应为他们求情。公爵夫人来了;是自己由小径步行来的,空马车走在大路上。她十分诚意地问了外婆的好;将一捧花束递给荷尔姐思叶,说:"你是挺爱这个野石竹的!这是我在路上折的。"小姐鞠了躬,吻了公爵夫人的手,就将那个花束插在腰带上。"这是泪儿花呀。"外婆望着那花束说。"泪儿花?"夫人和小姐全惊奇了。"是呀,圣母马利亚的眼泪。所以这花才叫了这样的名字。当犹太人把基督带到卡尔瓦里①去时,圣母马利亚尽管心都快碎了,还是一路上跟着他。她看见路上有从基督伤口流出的血迹,就痛心地大哭起来,据说,圣母的眼泪和她儿子的血在到卡尔瓦里的路上就长成了这样的花朵。"外婆说。"那这就是痛苦与爱情之花了。"公爵夫人说。"爱人们是不折这种泪儿花给对方的,他们以为折了这种花,就一定会伤心哭泣的。"外婆继续说着,一边将一玻璃盅的奶油递给公爵夫人,请她尝尝。公爵夫人并没有谢绝。"唉,我的上帝,"外婆紧接着上段话说,"其实就是他们不折泪儿花,他们也老是有原因在哭着,爱情就是又痛苦又快活的

---

① 耶稣的受难地。

呀。如果他们是幸福的一对儿，别人也要拿黄连给他们尝的。""亲爱的公爵夫人，外婆在想替一对不幸的恋人求情呢，请听她说完，公爵夫人，请你帮助！"小姐绞着双手，求情地仰视着公爵夫人。"说吧，老人家，我已经跟你说过一次了，叫你来找我，我愿意听你的要求；我知道，你不会请求不应该请求的事情。"公爵夫人一边说着，一边抚摸着可爱的养女那蓬松的头发，同时和蔼地望着外婆。"亲爱的夫人，假如我知道他们不值得求情的话，那我就不敢来为他们求情了！"外婆接着就把关于克瑞斯特娜和米拉的事一五一十地说了：男的如何被抓去当兵，总管老爷如何老在迫害着那个姑娘，使得她连句话也不敢说了。外婆如实地谈了这些情况，她并不想使总管受到比他应得的更严厉的处分。"还是那个跟彼柯罗吵过架的姑娘和男孩子吗？""就是他们，公爵夫人。""她是非常漂亮吗，惹得男人们都在抢她？""姑娘可像个杨梅呀，亲爱的夫人；收获节她要来献花环，夫人可以亲眼看看。自然啰，痛苦并没有增添她的美丽；当爱情在折磨一个姑娘时，她娇嫩的头就马上耷拉下来了，就像一株凋谢了的花似的。克瑞斯特娜现在只落得个游魂的样子了，可是，那唯一的话可以使她复活起来，可以很快地使她恢复到从前那样。小姐也是很苍白的；但愿上帝保佑，等她看见自己的故乡，她心所钟爱的东西，她的脸蛋儿就会像玫瑰花一样开放起来。"外婆有意地加了这句话，并且特别强调了"她心所钟爱的东西"这句话，使姑娘都害起臊来了。公爵夫人敏锐地看看小姐又望望外婆，然而后者装着若无其事的样子，她只想提醒公爵夫人注意，别的不好在这儿谈了。"如果她还看重这个姑娘的幸福，别的她自己就会看出来的。"外婆暗自思量着。公爵夫人沉默了一会儿之后就站起来,将一只手搭在外婆的肩上,用自己那柔和的声调说:"让我们来关心爱人们的事吧。可是你,老人家,明天这个时候请到我那儿去一趟。"她低声地加了这一句。"亲爱的公爵夫人,"小姐一边说,一边将画册挟在胳肢窝里,"外婆答应让我给她画一张像,但她要在她活着的时候别让人知道了。这该怎么办呢?""你到庄园里去好了,老人家,让荷尔姐思叶给你画好了,你在世的时候,就让它藏在我身边。她也给你外孙儿女们画一张,由你留着。外婆,等他们长大了,你也好有个纪念哪。"公爵夫人就这样说定了,和蔼地鞠了一躬,就和荷尔姐思叶登上马车了。外婆也满腔高兴地走进屋里去。

第 十 七 章

在一个闷热的早晨,所有的人,无论年老年少,都下地干活去了,把那些割好的麦捆抢运回来。农民们一方面要抢收自己的庄稼,一方面又要给庄园服劳役,连日在赶着夜工。太阳一味地在烧炙着,大地在它那炽热的火海中差点儿没爆炸开来。人都闷得喘不过气来,花儿枯黄了,鸟儿擦着地面掠过,野兽在寻找着阴凉。天空里从一大清早就有小云朵了,开始时,只是小块的,灰色白色全有,到处飘散着;越近中午,云彩就越加厚,它们聚集起来,向上空翻腾着,碰撞着,形成了一条长长的脏带子,颜色越来越黑——最后西方整个天空都被沉重的乌云遮住了,它们向太阳那里涌去。收割的人们担心地注视着天空,尽管喘气都很困难,尽管也没有监工在不断地叫骂,他们还是一个劲儿地在赶着活儿。那个监工为了使人不忘记他在发号施令并应该尊敬他,叫骂已经成了他的习惯了。外婆坐在阶沿上,忧虑地注视着那已经拉到屋顶上来的乌云。男孩子们同阿黛尔卡在屋后面玩,他们也热到这种程度,如果外婆允许的话,他们会脱光身上的衣服跳进水渠里去的。阿黛尔卡本是个爱说话的小姑娘,像只小红雀似的跳呀蹦的,现在她也净在打呵欠,不想再玩,最后连眼睛也闭上了。外婆也感到眼皮沉重。燕子擦地掠过,一定是藏到泥巢里去了;蜘蛛,早上外婆还看见它卷住苍蝇在扼杀,现在也藏进窝里去了;家禽成群地聚在院子里的阴凉处,躺在外婆脚旁的狗也像在大跑之后似的大喘着气,舌头长长地伸出嘴外。树木傻呆呆地立着,连片小叶子也不颤动一下。卜罗西柯先生和太太从庄园赶回来了。"吓人的暴风雨就要来了,大家都在家了吗?"主妇离得很远就在问着。漂白场上的布匹、家禽、孩子们,一切都收回家来放好了,外婆将一个面包放在桌上,准备好避雷烛,就把窗户统统关上了。到处一片死寂,太阳被乌云遮住了。卜罗西柯先生站在大路上,环视着四周。他看见魏克杜儿卡站在树林里一棵大树下。猛然起了一阵狂风,雷声从远处滚滚而来,闪电划破了浓黑的乌云。"天哪,那个女人,她站在大树下!"卜罗西柯先生自语着,就转过身来大声叫喊,挥手叫她逃开。可是魏克杜儿卡在每次闪电时都拍掌大笑,连卜罗西柯先生都没有注意到。下起大雨点来了,闪电不断地在黑云里划开个大十字,雷开始轰鸣了,暴风雨发狂地侵来。卜罗西柯先生跑进屋里。这时,外婆已经点着了避雷小蜡烛,带着孩子们在祷告着。在每次闪电和打雷时,孩子们的脸都吓白了。卜罗西柯先生不安地从这个窗户走到那个窗户,向外面张望着。雨下得就像从木桶里倾倒下来的一样,天空也逐渐开朗起来,闪电接着闪电,雷声跟着雷声,就像疯狂的女巫在空中奔过。突然静了下来——青黄色的光又在窗户上闪动了一下,闪电划开了个大十字,雷声从远处滚来——轰轰,哗啦——恰好在屋顶上爆炸开来。外婆想说"上帝与我们同在!"但话给吓得含在嘴里了;卜罗西柯娃太太抓住了桌子,卜罗西柯先生脸色白得像张纸,娥尔莎和别佳吓得一下子扑地跪下,孩子们放声号叫起来。就像这一击才平息了它的狂怒，暴风雨停止了。雷声越来越弱，乌云消散开来，天的颜色改变了，一会儿工夫，在银灰色的云彩中间又露出蔚蓝色的天空。电也不闪了，连雨也不下了，暴风雨过去了。外面的变化是多么大啊！大地像疲乏了似的在休息着，她的四肢直到现在还在颤抖，太阳用那含着泪影但又光亮的眼睛在凝视着她；在她的脸上到处还看得出小云点，这是狂怒的痕迹。草儿、花儿，一切都像被一种巨力压过似的趴在地上，路上水流成渠，水沟里的水浑浊了，树木在颤抖着，把它们绿衣上千万颗亮晶晶的水珠抖落下来。小鸟儿又在空中飞翔了，鹅鸭在大雨为它们新修的水坑里嬉游着，母鸡在追啄着地上蠕动的虫子，蜘蛛又从窝里爬了出来，所有恢复了精力的动物又都疾奔出来，体味着新生的美，在互相追捕和残杀着。卜罗西柯先生出来在屋子周围转转——嘿，看哪，多年来用自己枝叶掩盖着屋顶的那棵老梨树给雷劈开了。一半倒在屋顶上，一半倒在地上。这棵老野梨树已经有好几年没有结梨了，从前结的也是寥寥无几，然而他们都喜爱它，因为从春到冬它都用它那绿色的枝叶美化着房子。暴风雨在地里也造成很大的破坏，但人们总还是高兴的，因为它还没有像下雹子时糟蹋得那样厉害。下午小路又都干了，老爷爷像往常一样穿着双便鞋上水闸那儿去看看，外婆正好上庄园去，在路上碰上了他。他说暴风雨损坏了些果子，并向外婆敬鼻烟，问她上哪儿去；当他听说上庄园去，他就走自己的路去了，外婆也继续向庄园走去。

列奥保尔德先生一定是得到了外婆一到就引见的吩咐，因为当外婆在前厅里一露面，他就毫不阻难地为她打开通向公爵夫人内室的大门。公爵夫人一个人在那儿。她请外婆靠近自己坐下,外婆就轻轻地坐了下来。

　　"你的好心地和老实使我感到非常亲切;我衷心地相信,我要问你什么,你都会老实告诉我的。"公爵夫人开口就说。"怎能不这样呢,夫人,您只管问吧。"外婆说,她想象不出公爵夫人想从她那里知道什么。"你昨天说过,等小姐回到自己的家乡,看见自己心里钟爱的东西,她的脸就会红润起来。我觉得你特别强调了这一句话。当时我想到,你是否有意这样说呢?"公爵夫人说完,就敏锐地看着老人家。这并没有使外婆惊慌失措。她思索了一会儿之后,就坦白地说:"我是有意那样说的。我心里怎样想,嘴里就怎样说。我想把这件事告诉夫人知道。有时候,话说得及时些,就会主好事的。"外婆回答说。"小姐告诉你了?"公爵夫人问道。"上帝保佑!小姐可不是像我所看见的那些在街上哭鼻子的人哪,可是谁是过来人,他就懂得的。人心里有什么事,总不能老包得严严密密的,我自己猜出来了。""你猜出什么了? 你听到什么了?把它都告诉我,这不是好奇,这是关心孩子呀,我爱她就像爱自己亲生的女儿一样,我得知道这一切。"公爵夫人心神不安地说。"我可以把听到的都说出来,这又不是什么坏事,我不必瞒什么人。"老人说罢,就把她听到关于小姐说亲和生病的事全盘托了出来。"一个念头引起一个念头哇,"她补充说着,"人从远处看东西总没有近处看得清楚,一个脑袋一个想法。这样,夫人,连我也忽然想到,也许是小姐不愿意嫁给那位伯爵大人,也许这只是顺着夫人的意思。昨天我看着小姐,简直都想为她哭了;我在看她画的那些画时——这可是惊人的呀——突然有一张小画落到我的手里,照小姐说,那是她先生画了送给她的。我问过那个漂亮的男人是不是就是他自己——老年人就像小孩子一样哪,打破砂锅就要问到底的——她脸红得像朵玫瑰花一样,站了起来,没置个可否,眼睛可都湿了呀。这样的事可多着呢,夫人自己将来一定会知道,我这个老婆婆说得对不对。"公爵夫人站起来,在屋里走着,就像在自言自语似的说:"我一点儿也没有看出来,她总是很快活,很谦逊。她从来也没有提过他。""唉,是呀,"外婆回答这个发出声的思想说,"每个人都不同哪。有些人要是不把每个欢乐、每个痛苦拿到亮处显显,就感到不幸福;而有的人却把它埋在心头,一同带进坟墓里去。要得到这种人的心里话是很困难的,只有用爱情来换取爱情。我能看出这样的人就像能看出药草一样。有些药草,我不必跑很远的路,在每块草地上,在每条田埂上,到处都可以找到它。有的呢,我得跑到森林的深处,在小叶子下面才能找到它,我得不怕翻山越岭的困难,不顾路上拦路的荆棘,这样我才能找到加倍的药草。常下山到我们这儿来的那个老婆婆,当她给我们送来苔藓时,总是这样说:'我爬了很久才找到了它,这可是值得的。'那种青苔藓就像紫罗兰那样香,在严冬里也使人想到春天。请原谅,夫人,我总是一扯就扯远了。我只想说明一点,当时小姐快活,也许是因为她还有个希望;现在呢,当她希望失去了,才加倍认识到自己的爱情。人常是这样的,我们有的东西不觉得稀罕,等到一旦失去了,才晓得它宝贵了。""你说得挺对,老人家,谢谢你。"公爵夫人说,"要是我能得到她的真话,我不知道,只希望她将来幸福就好了。你呢,她将来也会感谢的,没有你,我几乎都走差了步啦。我不敢再留你了。小姐明天准备画像,你带着小外孙们来吧!"公爵夫人用这样的话送走了外婆,外婆心里怀着以好话帮助了别人的幸福的心情走了出来。在家门前碰到了猎人;他是惊慌失措的,快步地走着。"您听着,出了事啦!"他用那感人的声调对外婆说。"别吓唬我,快说,出了什么事啦?""雷殛死魏克杜儿卡了!"外婆击了一下手掌,一时说不出话来,两道泪流就像丰满的豌豆似的从她两眼中滚落下来。"上帝欢喜她啦,祝她永久安息。"她低声地说。"她死得轻快。"猎人说。这时孩子们、太太和卜罗西柯先生都出来了,听到这个悲伤的消息,都愣住了。"在暴风雨前,我看见她站在大树下,我就为她担心了。我喊她,向她挥手,可她只是一个劲儿地傻笑。那是我最后一次看见她了。死了对她倒还好些。""那又是谁找着她了呢?在什么地方?"他们询问着。"在暴风雨过后,"猎人说,"我进树林里去看看有什么损坏;我爬上山岗,直走到那棵松树那儿去,你们知道的,那棵松树就在魏克杜儿卡住的那个山洞上面,我看见有个什么东西躺在树枝底下。我叫唤着——没有回声,我抬头向上一看,那棵松树靠山的一边,从树顶被连枝带皮地直劈了下来。我马上拖开树枝,魏克杜儿卡就躺在那下面,被雷打死了。我摇摇她,都已经僵冷了。右边从肩到脚衣服都烧掉了。很可能她在暴风雨时又高兴了——只要一闪电,她总是那样傻笑的——爬到山岗上去,从松树那儿可以看得很远,她就坐在树下,就在那儿被雷劈了。""就像我们那棵梨树一样,"外婆说,"你们把她放在哪儿了?""我让人把她抬到我那儿去了,路要近些;虽然朋友们都在反对,我还要亲自来料理她的丧事。我上日尔洛夫村去通知过了。我从来也没有想过,她这样快就死了。我要想念她的!"猎人说。这时,从日尔洛夫村传来了钟声。大家都画了十字——开始祷告。这是报魏克杜儿卡丧的钟声。

"我们去看看她吧。"孩子们在求着父母和外婆。"明天再去吧,等她穿好衣服睡进棺材里再去。"猎人说完,告了别,就悲伤地走开了。"喏,魏克杜儿卡再不会上我们这儿来了,再也不会坐在水坝旁唱歌了;她已经在天上了!"孩子们说着,就各干各的事去了;由于这样一场惊吓,他们把向外婆问小姐的事都给忘记了。"她一定在天上,在世上她是受尽苦了。"外婆想。

关于魏克杜儿卡去世的消息很快传遍了整个山谷;每个人都认识她,每个人都可怜过她,所以也希望她早死。特别是这样的死法,据说上帝只给很少数人的。假如说从前人们是带着痛苦的心情在谈论她的话,那现在人们是带着一种尊敬的心情在谈论了。第二天,当外婆带着孩子们上庄园让小姐画像时,公爵夫人也在谈论着魏克杜儿卡。小姐听说猎人住宅和老漂白场的人都喜欢魏克杜儿卡,答应给猎人和卜罗西柯家再临摹两幅外婆已经看过的那张魏克杜儿卡站在一棵大树下的画。"她在离开之前,想使你们每个人都快活一下,她恨不得把你们一块儿带走呢。"公爵夫人微笑着说。"哪有一个地方能比人们相亲相爱的地方更好啊?哪有一种快乐能比帮助别人更大啊?"外婆说。

孩子们万分地盼望着自己的画像——关于外婆的,谁也不知道——盼望着小姐答应过的要是他们安安静静的就给他们的礼物,他们真的都安安静静地坐着。外婆欢欣地注视着那些可爱的小面孔的特征怎样一点比一点更活灵活现地在这位姑娘的画笔下显现出来,只要外孙们随便动一动,她都要提醒的。"坐好,杨,别甩脚呀,让小姐能好好地瞄准你。你,芭蓉卡,别像只家兔似的伸着鼻子,原来怎样就怎样。魏林,别老把肩膀抬得像鹅张着翅膀一样。"可是,阿黛尔卡有时还是忘记了,将右手的食指伸进嘴里去,外婆就指着她说:"害臊吧,这么大的姑娘了,都会切面包啦;我总有一天要给你在手指上撒点胡椒面。"小姐在画像中得到很大的乐趣,很多时候跟孩子们一起哈哈大笑着。她的脸色一天比一天红润起来了。外婆想,小姐并不像一朵小玫瑰花,而是像一朵果树上的通红的红花了。她的精神也快活多了,一对眼睛更明净、更美丽地在放射着光芒;她向每个人甜蜜地微笑着,跟每个人都叨谈着她认为能使谈话人高兴的事情。有时候,她呆呆地看着外婆,眼睛也潮了,突然丢下画笔,用双手抱住外婆的头,吻着她那多皱纹的前额,抚摸着她那满头的白发。有一次,她抓起外婆的手就吻。这种举动可真是出乎意料,外婆就像被烫了似的愣住了。"您这是干什么呀,小姐,我也不配呀!""我知道我在干什么,老人家,我有原因来感谢你,你是我的天使啊!"小姐跪在外婆的脚旁。"现在上帝祝福您,满足您所向往的幸福。"外婆说着,一边将自己的手摸摸跪在地上的姑娘的额头,她那额头是雪白的、干净的,就像水仙花的叶子。"我一定要为您,为公爵夫人祷告。她是个十全十美的夫人啊!"

在暴风雨后的第二天,猎人大爷来老漂白场通知大家可以去跟魏克杜儿卡告别了。卜罗西柯娃太太见不得死人,便留在家里;磨坊大娘不肯去,或者就像老爷爷无情泄露的那样,她害怕夜里做梦梦见她。克瑞斯特娜去庄园上工去了。除掉玛庆卡同孩子们跟外婆一块儿去之外,没有别的什么人。他们沿路折了些野花,从花园里带了些木樨草,男孩子们拿着外婆从斯瓦托诺维采庙会上带回来的画片,外婆带着念珠,玛庆卡也拿着画片。"谁也没有料到我们来安葬她的,是吗?"在门口欢迎外婆的猎人大娘说。"我们大家都有着一定的时数呀;早上爬起床,晚上会不会躺下,我们还不知道呢。"外婆回答说。鹿跑来了,将眼睛瞄着阿黛尔卡的怀里,猎人家的男孩子和几只狗在围着他们跳着。"你们把她停在哪儿了?"外婆走进前厅时问道。"在花园那间小屋里。"猎人大娘回答说,牵着阿黛尔卡的手,领着客人们进花房去。小房子,其实是个小阁笼,里面到处都铺上了松枝,在中间的抬棺材的架上停放着一副没有刨光的简朴的白桦木棺材,魏克杜儿卡就躺在那口敞开着的棺材里面。猎人大娘给她身上穿上了一件白色的长袍。头上戴着泪儿花编的花环,头下枕着苔藓。就像她在世时喜欢的那样,两手交叉地放在胸上,棺材和棺材盖都编上了松枝,有盏小油灯在头畔点着,脚旁放了一小杯圣水,杯里还有一根洒水用的燕麦穗。一切都由猎人大娘布置好了,准备好了,她一天要跑进这小房子几次,这些对她来说都已经是很平常的了;然而,外婆走近棺材时却在死人上面画着十字,在棺材旁跪下祷告着。孩子们也照着她的样子做。"那么,请您说说吧,您是不是满意了? 我们是不是把这一切都做好了?"外婆做完祷告站起来时,猎人大娘不安地询问着,"我们没有给很多花和画片,因为我想到了,您也想给她些礼物带进坟里去的。""您办得好啊,大娘。好!"外婆夸奖着女主人。猎人大娘从孩子们手里接过花束和画片,把这些东西放在尸体的四周。外婆将那串念珠套在死人的那僵硬的手腕上,久久地凝视着她的脸。这已经不是那疯癫的面目了!那对乌黑而燃烧着的眼睛已经闭上,光芒已经熄灭了。那头上散乱的黑发也已经梳顺了,一个红色的小花环扣在她那冰凉如大理石般的前额上，象征着爱情的标志。那种从前使她在狂怒时变得很丑的野性的痉挛也从脸上消失了；但她最后的思想还留在她的嘴唇上，就像她是害怕这种思想才死的——一个苦笑。

"你大概有什么地方痛吧？你这个可怜的心肝，他们对不起你了吗？"外婆低声自语着，"喏，你受过的苦，谁也不能来赎回去了；谁有罪，上帝会惩罚他的，你在天界安息吧！""铁匠大娘要我用木屑给她做枕头，可是孩子爸给了苔藓，我只是担心别人和她的亲戚会说我们坏话，说我们又抢着料理丧事，又这样马马虎虎地了事。"猎人大娘忧虑地说。"画花的床也是不顶事的呀。好大娘，别焦心了吧，让他们说去好了。死了他们恨不得把她包裹在锦缎里，生时可没有人来问一声：嘿，你怎么样哪？就让她枕着这个绿枕头吧，十五年来她并没有枕过什么别的。"外婆说完，就拿起那根洒水用的麦穗，从头到脚给死人洒了三遍圣水，画了个十字，叫孩子们照样子都做了之后，他们才静悄悄地离开了那个花园里的小屋子。瑞森堡后面，靠近杜瑞斯基骑士为报答哑女儿复原而建立的那个小教堂旁的那浪漫的山谷里有一块墓地；人们就把魏克杜儿卡安葬在那儿。猎人大爷给她在坟墓上栽了些小松树。"这些树是冬夏常青的，生前她挺喜欢它们。"当大家在一起谈魏克杜儿卡时，外婆说。尽管她的摇篮曲不再在水坝边回荡了，尽管她住过的山洞已经空空的了，那棵松树被雷劈倒了，但人们并没有忘记魏克杜儿卡；不幸的魏克杜儿卡的名字在巴拉·日尔洛夫斯卡所编的那支凄凉的小调里，流传了很久很久。

第 十 八 章

　　小姐留下外婆的画像,只将外孙们的画像交给了她,父母很高兴,外婆尤其高兴。外婆说对了,小姐懂得将灵魂放进这些小脸上去,当她把它拿给每个人看时——所有的熟人都得看一看——她老这样说:"只差张嘴说话了。"几年之后,当外孙们都陆续地离开家时,她还老这样唠叨着:"叫人家画像,这当然不是我们老百姓的习惯,但这也不是白画了呀。现在,我虽然还记得每个人的模样,可是再过些年代,记性坏了,模样就会模糊起来的。那时能够看看这张画像,那才高兴呢。"

　　最后一捆麦子也从财主地里运回来了。——因为大家都知道公爵夫人在庄园里待不多久了,她忙着带小姐到意大利去,总管老爷决定收割结束之后,就来庆祝收获节。克瑞斯特娜是附近最漂亮的一位姑娘,人也最懂礼节;外婆猜对了,大家选出她去给公爵夫人献花环。在庄园后面是一大片空场,一半长满了草,一半堆上了麦秸捆。青年小伙子们在草地上竖起一根高高的木杆,上面装饰了松枝、飘带和像小旗一样飘扬不定的红巾。在松枝上还插满了野花和麦穗。草堆四周放好了长椅,并用松枝扎了一个小凉亭,在一棵打扮得很美丽的树的周围,人们把土踩结实,准备用来跳舞。"外婆,外婆呀,"克瑞斯特娜说,"这一段时间您使我一直很高兴,我只生活在您的话里面;我给米拉送去了满腔的希望,我们又过收获节了,直到如今,我们还不知道要出什么事。求您告诉我,您从前给我们指出的不只是一个画饼,让我们好习惯起来吧?""要是用这种方法来使你们空欢喜,那可是不明智的呀,傻姑娘。我说过的话,我就要对那话负责。明天你好好地打扮一下,公爵夫人喜欢你这样做。要是我还活着,明天我一定也上那儿去看看,那时候,你再问我,我就可以告诉你确实的话了。"外婆微笑地回答姑娘说。当然,她早就知道米拉的事是怎样解决了,如果不是她答应过公爵夫人暂不说出口,她会毫不犹豫地来消除克瑞斯特娜这个痛苦思想的。

第二天,在庄园里服劳役的人和庄园里的长工们都穿上节日的服装在绿色的草地上集合起来。在一辆车上放了些麦捆,马匹满身披红挂彩,有一个小伙子坐在车上驾车,克瑞斯特娜和几个姑娘坐在麦捆上,其他的小伙子们都围着马车一对一对地排好,老年人便跟在他们后面。收割的人拿着镰刀和连枷,妇女们拿着镰刀和耙子。每个姑娘在紧身上都插上麦穗、矢车菊和别的田间野花扎成的花束;小伙子们却将这样的花束插在礼帽上和便帽上。赶马的啪的一声挥响了马鞭,马走动了,收割的人们就开始唱起歌来,边唱边往庄园大楼那儿走去。马车在大楼前停住了,姑娘们下车,克瑞斯特娜拿着包在红巾里的用麦穗编成的花环,小伙子们排好队跟在她背后,就唱着歌走进前厅,公爵夫人也和他们同时进入大厅。克瑞斯特娜害怕得直发抖,满脸都羞红了,低垂着眼睛,疙里疙瘩地向公爵夫人致丰收贺词,并预祝明年再获丰收,然后鞠了个躬,将那花环呈献在女主人的脚前。收割的人们脱帽欢呼公爵夫人长寿健康,公爵夫人和蔼地感谢着他们,并吩咐总管老爷领他们吃饭喝酒去。"对你,亲爱的姑娘,我特别感谢你的美好的祝词和花环。"她对克瑞斯特娜说,同时将那花环套在自己的肩膀上,"我看见所有的人都是一对一对的,只有你是一个人,也许感谢你的最好的办法,是由我来给你找个舞伴了!"她微笑地打开内厅的门,穿着农民服装的米拉从那里跑了出来。"我的天哪,雅古普!"姑娘惊叫着,如果不是米拉抓住她的肩膀,她会惊喜得跌倒在地上的。公爵夫人静悄悄地走进内厅去了。"走,走吧,"米拉提议说,"公爵夫人不让我们感谢她。"当他们来到外面时,他将满满的钱袋高举在空中,嚷道:"这是小姐交给我让分给你们的。拿着,朋友们,你们自己去分吧!"他将钱递给了托麦什,托麦什也和大家一样惊异地注视着米拉。正当人们在庄园后面放声高歌的时候,雅古普热诚地拥抱着自己的姑娘,才将一切经过说了出来,他感谢公爵夫人给他赎了身。"也要感谢外婆呀,"克瑞斯特娜补添了一句,"没有她,就什么也没有了。"大家都去跳舞了。连官员们也带着家眷加入到收割工人的一群里来,卜罗西柯、猎人大爷和磨坊老爷爷都是全家到场了。外婆是为这两个青年的重逢而感到最快乐的第一个人,所以也把她引来了。克瑞斯特娜和米拉差点儿没把她抱起来。"你们不要感谢我呀;我只是提了一声,是公爵夫人帮了你们的忙,上帝保佑她。""可是您呀,外婆,"克瑞斯特娜开玩笑地吓唬着,"您昨天就知道米拉回来了,藏在瓦茨拉夫家里,您就不作一声!""我不能哪。我说过,你马上就会见着他,这还不够?记住呀,姑娘,一切事情都是苦尽甘来的!"

音乐、欢呼声、歌声和笑声在那棵装饰得很美的树的四周洋溢着。秘书老爷们邀请农家姑娘跳舞,官员的小姐们也不羞于同青年农民们一起卷入舞的旋涡,每个跳舞的人都带着满意的神情。大桶的啤酒、果子酒、跳舞,炙热了所有人的头脑;当公爵夫人同着小姐前来观看时,青年人在她面前表演着民族舞蹈,欢乐达到了最高潮,人们再也不感到拘束了,便帽、礼帽不断地飞上天空,大家叫喊着:"我们的公爵夫人长寿健康!"喝呀,喝呀,大家不断地在为她的健康而干杯。公爵夫人和小姐非常高兴,跟这个那个都谈上几句话;当克瑞斯特娜吻小姐的手时,小姐也预祝她结婚幸福,并和磨坊老爷爷、猎人大爷说了话;然后她们亲切地转向外婆,这一下可把总管太太小姐的脸都气白了;外婆总是在破坏她们的意图,她们对她恨之入骨。当坐在桌旁的老爷爷们喝够了酒的时候,他们就开始骂起人来,大多数在咒骂着秘书们和总管,当他们中间有一个人抓起杯子向公爵夫人敬酒,托麦什加以阻止,这人便开始破口大骂时,公爵夫人已经不在那儿了。——在收获节过完几天之后,公爵夫人带着小姐到意大利去了;临走之前,小姐将一串美丽的宝石交给了外婆,托她转交给克瑞斯特娜作为她结婚的贺礼。

外婆非常满意,一切都按照她的想法做好了。只有一件忧心的事还在折磨着她,那就是给女儿约汉卡写信。信,德莱思卡太太本可以代她写的,然而她写的信总是不符合外婆的心意。因此有一天,她把芭蓉卡叫进自己的房里,关上门,指着那已经准备好了的信纸、墨水和钢笔的桌子,说:"坐下,芭蓉卡,你写封信给约汉卡姨妈。"芭蓉卡坐下了,外婆为了也能看着信纸,就坐在她的身旁,于是默写开始了:"耶稣基督保佑!""哎呀,外婆啊,"芭蓉卡不同意地说,"信不好这样开头呀,上面应该写:亲爱的约汉卡!""别管那套吧,姑娘,你的曾祖和外公都是这样写的,我给孩子们写信从来也没有用过别的写法。假如你去找什么人,到门口总得先问声好。只管这样写下去:耶稣基督保佑!我千百次地问候你和吻你。亲爱的女儿约汉卡啊,告诉你,我托上帝的保佑,身体还很康健。虽然咳嗽在折磨我,但这是毫不奇怪的,我已是慢慢地爬上八个十字年纪的人了。这是高寿呀,亲爱的女儿,谁能像我一直这样康健,谁都要感谢上帝的;耳朵还很灵,看嘛,要是芭蓉卡不给我做活的话,我还能缝缝补补呢。腿也很硬朗。希望信到之日,你和端罗特卡都很健康。从你的来信里得知叔父病了,我很为他难过,但希望这病不会拖得很久。他常是小病小灾的,俗话说得好,常把小病生,不必撞丧钟哪。——你还告诉我,你就要出阁了,请求我的同意。亲爱的女儿啊,当你依着自己的心已经选好了,除掉让上帝给你赐福和祝福你们俩,除了希望你们俩相敬相爱、生活美满之外,我还有什么可说的呢?如果易瑞是个好人,你又爱他,我为什么要反对?跟他过日子的不是我,而是你呀。当然,我本打算你至少会挑个捷克人,本国人总好相处些,但这也不是命中注定的,我不骂你。我们都是一个父亲的孩子,一个母亲在养育着我们,即使我们不是同乡人,我们也应当相爱。我问候易瑞;如果上帝保佑你们身体健康,等你们把家务料理好了,没有什么事情绊住你们的时候,请来我们这儿看看。孩子们已经在盼望着阿姨了。上帝保佑你们健康,给你祝福。再见了!"芭蓉卡还得把信从头到尾地再念一遍,两人才一起把信纸叠好,封起来,外婆把它存在大柜子里,等自己上教堂时,再亲手投邮去。

圣·卡德仁拉①前几天的一个傍晚,青年们、姑娘们和男孩子们都聚到酒店里去了。整个房子里里外外都点得亮堂堂的;门上用松枝扎了彩,房里的每张画上都结上了绿色的彩带,窗帘洁白如雪,地板像粉笔似的洁白。菩提木的长桌子铺上了白色的桌布,上面放满了迷迭香、白色和红色的缎带,伴童伴女们坐在桌子四边就像栽种在那儿的玫瑰花和石竹。妇女们编扎花环去了。年轻的新娘克瑞斯特娜坐在桌子上首的一个角落上,是她们之中最漂亮的。她从一切家务中解放出来了,现在被置于男女媒人的指挥之下,而这个光荣的职务当任者,一个是庙会会长马尔丁赖茨,第二个是外婆。外婆尽管总是回避类似的社交活动,但这次她没有拒绝克瑞斯特娜。磨坊大娘代替年老手脚不便的酒店大娘,古杜拉娃和翠儿卡在帮她的忙。外婆坐在伴女们中间,尽管她不编什么花环,但她的帮助和劝告还是十分需要的。新娘在为伴女们和男媒人将缎带绕扎在迷迭香的美丽的杆子上,年纪小点儿的伴女负责给新娘扎花环,大点儿的为新郎扎,其他的人却为自己的男朋友扎。为客人也得用缎带扎成迷迭香花束,人们甚至准备用迷迭香和缎带把拉新娘的马匹和马具也打扮起来。

新娘的眼睛放射着爱情和喜悦的光辉,不时瞟一眼和别的青年们一起从桌旁走过的新郎,青年小伙子们中谁都比新郎有更大的自由跟自己的爱人谈话,而新郎却不能和新娘讲什么,只好不时地用眼睛向她干瞅瞅了。伴男在服侍着新娘,新郎得自己来服侍年纪稍大的伴娘们。在这种场合,大家只许快活、闹、唱、开玩笑都可以,自然,首先大家要把男媒人大

①　指十一月二十五日。

闹一通,只有新娘和新郎不能过分地将自己的快乐表露出来。克瑞斯特娜很少说话,静静地坐着,低垂着头在凝视着那张撒满了青色迷迭香的桌子。后来,当年轻和年长的伴娘们开始编扎结婚花环时,大家开口唱起歌来:

> 小鸽子啊,你在哪里飞翔,
> 　　啊,在哪里飞翔。
> 你在鼓动着白色的小翅膀,
> 　　啊,鼓动白翅膀。

这时,新娘用白围裙蒙住脸大哭起来。新郎几乎在发愁地注视着她,对男媒人说:"她为什么这样哭呀?""这个你是知道的,新郎,"他快活地跟他说,"欢乐和痛苦本是睡在一个床上的,所以它们总是这个把那个弄醒了。让她去,今天哭,明天就笑了。"歌一开始,大家就一支歌接着一支歌唱开了,其中有诙谐的小调,也有严肃的歌曲;她们在讴歌着青春、美和爱情,歌唱着青年人的无忧无虑,后来连青年小伙子们跟妇女们也和着唱起来了:当两人相爱如一对斑鸠,和谐生活得像一根麦穗上的麦粒,这样的夫妇是多么美满啊!令人发笑的男媒人的声音总是不时地混入他们的合唱声中。当人们开始歌唱夫唱妇随时,男媒人竟提议自己来独唱一曲,说他会唱最新的调子。"这个歌子是我自己编的,摸黑赶印出来了。"他补充着说。"那现在您就唱一个吧!"小伙子们叫喊着,"我们要听听您到底会什么。"男媒人站在房间的中间,用那种令人发笑的声音唱起来,这种声音在婚礼时是那样自然,就像在庙会时的严肃一样:

> 哦,天使的欢乐,

> 也敌不过夫妻的和合!
>
> 我若说:你煮点儿豆吧,
>
> 　她却煮上大麦;
>
> 我若说:你煮点儿肉吧,
>
> 　她却用面来做。
>
> 哦,天使的欢乐,
>
> 　也敌不过夫妻的和合!

"这不是歌,这样卖唱我们一个子儿也不给!"姑娘们嚷闹着,小伙子们却在盼望着再唱下去,姑娘们为了打断他们的乐趣,开始自己唱起歌来。大嫂子们在这不断的歌声中和开玩笑中还扎着花束,编着花环,姑娘们却从桌旁站起来,手拉着手转着圈子唱开了:

> 一切都已做好了,
>
> 万事皆具备。
>
> 大饼已经烤好了,
>
> 花环已编成。

这时,大娘也跑出门来,和别的妇女们拿来了满手的食物。老爷爷和男傧相拿来了喝的。大家又重新在桌旁坐下来了,在那本来放满了迷迭香的桌子上,现在摆满了煮肉和面包。男傧相们坐在女傧相们的旁边,新郎坐在伴娘和男傧相的中间,新娘坐在伴男们和年纪稍小的伴女们中间,小姑娘们也得像年纪较大的伴娘们服侍新郎一样,为新娘切肉拿面包。男媒人老是绕着桌子跳着,让伴娘们喂他吃,当然,同时他也挨到了她们的骂,然而她们也应该原谅他的玩笑,即使有时笑话说得难听些。最后,当一切盘碟都从桌上收回去时,男媒人拿来三只碗放在桌上，这是他送给新娘的礼物。在第一只碗里装着有小麦，送给她，祝她也有那样的"丰收"①，第二只碗装着用灰拌好了的豆子，新娘必须把豆子从灰里捡出来，以磨炼磨炼她的"耐性"，第三只却是"秘密的"碗，整个地用布蒙上了。这时，新娘不应该好奇，应该接过碗来，别揭开来看，可是，有哪个新娘能忍得住呀，就是克瑞斯特娜也老是心里嘀咕着放不下；过了一会儿，当没有人注意她的时候，她揭开了那蒙着碗的白布，扑棱棱——藏在碗里的一只小麻雀飞上天花板去了。"你瞧呀，亲爱的新娘，"外婆边说，边拍拍她的肩膀，"这就是那个好奇心在作祟啦。人就是死了也要看看藏在面前的东西，等他揭开遮布来一看，原来是一场空呢。"青年人到深夜还留在那里，因为吃了喜酒之后，他们还跳舞了。新郎和男傧相伴送女媒人回家，在分手的时候还提醒，明天一清早大家就得聚齐来。

第二天一大清早，山谷里和日尔洛夫村的人就都爬起来了。一半人上教堂去参加婚礼，一半人是来吃喜酒和跳舞的，有的人没有来，但他们仍然抑制不住自己的好奇心，要去看看结婚典礼将是怎么个热闹法；关于这个人们已经谈论了好几个星期了，传说新娘将坐着公爵夫人的车和马上教堂去，她脖子上将戴上贵重的宝石，身上将系上绣花的白围裙，穿着玫瑰红的软缎的上装和黑色裙子，这一切，在新娘还没有想到之前，住在日尔洛夫村的人也许早就晓得了。他们把一切都打听得一清二楚，比如喜酒是否丰盛，将吃些什么菜，席次又是如何坐法，几件衬衣，几床鹅绒被，新娘又得到了什么样的嫁

———————————
① 象征将来子孙众多的意思。

妆,他们都知道得清清楚楚,就像有谁写信告诉过他们似的。这样热闹的婚礼不去看看,不去看看花冠怎样配新娘,新娘又要流出多少眼泪,客人们又是如何穿戴的,这样的人是谁也不会原谅的。其实,这就是他们历史中的一页,这就是至少要谈论半年的资料啊——不去看看的人,怎么能被饶恕呢?

当卜罗西柯全家和在老白漂场歇歇腿的猎人全家来到酒店时,他们已经得用力去挤那围站着的人群才能走进院子里来。新娘这方面的客人们早已在酒店里聚齐了;老爷爷异乎平常地穿戴起来,皮鞋像镜子般地闪亮,手里拿着银鼻烟盒,他是新娘的证婚人。大娘穿着一身绸缎,许多小珍珠在她那双下巴下面闪着耀眼的白光,她头上戴的金色帽子更是黄灿灿的一片光芒。外婆也穿上了自己的节日衣裳,头上戴着后面有小鸽子的节日帽子。女傧们、男傧们和男媒人都不在酒店里,他们上日尔洛夫村接新郎去了,新娘也不在房里,她躲到哪间房里去了。"来了,他们来了!"欢乐的叫声突然传遍了全院子,从磨坊那边已经传来竖笛、横笛和提琴的声音。他们领着新郎来了。观众群中顿时耳语起来。"看哪,看!"这个推着那个。"米拉家的德娜是伴女,吉汗可夫家的是女傧相。喏,要是托麦什的爱人还没订婚的话,自然是她当女傧相的了。""托麦什是男方的证婚人哪!""那托麦什的爱人在哪儿呢?没有看见她呀。""她在帮新娘打扮哪。她不会上教堂的,她自己也快了呀。"妇女们互相交谈着。"新娘可以为她的小孩子准备洗礼的礼物了,别人不会当她孩子教母的,她们可是一双分不开来的手啊。""这是明摆着的。""嘿,瞧呀,保长也来了;米拉家还请他,真是奇怪!拉他当兵,就是他使的坏呀!"大家开始诧异了。"哪儿的话,保长并不是那样的坏蛋;鲁翠叶在哄他,总管老爷又在添油加醋的,那就毫不奇怪了。雅古普这一招来得漂亮,惩罚他最好的办法就是不报复他,这样鲁翠叶的肺都要气炸了。""她也寻定人家了。"别的声音插入说。"这是怎么回事呀?我连听也没有听说过呢!"另一个声音响了。"前天,和尼伏尔特家的约瑟夫定了亲啦。""当然啰,只是她在还没有对雅古普完全断念时,她还不要人家的呢。""新郎真是个漂亮的小伙子呀,实在的,只要看看他都会感到很舒服的。""他给新娘可做了几套漂亮的衣服,真的,大概得花掉一大笔钱。"又是妇女的声音。当新郎来到门口,主人拿着满杯的酒来迎接他时,这样的以及类似的话语充满了整个的大院子。新郎在房间里找着了新娘,新娘这时得在那儿哭着;然后,两人来到父母面前,男媒人代他们说了许多话,感谢双亲的教养之恩,并请求祝福。一切都伴着哭声。当新的一对得到了父母的祝福后,男傧相挽着新娘一只胳膊,伴童挽着另一只,新郎挽着女傧相,证婚人与媒人一起,女傧相和男傧相一起,都是成对成双的,只是男媒人在大家前面是个单人,他们走出大门,向那些已在等待着他们的大车和马车那儿走去。女傧相们挥舞着头巾,唱起歌来,男孩子们随声应和着,只有新娘一个人在低声地哭泣,并不时回头望望后面与证婚人和媒人一起坐在第二辆马车上的新郎。看的人都跑散了,房间里一时空了起来,只剩下老母亲一人坐在窗口旁,双目注视着离开的人群,在为孩子祈祷着。这几年以来,都亏了这孩子为她撑持着家,以那惊人的耐性来忍受着她的折磨,这不用说别的,只提她那久久不能根治的病就够了。马上,妇女们来收拾桌子,铺桌布了;随你向哪儿看看,你都可以看见一位厨娘,或者至少可以称之为小厨娘的吧。第一位就是托麦什年轻的未婚妻,她受委托负责一切事务。她非常高兴地代替女主人来操劳这一切,就如磨坊大娘在编花环中所操劳的那样。当参加婚礼的人们从教堂里回来时,男主人又在门口用满杯的酒来迎接他们。新娘更衣后,大家才入了席。新郎靠着新娘坐在上首,男傧相们在关心着女傧相们,她们也在把吃的东西净往他们盘里搛,而且还都是好吃的东西。男媒人也说他现在过得就跟"上帝在天堂里"一样了。外婆也很高兴,用许多开玩笑的话回敬男媒人,原来他到处伸着耳朵,到处胡缠,用自己那高大而魁梧的身躯在到处碰撞着。如果在家里外婆才不让人把豆子抛到地上去呢;可是,现在当客人们开始用麦粒和豆子互相掷着玩时,连她自己也用手指撮起一小撮豆子向新郎和新娘掷去,说道:"让上帝也祝福他们这样的丰收。"何况就连这点儿豆子和麦粒人也踩不着的呢;外婆早就看清楚了,桌底下有几只家鸽在啄食着呢。

饭吃完了,许多人的头都醉醺醺地东摇西晃了,每人面前还摆着丰富的食物,谁要是不吃完,托麦什的爱人一定不肯答应;婚礼时,如果没有这样丰富的食物,那才丢人呢。吃的喝的都准备足极了,谁从酒店经过,他都可以得到吃的和喝的,所有来"看新娘"的孩子们,都兜着满兜的东西回家去了。饭后,大家给新娘赠送"摇篮上"的礼物,当几块带有十字的银圆落到新娘怀里时,她都吓了一大跳。当男傧相们端了一碗水,带着洁白的手巾,递给姑娘们洗手时,每个姑娘都把钱扔进水里去。在这种场合里,当然谁也不肯丢丑,所以在水里全是银子在闪耀着。第二天,小伙子们和姑娘们就一起把这些钱都跳光和喝光了。

这时,新娘又换了新装出来,连女傧相们也都换了装,因为舞会就要开始了。外婆利用这个时候把在克瑞斯特娜房间里吃过饭的孩子们送回家去;她自己还得再转回来,因为在深夜里还要举行"加冠礼",而她一定得在场。她从家里拿出了她和女儿德莱思卡为新娘买的那顶帽子,这是做女媒人的责任哪。当大家都跳够了舞时,新娘差点儿都喘不过气来了,原来每个人都邀请新娘伴舞了一次。外婆向妇女们点点头,说已经过了半夜,新娘已经属于"妇女"一伙里的了。于是,妇女们还得稍为争几句,拉新娘走,而新郎和男傧相们却大力反对,不让她们脱去新娘美丽的衣冠;然而,这只是空费口舌了,新娘已在妇女们的手中,她们把她牵进房里去了。姑娘们在房门外用悲伤的声调唱起歌来,叫新娘别让取下那绿色的花冠,如她一旦让人取下,就再也戴不上了。

　　不让取下花冠也是白费劲了。新娘早已坐在小桌子旁边,托麦什的爱人早在给她包头巾了,花冠和绿色的花环早已躺在桌子上了,外婆也早已准备好镶有绲条的女帽了。新娘在哭泣着;但这也毫不顶事了。妇女们在欢唱着,蹦跳着,只有外婆一人还是很严肃的,幸福的微笑不时掠过她那平静的脸上;想到女儿约汉卡现在也可能在结婚时,眼睛都润湿了。新娘戴上了帽子,帽子非常配她,磨坊大娘说,她戴上这顶帽子,美得就跟"米相的小苹果"①一样了。"那我们现在找新郎去!你们谁去开他个玩笑?"外婆问道。"让年老的去。"大娘决定说。"等等,我给他找一个来。"托麦什的爱人很快地接着说了,就跑出房去,把那个在厨房里洗碗碟的老婆婆给拉来了。妇女们用白色的大头巾蒙住她的头脸,女媒人挽着她

　　① 即非常美丽。

的胳膊,把她拉到新郎面前,让他"买她"。新郎朝她周身上下端详着,看了很久,才找到一个空子,将头巾揭下来;他看见了一副灰白而苍老的面孔。大家都哄笑了起来,新郎不肯承认这样的新娘;女媒人才将老婆婆推出房门。又给他带来了第二个。新郎和男媒人都觉得这个要漂亮得多,都想买她了,可是,这时男媒人却决定说:"嘿,这是哪里的门道呀,谁肯买装在袋子里的兔子!"一把将头巾揭下来,磨坊大娘的胖脸呈现在他的面前,她那双乌黑的眼睛顽皮地在向男媒人笑着。"买了吧,买了吧,我要的便宜点儿。"老爷爷开玩笑地说,一边在手指间滚动着鼻烟盒,然而这次转动得很慢,要不就是鼻烟盒太沉了,要不就是他的手指不灵活了。"您就少开口吧,孩子他爸,"胖大娘笑了,"您今天卖了,明天又得买回来。真是骂是爱,打是疼哪。"一切都是三次圆满。第三个女人才是身材窈窕而又高大的新娘。男媒人只肯出小钱买,可是,新郎马上将大把的银钱撒了出去,买到了她。妇女们又拥进房间里来,手拉手围成一个圈子,把新郎也拉在一起,欢乐地歌唱道:"一切都已做好了,万事俱备,新娘已经加冠了,大饼已吃完。"等等。新娘这时已经属于妇人了。新郎用来买新娘的钱,第二天上午妇女们来参加"铺床礼"时,又大吃了一顿,当然,也是少不了许多歌和笑话的。男媒人说:"正正规规的喜事得闹上八天。"实际上,每个热闹点儿的婚礼确是这样的。婚前的编花环,结婚典礼,铺床礼,在新娘家里吃友谊午饭,第二天又在新郎家里吃饭,喝送花冠酒,在新婚夫妇可以去度蜜月,可以说出"现在只剩下我们俩了"以前,这些礼节可以慢慢地闹上整整一个星期。

在克瑞斯特娜结婚后的几周,卜罗西柯娃太太接到丈夫从意大利来的一封信,信上说,荷尔姐思叶小姐将要和青年画家、自己当地的先生结婚了,说她非常快活,就好像玫瑰花又重新开放了一样,公爵夫人也是高兴得了不得。——外婆听到这样愉快的消息,点点头说:"赞美上帝啊,一切都如愿以偿了!"

*　　　　*　　　　*

描写在外婆身边的青年们的生活,这不是本书的目的,我也不想把读者从猎人住宅领到磨坊,又从磨坊领回到那永远是同样生活的小山谷里来。年轻的人在成长着,长成大人了;有些人留在家里出阁或者结婚了,年纪老的就给他们退出地盘,正如那棵橡树一样,新芽出了,枯老的叶子就掉落下来。有些人离开了这个静静的山谷,上别的地方去寻找自己的幸福去了,就像那被风和水远远带走的种子,在别的温床上或岸边种下自己的根苗。

外婆没有离开这个小山谷,她在这里找到第二个家了。她带着平静的思想在注视着,环绕在她周围的一切怎样在成长,在开花,她为亲近的人们的幸福而欢乐,安慰着悲伤的人,尽自己的可能去帮助他们;而当自己的外孙儿女们一个跟着一个就像小燕子从屋檐下飞走似的离开她时,她总是用那饱含着泪水的眼睛,恋恋不舍地注视着他们的背影,盼望着:"上帝也许会保佑我们再见的。"后来真的又重逢了。每年他们都要回家来看看,当青年人在年老的外婆面前描述那世界的景象时,当他们用自己那火热的心在叙述自己的计划时,她眼睛里又燃烧起火焰,她原谅了他们在她面前说出来的小错误,他们总是不在她面前保守什么秘密,他们愿意听听她那些有经验的劝告,他们尊重外婆的言语和德行。长大了的姑娘们也把自己的秘密、别人不知道的梦想和叹息向外婆倾诉,她们总是得到外婆的纵容和热情的话语。连那个磨坊的玛庆卡也这样在外婆那里找到了避难所,因为老爷爷在反对她爱一个很穷然而很漂亮的青年人。就像老爷爷自己所说过的那样,外婆真会把他的头"扶正"了,几年之后,当他女儿过得很幸福,这个家在他那个又敬他又爱他、勤俭奋发的女婿手下发达起来时,老爷爷总是这样嘱咐着:"外婆从前说对了,上帝带着钱袋跟在穷人的背后哪!"以后,外婆又爱上了这些新媳妇们的孩子,就像他们是自己的亲外孙儿女一样;当然,他们也管她叫外婆。当公爵夫人在克瑞斯特娜结婚后两年回到庄园里来时,也马上请外婆去见她,哭泣着将一个漂亮的小男孩抱给她看,他是小姐的遗子,小姐在结婚后一年就死了,将这个孩子丢给了悲伤的丈夫和公爵夫人。外婆在抱他的时候,眼泪都洒湿了那锦缎的被褥了;她想起了他那位年轻、心地又好、人又标致的母亲,在她把孩子重新递到公爵夫人的怀里时,她用自己那平静的声调说:"我们别哭了,祝她进入天堂。她不属于世上的,所以上帝才把她召去了。上帝特别爱哪个,就把哪个召到自己的身边,这是大喜呀! 夫人还好留下了这个孩子。"

人们简直看不出外婆老了,精神差了,只有她自己感到这点。她时常指着那棵年复一年的枯干少叶的老果树,一边跟已长成一个美丽的姑娘的阿黛尔卡说:"我们都是一样的,我们大概要一起去睡觉了。"有一年春天,所有的树木都绿了,只有那棵无叶的老果树忧郁地站在那里。得把它挖出来烧了。外婆也在那同一个春天里很厉害地咳嗽起来,像她说的,她已不能进城上教堂了。手越来越干了,头发已如白雪,声音也愈来愈弱了。有一天,德莱思卡太太给各方发信,叫孩子们回来。外婆躺下来了,连纺锤也抓不住了。猎人住宅、磨坊、酒店,连上日尔洛夫村的人都每天跑来几趟,询问外婆怎样了;她没有好起来。阿黛尔卡陪她一同祷告着;每天早上和晚上,她都得告诉外婆,果园和花园里怎样了,家禽如何,老牛斯特拉西卡又怎样了;除此以外,她还要给她计算着,贝尔大爷几天才能到达。"杨也许会跟他一块儿来的。"她老是这样唠叨着。记忆已经离开她了。常常把阿黛尔卡叫成芭蓉卡,当阿黛尔卡提醒她,芭蓉卡不在家时,她才想起来,叹息地说:"可不真的不在家啦,我已经很久没有见过她了。她是不是过得还好呀?"外婆终于等到他们了。卜罗西柯先生带着学生魏林和女儿约汉卡回来了;儿子卡西巴尔也来了,连年迈的贝尔大爷也带着勇敢的小伙子杨从克尔科诺谢山来了;奥列尔也从森林学校里跑来,学校是公爵夫人送他进的,在那里他学会了林业的种种知识。其实,外婆早已把他算作自己外孙中的一员了,她知道他和阿黛尔卡之间逐渐滋长着的爱情和他那高尚的品格。大家都围在外婆的床边,但其中最早到的还是芭蓉卡,她是与那只小夜莺同时到达的;那夜莺就在外婆的窗边、自己的小巢里住下了。芭蓉卡也住在外婆的房间里,她的床从前就在这里,她和外婆从前就在这里一起谛听过那夜莺悦耳的歌声,就在这里外婆常常爬起床来为她祝福。现在她们又住在一起了,同样的歌喉在为她们唱着,还是那个她们一同看过的小巢——同样的手在抚摸着芭蓉卡的头,这也是那个同样的头啊;然而,在它里面诞生了不同的思想,就是现在外婆看见的那亲爱的外孙女脸上的眼泪也渗透了另一种感情,再也不是她从前带着微笑为那个睡在小床上的姑娘从那玫瑰般的小脸蛋上拭掉的眼泪了。那时眼泪只像露水般地滚出来,但从来也没有浑浊过眼睛。外婆清楚地感到自己是不久于人世了,所以她像一般贤明的好主妇一样,在临终之前将一切都安排停当。最先,她向上帝和人们忏悔,然后将自己的那点儿小家当分给亲人。每人都得到了点儿东西作纪念。跑来看她的人,她都一一为他们说些好话,谁离开她时,她就用自己的目光伴送他出门,当公爵夫人带着荷尔妲思叶的小儿子来看过她后离开时,她久久地注视着他们的背影;她知道自己在世上再也不能遇见他们了。连那些不会说话的畜生、猫和狗,她也把它们叫到自己的身边,抚摸它们,让苏尔旦用舌头舔她的手。"照顾着点儿它们哪,"她嘱咐着阿黛尔卡和女用人们说,"每只禽兽,只要人欢喜它,它都是感恩不尽的。"她又把娥尔莎喊到自己面前,吩咐她说:"等我咽了气,娥尔莎呀——我知道,我不会再拖多久了——等我咽了这口气,你可别忘记把我的死告诉小蜜蜂,好好照顾着点儿,别让它们死了。别人会忘记这个的。"外婆知道,娥尔莎会这样做的,因为她相信别人不相信的东西。其实,谁都愿意为外婆做这些事,而且也很容易及时办到。

在孩子们都回来后的第二天黄昏,外婆静静地离开了人世。芭蓉卡正在为她念临终祷文;外婆和她一齐祷告着,突然嘴唇不动了,眼睛直直地看着床顶上悬挂着的十字架,咽了气了。——她生命的火焰就像那慢慢耗尽的油灯一样熄灭了。

芭蓉卡将她的眼睛合上,年轻的米拉媳妇打开窗户,"好让灵魂自由地飞出去"。娥尔莎一刻也没停留,连哭带跑地赶到早在几年前老爷爷就给外婆搭好的蜂窝那里去,敲敲它,大喊三声:"小蜜蜂,小蜜蜂啊,外婆已经死了!"然后才坐在丁香树下的长椅上,放声号哭起来。猎人大爷上日尔洛夫村去通知教堂敲丧钟;是他自己提出来要做这差事的。在房子里他再也待不住了,要不出来,自己也会号哭起来的。"连魏克杜儿卡我都想呢,我怎能忘得了外婆?"他在路上自言自语地说。当那通告所有人"外婆去世了"的丧钟敲响时,整个小山谷都是哭声震地。

第三天早上,认识外婆的人都来送殡,当那一大群人的送殡行列经过庄园时,一只白手掀起沉重的窗帘,公爵夫人在窗口出现了。她那悲凄的目光一直把送殡行列送到再也不能看见的地方,然后她放下窗帘,长长地叹了一口气,微语着说:

"这女人真幸福啊!"

野姑娘芭拉

一

维斯特茨是个大村子。村里有一座教堂和一所小学。教堂矗立在村中心,教堂旁边是神甫的住宅,紧挨着神甫家是教堂执事家的木房,村长家也住在那里,而为全村放牛的牧人的小木房却孤零零地留在村庄的尽头。牧人的小木房背后伸展开一条长长的谷地,两边由一些连绵不断的小山头组成两道天然屏障,山上林木葱茏,主要是针叶树。山坡上到处都是砍掉了树的林中空地和绿草如茵的牧场,还有几棵树干白净、叶子闪亮的白桦,零零落落地散立在那里,仿佛是大自然让这些森林之家的少女留在那里,来安慰那些愁眉苦脸的枞树、杉树以及仪态庄重的橡树和山毛榉树。谷地中央有一条河沿着牧人的屋旁蜿蜒曲折地流过草地和田野,河的两岸栽种了成行的赤杨和垂柳。

村里的牧人叫雅古普,他和女儿芭拉就住在村子最后一所木房子里。雅古普已经是六十岁的人了,芭拉是他的头生孩子,也是他的独生女儿。他从前自然也巴望有个儿子传宗接代,可是等到芭拉长大以后,他就再也不为此而抱怨了;芭拉待他比儿子还亲呢。他常常这样自言自语说："她虽然是个女孩子,但她总是我自己的亲骨肉呀;我死后也跟别人一样有个升天堂的阶梯①了。"

雅古普是本村出生的孤儿,从小就得靠自己干活糊口。他帮人养过鹅,放过羊,放过牛,当过小工和长工,直到爬上他的最高位置,当上了村里的牧人。这已经是很不错的美差,他能够娶亲成家啦。雅古普得到了一所可以终生居住的木房子,烧饭用的木柴由农民直接送到院子里,他还可以喂养一头奶牛;每星期还能得到够吃的面包、黄油、鸡蛋和粮食。此外,他每年还能得到做三件衬衫和两条裤子的粗布料、两双鞋、一件粗呢大衣、一件短袄和一顶宽檐呢帽;每隔两年还能得到一件羊皮袄和呢斗篷。逢年过节农民们给他送来的糕点和糖果之多,连神甫家里也不多见。——总之,这是一个美差事啊。尽管雅古普长相不漂亮,寡言少语,整天愁眉苦脸,但他完全能够讨上个老婆,然而他并不着急去找。夏天他推说要放牧牲畜,没有工夫去找姑娘,而冬天他又忙于用木头雕东西,每当晚上小伙子们和姑娘们在一起寻欢作乐的时候,他宁愿独自到小酒店里去坐坐。如果碰上有哪家主妇来酒店找丈夫回家时,雅古普总是暗自庆幸没有人会来找他。人们常嘲笑他,喊他老光棍,说他死后得进炼狱用沙子搓绳索②,他也全不在乎。他就这样一直活到四十岁,这时有人劝他说,如果他没有孩子,死后就不能进天堂,因为孩子是升天堂的阶梯。这些话使雅古普苦恼了很长的时间,当他终于想通时,就跑到村长

---

① 迷信:孩子是父母升天堂的阶梯。
② 戏语,意思是:对光棍汉的惩罚。

家,讨了他家的女用人芭拉做妻子。

芭拉在年轻时曾是一个漂亮的姑娘。小伙子们都喜欢找她跳舞,其中有些人甚至还追求过她,但他们都只是找她玩玩而已,没有人娶她做妻子。雅古普向她求婚时,她考虑到自己年纪已经三十出头了,俗语说得好:别人家的草垛再好,也不如自己有捆干草,所以她虽然不太喜欢雅古普,但还是答应了他。他们俩经过一番准备之后,村长就给他们举办了婚礼。

一年以后,他们生了一个女孩,取了个跟妈妈同样的名字,也叫芭拉。起初,当雅古普听到他的女人给他生了一个女儿,而不是儿子时,感到很不高兴。但接生婆一个劲儿地安慰他,说他的女儿长得跟他一模一样,他才高兴起来。小女儿出世没过几天,雅古普家里就发生了一件不幸的事情:一天中午,隔壁一位大娘顺便过来看看产妇,发现她躺在炉灶旁边,昏迷不省人事。大娘吓得大叫起来,左邻右舍的大婶们和接生婆都跑来了,才把芭拉救活过来。她们一打听才知道,原来芭拉忘记产妇不该在中午和敲过晚祷钟后走出房门的禁忌,而跑到厨房为丈夫做午饭了。据她说,她忽然听到呜呜地刮起一阵恶风,两眼直冒金星,有个什么怪物抓住她的头发,把她摔倒在地。"那是碰上午神①啦!"大家惊叫起来。"午神可千万别用自己的孩子把芭拉换走呀。"一位大娘突然想起这事,赶忙向摇篮走去。大家马上围在摇篮边,抱起婴儿,解开襁褓查看。有一个大娘说:"这是午神的孩子呀,瞧,她的眼睛多么大呀!"另一个大娘接着说:"孩子的头也顶大!"第三个大娘却认为婴儿的腿长得太短,每个大娘都指出了一些

①　迷信:中午冒犯午神会遭到祸害。

特别的地方。妈妈听了这些话害怕起来，但是有主意的接生婆仔细地看了看婴儿，一口断定这是芭拉怀胎十月生下来的孩子。然而还有一些大娘仍坚持自己的看法，认为这孩子是被午神偷偷地换过了。

从这件不幸的事情发生以后，雅古普的老婆一直没有恢复健康，长期生病，几年之后就去世了。只剩下雅古普和他的女儿孤零零地生活在一起；虽然有人多次劝他为了照顾小女儿应该续弦，但他没有听从这样的劝告，就像喂养小羊羔似的精心抚养自己的小女儿。可怜他一个人孤苦伶仃，里外操劳，好不容易才把女儿拉扯大了。当芭拉稍微长大点儿时，小学老师叫雅古普送孩子上学念书，虽然他认为念书、写字是无用的事情，但他还是听从了。芭拉上了一个冬季的学，但一到春天开始放牧和种地的时候，雅古普缺少她就不行了。好在从春天到秋天学校大部分时间都锁着门，因为老师跟孩子们一样也得下地干自己力所能及的活儿。

第二年冬天，芭拉已经不能再上学了，她必须去学纺纱织布。等到芭拉年满十五岁的时候，无论比力气还是比个头，全村没有一个姑娘能比得上她。她的骨骼粗大，肌肉结实，但身材长得很匀称。她行动敏捷得像鲇鱼。她的皮肤黝黑，一半来自天生，一半由于风吹日晒，因为即使在酷热的夏天，她也从来不像村里其他姑娘那样用头巾遮着脸。

芭拉的头看起来显得有点儿大，这是因为她长满了一头厚厚的乌黑头发，又长又粗就像马鬃。她的前额低平，鼻子短圆，嘴长得稍微大些，但她那微翘的嘴唇显得十分健康，鲜红似血。她还有一口宽大、结实和洁白的牙齿。她的眼睛长得最美；正是因为这双眼睛招来人们无穷无尽的嘲笑。村里人讽刺她长着一双"牛眼"。她的眼睛非常大,眼珠呈浅蓝色,像矢车菊一样美丽,睫毛又黑又长,两道弯弯而又浓黑的眉毛横卧在眼睛上方。芭拉生气的时候,她的脸就像乌云密布的天空,而那双眼睛却像是从云缝里露出来的一线蓝天。

不过芭拉生气的时候很少,除非有小伙子骂她长着一双牛眼睛,那时她会大发脾气,两眼气得直冒火星,甚而放声大哭。可是雅古普却常常劝她说:"傻丫头,你理这些话干吗,我也有一双大眼睛呀。就算是牛眼睛吧,那又是什么丢人的事情?这哑巴畜生比他们待人还和善些呢!"他说话时往往还用棍子指指村子那边。

后来芭拉长大了,又有力气,小伙子们才不敢再欺负她了,因为她对每一个侮辱都要马上给予还击。就是力气大些的小伙子们也打不过她;如果她的力量不敌,就用灵活的技巧取胜。她总是用这样的方法争得安宁。

总而言之,芭拉的性格是非常独特的,无怪乎左邻右舍的大娘们要在背后对她议论纷纷了;因为她们无法解释这姑娘的性格,便又一口咬定芭拉是什么"午神的孩子",即使不是,那么午神一定也是把她置于自己的魔力之下了。

这种说法完全可以解释和原谅这个姑娘的所作所为,但其结果是村里的人不是嫌恶她,便是害怕她,只有少数几个人真正地喜欢她。谁想惹芭拉生气,就喊她"野姑娘芭拉";但如果有人以为这个绰号比其他绰号更能激怒芭拉,那他就大错特错了。其他绰号更能使她生气,唯独对这个绰号她毫不在乎。芭拉虽然从小就从孩子们那里听到过关于午神、夜神、水鬼、林妖、鬼火、妖魔和鬼怪的种种传说,但她一点儿也不害怕。芭拉还很小的时候,爸爸就带她去放牧,她整天跟牧犬莉莎一块儿玩,除掉爸爸外,这只狗算是她最好的朋友了。雅古普不大跟女儿说话,他整天坐着用木头雕东西,偶尔才抬起头来看看牛群。要是有一头奶牛或者牛犊离了群,他就叫莉莎去赶回来,狗能出色地完成这项任务。在必要的时候,他自己才站起来追赶牛群。当芭拉长大些时,她常常跟在莉莎后面跑,要是有头奶牛想用鼻子闻闻这小姑娘,那莉莎马上就把奶牛赶走。芭拉再长大些时,就经常代替爸爸赶牛群了。奶牛就像熟悉雅古普的号角一样也听从她的命令,就是连大胆的小伙子们都害怕的凶猛的公牛也听从她的吆喝。

在雅古普赶牛过河洗澡的时候,他让芭拉骑在一头奶牛背上说:"坐好啦!"他自己跟在牛群后面游水。有一次芭拉没有坐稳,掉进水里去,莉莎用嘴咬住她的裙子把她救了出来,爸爸却狠狠地骂了她一顿。于是她问爸爸,怎样才能学会游泳,爸爸便教她怎样用手和脚划水。芭拉牢记住这些要领,便一直泡在水里练习,直到学会才肯上岸。芭拉非常喜欢游泳,夏天从早到晚都泡在河里,她不仅学会长时间地在水面上游,而且还学会了在水底下潜游。芭拉学会这样高超的游水本领,除了爸爸之外,谁也不知道。从清早到深夜,芭拉无时无刻不在河里游泳,从来也没有看见过水鬼;从此她再也不相信这种鬼话,也不怕水了。不管是白天还是黑夜,芭拉都在野外生活,夏天她最喜欢睡在敞开天窗的牲畜棚里,一点儿也不害怕,也没有见过什么怪物。有一天她躺在树林旁边牧场上一棵大树下,莉莎也躺在她身边,她突然想起了一个流浪汉的故事,说那个流浪汉也是这样躺在树林里的一棵树下,他想到城堡里去会见美丽的公主,为了实现这个愿望,他愿意把自己出卖给魔鬼,他刚一想到魔鬼,魔鬼就已经站在他面前了。

"如果现在魔鬼出现在我的面前,我该向他要求什么呢?"芭拉一边暗自问自己,一边抚摸着莉莎的头。"唔,"她莞尔一笑,"我向他要一条隐身大头巾,裹上它时谁也看不见我,我只要说一声,我要上哪儿去,就能马上到那儿。我真想马上到埃尔什卡那儿去。"芭拉这样想了很久很久,但四周静悄悄的,连树叶子也没有动一动。最后她抑制不住好奇心,就低声叫道:"魔鬼啊!"但是魔鬼并没有出现。于是她就一声高似一声地大喊着:"魔鬼,魔鬼啊!"她的喊声响彻了四野。牛群中有一头黑牛犊在抬头谛听着,当它听到又一次叫喊时便离开了牛群,高高兴兴地向树林这边跑过来。可是莉莎这时跳了起来,想履行自己的义务把牛赶回去。黑牛犊看见狗的来势汹汹,惊慌得不知所措地站住了,芭拉这时却哈哈大笑起来,说:"别管它,莉莎,小牛很听话,它以为我在叫它呢。"她站起身来,抚摸着这个"魔鬼"的脖子,打那以后,她再也不相信鬼的故事了。

　　在离河有几百步远的树林旁边有一块坟地。在敲过晚祷钟以后,人们都不敢经过那里,大家纷纷传说着许多关于死人的鬼话,说死人半夜会从坟里爬出来,干些邪恶的勾当。可是芭拉即使在夜里也敢上那儿去,她什么可怕的事情也没有碰到过。她根本就不相信死人会爬出来吓唬人,也不相信死人会在自己的坟墓里狂欢乱舞。

　　当孩子们到森林里采草莓或黑莓时,他们一碰见蛇,就吓得四散奔逃;假如那条蛇抬起头来,向他们伸出舌头,他们便拼命地向河边跑去,赶在蛇的前面跑到那里,就可以不怕蛇的魔力了。芭拉遇见蛇时从来不跑,她连凶猛的公牛都不怕,哪里还怕什么蛇和蝎子呢。如果她在路上碰见蛇,便把蛇赶走;

如果蛇不肯走甚至反抗,她便把蛇打死。有时候蛇并不妨碍她走路,她也就不去惊动它。

总之,芭拉根本就不知道害怕和恐惧;甚至在雷声隆隆、暴风骤雨猛然袭击这个山谷时,芭拉连哆嗦也不打一下。正好相反,当村里人都关窗闭户、点着避雷小蜡烛①、吓得浑身战栗地在祈求上帝息怒的时候,这时芭拉最喜欢站在阶沿上,兴致勃勃地眺望着展现在眼前的四野。雅古普常常跟她说:"孩子,我真不知道你为什么那么高兴去看上帝发怒时的天空。""我喜欢看晴朗的天空,也喜欢看阴云密布的天空,"芭拉回答说,"您看哪,爸爸,闪电划破乌云多美呀!""别用手指去指它,"雅古普大声喝道,"雷电会切断你的手指的。谁不怕雷雨,他就不敬畏上帝,你难道不知道吗?""神甫家的埃尔什卡有一次念书给我听,书上说,我们不应该把雷雨看作是上帝的发怒,我们应该赞美上帝的万能。神甫常常说,上帝是最最仁慈的,它就是爱的化身,它怎么会经常对我们发怒呢?我爱上帝,所以我不怕上帝的使者②。"

雅古普不爱多说话,所以再也不管芭拉了。可是邻居们看到小姑娘这样大胆妄为,而且从来也没有遇到过什么灾祸,就更坚信这孩子是在某种超自然力量的保护之下。

除掉爸爸以外,只有埃尔什卡和约西费克是爱芭拉的,他们的年龄跟她一样大。约西费克是教堂执事的儿子,埃尔什卡是神甫的侄女。约西费克个子不高,脸色苍白,长着一头淡黄色的头发,是一个心肠很好而又非常胆小的男孩子。芭拉

---

① 迷信:点燃神甫摸触过的蜡烛可以避雷。
② 指雷电。

比他高出一个头。在打架的时候,约西费克常常躲在芭拉的裙子后面,她很勇敢地保护着他,赶走那些无缘无故欺侮他的孩子。因此约西费克非常喜欢她,常常带苹果干给她吃,每逢礼拜六还给她带来白面饼子。在芭拉还很小的时候,有一个礼拜天,约西费克带她到家里去,让她看看自己的小圣坛和他怎样扮演神甫。他们手牵着手走着,莉莎慢吞吞地跟在他们的背后。

白天,所有农民家的大门都是用搭链扣上的,夜里才上门闩;然而神甫家的包着铁皮的橡木大门却日夜锁着,谁要上神甫家,就得先拉门铃。教堂执事家门旁也像神甫家一样装有小门铃,村里的男孩子们打门前经过时,常常推开一条门缝,来听听门铃的响声和教堂执事老婆的咒骂声。如果她老骂个没完,孩子们就冲着她喊道:"臭娘儿们!臭娘儿们!"当芭拉和约西费克走进大门并拉响小门铃后,教堂执事老婆马上跑到前厅,她的长鼻子尖上架着一副眼镜,带着嗡嗡鼻音嚷道:"你把谁带来啦?"约西费克局促不安地站住了,垂下眼帘,不敢做声。芭拉也低着头一声不响。有一只小猫跟在教堂执事老婆背后跑了出来,它看见莉莎便弓起脊背,鼻子里发出呼噜呼噜的叫声,眼睛也放射出凶光来。莉莎起初也呜呜地哼着,然后就狂吠着向小猫扑去。小猫逃到橱柜底下藏起来,当莉莎也追到那里时,小猫一个箭步跳上了摆有几个陶瓷罐子的碗架上。它逃到那里算是安全了,但是愤怒却使它身上的每根毛都倒竖了起来。莉莎也笨拙地跳上碗架,汪汪大叫着,简直把人的耳朵都要震聋了。教堂执事闻声跑了出来;当他看见这一乱糟糟的场面、正在打架的两个小冤家和他那怒气冲冲的老婆时,便勃然大怒起来,打开大门向孩子们大声吼道:

"你们带着这个鬼东西给我滚出去!"芭拉没有等人家说第二遍,就叫唤着被教堂执事用藤棍毒打了一顿的莉莎,像背后着了火似的飞快地逃了出来。约西费克叫她回来,可是她摇着头说:"你就是给我一头奶牛,我也再不上你们家来了。"虽然约西费克求了她很久,并且向她许愿说,只要她把狗留在家里不带来,他妈妈会好好招待她的,但她仍然不肯去。后来她真的没去过。打那以后,芭拉再也不喜欢教堂执事大娘了,再也不尊敬她了,但她和约西费克的友谊却仍然亲密如初。

原来芭拉以为教堂执事跟神甫一样是个大人物,对他非常尊敬,因为他平常的穿着同神甫一样,在教堂里目空一切,神气活现,如果他打了一下哪个在教堂里顽皮的男孩子的后脑勺,那孩子连哼都不敢哼一声,当邻居们想求神甫做什么事情的时候,也总是先找教堂执事商量。"教堂执事一定是个大好人哪。"小姑娘常常这样想。但从他无礼地把她赶出大门,把莉莎打得汪汪直叫,使它用三条腿跛着回家以后,当她再遇见他时,心里便暗暗地骂道:"你才不是一个好东西呢。"

礼拜四和礼拜天,埃尔什卡请芭拉上神甫家去玩时,气氛就完全两样了。只要门铃一响,女用人就马上开门让姑娘们进来,连莉莎也放进来,因为神甫家的狗跟它已是老朋友了。于是两个小姑娘悄悄地走进女用人住的房里,爬到炉台①上去玩,原来埃尔什卡的玩具和洋娃娃都放在那里呢。神甫已经是个老年人了,通常坐在放着鼻烟盒和蓝手帕的桌子后面的一条长凳上,头靠着靠壁打瞌睡。芭拉只有一次碰上他没有打瞌睡,便跑上前去吻他的手,他抚摸着她的头说:"喏,你

———————————

① 捷民间烤面包用的炉灶很大,相当于我国北方乡间用的炕。

真是个乖孩子呀。孩子们,你们去玩吧。"神甫的妹妹佩萍卡小姐也是一个心地善良的好人。她平时虽然跟邻居大娘们唠叨起来就没个完,但跟芭拉却不爱多说话,然而在吃茶点时她总是把比给埃尔什卡要大些的、涂着蜂蜜的面包或者甜面包分给芭拉吃。

佩萍卡小姐是个又矮又胖、面色红润的女人,下巴上长着一个疣子,眼睛总是泪汪汪的。不过据她自己说,她年轻的时候是很漂亮的,而教堂执事对这一点也总是不厌其烦地加以确认。佩萍卡小姐穿着一件贵族式的长连衣裙,上身罩着短坎肩,下身围着带有大荷包的大围裙,腰间挂着一串钥匙。她的灰白色头发总是梳得光溜溜的,一丝不乱,平时头上戴着镶有黄色花边的褐色头巾,礼拜天却戴上镶有褐色花边的黄色头巾。佩萍卡小姐平时总是忙于家务或田间劳动,或者纺纱,或者戴上眼镜缝缝补补,礼拜天午饭后也打一会儿瞌睡;晚上做过祷告以后,她喜欢跟哥哥和教堂执事玩玩纸牌。她很少管神甫叫"哥哥",通常都叫他"神甫"。佩萍卡小姐是一家的主人,一切家务都得按她的心愿去安排,她说的话,全家都当作是无可争议的真理,她喜欢谁,全家就得跟着她喜欢谁。

埃尔什卡是佩萍卡小姐和神甫的宠儿,埃尔什卡的愿望,也就是佩萍卡小姐的愿望;埃尔什卡喜欢谁,佩萍卡小姐也跟着喜欢谁。正是因为这个缘故,芭拉在神甫家里没有遭到谁的白眼,大家也容忍着莉莎,甚至连非常讨厌狗的教堂执事也几次出于好意想摸摸它,但莉莎却非常厌恶教堂执事,经常对他狂吠。

芭拉在神甫家时总是感到非常幸福。房间里一切东西都闪光锃亮,床铺垫得厚厚的,壁上贴着许多美丽的画,靠墙角还放着一个镶着花饰的大橱柜。花园里长满了鲜花、鲜果和青菜。院子里家禽满地跑,牛栏里的奶牛长得膘肥奶足,叫人百看不厌。牧人雅古普最喜欢神甫家的奶牛。在女用人房里的大烤炉上摆着许多漂亮的玩具,埃尔什卡从来不用泥巴做大饼,她总是用真的东西来玩煮饭,煮好了就吃掉。

芭拉怎能不喜欢这样的家呢?但她最爱的还是埃尔什卡,芭拉有时甚至觉得埃尔什卡比爸爸还亲,即使她住在村外穷人的破房子里,芭拉也愿意去找她玩。埃尔什卡从来没有嘲笑过芭拉,自己有什么好东西,都分给芭拉同享。她常常搂着芭拉的脖子说:"芭拉,我非常喜欢你呀。""她是非常喜欢我的,可她是个多么漂亮的姑娘呀,而且还是神甫的侄女。包括学校老师和教堂执事在内,大家跟她说话时都尊称她'您',而他们却经常在嘲笑我。"芭拉心里经常这样想着,同时还想以抱吻埃尔什卡来报答她的友情。虽然她很愿意把自己热烈的感情向她表白出来,但她实际上却又羞于这样做。

当她们在草地上追逐而埃尔什卡又把辫子跑散了时,芭拉总是请求说:"埃尔什卡,让我给您编辫子吧。您的头发真是柔软如丝呀,我真喜欢给您编辫子。"当埃尔什卡高兴地答应时,芭拉便给她梳理着那柔丝般的发辫,赞叹着她有一头美发。芭拉给她编好辫子后,还把自己的粗辫子拉到面前来,跟埃尔什卡的辫子比较一番,说:"差别多大呀!"是的,埃尔什卡的头发好比是黄金,而芭拉的头发却像淬过火的乌钢。可是埃尔什卡并不喜欢自己的头发,她希望有一头跟芭拉一样的乌黑头发。

有时候埃尔什卡来找芭拉,当她们肯定没有人看见时,便跑到河里去洗澡。可是埃尔什卡胆子很小,尽管芭拉保证她不会出事,而且扶着她教她学游泳,她还是不敢走到没过膝盖的深水里去。洗过澡以后,芭拉喜欢用自己的粗布围裙给埃尔什卡揩脚,用自己有力的手握住她那白嫩的小脚亲着,微笑着说:"天哪,这是一双多么娇嫩的小脚呀!要是让您赤着脚走路,这双小脚怎么受得了呀!——您看哪!"她说着,便把自己的一只晒得很黑、抓痕累累、脚掌上结了一层厚茧的脚跟埃尔什卡的白嫩的小脚放在一起比较。"你不痛吗?"埃尔什卡摸摸她脚掌上的厚茧,怜惜地问。"脚掌上还没有结一层厚茧的时候是痛的,可是现在就是踩在火星上我也感觉不到啦。"芭拉几乎带着点儿骄傲的神情回答说,这使埃尔什卡觉得非常奇怪。

这两个小姑娘就这样愉快地在一起玩着,约西费克也常常跑来跟她们一起玩,她们举办宴会时,他必须把一切需要的东西都拿来,并且做切菜削皮的杂活,她们玩狼游戏时,他就扮羊;玩做买卖游戏时,他就搬运瓦罐。但约西费克做这些杂活时并不感到难为情,因为他非常喜欢跟这两个小姑娘在一起玩。

孩子们到了十二岁,他们童年的欢乐时代便结束了。教堂执事送约西费克进城读书,想使他将来当神甫;佩萍卡小姐送埃尔什卡上布拉格那位又有钱又没孩子的姑妈家去,让她学习城里人的优雅举止,同时也使姑妈不致忘记乡下的亲友。只剩下芭拉孤独地跟爸爸和莉莎在一起生活。

二

乡村的生活就像草原上的溪水一样静悄悄地流过,既无声响也无喧闹。埃尔什卡上布拉格已经三年了。起初,佩萍卡小姐和神甫都非常不习惯,非常想念埃尔什卡。然而,当教堂执事反问佩萍卡小姐为什么要把侄女送出门时,她却很贤明地回答说:"亲爱的伏尔切克,人不应该只为今天而活着,还应该想到将来呀。我们嘛,喏,托上帝的福,总算熬过这一辈子了;可是埃尔什卡还年轻哪,应当为她多想着点儿。应该为她攒点儿钱——我的上帝呀,可是哪里有钱可攒哪!将来我们死后能留给她的就只有几床鹅绒被和一小点儿嫁妆,这就是一切了,但这点儿东西太少了呀。生活得有这个才行哪(说到这里,佩萍卡小姐张开一只手掌,另一只手在手掌心上比画数钱的样子),而布拉格她姑妈有的是钱,数也数不完。姑妈或许能喜欢埃尔什卡;我们就是为了她好才送她上那儿去的。"教堂执事认为佩萍卡小姐说的话完全正确。

布拉格的姑妈在姑父死后长期病魔缠身,她经常给哥哥和妹妹来信说,她完全靠药活着,要不是医生了解她的体质的话,她早就躺进坟墓里去了。可是有一次埃尔什卡来信说,姑妈换了一个医生,医生劝她每天洗冷水浴,多多散步,吃好喝好点,她就会很快恢复健康的。姑妈听从了他的劝告,现在她跟只山猫一样健康了。"唔,这可真是件新鲜事啊。喏,既然这样,埃尔什卡就可以回家了。"佩萍卡小姐说话是算数的,说到做到。当天她就叫车夫把马车拖出车棚,送到修车轮工匠那里去修理。佩萍卡小姐决定亲自去接埃尔什卡,她从箱子里取出呢帽子,看看有无损坏。确实,佩萍卡小姐是有一顶呢帽,那还是十年前在布拉格做客时姑妈送给她的礼物。她在维斯特茨村根本就没有戴过这顶呢帽,只在陪哥哥到附近镇上拜访主教时才戴过它。这次她可得戴上这顶呢帽上布拉格去,据她自己说,这样的穿戴才不至于辱没了姑妈。

　　第二天马车已经修理好了;第三天,佩萍卡小姐吩咐给车轴上油,给马钉马掌;第四天,她派人把芭拉找来,把家务托给她照管;第五天,天刚麻麻亮,喂马的草料、马夫和佩萍卡小姐在路上吃的东西、送给姑妈的一篮子鸡蛋、一罐奶油以及其他类似的礼物、装着呢帽的帽盒和一包衣服,统统装上马车了。佩萍卡小姐在祈祷、依依话别和再三叮嘱以后才坐进马车。车夫挥鞭抽了一下马,他们便坐着马车开始长途跋涉了。这是一辆老式马车,样子活像一个带有四只吊耳的吊锅悬挂在四个轮子中间。尽管佩萍卡小姐坐在马车上许多东西和干草中间,而且头上还裹着好几条头巾,人家根本就看不见她,可是大家看见这辆马车时仍然全都老远就脱帽致意。农民们从父辈起就熟悉这辆马车,他们还说这辆马车使人想起日希卡①的战车呢。

　　没有人比芭拉更殷切地盼望着埃尔什卡归来,也没有人比芭拉更热情地想念她和念叨她了;当芭拉不能跟别人倾诉自己的衷肠时,就跟莉莎唠叨着,向它许愿说,等埃尔什卡回来后,一切又都会好起来的,还问它是不是也在想念埃尔什卡。佩萍卡小姐和神甫知道芭拉爱埃尔什卡,所以他们也喜欢芭拉。有一次佩萍卡小姐生病了,芭拉全心全意地侍候她,使她感到这姑娘忠厚老实和心地善良,因此经常叫她来家帮忙,最后甚至还信任地把储藏室的钥匙交给了她,这一点再好不过地说明了佩萍卡小姐对她的好感。正是因为这个缘故,

----

　　① 杨·日希卡(1360—1424),十五世纪捷克胡斯革命运动时期的著名军事首领。当时捷克人民在他的率领下,先后击败了罗马教皇和神圣罗马帝国皇帝组织的五次十字军征伐,捍卫了民族的独立。

所以她这次出门时才把家托付给芭拉照管，而这样做却使左邻右舍的大娘们感到大吃一惊，并且使教堂执事大娘更恨芭拉了。大家又在议论纷纷："看哪，这样的倒霉鬼也走红运了，她竟在神甫家找到了安乐窝。"她们就这样议论着芭拉。她们还没有消除对这个可怜姑娘的偏见。可是芭拉并不在乎人们喜不喜欢她，她根本不找小伙子们去玩和跳舞，只是专心致志地埋头干活和照料自己的老爸爸，而神甫家却是她最喜欢的地方。然而，在村子里也可以听到另一种议论："这姑娘配得上这份荣幸，论手艺和力气，没有哪个小伙子能比得上她，姑娘们更不用说了。她们中间有谁能背起满满一桶水呢？她背起来可像玩儿似的呀。又有谁能像她那样会照料牲畜？马、公牛、奶牛和羊，全都听她的，她能制服它们。娶这样的姑娘来当家，那才是上帝赐福呢。"可是，如果有哪个小伙子说出"我愿意娶她"，那他妈妈就会马上大嚷起来："不，不行哪，孩子，可别把她带到家里来，谁能料到会出什么事呢，她可是个野姑娘哪！"

这样一来，真没有一个小伙子敢向这姑娘求婚，甚至连跟她开玩笑也不敢。而芭拉呢，也不允许任何人来支配自己，更不受那花言巧语的迷惑。教堂执事大娘最恨芭拉，虽然这姑娘从来也没有跟她捣过乱，相反倒为她做了好事，保卫约西费克不受男孩子们的报复。因为哪个男孩子在教堂里挨过教堂执事的打，他就必然要在约西费克身上进行报复。可是教堂执事大娘却对约西费克十分生气，骂他是饭桶，竟让一个姑娘家来保护自己，并且还跟她交朋友；她对芭拉常上神甫家并且赢得全家人的喜爱也非常生气。如果佩萍卡小姐不是一个厉害的女人，教堂执事大娘早就把芭拉从神甫家赶走了。佩萍卡小姐可是一个不允许任何人干预自己事情的人哪,尤其不允许教堂执事大娘这样做。有一次教堂执事大娘跟教师老婆在背后说佩萍卡小姐的坏话,从那以后她们就翻脸了,虽然她们从前要好得像一个人一样。为了这事佩萍卡小姐好几次冲着伏尔切克先生指桑骂槐地说:"人的鼻子太尖了,爱拱邻家的篱笆①。"这话是影射他老婆说的,可是伏尔切克只是在家里才称得上是只真正的狼②,而在神甫家通常只不过是只羔羊罢了。

佩萍卡小姐离家已经两天、三天、四天了,芭拉在焦急地等待着她们回来。"天哪,神甫,到布拉格有多远哪?"当神甫午睡后情绪最好的时候,芭拉忍不住向他问道。"不要着急,姑娘,她们现在还回不来。二十英里可是一段很长的路呀。她们要花三天工夫才能到那儿,佩萍卡再在那儿耽搁两天,回来还得花三天。你算算看!"芭拉真的掐着手指过日子,到第四天头上,神甫家已经准备好迎接工作,而芭拉却在按钟点计算时间了。最后,当她第十次跑出来探望时,太阳已经落山,她爸爸正赶着牲畜回家,这时一辆马车在大路上出现了。"她们来啦!"芭拉高声嚷着,嚷声响彻了整个神甫大院。神甫走出大门,教堂执事跟在他后面;芭拉真想奔上去迎接,但又觉得不好意思,便心神不安地在院子里乱跑着。当马车驶近神甫家时,芭拉更是焦急不安,心怦怦地跳着,喉咙就像被锁住了似的,浑身感到忽冷忽热。马车在大门口停住了,佩萍卡小姐先从车里爬出来,跟着从车上跳下一个身材苗条、面颊

① 谚语:指爱管闲事,惹是生非。
② 在捷语中,伏尔切克与"狼"字发音相近,此是戏语。

绯红的姑娘,神甫、教堂执事和小伙子们全都出神地看着她。要是这姑娘不是扑向神甫,抱住他的脖子直喊他伯伯的话,谁也不敢相信她就是埃尔什卡呢。

芭拉目不转睛地看着她。这时埃尔什卡挣脱伯伯的拥抱,走近她身旁,握住她的双手,看着她的眼睛,用她那甜蜜的声音说道:"芭拉,我是多么地想你呀!你生活得好吗?莉莎还活着吗?"芭拉听了她的话放声大哭起来,连话也说不出来,过了一会儿才叹息地说:"喏,亲爱的埃尔什卡,您回来就好了!"神甫跟着芭拉重复着说:"喏,您回来就好了。我们多么想念您呀!""她们还想留我们多住一天,"佩萍卡小姐边说,边把车上各种东西交给教堂执事、芭拉和女用人搬到屋里去,"可我老在惦记着您哪,哥哥,您一个人在家我真有点儿不放心呢。再说,多留一天,马料也怕不够了。"她补充说完。马车又放进车棚里收藏好了,佩萍卡小姐把呢帽也放进箱里去,帽子完好如初,一点儿也没有弄脏。然后她又把这次带回的东西收好,还给各人分送了礼物。芭拉从佩萍卡小姐那里得到好几条漂亮的系裙子用的腰带和扎辫子用的缎带,还从埃尔什卡那里得到一串用玻璃珠穿成的项链。埃尔什卡这次还带回来了许多漂亮的衣裳,但是,如果她没有把自己那颗纯洁无瑕的心从布拉格带回来的话,就是穿上这些漂亮衣裳也不会讨人喜欢的。她一点儿也没有变。

"嗳,芭拉,你可长高啦!"当埃尔什卡有空跟芭拉说话并仔细周身上下地打量她时说。芭拉比埃尔什卡高出了一个头。

"嗳,埃尔什卡,您还跟从前那样好,不过长得更漂亮了;如果不是罪过的话,我要说您真像我们圣坛上供的圣母马利亚呢。"

"去去去,去你的,你说的啥呀?"埃尔什卡有点儿责怪她说,"你是在奉承我啦。"

"上帝保佑,我说的可是心里话呀。我老在盯着您看,看也看不够呢。"芭拉坦率地说。

"亲爱的芭拉呀,你要能上布拉格去一趟就好了,那儿漂亮的姑娘才多呢!"

"还有比您长得更漂亮的?"芭拉惊异地说。

"有更漂亮的呀。"埃尔什卡叹了一口气说。

"布拉格的人都好吗? 那儿挺美吗? 您喜欢那儿吗?"芭拉沉默了一会儿问道。

"大家待我都很好,姑妈、女教师,所有的人都喜欢我。我喜欢跟他们生活在一起,不过我也很想念你们,真希望你能够在我身边。嗳,亲爱的芭拉,那儿可真美呀;你简直想象不出来,当我看见伏尔塔瓦河①、宫殿、宏伟壮丽的教堂、高楼大厦和大花园时,我简直都惊呆了。街上的人熙熙攘攘,就像赶庙会一样,热闹极了。有些人平时穿戴也像过节日似的。街上车辆如梭,川流不息,整天车声辚辚,人声嘈杂,把人的头都搅晕了。喏,你等着吧,等明年我们一起上那儿赶庙会去。"埃尔什卡补充说。

"我上那儿去干什么呀,人家会笑话我的。"芭拉说。

"别信那一套,那儿街上的人谁也不理谁,谁也不跟谁打招呼。"

"这样我可不喜欢,那真是个奇怪的世界了。"芭拉惊讶

———————
① 流经布拉格市的一条河。

地说。

第二天是礼拜天,埃尔什卡打扮得花枝招展,头上戴着一顶时髦的红色天鹅绒小帽子去做大弥撒。教堂里所有人的目光都集中在她的身上,许多小伙子心里这样想着:"姑娘,我要是能娶你做妻子的话,我情愿两次为你去当服役期为七年的大兵①。"

埃尔什卡平时在教堂里是非常虔诚的,目不旁视,这次也是如此,只是当她走出教堂后,才向四周看看,跟那些围着她并欢迎她从布拉格归来的村里人打招呼,问他们一向过得怎样,回答他们所提出的问题。这三年来村里的变化是很大的,只是村里人没有察觉到罢了。埃尔什卡从前经常看见礼拜天坐在阶沿上或果园里晒太阳的那些老大爷和老大娘都已经去世,有不少的青年人已经成家立业了。在草地上嬉戏的儿童埃尔什卡全都不认识。许多人的头发已从花白变成雪白的了。跟埃尔什卡年纪仿佛的姑娘们已经和男朋友在村里挽手而行,没有人再把她们看作孩子了。就是埃尔什卡也没有人直接喊她"埃尔什卡",大家都在她的名字后面加上"小姐"的尊称。

当埃尔什卡初次听到这样称呼时,她的脸都羞红了。其实朴质的村民通过这种称呼说明了埃尔什卡至今还没有意识到的事实:她已经是成年人了。在布拉格大家叫她"小姐",她起初以为是讥笑她,但后来听见大家都这样称呼所有的姑娘,也只好习惯起来。"小姐"这个称呼给她带来了更大的尊敬,也把她抬得更高,她清楚地感觉到这点,因此她的两颊泛

---

① 当时服兵役期限为七年。

出了少女害羞的红晕。

这时，教堂执事大娘也站在门口，在埃尔什卡走过时，她请她进屋里去坐坐；她虽然痛恨佩萍卡小姐，但她还是喜欢埃尔什卡的。她详细询问埃尔什卡在布拉格的生活情况，皇宫里圣杨教堂的圣坛是什么样子，据说那里的桥是用金砖铺成的，不知这话是否确实。当埃尔什卡一一回答后，她便用那对恶毒的眼睛从头到脚地打量埃尔什卡，连一根线也没有放过。埃尔什卡问起约西费克。"咳，这孩子学习还不错，是学校里的头一名，个子也蹿高了。他回家度假时，还常常想起您埃尔什卡小姐呢！他感到很苦闷，这儿连个谈得来的人也没有。他是个念书的人了，再跟村里小伙子们一块儿混也不合适啦。"教堂执事大娘说。埃尔什卡虽然不同意她的看法，但没有吱声。下午埃尔什卡去看芭拉。

牧人的房子是全村最小的木房，不过除了神甫家，也许找不出一家比这里更干净的了。一张桌子、一条长凳、两把椅子、一张床、一只木箱和一架织布机就是这家的全部家具，然而这些家具都是干干净净的，像镜子似的锃光瓦亮。墙壁刷得雪白，天花板擦洗得闪闪发亮，仿佛是用胡桃木做成的。墙壁上贴有几张画，画的四周用青树枝装饰着，在碗架上摆着几只瓦罐和盘子，这一切都是芭拉过世的母亲的嫁妆。夏天里小窗子总是敞开着，摆放在窗台上的几盆紫苏、紫罗兰和迷迭香已经开花了。地上没铺地板，但地面夯得平平整整，上面铺着芭拉手编的草席。

小木房旁边有一个小果园和小花圃，芭拉在花圃里种了许多花。从这一切都可以看出，这个小木房的主人虽然很贫穷，但是他们并不缺少朴素的美感。

在村里,包括女仆在内,没有一个姑娘像芭拉穿得那样朴素,然而在一周的劳动中也没有哪个姑娘比得上芭拉干净。她身上穿的那件粗布紧口衬衣总是洁白如雪。再加上深色呢裙和粗麻布围裙便是她的全身衣服了。只在礼拜天她才穿上皮鞋和紧身马甲,冬天还添一件短呢外套。裙子上的绲边,围裙上的红色花边,以及差不多拖过膝盖的黑辫子上扎的红缎带,就是她的全部装饰品。姑娘们都责怪她整个礼拜不穿胸衣到处乱跑,可是她根本就不听那一套,她觉得这样更自在些,埃尔什卡常跟她说,她不穿胸衣更合适。各人有各人的爱好嘛,芭拉也有自己的爱好呀!

埃尔什卡来看她,芭拉非常高兴。芭拉领着她到处看看。领她看了花圃和果园,又领她到田里和牧场去找爸爸,而爸爸却不绝口地称赞埃尔什卡的模样长得标致。总而言之,她们把三年前一块儿逛过的地方都跑遍了。然后这两个姑娘坐在果园里,芭拉端来了一盘奶油拌碎面包块,放在草地上,她们一起就像以前那样津津有味地吃了起来。同时芭拉还把她的黑奶牛和莉莎的事讲给埃尔什卡听,最后谈到了约西费克。"伏尔契柯娃①还是那样不喜欢你吗?"埃尔什卡问。"不喜欢,就像我朝她眼睛里撒过盐似的,她一看见我就骂我。当她找不到碴儿时,就骂我的眼睛鼓得像蝌蚪。""她真坏呀!"埃尔什卡愤怒地说。"她坏透了,我可从来也没有得罪过她呀。前几天,我也生气了,给她送去一面镜子,让她先照照自己,再骂别人。""干得好哇,"埃尔什卡大笑起来,"不过她为什么老找你的别扭呢?""咳,这个丑八怪老爱用自己恶毒的目光刺

---

① 教堂执事的老婆的姓。

人,不单是刺我呀。她这样恨我,也许是因为你们待我比待约西费克好,也因为约西费克喜欢我。只要他的妈妈知道他找过我,可怜的人总要挨打。我对他说过多少回,叫他不要上我家来,但他还是老来,我也毫无办法啦。"

埃尔什卡沉默了一会儿,问道:"你喜欢约西费克吗?"

"我怎能不喜欢他呢? 可怜的小家伙跟我一样受人家的欺负,而且还不会自卫,我真可怜他呀。"

"他怎么还像从前那样子呢? 伏尔契柯娃跟我说,他已经长大了。"

"只齐到莉莎的膝盖①呀,"芭拉大笑起来,但接着又同情地说,"当他的背挨他妈妈的打比他肚子得到的甜饼还多时,他哪能长得高呢?"

"伏尔切克对这事怎么说呢? 他总是他们的儿子呀!"

"伏尔切克和他的老婆是一路货。他们恨约西费克不肯当神甫。唉,我的天哪,他们不喜欢他,他又能怎么办呢? 强迫人去侍奉上帝总不能算是件好事吧!"

"这话说得对呀。"埃尔什卡同意地说。

两个姑娘又玩了一会儿,然后芭拉送埃尔什卡回家去。从此以后,她们又开始了互相往来,然而她们再也不像从前那样在灶台上玩洋娃娃了。

左邻右舍的大娘们也看不惯这两个姑娘的友谊,她们在背后又开始嘀嘀咕咕起来,说埃尔什卡小姐为什么单跟牧人的女儿交朋友呢,这对她来说有失身份呀,她应该跟村长、区议员和其他人家的女儿交朋友才好。她们还故意大声地谈论

---

① 形容矮小,只有狗膝盖那般高。

这件事,好让这些话传到佩萍卡小姐的耳里。佩萍卡小姐听到这些流言蜚语真发火了。然而她不愿跟邻居们吵嘴,也不愿让埃尔什卡跟村里青年人混在一起,把姑娘们邀到神甫家里来又觉得不太方便,于是她便跟埃尔什卡谈起这件事来。埃尔什卡沉思了一会儿决定说,她将在某些时候也去找找村里的姑娘们,但是芭拉将永远是她最亲爱的朋友。佩萍卡小姐没有反对她这样做,因为她喜欢芭拉是有许多原因的。她认为芭拉一时恐怕不会嫁人,如果埃尔什卡出嫁了,那么芭拉将成为她的一个帮手。

　　佩萍卡小姐暗地里已经为埃尔什卡相好了未婚夫,但谁也不知道这件事,甚至连神甫也蒙在鼓里。对方是毗邻庄园上的一个总管,佩萍卡小姐很喜欢他,并且自认为给埃尔什卡找到了一个好靠山。贵族的田地和教堂的土地毗连在一起,而那位总管老爷来这块领地末端巡视时,常常来神甫家里坐坐。埃尔什卡做梦也没有想到她姑妈私下为她安排了这门亲事,她将成为总管太太,其实她的小脑瓜里另有计划,不过至今还没有跟芭拉说过。但芭拉早就注意到埃尔什卡经常陷于沉思和苦恼,并且猜到她有什么心事了;但她又想:“等到了时候,她会告诉我的。”因此也没有去追问她。芭拉果然没有想错。尽管村里大娘们净跟埃尔什卡说芭拉的坏话,骂她不懂规矩,但埃尔什卡对芭拉比对她们更信任,还跟从前一样喜欢她。埃尔什卡在圣杨·克日季特尔节①前夕碰见芭拉时,问道:“明天你去扔花环吗?”“我一个人不想去,要是您去的

---

① 即仲夏节,六月二十四日。捷旧俗,农村姑娘多在这天清晨抛花环,以卜知爱情能否如愿。

话,请在太阳出山之前来找我,我们一块儿去。""我一定来!"

第二天清晨,太阳还没有升起来时,埃尔什卡和芭拉已经站在牧人的果园里了;她们把白色的、蓝色的和红色的花儿扎在用柳条编成的圆圈上。"你心里想的是谁呀?"埃尔什卡问芭拉。"亲爱的上帝呀,我可谁也不想,"姑娘叹息地说,"我只是扔着玩玩,看我的花环是不是跟您的漂在一起。埃尔什卡呀,等您出嫁了,我只希望能跟您一块儿去。"

埃尔什卡没有搭话,脸上泛起了红晕。过了一会儿,她把手伸给芭拉说:"我保证,如果你不出嫁的话,我们将永远在一起。我是不会嫁人的。"她叹了一口气补充说。"您在说什么呀,埃尔什卡,谁也不爱我,可是大家都爱您呀。您有钱,我很穷;您美丽,我很丑;您有学问,我是个无知无识的傻姑娘,难道我应该想心爱的人而您不应该想吗?"

"姑妈常跟我说,各人有各人的爱好:这个人喜欢石竹,那个人又喜欢玫瑰,第三个人却喜欢紫罗兰;每种花都有自己的美,都能找到自己的崇拜者。你不要贬低自己,也不要抬高我,我们是平等的人。你心上真没有什么人吗? 你过去就没有想过什么人吗?""不,不,"芭拉摇头笑着说,"我什么人也不想。当有人追我的时候,我马上就把他赶走了。我为什么要让这事来搅乱自己的脑瓜呢,我为什么要放弃宝贵的自由呢?"

"要是有一个小伙子爱上了你,非常爱你,而你也爱他,那你总会嫁给他的吧?"埃尔什卡问道。

"埃尔什卡呀,您难道不知道这种事情是怎么办的吗? 一个小伙子在向我求婚之前,他的父母先要跟我爸爸谈妥,他将给我多少东西做陪嫁。而我的嫁妆是不多的,绝不能使任何求婚人的父母感到满意。我宁愿脖子上吊块磨石投河自尽，也不愿被人怜悯而走进人家大门的。如果我自觉自愿这样去嫁人的话，那我自己就要骂自己是疯子了。现在大家都在骂我，到那时更要加倍地骂我了。还是让我一直像现在这样吧，我把花束插在自己的腰带上。"芭拉说完后，就一边唱着歌，一边把编花环剩下来的花束插在腰带上。然后她指着朝霞说："是时候了！"

埃尔什卡很快地编好了花环，于是两个姑娘便朝着附近河边一座通向牧场的小桥跑去。她们在桥中央站住了。"我们一齐扔吧！"埃尔什卡把花环举在水上面说。"开始！"芭拉喊了一声，便把花环扔到水面上去。可是芭拉扔出的花环由于使劲过大挂在柳树上，没有落到河里去。芭拉一时间不知所措，哭出声来，然后她毅然决然地摇摇头说："就让它挂在那儿吧，柳树和花环配在一起挺好看。"但埃尔什卡却目不转睛地盯着自己的花环；花环从那只颤抖的手中掉到水里以后，在原处旋转了一会儿，才被浪头抓住，层层波浪推着它向远方漂去，直到最后姑娘再也看不见它的踪影了。

埃尔什卡双手扶着桥栏杆，脸庞发烧，目光炯炯，在注视着被水浪远远卷走的花环。芭拉身倚在栏杆上，也在默默地看着花环。"你的花环落在这儿，你瞧吧，你将会在这里出嫁的！"埃尔什卡转身对芭拉说。"照这样说，我们当然不能在一起了；我应该留在这里，您要离开我们出远门。可我就不相信这一套。谋事在人，成事在天哪。"芭拉说。

"当然。"埃尔什卡用近于悲伤的声调说，叹了一口气，两眼在俯视着水面。

"那么，埃尔什卡，您真愿意离开我们啦？您不喜欢这儿吗?"芭拉问道,她那对浅蓝色的大眼睛询问地注视着埃尔什卡的面孔。

"你想到哪儿去了,"埃尔什卡细声细气地说,没有抬起头来,"我喜欢这儿,可是……"

"可是,我在思念那个在遥远地方的人,我的心已经交给他啦!埃尔什卡,我说得对吗?"芭拉说完,把自己晒黑了的手搭在那姑娘白净的肩上,微笑地注视着她的脸。埃尔什卡抬起眼睛看着芭拉,嫣然一笑,但马上又哭了起来。

"如果您有什么烦恼的事,请告诉我吧,我不会对别人讲的。"芭拉说。埃尔什卡默默地把头伏在芭拉的肩膀上,拥抱着她,不停地哭泣着。芭拉像慈母一般温柔地拥抱着她,吻着她那淡黄色的头发。云雀高高地在姑娘们头顶上空歌唱着,太阳已经从那葱郁的森林背后升起来,把它那金黄色的光辉洒在绿色的平原上。雅古普从屋里走出来,牧人的号角声提醒姑娘们该回家了。

"我们走着谈吧。"芭拉说完,便牵着埃尔什卡的手离开了小桥,走上牧场的小道。

"可是你怎么会猜到我有心事呢?"埃尔什卡问道。

"哎呀,这是很容易看出来的。您有时候心事重重,愁容满面,有时候又满面红光,喜形于色。我看到了这一点,马上就猜到您有什么心事。就这样猜着了。"

"只希望姑妈什么也没有看出来,也别来盘问我,"埃尔什卡忧愁地说,"她会暴跳如雷的,她并不喜欢他呀。"她又补充说。

"她认识他吗?"

"她在布拉格见过他。就是他治好了布拉格姑妈的病。"

"是那个医生吗？原来是这样！您好几次对我说过，他人很好，那么佩萍卡小姐为什么不喜欢他呢？"

"我不知道，她老在骂他，说他是个讨厌的人。"埃尔什卡带着哭声说。

"他的长相不漂亮吗？"

"咳，芭拉，"姑娘叹了一口气，"像他那样漂亮的人在附近是很难找到的。"

"大概他没有钱吧？"

"有没有钱？我不清楚。可是要钱有什么用呀？要钱干什么呀？"

"您说得对呀，可是姑妈希望您嫁个有钱的人，将来可以过好日子。"

"不，不，芭拉，我宁愿死，也不嫁别人。"

"喏，事情也许不会糟到这种地步，佩萍卡小姐和神甫是挺好说话的，您跟他们说，您爱他嘛。"

"我不能把这件事情告诉他们，布拉格姑妈不让我说，不过她答应过我们，如果佩萍卡姑妈反对这桩婚事的话，她会来关心我们的幸福。一礼拜以前他写信告诉我，说一月以后我们可以见面。""你们通信吗？""事情是这样：布拉格姑妈不会写字，而且眼睛近视。所以赫依内克……这是他的名字，是个好听的名字，对吗？""奇怪的名字，我从来也没有听见过这样的名字。"芭拉插了一句。然后埃尔什卡接着说："所以赫依内克建议代她写信给我。以前姑妈一年才写一封信，可是他老找点儿理由让姑妈给我写信。现在姑妈的信来得这样勤，伯伯都感到奇怪了。""要是神甫看了这些信，怎么办呢？""傻丫头，一切我们早都想好了；除了我们以外，我们写的信谁也看不懂。"

"人读了书就是好哇！像这样的事我就干不来。"

"这样的事你也很容易学会的。"埃尔什卡说。这时她们正好走到牧人屋前，埃尔什卡握住芭拉的两只手，用明亮的眼睛注视着她的脸说："你简直不会相信，我现在感到多么轻松，我心上的一块石头好像已经落了地。现在我可以跟你谈他了。"接着她用信任的口气问道，"可是你呢，芭拉，你没有什么话要告诉我吗？"

"我？"芭拉支支吾吾地说，垂下了自己的大眼睛，"我——没有什么可说的。""连一句话也没有吗？""没有，埃尔什卡，没有呀，这只是梦想！""你现在就告诉我吧。""过一阵子再说吧！"芭拉摇摇头，从埃尔什卡手中抽出自己的手，指着牛栏和狗舍补充说，"您瞧莉莎在拱门啦，黑牛还关在栏里呢，该把它们放出来了。你们家的奶牛已经来了，我听见它们的铃声。爸爸就要赶着牛来了。您从花园旁边走吧，埃尔什卡，别让人家看见您，不然的话，她们又要说闲话了。"

"咳，让她们说好了，反正我又没有干坏事。我听你的话，我走了，不过我们要尽快地再谈一谈。"埃尔什卡说完话，便在篱笆后面消失了。

三

有两件新鲜事儿在村里迅速传开；家家户户都在谈论着教堂背后树林里出现的鬼怪和埃尔什卡跟总管老爷的婚事。

"她怎么这样快就忘记了自己的初恋呢？"读者一定会这样想。请不要冤枉埃尔什卡呀，她可从来也没有想过要背叛自己的誓约,她心里早已打定主意,宁愿忍受一切苦难,也不愿做总管太太。何况埃尔什卡就是没有爱人,也不会爱上总管老爷这样的人呢。

总管老爷是个身肥腿短的矮胖子。他的面孔和鼻子红得就像牡丹。他的头顶已秃,但他用后脑勺和耳朵后面还残留着的棕黄色的头发遮住了它。两只小眼睛深陷在肉里,而它们却具有总管必备的优点:一眼能看见两条田埂。夏天他头上戴着一顶有绿色帽圈的草帽,下身穿着一条帆布裤,上身穿着一件暖和的背心(因为他怕感冒和弄脏衬衣,所以背心总是扣得紧紧的)和一件带有尖后襟和黄扣子的褐色燕尾服,脖子上围着一条印花布的围巾,手里拄着一根带有流苏的藤杖。燕尾服的口袋上总是露出一角蓝色的手帕,因为总管老爷是吸鼻烟的。

维斯特茨村的农民中间流传着一个笑话,说毗邻庄园的农奴们不止一次为总管老爷拍打过燕尾服上的灰尘①,但他们从来没有把事情闹到打官司的地步。总管是个胆小如鼠的人,然而农民们还是非常怕他,因为他可以用阴险毒辣的复仇手段来对他们进行报复。总管对那些有益于自己的人一味阿谀奉承,曲意周旋,但对一般人却显得粗暴无礼。他为人还非常吝啬;谁也不否认富有是他唯一的优点。的确,总管基利安·斯拉马老爷是个富翁,他就凭这一点才赢得了佩萍卡小姐的欢心。何况她根本就没有想到他的长相很丑呢。

佩萍卡小姐向来就不喜欢瘦高个子的人;何况总管老爷常常吻她的手而使她感到莫大的荣幸。她以为埃尔什卡最后

① 暗示农奴们打过他几次。

也会喜欢他,对他会慢慢地习惯起来的。神甫起初反对这门亲事,连听也不愿意听,但佩萍卡小姐却对哥哥说,这样的人将比年轻的纨绔子弟更会尊重自己的妻子,他会把她捧在手里的,埃尔什卡将成为一位阔太太,生活美满幸福,即使总管将来死了,她也不会有什么后顾之忧的。"我呢,就是将来哥哥死了,"她暗自思量着,"也有个安身之地呀。"总而言之,佩萍卡小姐暗中安排好一切,使总管老爷常来神甫家坐坐,最后神甫对他也有了好感;他对总管慢慢地习惯起来,如果总管不来他家吃晚饭,而他晚饭后只能同佩萍卡小姐和教堂执事或学校教师玩纸牌的话,他心里就感到像缺少了什么东西似的。埃尔什卡起初一点儿也没有猜到佩萍卡小姐的打算,只是常常听到家里赞扬总管善良和富有的话,但她没有放在心上,就是总管老爷笨手笨脚地向她大献殷勤,她也没有加以认真对待。可是,当总管老爷后来跟她越来越纠缠不休,而姑妈的心事也越来越清楚地表露出来时,埃尔什卡才终于明白了这是怎么回事。埃尔什卡对这桩婚事只觉得好笑;可是姑妈不高兴她采取嬉笑敷衍的态度,而神甫也一本正经地劝她嫁给总管,于是她才开始发起愁来,躲避总管的追逐,带着沉重的心事去找亲爱的芭拉。

芭拉早就知道佩萍卡小姐的计划,还是她亲自告诉她的呢,因为她想通过芭拉来劝说埃尔什卡。可是佩萍卡小姐这次却找错了对象;即使芭拉不知道埃尔什卡的爱情,也不会劝埃尔什卡嫁给总管的。她自己就不喜欢总管老爷,他就是给她一座庄园,她也不愿嫁给他做妻子。她没有对佩萍卡小姐说三道四,但她暗地里却帮助埃尔什卡做事,埃尔什卡把这一切都写信告诉了布拉格姑妈,而这封信就是由芭拉送到镇上邮寄的。自从埃尔什卡知道总管心怀鬼胎以后，总管就听不到她的一句好话，看不见她的一个好眼色。谁也没有料到一向待人和蔼可亲的善良的埃尔什卡居然也能冷冷淡淡地回答他的话和皱眉蹙额地看他呢！每当总管上神甫家时，他时常听到有人在村子广场上或篱笆后某个地方故意唱那些为他编的讽刺小调。他对这一切都忍住了。可是有一次他碰见芭拉，芭拉突然冲着他开口唱道：

> 从前有个小侏儒，
> 身胖腿短像个球；
> 妄想美女当他妻，
> 癞蛤蟆想吃天鹅肉！

他听了之后火冒三丈，就像一只公火鸡看见红色东西一样气得羽毛倒竖，鼻子通红。可是生气也白搭呀，总管老爷既然从前已经忍受了种种辱骂和嘲讽，那么这次也得吞下这个姑娘的讥笑。他暗自想道："你等着吧，姑娘，等我把你和你的财产搞到手，那时我才叫你们看到我的本领高明！"可是总管老爷忘记了：就是在愚人国①里也是先抓住小偷，然后再绞死他的。

有一天早晨，全村人都在议论纷纷，说昨天夜里村里闹鬼了，说有一个穿白袍的女鬼从教堂后面那片林子里走出来，穿过村里广场，经过牧场，在坟地那边不见了。教堂执事大娘已经吓病了，据说那鬼经过她家时敲了她家的窗户，当她丈夫跑到窗前想看个究竟时，他清清楚楚看见一具白色的躯体顶着

----

① 作者用"愚人"编成的国名。

一个骷髅,向他龇牙咧嘴地笑着,并伸出指头恐吓他。伏尔切克差点儿也吓病了;他的老婆心里净在琢磨着自己的死期已近,她一定会在年底以前某一天死去。负责巡夜的更夫也发誓赌咒地说真出现了鬼,是从教堂后面那片林子里走出来的。大家都在追忆从前是否有人在那里吊死过,但谁也想不起发生过这类事情,于是大家便说,过去有人在那里埋藏过财宝,现在他的灵魂不得安宁,在寻找替身呢!大家争论得不可开交,谈来谈去都是闹鬼的事情。

"我不相信有这样的事。"当埃尔什卡当天跑到雅古普放牛的牧场上找芭拉时,芭拉对她说。

"不管它是真是假,我都要感谢它,它至少使我可以在这几天里见不到那个讨厌的客人。他虽然给伯伯来信说,他那里现在正是收割季节,工作挺忙,这几天没空来看望他,但我可以用脑袋来打赌,他一定是因为听到闹鬼的消息而感到害怕了。他是个胆小鬼,他才不敢穿过教堂后面那片林子上我家来呢!"

"真希望鬼在那儿把他抓住,别让他再往维斯特茨村跑。我宁愿看见您进棺材,也不愿看见您跟这个秃子站在圣坛前结婚。"芭拉愤怒地说,"我真不知道佩萍卡小姐的理智丢到哪儿去了,她为什么要强迫您嫁给这样的人,她原本是个好心肠的人哪!"

"她关心我,希望我将来能过上好日子,这就是她强迫我出嫁的原因,所以我不生她的气,但不论发生什么事情,我反正不会嫁给他。"

"您也绝不能嫁给他。您要是不遵守您答应赫依内克的诺言,上帝也会惩罚您的。您知道,俗话说得好:谁破坏了山盟海誓,他就要倒霉一辈子!"

"即使事情要拖上几年,我也永远不会背叛誓言。"埃尔什卡坚决地说,"可是他……会不会忘记我呢?在布拉格配得上他的漂亮姑娘多得是呀!唉,芭拉,要是他忘掉我,我会痛苦死的!"埃尔什卡说到这里失声痛哭起来。

"您真是个小傻瓜,您干吗自寻烦恼呀?昨天您还跟我说赫依内克先生怎么好,怎么爱您,为什么今天您又怀疑起他来了呢?"埃尔什卡听了这番话,便揩干眼泪,微笑起来,挨近芭拉坐在绿油油的草地上,说:"这只是一时冒出来的糊涂想法。其实我相信他就像相信上帝一样哪。唉,我要是一只小鸟的话,早就飞到他那儿去诉苦了。"芭拉突然想起《假如我是只夜莺》的歌子,便随口唱了起来,可是歌词是悲伤的,她唱到半截就像被什么吓得停住了,她的两颊羞得通红。"你怕什么呀,为什么不唱了?"埃尔什卡问,可是芭拉没有回答,两眼直呆呆地望着树林那边。

"芭拉,芭拉呀,"埃尔什卡威胁着说,"你还对我保守秘密呢,可我把心里话都告诉你了,你这样对待我太不够朋友了吧!"

"我真不知道对您说什么才好呢。"芭拉回答说。

"为什么你现在害怕呢?你本来可是个天不怕地不怕的人哪!有谁在林子里吗?"

"大概是猎人吧。"芭拉支吾着。

"你一定知道他是什么人,不然的话,你不会无缘无故大吃一惊的。也许你是看见鬼了吧?"

"不,不,我才不怕鬼呢。"芭拉放声大笑起来,她想换个话题,但埃尔什卡老抓住原话题不放,最后干脆问她,假如教堂执事的儿子约西费克不当神甫的话,芭拉肯不肯嫁他,芭拉听了这话笑得更欢了。"上帝保佑!"她嚷道,"教堂执事大娘头一天就会给我煮蛇当饭吃。约西费克是个好青年,可是我们俩在一起是合不来的。他既不会放牛、犁田,又不会纺纱,难道要我把他供在玻璃罩里欣赏吗?"埃尔什卡也为自己的提问大笑起来,过了一会儿,她又诚恳地问芭拉:"那么你真的谁也不爱啦?""您听我说呀,埃尔什卡,"芭拉沉思了一会儿说,"去年冬天,我有几次单独带着莉莎去放牛。爸爸那时脚痛,不能走路。有一天下午,村长家的普拉夫卡和米洛斯特家的勃列津纳①发狂了,开始凶狠地抵起角来。不能让它们这样抵下去,不然会把角折断的。我抓起一只水桶,跑到河边去取水,想用冷水来浇牛头。在我还没有赶回来之前,从林子里走出来一个猎人,他看见牛在抵角,想把它们轰开。'走开,赶快走开!'我对他喊着,'我来分开它们,别让那头公牛看见您了,它可凶猛极啦!'猎人回头便走,但那头公牛已经盯上他了。幸亏我把一桶冷水泼在牛的身上,才把它们分开来了,不然的话,猎人是很难逃开的。我制服了那头公牛,使它平静了下来,那头公牛就是爸爸也对付不了的,可当我威胁它时,它总是听我的。猎人躲在树林里向我张望,当牛群又在安静吃草时,他走到树林边我站着的地方,问我是什么人和叫什么名字。我告诉了他。他有点儿奇怪地向我看看,脱下帽子,感谢我救他一命之恩,然后就走进树林里去了。从那以后我常常遇见他,除掉他从附近走过时跟我打招呼外,我没有跟他说过一句话。他常常站在树林旁边,冬天便常在河边走动,

————————————

① 两者都是牛名。

有时还到村里来。整个冬天和春天都是这样。在仲夏节那天早上,您回家以后,我正帮助爸爸赶牛,看见他穿过草地走到小桥边。他在我们扔花环的地方站住了,然后向四周看了一眼,便从桥上跳了下去,钻进灌木丛里,我清清楚楚地看见他从柳树枝上取下那个花环,揣在外套里藏起来。刚才我又看见他在山下树林附近走动,我不知道是什么缘故,每当我看见他时,我总要吓一跳。"

"你真是从来没有跟他说过话吗?""就是头一次说过,以后再也没有说过一句话。"芭拉肯定地说。"可是你喜欢他,对吗?"埃尔什卡追问道。"我喜欢他,就像喜欢每个不冤枉我的好人一样。"

"你又不跟他说话,哪能知道他是不是好人呢?""他肯定不是坏蛋,这从他的眼睛可以看出来。""那你是爱上他了?"埃尔什卡继续追问道。"村里比他漂亮的小伙子有的是,不过我得说句心里话,他们中间没有谁能像他那样讨我喜欢。我常常梦见他呢!""日有所思,夜有所梦嘛。""也不经常是这样的;梦可是上帝的启示呀。""那你坦率地告诉我,要是那个猎人跟你说'芭拉,我要娶你',你答应他吗?""您在说什么呀,埃尔什卡! 他连想也不会想到我,哪会娶我呢? 这只不过是梦想和空谈罢了,请您忘掉它吧。嗬,嗬,普拉夫卡,你往哪儿钻? 莉莎,你在那儿找什么? 你没有看见普拉夫卡钻进白桦树林里去啦!"芭拉中断了谈话,从柔软的草地上跳起来,想把那头奶牛赶回来。后来,每当埃尔什卡谈到猎人的时候,芭拉总是避开这个话题,开始大谈起赫侬内克来;她知道可以用这种办法把埃尔什卡从这个话题引开。

过了几天,总管老爷又上神甫家来了;他没有遇到过什么鬼怪。不过他总是在白天来。神甫家里也在谈论出现鬼怪的事情,虽然神甫并不相信这类的迷信传说,但其他人都一致认为其中必有奥妙,因为据可靠的人们证实说,鬼每隔三天都要在半夜里出来游荡一次。还说鬼脸曾向某家窗里张望并且恐吓人家。大家都害怕极了,除了几个胆大的男人以外,天黑以后谁也不敢跨出家门。大家都在忏悔自己所犯过的罪孽,为炼狱里的魂灵而祷告,总而言之,死亡前的恐惧在驱使人们悔罪。神甫在宣教时虽然声讨这种迷信和异端邪说,但他说的话也不顶用了。

总管老爷虽然不承认自己被吓得魂不守舍,脸色发白,但他如果不是贪恋美丽的新娘和她丰富的嫁妆的话,他是再也不会上神甫家来的。他打算尽快举办婚事;他跟佩萍卡小姐和神甫商量并取得他们的同意之后,便决定跟埃尔什卡讲好,在庄稼收割以后立即举行婚礼。佩萍卡小姐通知埃尔什卡,说总管第二天要来,并劝她做个聪明的姑娘,要服从理智。埃尔什卡哭了,请求姑妈不要强迫她嫁给这个怪物,可是佩萍卡小姐却对她大发雷霆;神甫虽然没有像他妹妹那样逼迫埃尔什卡,但也骂她忘恩负义和没有脑筋。最近布拉格也没有来信,什么情况也不知道,因此埃尔什卡不知如何办才好。她跑去跟芭拉商量,芭拉安慰她,并且把总管大骂了一顿,但这一切都无济于事。

第二天是黄道吉日,那天不应该出现鬼怪,总管老爷穿着盛装前来订婚。佩萍卡小姐从清早起就煮呀烤呀,准备好好地招待客人,为了庆祝这个喜庆的日子,桌上还摆上了葡萄酒。芭拉也来了,埃尔什卡全靠她的好言劝慰才勉强支持着。她是完全无能为力了。等到总管求婚时,埃尔什卡请他过一个礼拜后再听回音,她希望在这段时间里能得到布拉格的消息。总管对新娘这种模棱两可的回答和冷若冰霜的态度很不满意,他看出事情还没有个着落,但他也无计可施,只好不吭声,寄希望于他的保护人佩萍卡小姐的帮助了。总管老爷心情虽然十分烦恼,但他照样吃喝得津津有味,脸都被酒烧红了。那天他穿着一件蓝色的燕尾服,显得格外合身。天慢慢地黑下来了,总管老爷想告辞回家,但神甫不放他走。过了一小时以后,总管又想告辞时,神甫对他说:"再坐一会儿吧,让伏尔切克送您回家去,如果需要的话,叫长工也去送一送,说不定在我们的树林里真有什么坏蛋捣鬼呢。"

总管老爷听了这话仿佛迎头泼了一盆冷水,再也无心于吃喝了,情愿马上回家睡觉去。只是因为有人送他回家,他才安心地再待了一会儿。可是伏尔切克已经有点儿醉了,而那个长工还在倒酒喝,他心里想:并不是每天都能这样开怀畅饮的呀,所以他们并不想早走,仍留下继续喝酒,一直喝到十点钟以后。这时他们才动身上路。总管由于恐惧,酒意都给吓跑了,他注意到那两个送他的人都喝得酩酊大醉,在路上歪歪倒倒地走着,再也没法指望他们了。总管老爷吓得要命,只希望今天晚上不要出现鬼。唉,他以前那么盼望的一天,一切都安排妥当了,谁料到这一切现在却使他陷入了窘境。

那天晚上月光格外明亮,从村里可以清楚地看见树林。他们走到离树林不远的地方,这时突然从树林里走出来一个身材高大的白鬼(至少他们是这样看的),正朝着他们走过来。总管大叫了一声,就像一段木头似的倒在地上;教堂执事马上清醒过来,拔腿就跑,而那个长工却被吓得傻呆呆地站在那里。当白鬼揭开头巾露出骷髅并朝他龇牙狞笑时,长工吓得头发直竖,浑身颤抖,扑通一声跪倒在总管身边。但白鬼并没有理他,却用一只有力的手把总管从地上拎了起来,用一种暗哑的声音对着他的耳朵嚷道:"假如你再敢上神甫家当女婿的话,我就要你的狗命!"白鬼说完就迈着四方步子朝村子慢慢地走去。

伏尔切克上气不接下气地跑到村里广场上,一把抓住了更夫,于是他们便大叫大嚷起来,把半个村子的人都惊起来了。胆子比较大的人拿着粗棍和连枷,硬着头皮走出了家门,教堂执事却跑到神甫家去找降妖的十字架。村民们高举着十字架向教堂后面那片树林走去。他们刚走出村就看见了迈着四方步慢慢地走来的白鬼,但它并没有走近村子,而是绕过村子穿过牧场向坟地走去。大家顿时愣住了,后来才鼓起勇气,呐喊着一齐追了上去,白鬼看见有人追来,便加快了脚步。但那鬼突然向河边奔去,跑到小桥上便不见了。这时大家胆子也大了起来,一直追到河边,在桥头站住了。有人喊道:"那边地上有白东西!"教堂执事朝着桥头画了一个十字,嘴里喊着:"愿一切善良的妖魔鬼怪都赞美上帝!"但那个白东西毫无反应,这时一个农民走向前去一看,原来躺在地上的是一包衣服。农民用棍子把那个包裹挑了起来,于是大家把它带回村里;在归途中他们还找到了被吓得半死的总管,由那个长工背了回来。他们直接走向神甫家。神甫还没有睡觉,欣然给他们开了门。他们打开捡到的包裹一看,大家都惊得目瞪口呆。原来包裹里有两块白布和一条镶有红边的褐色呢裙。大家都认出是谁的东西,异口同声地嚷道:"这是野姑娘芭拉的裙子!""该死的丫头!"有些人骂道。"真是臭娘儿们!"另一些人跟着骂。但是,最坏的是总管和教堂执事两个人,他们大吵大闹不止,完全像疯子一样。只有那个长工微笑着说:"我真没有料到那鬼是芭拉扮的,该死的娘儿们!"

这时佩萍卡小姐也走进人群里来。她已经上床睡觉了,但人们的喧闹声把她从卧房里引了出来。佩萍卡小姐身上裹着大围巾,头上戴着一顶黄色的绣花睡帽;她身上总离不开黄色的东西。她一手拿着一盏油灯,一手拿着一串钥匙,吃惊地问道:"看在上帝的面上,告诉我,出了什么事啦?"佩萍卡小姐从大家嘴里听到这件耸人听闻的奇事之后,带着怜惜心情嚷道:"哎呀,她真是个无法无天、忘恩负义的姑娘哪!喏,你等着吧,我要狠狠地骂她,好好地教训她一顿!她人在哪儿呢?""谁知道呢? 她在桥中央不见了,就像钻进地底下去了。""大概是跳进水里去了吧?"神甫说。"我们没有听见水的响声,在水里也没有看见有人;可是要知道,神甫,她是午神的孩子呀,她会隐身术,不管是水里还是火里,是风里还是土里,她都能隐身遁走。"一个老大爷说。

"你们这些人,不要相信这些无稽之谈。"神甫训斥道,"芭拉是个勇敢的姑娘,她这次只是胡闹了一番,就是这么回事,她应该为此受到惩罚。叫她明天一定上我这儿来。"

"要狠狠地惩罚她一下,神甫,"总管老爷说,愤怒和余悸使他浑身还在打哆嗦,"要严厉些,她应该受到惩罚,全村人都被她愚弄了。""她可没有做什么坏事呀,神甫,"农民们说,"只有妇女们受了点儿惊!""我的可怜的老婆就是被她吓病了,这样侮辱神的行为是不应该饶恕的。"伏尔切克跟农民们一样抱怨着,只是没有说出自己的恐惧心情。佩萍卡小姐听了这话感到如此的高兴,她情愿立即饶恕了芭拉,可是那长工的话又使她生起气来。那长工说:"不瞒大家说,我的确是非常害怕的,我差点儿当场被吓死,我们大家都吓得要命。您呢,教堂执事先生,您差点儿爬不到家了,而尊敬的总管老爷像个烂梨子一样倒在地上。当她朝我龇牙狞笑时,我真以为死期到了。这用不着奇怪,因为当时我有点儿醉了,我在等着她来掐我的脖子,可是她却去抓住尊敬的总管老爷,把他拎了起来,对着他的耳朵吼道:'假如你再敢上神甫家当女婿的话,我就要你的狗命!'"那长工说到这里,想表演一下芭拉抓总管的样子,可是总管躲开了,他的脸色顿时从红色变成了紫色。这一点使佩萍卡小姐感到受了很大的侮辱,但农民们却宽恕了芭拉使他们丢脸的行为,因为芭拉愚弄了总管老爷,使大家出了一口气。整个惩罚芭拉的事要拖到明天早晨再办。总管老爷留在神甫家里宿夜,可是天刚麻麻亮他就逃回家去了。

当埃尔什卡早晨听说芭拉为她才冒险干出这种傻事时,就恳求伯伯和佩萍卡姑妈饶恕芭拉,说芭拉这样做的目的只是想使她好摆脱总管老爷的纠缠。可是佩萍卡小姐不愿放弃自己的打算,芭拉侮辱了总管,她佩萍卡是不会善罢甘休的。"假如你不嫁给总管,你就别想从我这里得到一根线。"佩萍卡小姐恐吓埃尔什卡说,然而埃尔什卡听后只是耸了耸肩膀而已。神甫并不是那么固执己见的人;他不愿强迫侄女,不过他自己也不好决定完全饶恕芭拉。埃尔什卡很想去找芭拉,但她又不敢去。

雅古普一点儿也不知道女儿昨夜干出的傻事,还像往常一样,清早就拿着号角去集合牛群。可是使他大吃一惊的是,所有的牛好像在一夜之间都死绝了,或者各家女孩子都睡过头了,没有一家打开大门。他直走到各家门前去吹号角,号角响得简直可以把死人从坟墓里唤出来,每家奶牛虽然也在哞哞地叫着,但却没有人放牛出来。姑娘们跑出来跟他说:"雅古普,你以后不能放牛了,牛将由别人来放。"

"这是怎么回事?"雅古普心里嘀咕着,便跑去找村长。从村长那里他才知道昨天夜里发生的那桩事。"我们对你没啥意见,可是你家的芭拉是午神的女儿呀,妇女们都怕她会魇住牛的。""芭拉什么时候伤害牛群了?""过去虽然没有伤害过,可是现在芭拉会报复的。""你们不要惹我的女儿,"雅古普愤怒地说,"你们要是留我,我就继续为你们放牛;要是你们不留,那也好,世界大得很,上帝不会遗弃我们的。""这样恐怕不好吧。""你们随便雇什么人去放牛好了!再见啦!"雅古普从来也没有像这次说过那么多话,发过那么大的脾气。他跑回家去了。芭拉不在家。他放了莉莎,没有理睬他饲养的奶牛和公牛的叫声,就向神甫家走去。

这时芭拉正站在神甫面前。"是你扮的鬼吗?"神甫审问道。"是我扮的,神甫。"芭拉毫无畏惧地回答说。"为什么要这样做呢?""我知道总管老爷是个胆小鬼,我想吓唬他一下,不让他再来折磨埃尔什卡小姐。埃尔什卡讨厌他,她宁愿死,也不愿嫁他。""你要记住,少管别人的闲事;你不管,人家也会把事情办好的。你怎么从桥上不见了?"

"听我说,神甫;我脱掉身上的白布和衣服,跳进河里去了,我在水底下潜游了一段路,谁也没有看见我。"

"在水底下潜游!"神甫吃惊地拍了一下手掌说,"这是个什么姑娘呀!还是在夜里呢!谁教会你游水的?"芭拉对神甫的惊奇差点儿笑出声来。"神甫,我爸爸指点我怎样划水,我是自己学会游泳的。这可不算什么本事呀。我熟悉河里的每块石头,我还有什么可怕的呢。"神甫还对芭拉说了一大篇教训的话,然后送她到女用人住的房里去等候判决。神甫跟村长、区议员和小学老师商量了半天,最后决定:既然芭拉胆大包天,惊扰了全村,那她就应该受到公开的惩罚。给她的处罚是:把她锁在坟地外面那个停尸房里过一夜。大家认为这是极可怕的惩罚,既然芭拉胆子很大,不怕天不怕地,那就让她尝尝害怕的滋味吧。

佩萍卡小姐不喜欢这个判决,埃尔什卡惊骇万分,还有许多妇女听到这样的惩罚吓得浑身发抖;甚至连教堂执事大娘也情愿饶恕芭拉,认为光这样公开斥责就已经够她呛了。只有芭拉本人好像没有事儿似的。她已经听到她爸爸被解雇的事了,她为爸爸的处境而苦恼。当神甫通知她当天晚上应该在哪里过夜时,她非常镇静地听完了他的话,然后吻了一下神甫的手,说:"讲到睡觉的事,随便哪里都行,我就是在石板上也会睡得挺香的,最可怜的是爸爸,他丢了工作可怎么办呢?爸爸没有牛群就活不下去,他跟牛群相依为命,这是要他的命哪。神甫,求您想办法调解调解吧!"

大家都很奇怪这姑娘的胆量怎么这样大,因而只好相信,她不是普通的人了,她跟一般人是不同的。"等黑夜一到,她就不那么神气啰!"许多人都这样想,但是他们却想错了。芭拉只忧愁不大一会儿,等到她知道农民们又让雅古普放牛时也就不再发愁了。原来神甫通过把自家的牛交给雅古普放牧而把这场纠纷解决了。

午饭以后,在神甫打瞌睡和佩萍卡小姐经过一夜惊扰也在小睡的时候,埃尔什卡偷偷地溜出房间,跑到楼下去找芭拉。她满脸泪水,惊恐万状,紧紧抱住芭拉的脖子,号啕大哭起来。"咳,别哭了,"芭拉安慰她说,"那个小矮子不会再来找您了,凡是要点儿面子的人都不会再来啦。其余的事也会改正过来的。"

"可是你呀,可怜的人,今天晚上要在停尸房里过夜了。唉,上帝呀,我心里真感到不安哪!""您放心吧,我曾经不止一次在坟地里睡过,我白天黑夜都在坟地边上转哪。您安心地睡觉吧!请您转告我爸爸,叫他不要为我担心,叫他晚上把莉莎拴好,别让它跑到我那儿去。等到明天,我把怎样吓唬总管的整个恶作剧都告诉您,您一定会笑破肚皮的。您大概很快就会得到赫依内克的消息。可是,埃尔什卡,等您离开这儿的时候,您不会丢下我吧?"芭拉忧愁地问。然而埃尔什卡却紧紧握住她的手,微笑着说:"我们将永远在一起!"然后悄悄地走了。当芭拉又剩下一个人时,她开始低声哼着小调,神色非常镇定。

当天黑下来的时候,教堂执事和更夫跑来,要把芭拉带到坟地上去。佩萍卡小姐直向芭拉使眼色,让她请求神甫饶恕,她自己也打算为芭拉说几句好话,可是芭拉就是装着不懂她的意思。当神甫自己也说可以请求免除惩罚时,芭拉却固执地摇着头说:"您已经决定了我应该受惩罚,我只好去接受惩罚啦!"她说完就跟押送她的人走了。

人们都跑出来看热闹,有许多人可怜她,但芭拉对谁也不理睬,高高兴兴地迈着大步向那块离牧场不远、靠近树林旁边的坟地走去。他们打开那个放有骨殖和停尸床的小停尸房,说了一声"上帝保佑你",就回家去了。

停尸房有一个巴掌大的小窗子,通过小窗子可以看见田野和树林。芭拉站在小窗子前向外眺望了很久很久,她脑子里一定想到了许多悲伤的事情,因为泪珠接连不断地从她那美丽的眼睛里流到黝黑的脸颊上。月亮越升越高,农家的灯火一个跟着一个熄灭了,四周变成一片死寂。墙边几棵高大枞树的阴影笼罩着坟地,谷地里飘浮着淡淡的轻雾。只有狗的吠叫声才打破了黑夜的静寂。芭拉望着自己妈妈的坟墓,回想起自己孤寂的童年,人们的憎恶和鄙视,头一次感到被压得透不过气来,头一次在脑海里诞生了这样的念头:"妈妈呀,但愿我能躺在你的身边!"一时间她浮想联翩,往事一齐涌上了心头。她在冥想中一会儿拥抱着美丽的埃尔什卡,一会儿又仿佛看见那个身高体大、膀宽腰圆、面容刚毅的猎人在林间的小路上徜徉。后来她离开了小窗子,沉默地摇摇头,双手捂住脸孔,深深地叹了一口气,扑通一声跪倒在地上,边哭边祷告着。最后她终于平静下来,从地上爬起来,打算躺在停尸床上睡觉。这时窗外突然传来狗的叫声,一个洪亮的男人声音问道:"芭拉,你睡了吗?"原来是雅古普和莉莎。"我还没有睡呢,爸爸,可我马上就要睡了;您为什么跑来呢?我又不害怕呀。""那就好哇,女儿,睡吧!我也睡在这儿,反正夜里暖和着呢!"爸爸说完便跟莉莎在窗外躺了下来。他们睡得挺香,一觉睡到天明。

天刚麻麻亮,有一个穿着猎服的男人穿过树林走了过来;雅古普常常看见这人在树林和山谷里走动,但不知道他是谁。"雅古普,您在这儿干什么呀?"猎人走到雅古普面前问道。"唉,先生,他们把我的女儿关在这里过夜,我在家里也待不住了。""是芭拉吗?出了什么事啦?"猎人惊讶地问。雅古普把事情的来龙去脉简单地讲了一遍。猎人听后大骂起来,然后他把肩上的猎枪卸下来,挂在树枝上,敏捷地翻过坟地的篱笆墙,用他那有力的胳膊撞开了停尸房的门,一下子跑到被破门声惊醒了的芭拉面前。芭拉看见猎人站在面前还以为在做梦呢,当她听见他的声音时,很奇怪他怎么跑到这儿来了,害臊得连对他的问候也忘记表示感谢。"芭拉,我这样闯进来,你可不要见怪呀;我打这儿经过,看见了你爸爸,才知道你出了这码子事。这使我非常气恼。快离开这个停尸房吧!"猎人说着握住芭拉的手。

"这样不好,先生,我在这儿等着他们来,不然的话,他们会说我逃走了。反正我在这儿并不觉得怎样不好。"芭拉忸忸怩怩地说,同时轻轻把手从猎人的手里抽出来。

"那我就叫你爸爸来,我们一块儿坐在这儿。"猎人说完,就朝篱笆外面叫雅古普。于是雅古普也翻过篱笆走到芭拉那里。当莉莎又见到芭拉时,它高兴得简直不知怎么是好。雅古普看见芭拉睡觉的地方,差点儿失声哭出来,但为了不让别人看见自己流泪,他跑到自己亡妻的坟上去了。猎人坐在停尸床上,芭拉在逗莉莎玩,可是当她看见猎人在目不转睛地瞅着她时,她的脸庞羞得红一阵白一阵,她那颗心比昨夜孤独地关在停尸房里还跳得厉害呢。

"除了你爸爸,村里就没有人来这儿守护你?"猎人过了一会儿问道。"除了埃尔什卡和爸爸,再也没有别的人了;爸爸来了,埃尔什卡来不了,再也没有这样爱我的人了。还有你,对吗?"芭拉眼睛看着狗说,"而且夜里上坟地谁都怕呀。"她又补充了一句。

"以前我很惊异你有那么大的力气,现在我更佩服你的胆大。我跟妈妈已经谈过你了。"猎人说。"先生,您还有妈妈?"芭拉亲切地问。"是呀,还有老母亲呢。我们一起住在山上树林里的猎人村,离这儿有三刻钟路。我是个猎人。我妈妈老在盼着我给她找个儿媳,她希望看到我生活幸福呀。可是我在遇见你以前,到处也找不到一个称心如意的女子。芭拉,我不喜欢多说话;我从遇见你那时候起就爱上你了。尽管我跟你没有谈过话,可我一直在设法了解你。我直到今天还没有跟你说,那是因为我怕得不到你的同意。现在你一切都知道了;那你告诉我:你是不是爱我? 愿不愿意做我的妻子? 如今你在维斯特茨村是再也待不下去了;你把家里东西收拾一下,马上跟你爸爸一块儿上我家去,那儿大家都会爱你的。"芭拉听了这些话像一尊塑像似的呆站着,既不能动弹,也不能说话。猎人不懂这是啥意思,但他还想问个究竟,即使回答将使人感到痛苦,他也要再次问芭拉愿不愿意做他的妻子。这时姑娘放声大哭起来,并且嚷道:"上帝呀,难道你是真爱我吗?"猎人用握手和接吻证实了自己的爱情。这时芭拉才对他倾诉了自己久藏在心中的爱情。他们俩互相表白了爱情之后,便走出停尸房,双双跪在雅古普面前,猎人说:"您是了解我的,爸爸,您也知道我早就该娶亲成家了。但在我遇见您的女儿以前,我没有爱过任何一个姑娘,现在我爱上您的女儿了。刚才我们俩一块儿谈妥了,请您祝福我们吧。就是在坟地里也行,一切土地都是属于上帝的,上帝是无所不在的呀!"雅古普看见芭拉很满意,没有再问什么,就给他们画十字祝福,并且还商定了结婚的日子。当教堂执事在敲过早祷钟后来找芭拉,发现她跟爸爸和猎人在一起,而且猎人马上宣布自己是芭拉的未婚夫时,他是多么惊讶呀!

神甫家和全村更是感到惊讶不已。原来大家以为芭拉被制服后会恭顺些,没想到她当上新娘子回来了,而且嫁给猎人这样一个男子汉。以前谁也不相信会有人爱上野姑娘芭拉，而今这已经成为事实了。"她真走运啦！"姑娘们纷纷议论着。当芭拉把未婚夫带到埃尔什卡面前时，她真心地为芭拉高兴得喜笑颜开。"你看，上帝为了你帮我的忙，为了你经受过这么多折磨而报偿你啦。我早就知道，你会找到一个真心爱你的人。只希望您能热烈地爱她，她是值得您爱的人哪。"这个心地善良的姑娘转过身来对猎人说，同时把手伸给他，猎人诚恳地握住了她的手。

猎人恨不得马上把芭拉领到自己家里去，但这样马虎举办喜事是通不过的。佩萍卡小姐也不愿放芭拉在结婚之前走掉，如果新郎等不及的话，据说可以把三次宣告婚姻手续一次办完。而且雅古普也不能马上丢下牛群不管啦。

芭拉为埃尔什卡感到很惋惜。可是第二天神甫接到从布拉格寄来的一封信，姑妈在信中写道：她将把自己的全部财产留给埃尔什卡，但她必须接受如下条件，就是嫁给那位给她（姑妈）治好病的青年医生。她请神甫问埃尔什卡愿不愿意。另外，信里还附有写给埃尔什卡的纸条，说她怀着最美好的希望在等待着即将到来的会见。芭拉听到这些好消息才真正地感到心满意足了。

在结婚之前，大家都跑来跟芭拉言归于好，连教堂执事大娘也跑来祝她幸福，并且把约西费克的信转交给她。埃尔什卡念信给芭拉听，芭拉这时才证实了埃尔什卡早就说过的事：约西费克的确是在爱她，就是因为她的缘故才不愿当神甫，但如果她要嫁别人的话，他将愿意满足他父母的愿望。一个礼拜以后，佩萍卡小姐给芭拉举办了婚礼。猎人年迈的老母亲也赶来了，把自己早已盼望的儿媳带回森林里去了。雅古普也跟着他们一块儿走了。

　　当猎人领着自己的年轻妻子巡视宅院并把她领进自己的卧室时,他取下那个悬挂在床顶上早已枯干的花环,问芭拉:"你认识它吗?"这就是芭拉在仲夏节早晨扔到柳树上的那个花环。芭拉嫣然一笑。"当你把花环扔进水的时候,你心里想的是谁呢?"猎人边问,边把她紧紧地搂在怀里。芭拉没有回答,但她也搂住他,用她那含情脉脉的眼睛凝视着他。猎人认为她那对被人们叫作"牛眼"的大眼睛是世界上最美丽的眼睛了。

善良的人

一

二十年前捷克地区还没有铁路,人们经常看见许多载货大车在通向维也纳的驿道上奔驰,从边区装着满车的货物运到京城①,再从京城载运日用百货回到乡间。那时候哈耶克大爷每月都定时从纳霍德赶大车上维也纳,然后再赶车运货回来,沿途大家都认识他,货栈老板欢迎他胜过欢迎那些坐马车的老爷;因为他为人大方,店家可以从他身上赚一大笔钱。他的车队由一辆载货大车和两辆小车组成,大车通常用六匹健壮的牡马驾车,两辆小车各用四匹马和两匹马。小车一般由雇用的两个车夫照管,而他自己却驾驭第一辆大车。这几匹烈马可真是他的骄傲呀!也只有他一个人能很好地驾驭这些马匹!在维也纳跟他认识的人都管他叫"捷克赶车大汉"②,这个称呼既适用于他的车队,也适用于他本人。哈耶克是个身高体壮、膀阔腰圆的大汉,他非常适合干这行工作。

① 指维也纳。当时捷克属于奥地利帝国领土,而维也纳是奥地利帝国的京都。
② 也可理解为"捷克大车队",故引出下文。

他的额头隆起,宽脸腮上一对深深的酒窝显示出他的果断性格,而从他那对明亮的蓝色眼睛里还可以看出他有一颗非常善良的心。他笑时嘴里露出两排坚固有力的雪白牙齿。栗色的头发剪成人们所说的"平底锅"式的平头。头上戴着一顶宽檐的毡帽,当他赶车的时候,帽圈上插满了完过税的税单。颈上围着一条长长的黑色丝围巾,衬衫的领子翻在围巾外面。身上穿着一件铅扣的蓝色马甲和一件前襟绣花的蓝色外套。脚上穿着一双深齐膝盖的笨重皮靴,下身穿着一条黑色的皮裤,腰间系着一条厚皮带,这就是他的全身打扮。除此之外,他在冬季赶车时身上还穿一件光板的羊毛长大衣,夏季便穿一件蓝色的帆布外衣,袖口和领口上都用白线绣了花。当他的大手握着马鞭,慢步跟在车旁赶路的时候,路人都注视着他并说道:"这个哈耶克可真是个巨人哪!瞧他那份家业拾掇得多好!马车油光锃亮,马儿跑起来快如流星,车上的货堆成了山啦!""祝他一路平安,他可是个好心肠的人哪。"人们在议论他的生意如何兴隆时,总爱这样祝福他。

哈耶克经常在各地载运各种货物,其中包括日用百货、布匹、葡萄酒和颜料。同时还为妇女们代购各式各样的小装饰品,货物办得又齐全,价钱又公道。有些付不起车费的旅客也喜欢和他结伴同行,因为他沿途能很好地照顾他们。哈耶克几乎没有一次不在路上碰到一些穷人家的男孩子和姑娘,他们都是奉父母之命上维也纳学手艺或当佣工的。他们大多是纳霍德、新城、多布鲁什卡、奥波奇纳附近穷人家的孩子,也有一些从克沃茨卡山区农村来的孩子。男孩子们的年龄一般是十岁到十三岁,姑娘们是十五岁到二十岁;他们从出娘胎以来还没有离开过家门两个钟头,也没有人识字,更不用说会写了。父母把这些年幼无知的男孩子送到维也纳去学手艺,祝他们一路平安,给一个大圆面包在路上吃,给几文钱在路上花,嘱咐他们在路上要依靠上帝和好心人,就放手让孩子们到世上去闯了。然后他们自我安慰地说:"别人都能走到维也纳,他们也能走到维也纳;别人没有丢失,他们也不会丢失的!"

有些父母对孩子更心疼点儿,不惜多花几文钱,等到有认识的赶大车的上维也纳去,才把孩子托他带去,并托他在维也纳为孩子找个好师傅或者找个好人家帮工。可是很少有人像哈耶克大爷这样心肠好和无私,在路上他一看见这些可怜的流浪者,就招呼他们上车,管他们吃喝,而且把他们带到维也纳应该去的地方。他还在年轻的时候就经常跟他爸爸运麻布上维也纳,他对这些地方很熟悉。当时他爸爸只有一辆四匹马拉的运货大车;可是当他看见路上有可怜的行人,甚至是那些上维也纳学手艺或佣工的孩子们时,他马上吩咐儿子说:"伊日克①,快到车上腾出一块空地方,把他们带上,上京城还够他们跑断腿的!"于是他们就用车载着他们上维也纳。他爸爸虽然也计算路上的一切开销,但他从来没有找人要过钱。"你做了好事,就别算钱,它已记在别的账上了!"他经常跟伊日克这样说,而伊日克的确把这些话铭记在心上。

老哈耶克并不是全年都跑维也纳的,他只在运麻布的季节才去,其余的时间都在家里忙庄稼活。当年伊日克还在上学,课后还得上神甫家去复习功课。当他学会念捷克文、写捷克文和计算时,他爸爸就把他送到布鲁莫夫跟当地一个孩子

---

① 伊日克是哈耶克(姓)的名字。

互换学习,那孩子上他家里学捷语,而伊日克必须在布鲁莫夫学德语。他人挺聪明,在那里上了两年学,就学会了用德文写和念,并且学会讲当地的方言。而他的弟弟正巧在这一年死了,于是他便成了他爸爸唯一的儿子了。

爸爸跑来接他回家,大家都劝他应该让孩子继续上学,说这孩子脑瓜子挺聪明。"哎呀,"老头子回答说,"好脑瓜子对各行各业的人都有用,不光是为了好做官当老爷;聪明的脑瓜子是丢不掉的。如果孩子想学,那就让他继续上学;可是,如果他将来成为一个坏学生,还不如现在让他做个正正经经的庄稼汉或者赶大车的好。让他自己挑选吧!"而伊日克选择了跟爸爸一块儿回家去的道路。伊日克平时在家里干庄稼活,有时候也跟爸爸赶大车上维也纳,就这样干到他爸爸去世。爸爸死后,妈妈本想带着还没有成年的女儿退住到小木房里去养老,把正屋让给伊日克娶亲成家;可是他不肯让妈妈搬走,虽然他已有二十五岁了,却还不愿意谈娶亲的事情。他把家务事交给妈妈照管,自己置办了载货大车,便开始每个月定期地赶大车上维也纳去。刚开始时当然没有很多人托他运货,当时他只有一辆大车,然而由于他办事公道,又会说会写两种语言,以及心地善良和服务周到,很快地赢得了很好的声誉,并交上了许多好朋友,因此在两三年之内就能赶两辆大车了,最大的一辆还用四匹牡马驾车呢。购买马匹是要花很多钱的,可是他在买马上花钱毫不心疼。"我为什么要在买马上省钱呢,"他常常这样说,"就是价钱再贵也要买。当我看见我的马儿就像没有拉货一样轻快地拉着大车飞奔,我打心眼里感到高兴。我可不愿看见牲口精疲力尽地拉着大车慢腾腾地走着,还得不断地用鞭子打马呢。"他手里拿着马鞭只是为了吓唬吓唬马,是一种习惯成自然,当然也是他的职业的标记。他还养了一条长耳朵长尾巴白毛小狗,有一次他在路上救了这条狗的命,并把它带到家里喂养;现在这条狗已经成了他赶车时的向导和车辆的小心谨慎的守护者了。哈耶克非常喜爱这条狗,要是狗不见了,他连饭都咽不下去。

爸爸去世三年后,妈妈又催着他快娶亲,说他年纪已经快满三十,是该成家的时候啦。"可是妈妈呀,我可没有工夫跟姑娘谈情说爱呀。"他总是这么笑着跟妈妈戏语说。然而妈妈并不就此罢休,只要他一跨进家门槛,妈妈总是在他面前夸这家姑娘巧,赞那家姑娘俏,还请她们来家跟女儿玩,希望伊日克能相中一个,可是伊日克就是一个也看不上。他满口称赞她们好,也跟她们有说有笑,比村里其他小伙子更显得彬彬有礼;他在家碰上舞会的时候,也喜欢跟姑娘们跳跳舞,可他就没有看中她们中间任何一个姑娘,尽管有许多姑娘是愿意嫁给他的。

"难道哈耶克家的伊日克要从维也纳娶一个打扮得花枝招展的新娘吗?"姑娘们尖酸刻薄地挖苦说,小伙子们也随声附和地说,兴许他已经暗地里找到一个维也纳姑娘啦。这种谣传使他妈妈大吃一惊,她问儿子是不是真有此事,可是伊日克严肃地发誓说,直到目前他还没有想过娶亲的事。"天知道我的媳妇现在在哪个山沟里呢。"他笑嘻嘻地说。妈妈相信他的话,然而这也使她总为儿子感到十分忧虑。跟儿子同年纪的青年人都已经成家了,只有她这个走南闯北会做买卖的儿子倒要成为老光棍,这桩事叫她怎么也想不通,她认为这是违反一切常规的。

五月初的一个晴美的早晨,公鸡刚啼过三遍,耶塞尼采村一座木房的后门慢慢地打开,一个年轻的姑娘背着用大头巾打成的包袱在门口出现了。她悄悄跨过门槛,又转身悄悄把门链搭上,恋恋不舍地看了几眼小花园,然后像影子似的沿着墙脚走到另一个房间的窗前。她把耳朵凑近窗户听听动静,然而四周万籁俱寂。她一动不动地在那里站了一会儿,双手合十,抬起饱噙泪水的眼睛凝视着满天星斗的夜空,然后很快举起一只手朝着窗户画了十字,转身从小花园走进院子里来。有一只狗从窝里蹿了出来,一个箭步跳到她身边,但只是绕着她的腿前后蹭着,没有叫出声来;她摸了摸狗的头,就去打开由她放牧的那头名叫莉斯卡的牛的牛栏,抚摸着它脊背上的白毛和腿部,然后哽咽着关好牛栏,再向四周环视了一遍,绞着双手,转身走向矮篱笆墙。狗一直跟在她后面,但她小声地命令它回窝里去,狗听从她的话乖乖地走了。于是她跨过篱笆墙,朝村后走去,一直走到田野。姑娘也不朝四周看一眼,低头沿着小路飞快走向村里倒数第二家人家。她绕过房子,走进小院里,轻轻地敲了敲窗户,过了一会儿窗户打开了,窗里露出一个满脸皱纹的面孔,头上包着黑头巾。那女人看见姑娘站在窗前,飞快地关上窗户,只听到外屋的门立刻吱的一声打开了。姑娘拔掉门闩,关上了前屋的门,然后她们两人走进房里。

　　"你好啊,姑妈,我要走啦!"姑娘边跨进门槛边问候道。

　　"上帝与你同在,姑娘,你就要走了吗?"老人伤心地问道。

　　"是的,姑妈。"姑娘毅然地回答说,便在绿色大火炉旁边的一条长椅上坐下。

房间里一片漆黑,因为老人经常关着窗子。这时老人默默无言地从壁龛里摸出一个火绒盒子,打着火石点着了松明,然后把它插在一个从大梁上悬挂下来的铁架上,挨着已经放下包袱的姑娘坐在长椅上。"你果真要走了吗?"老人又哽咽地问道。

"是的,姑妈,我就要走啦,没有别的生路呀。"姑娘悲伤地说着,便用双手握住老人的手。

"难道就没有别的办法了吗? 玛德娜,难道你一点儿也不爱那个人吗? 你就不能将就点儿? 也许你对他会习惯起来呢?"

"您要是疼我,姑妈,您就别跟我提他了。"姑娘打断姑妈的话说,"我一想到自己要嫁给他做老婆,就浑身直打哆嗦,宁愿立刻跳进河里去死掉!"

"哎呀,看你说到哪儿去了,我可没有说你什么呀。可是你要知道,你爸妈也是为了你将来能过上好日子呀。那人是个磨坊主,很有钱,你要是嫁过去,一生也不会为生活犯愁的。这是个明摆着的事嘛,他想娶你这样一个穷人家的姑娘,说明他是真爱你呀。"

"求您别说啦,姑妈,难道您也要像我爸爸妈妈那样把我扔进火坑里去吗?"姑娘伤心地说,"连您也想把我扔给这样一个不敬上帝、面目可憎、四肢不全的丑八怪,扔给这样一个为了一颗麦粒可以杀人的吝啬鬼吗? 即使他坐在金山上,而我只有一条裙子,我也不愿嫁给他。"

"放心吧,姑娘,我不会逼你嫁给他的,你清楚地知道,我就是为了这件事跟你妈妈闹翻脸的。要是我的兄弟,你过世的爸爸还活着的话,事情也不会闹到这种地步。不是自己身上的肉是不会心疼的呀,不谈这些了吧。我说呀,姑娘,你要记住第四节《尊敬自己父母》的祈祷文,你应该听话呀。"

"哎呀,姑妈,我正是每天在为他们祷告呢,当我想到妈妈的时候,心里非常可怜她。我也想好好地报答他们,可是不管将来是好是歹,我都不能奉父母之命去嫁人。您是知道的,那个臭名远扬的人来求婚时,我爸爸吓唬我说,我要是不答应这门亲事,他就要把我赶出家门,还说了许多不三不四的话。我当时一声没吭,我都吓呆了;当那个丑八怪来拉我的手时,我感到就像死神降临到了我的身上,我逃开了。妈妈劝我,可我什么也听不见,也看不见,我晕过去了,那天我差点儿发疯。当那些陪新郎来求婚的客人离去以后,爸爸又想来狠狠地教训我一顿。可是妈妈劝开了,于是我就从家里逃了出来。我自己也不知道为什么要朝树林旁边那口水井走去,这就好像是上帝的启示。我继续向前走去,在圣母马利亚的像前扑地跪下,热诚地祷告着,祈求她提示我该怎么做。在我这样祷告和祈求的时候,我耳边突然响起'逃走!'的声音,于是从水井旁、从树林里、从草原上、从四面八方都传来了'逃走! 逃走!'的声音。当我仰望圣母像时,我仿佛觉得圣母马利亚也点头同意我'逃走'! 我得救了。我把他们送给我的所有红色饰带从身上取了下来,挂在圣母像上,然后又默念赞颂圣母的祷文,用井水洗了洗哭红了的眼睛,就心情愉快地跑来找您了。"

"你说过要上维也纳,可我劝你别去呀。"

"可您最后说过:'你同上帝一起走吧,我去跟你父亲说。'"

"如果我这样说有罪,就请上帝饶恕我吧,我这样做完全是出于对你的爱呀,玛德娜。我已经有两夜没有合眼了,我老在想:没有你我将怎么过呢? 而你呢,亲爱的孩子,你到那个索多玛①城又会发生什么事呢? 你是这样地年轻哪! 我想你到收获节刚满十七岁吧,不是吗?"

"是呀,姑妈。可是上那儿去的人还有比我更年轻的呀,您不知道每年有多少小伙子要上那儿去呢! 我们的瓦夫日内克,天知道是不是也在那儿,每当我想起弟弟时,我的心就像被针扎了似的痛,他大概是吃尽了苦头啦! 唉,只希望我能在那儿找到他!"

"你在那儿怎么跟人家说话呢,孩子? 据说那儿的人全都说德语呀。"

"我马上就会学会讲德语的,我已经跟小学的师母学会几个字啦。哎呀,姑妈,您待我这么好,我什么时候才能报答您呢? 如果不是您劝我,我也不会上教师家去帮工,那我除了会干些家务外,再也学不会干别的活儿了,现在再苦再累的活儿我也会干啦。所以我什么活儿也不怕,我挺高兴自己还学会了写字。等我以后给您来信,您就请师母念给您听吧。"

"一个人学会一种手艺,就不愁没饭吃啦! 我年轻的时候也在赫拉德茨的好人家帮过工,我学会干各种各样的活儿,使我一生受益不浅哪。"姑妈在说话间穿上了藏青色的百褶粗布裙和前后襟打着许多长褶子的褐色皮袄。这是耶塞纳奇卡地方古老的民族服装。"你看哪,"老人说,"我们老年人还喜欢穿自己的民族服装,你们年轻人却喜欢穿另一种衣裳啦。

---

① 索多玛原系古巴勒斯坦城市名称,据《圣经》传说,这个城市由于市民的罪恶深重而被地震和"火雨"所毁灭。此处指维也纳。

喏,你们穿上那样的衣裳倒也挺合适,可我得告诉你,玛德娜,你应该坚持穿自己的民族服装;虽然常言说"入乡随俗",人家怎么穿,自己也就怎么打扮;可是这句谚语只是对那些阔太太适用,对我们可不适用哪。"姑妈说完就走进隔壁房里去了。

玛德娜从长椅上站起来,打开小窗户,向外面倾听着。四周一片沉寂,晨曦开始微露出来。她又关上窗户,从铁架上取下松明,照看屋里的陈设,她先照看了那张上面摆着蓝花枕头的大床,放在碗橱里和碗架上的陶瓷盘子和骨头制成的汤匙以及各式各样的餐具,然后又照看了墙壁上贴着的圣像,放在墙角里的桌子和橱柜。爸爸去世时她还是个小女孩,常跑来找姑妈学认字,她识字用的拼音小木板就藏在那个橱柜里。她还看了看大壁炉的炉门,那里经常用罐子煨着吃的东西。她沉思地在纺车旁边站了一会儿。然后转身走到窗前,折了一枝迷迭香和一片薄荷跟肉豆蔻的叶子,把它们插在自己的紧身马甲上。当她重又把松明插进铁架时,这才看见她那俊美的脸庞全被泪水浸湿了。

这时姑妈从隔壁房里走出来,胳肢窝里夹着一个小包裹,手里还拿着另一个小包裹。她把两个小包裹放在桌上,从长椅上取来玛德娜的包袱,便动手整理起来。"这块头巾你拿去包头吧,别让脸庞晒黑了。这件外套你卷起来,夹在胳肢窝里,大清早怪冷的。那里天气大概挺冷吧?我听人家说过,有一个国家根本就没有夏天,那里大概没有夏天吧?"

"那里夏天不太热,姑妈。"

"喏,那你就别把外套放在包袱里。我还给你烤了一个大圆面包带在路上吃,你也不至于马上就吃不着家乡风味的东西。这里是只烤鸭，你知道这只鸭老到处乱跑，我真怕丢了，我就说：别特卡，把鸭宰了吧，烤好给玛德娜带在路上吃！这里还有几个大饼。你要走的路可远着呢，路上总得有东西吃呀，这次可是出远门啦！这是搽伤口用的耶路撒冷药膏，这是治眼睛用的眼药膏，你等一下，我把它放到哪儿去了呢？唉，我总是这么丢三落四的，哦，在这儿。"老人想用这句话来掩饰自己的双眼因饱含泪水而看不见东西的窘态。

"不啦，我的好姑妈！"玛德娜想拒绝不要。

"你就给我带着吧！这样的好眼药膏你就是跑遍全世界也买不着的，只有新城修道院才会做这种眼药膏。你要知道他们用这种眼药膏把瞎子都治好了。你也可能会害眼睛的，那儿有谁会帮助你？还有这，我怕别人说我们穷，让你穿得破破烂烂的像个叫花子一样，给你做了几件新衣裳，你可以穿得干干净净地出门去，免得你还要去买布做衣裳，要不我还纺纱干啥？你找工作时别只看工钱多少，要正经找个好人家才是。嗳，这里有两串珊瑚项链，据说是人造宝石，你过世的姑父——愿上帝让他升入天堂——从外国带回来给我的，我从来也没有在脖子上戴过，你戴上挺适合。"老人说完，便用颤抖的双手把那两个小包裹塞进大包袱里去。玛德娜像做梦似的站在桌旁，突然抱着姑妈的脖子放声痛哭起来，她们就这样拥抱在一起哭泣着，这时旁门被轻轻地推开了，别特卡走了进来。"大娘，天已经亮了，夜莺已经从屋后的田野里飞了出来，是上路的时候啦！"别特卡说完又走了出去。

"唉，姑妈，您待我太好了，您要是不愿放我走，我就留下来吧。"

"不，不行啦，玛德娜，你还是走吧，我不愿意看见你白白地毁了一生。别特卡知道该怎么走，怎么行事，她去陪你走一段路，让她给你提着包袱，在路上有你提的时候呢。你别到镇上去，那儿有人认得你，别特卡领你从亚罗姆涅日直接到那个酒店去，哈耶克经常在那里。有一次我跟他做伴到赫拉德茨去过，他是个热心肠的人，年纪已经相当大了。别特卡在镇上打听过他的情况，她在路上会告诉你他是个心肠多么好的人，我跟你说实话，我把你托给他是非常放心的。现在，孩子，你就动身吧。等一下！你把这个藏好。藏在哪里好呢，藏在胸口那儿吧，放在荷包里可能会丢掉的。这里面是几块金币，带着在路上花吧！这里是几文零钱，放在衣兜里。喏，你就别说啦。我说呀，我总知道自己该怎么做吧。我不给你又给谁呢？"

"请您代问妈妈好，并且请求她像您一样原谅我吧！有时候您可以叫玛仁卡上这儿来，她可是个好姑娘呀。"玛德娜一边穿衣服，一边请求说。

"一切事情我都会给你办好的。你可别忘记来信告诉我，你是怎样到达那里的，那里情况如何。如果你能在那里碰上那个可怜的孩子瓦夫日内克，你这个大姐姐就又该当他的妈妈啦；这孩子性子太倔。你代我问哈耶克好。"

"他认识您吗？"

"他怎会不认识我呢，我曾经跟他一起上过赫拉德茨呀，我去那儿送纱，可我不认识路，他叫了一个漂亮的半大男孩子送我去。你就跟他说耶塞尼采村的尼耶德娜问候他，他就知道了。我们没有忘记什么东西吧？你想想看。你带着小刀没有？你把我的小刀拿去吧，刀子跟盐一样是非常有用的，说到盐，瞧，我们差点儿把它忘记啦。喏，再没有忘记什么了吧？

你再想想看！别特卡,拿着东西!"别特卡把包袱放进背后的背篓里,站在门口等着,就像要到镇上买东西似的。姑妈和玛德娜还待在房间里。"嗳,你带着念珠没有?"姑妈又问道,她一心只想拖延离别的时间。

"我带着祈祷文啦。"

"祈祷文管什么用,你应该有一串念珠,你拿着我的吧,我上床睡觉的时候,总是用它来祷告。"姑妈说着,就从刚才拿出小刀的那个大荷包里取出一串念珠,用嘴吻了一下,把它递给了玛德娜。

"您什么东西也没有了!上帝呀,您把所有的东西都给了我啦!"

"你只管拿着它吧,我还有一串平时上教堂用的念珠呢。"姑妈说着把一只手搭在玛德娜的肩上,第二只手伸进门后挂着的小陶瓷圣水盆里,三次蘸着圣水为她祝福,"上帝伴着你一同去,一切邪恶都会避开的,希望你将来回家时也像现在离家时一样平安无事。"老人祝福完就伴送着自己心爱的侄女跨出门槛,注视着她离去的背影,直到后门关上再也看不见时为止。然后她走进房里,吹熄了松明,打开小窗户,脸朝着窗外跪在长椅上,双手合十地做着祷告。不一会儿,许多夜莺就一齐婉转地歌唱起来,晨曦照亮了天空,金色的阳光渐渐染红了克沃茨卡山脉群峰的模糊的轮廓。村子里又开始活跃起来,但这时玛德娜和别特卡已经离开村子很远了。

别特卡无疑已经是第十次从亚罗姆涅日广场小酒店门前的长椅上跳起来迎接哈耶克大爷了;她们坐在那儿已经等了一个钟头,可是就没见他来。"我真是如坐针毡哪,别特卡,我们兴许把他错过去了吧?"

"怎么会错过去呢,我们一直坐在大路旁,连只耗子也别想逃过去。只管放心吧,玛德娜,这儿没有人认识我们,他们也不会上这儿来找我们的。"

"天知道我家里人是不是已经发觉我逃走了,是不是派人来追我了?"

"他们不会来追的,您姑妈会跟您的父母说,她派您上里赫诺瓦找婶娘去了,让您在那里散散心。等过了几天,她才会告诉您的妈妈,您到哪里去了。让他们上那儿去找好啦。"

"你可别说漏了嘴呀,别特卡,可别让那磨坊主……"

"我宁愿割掉舌头,"别特卡插嘴说,"也不愿跟那个凯列班①说您什么。您才不知道我别特卡的为人呢!让他们来打听好了,我会把他们引到塔顶上去,再把他们像公羊似的从塔顶上扔下来②,他们什么也不会打听出来的。要知道我自己就跟您的姑妈说过:如果您要逼着姑娘嫁给那个秃顶的魔鬼的话,那么这姑娘就活不到办喜事的时候。我的好玛德娜呀,我已经老了,而且还只是个女用人,就连我这样的人也不愿嫁给他,怎能让您这样一位如花似玉的姑娘家嫁给他呢?!要是您嫁给那个丑八怪,那才真是一朵鲜花插在牛粪上啦。要知道他的鼻子尖得像塔,眼睛凶得像那神话里的蛇精,只差点儿没把人照死啦。他身上哪还有点儿人味,上帝恕我,他简直就是恶魔的化身!他死后也是永劫不得超生的。"

"唉,别特卡,可别这样说呀。我,虽然有理由骂他,可我

---

① 莎士比亚的《暴风雨》一剧中的一个野性而丑怪的奴隶。
② 捷克民间古俗,在圣雅古普节(七月二十五日)那一天,把活羊从塔上摔死,并把羊血当作灵丹妙药。此处隐喻不泄露秘密。

并不希望他将来遭到厄运,我只希望他将来不再来找我的碴儿就行啦。"

"咳,您真是个好人哪,可并不是每个人都这样好呀,等您出门去闯闯,就会看到的。我也并不希望您出门后吃尽苦头,我希望您能碰到那些心地善良的好人,他们把您当作自己人一样看待。喏,我又得去看看他是不是来啦。"别特卡又想起这档子事,赶忙跑到酒店墙角那儿去探望,尽管她们坐在长椅上也是可以直接看到大路上的。"喏,有人来啦!大篷车就像所房子似的,一定是他啦!"

"上帝总算把他领来了!"玛德娜叹了一口气说,因为她一直在担心有人来追她,有人看见她,不然的话,她才不那么着急呢。

"喏,是哈耶克大爷,两辆大车,一辆是四匹马拉着,另一辆是两匹马拉着。他个头挺大,一点儿也不差,是哈耶克大爷,不会是别人。要知道,小斯卡尼奇卡村的人都是这样说他的。"

"哎呀,别特卡,他来啦,我倒想回家去了。我心里可有点儿懊悔了。你马上就要回家去了,可我得像田野里的一棵菩提树孤零零地留在这儿。上帝才知道我将来会不会再见着你们哪。"

"哎呀,您这人太过虑了,要是姑妈听见这话,非把她愁死不可。您为什么突然冒出这样的怪念头,说什么您将来不会回来呢?您难道不知道山不转来人自转吗?上帝会保佑我们活着再见的,我还要在您结婚的时候跳舞呢。"

"唉,你总是这样快活,可你不知道我心里是多么难过呀。"玛德娜回答说,眼睛都湿润了。

"哎呀,话儿照样说,面包照样吃,河水照样流呀!人有时候是会被各种各样烦恼的事情所压倒。可是,姑娘呀,一切都是依然照旧呀,不管您是哭还是笑,只要您想到各地都是在上帝的主宰之下,您就会快活起来的。"

说话间,大货车来到酒店门口停下,店伙计已经为马匹准备好了饲草,因为这里早已成了哈耶克过路歇脚的地方,不论是中午还是下午到达都要在这里喂马。酒店老板也跑出来欢迎哈耶克,隔着老远一段路他就脱帽向他致意。他们开始谈起这趟车装的货物,老板夸奖哈耶克的马匹好,哈耶克又聊起别人的马儿棒,就像干这一行的人相聚在一起的时候那样。各个阶层都有自己的一套习俗呀。

"去吧,别特卡,你去跟他给我说说,"玛德娜央求着别特卡,"你胆子比我大些呀。"

"我们是不是先跟他的雇工说说原委,您觉得这样好吗?"

"为什么要这样呢?跟雇工说不管用,别特卡,你只管去跟他说:姑妈向他问好。"

"还是您自己去吧,玛德娜!您根本就不必羞羞答答的,他跟我们一样是人哪。您跟他说更合适些,您只管去说吧,过一会儿我再跟他谈。"

"哈耶克,这两个女人大概想跟您一块儿走,从早上就在等着您了。你们谈谈吧!我得去准备早饭啦。"酒店老板说完就走进屋里去,把哈耶克留在大门口,这时玛德娜和别特卡正朝他走来。

"我看得出来,"哈耶克先开口说,"你们是想搭一段路的车吧?"

"我不走,大爷,"别特卡说,"我们的玛德娜想搭车上维也纳去,我是陪她来的。"

"姑娘,您一个人上维也纳吗?大概是去找熟人吧?"哈耶克有点奇怪地问着,同时目不转睛地看着那姑娘微微羞红的脸庞。

"我在那里没有认识的人,我想上那里找点活儿干。"玛德娜低声地回答说。

"找活儿!您没有父母和亲友才去帮人的吧?"哈耶克又问道。

"她有父母,亲妈妈还在,可是她的爸爸在她十岁的时候就去世了,到圣伊日①那天已经八年啦。她的妈妈后来又再嫁了,她的继父还在。她还有个姑妈呢,玛德娜,你不是有话要转告大爷吗?"

"亲爱的别特卡,姑妈大概是搞错了。她说很久以前跟大爷上赫拉德茨送过纱。她还说大爷有个半大的儿子,就是他在赫拉德茨给她带路的。"

"我知道了,"哈耶克笑了笑说,"那是我的父亲,那个半大的孩子就是我——这当然是好多年以前的事啦。我的父亲已经去世了,现在我在赶车,大家按照叫我父亲的习惯也喊我叫大爷,当然,我还很年轻啰。"

"这反正是一回事。大爷,她的姑妈请您把这姑娘带上,大家都愿意跟您结伴啦。"

"只要我能做到,我也愿意为每个人效劳,那么我就带上这个姑娘吧,要是我能为她帮点儿忙,我将会尽力去做的。可

----

① 四月二十四日。

是,姑娘呀,请听我的劝告:要是能留在家里,还是留下吧,要是不能留在家里,那就在本地帮人,情愿少要点儿工钱,也别上维也纳去帮人,那儿的活儿可重哪。在维也纳您虽然可以多挣些钱,但日常开销也贵呀!有许多姑娘连性命也搭上啦。我真为您惋惜呀!"

"我相信您的话,大爷,"玛德娜回答说,眼睛里闪烁着泪花,"我真想留在家里,可就是不行哪,我必须走。所以呀,我想到远一点儿的地方,到没有人认识我的地方去帮人。"

"要是情况是这样,我愿意带您一块儿走。您再在这里等一会儿,我马上就回来。您别靠近前面那两匹马,它们有时候很凶,除了我,它们谁也不听。"他说完就转身走进酒店。"她出了什么事啦,为什么要离开家乡?为什么要这么匆匆忙忙地上维也纳去?"在他跟酒店老板说话时,这些问题不断在心里回响着。

"别特卡,你可别把他的话告诉姑妈啦,你是知道的,这些话会使姑妈很难受的,情况不会像他所说的那样糟;要知道上那儿去的人,我不是头一个,也不是最后一个。如果情况真的不好,我还可以上别的地方去嘛。"

"但愿如此,您就放心去吧!男人哪会知道女人的事呀,任何地方都会找到活儿干的。您尽心竭力去干不就得啦。这个哈耶克那样劝您,他可真是个好人哪。"

"好像是,可是你告诉过我,说他年纪相当老了,他原来是个年轻小伙子呀。"

"唉,我们是把儿子错当成他的爸爸了,怎能不出错呢。但这人也不太年轻了;他可真是个大块头呀!上帝对他都忘掉尺寸啦。当你们并排站在一起的时候,连您的影子也看不见了。"

"难道我的个子这么矮?"

"您的个子长得非常合适,可他却是个巨人哪。"

她们就这样闲谈着,玛德娜还托别特卡办一些事情,这时哈耶克才从酒店里走出来。

"雅古普,这姑娘要跟我们一块儿走,给她在车上腾出个位子,我们把这个包袱也放到车上去。"哈耶克对雇工嚷着,同时从长椅上拿起玛德娜的包袱,带到车上去。

"我是费好大的劲才把这包袱背了来,可他拿到手里却轻如鸿毛。"别特卡惊讶地说。

雅古普马上跳上那辆小车,哈耶克亲自关照他把车上那张大毡子也拿到小车上去。"让您坐得舒服些,姑娘。"他心里这样想着,就把那张毡子铺在干草上,那是雅古普为她在货箱中间腾出的位子。"她也可以坐到大车上来呀。"他暗自思忖着,但没有说出来,因为旅客通常都是搭乘小车的。

"好啦,大爷,您就别为我操心了,我就是坐硬木板也不在乎的。"玛德娜说。

"您等着瞧吧,姑娘,明天您可别抱怨路太长啦。"哈耶克微笑着回答说。马匹已经套好了,哈耶克请玛德娜上车,可是不愿跟玛德娜在酒店门前告别的别特卡,却建议她们一块儿步行,陪她到镇上去。哈耶克啪的一声挥响马鞭,马车就滚动了。哈耶克跟酒店老板告别后就驱车上路了。别特卡一直把玛德娜送到亚罗姆涅日。她们默默无言地走着,她们的心都被惜别之情揪得生痛,当她们走出亚罗姆涅日镇时,玛德娜最后一次环视了家乡,失声痛哭起来。"上帝保佑您万事如意,别忘记我们哪。"别特卡看见马车已经来到而她又不能再送时，便哭泣着说。她掀开玛德娜包着脸的头巾，用有茧子的手掌抚摸着她那红润的脸庞。"常捎信来谈谈自己的情况，以后每当大爷从维也纳回来时，我都跑到小斯卡尼奇卡村来等着。""我会捎口信来的，我哪会忘记呀！请你问候妈妈、姑妈、玛尔扬卡和芭鲁什卡·尼维尔托娃，向大家问好，再见啦！"玛德娜说，她们再一次握手告别，然后转过身子，一个走回家去，另一个却走向那陌生的异国。

二

蜜蜂爱恋着美丽的鲜花，男人爱恋着漂亮的姑娘。路上行人老在回头张望玛德娜，酒店里的旅客总在跟哈耶克打听这漂亮的姑娘搭车上哪儿去，这有什么好奇怪的呢？哈耶克自己看她也比看马的次数多呀，这又有什么好奇怪的呢？玛德娜可真是个如花似玉的妙龄少女啊。她的一对黑眼睛闪耀着热情的光芒，两道细细弯弯的蛾眉就像是画上去的。脸腮上有两个浅浅的小酒窝，红润的小下巴如同含苞欲放的玫瑰花瓣那样鲜艳好看。她的嘴小巧玲珑，上唇微翘，像覆盆子似的又鲜又红。她的头发丰美，呈淡黄色，前额上梳着刘海，后面扎着一条粗辫子。她的鼻子又小又短，长得不太好看，尽管有的人不喜欢它，有的人又觉得它挺美，但这个小鼻子配在她脸上显得恰到好处，增一分则太长，减一分则太短。虽然别特卡说过她站在哈耶克身旁显得太矮，但她的身材实际上是很高大的，长得像劲松那样挺拔。一双小脚轻巧有力，富有弹性，双肩洁白如玉。别特卡跟别人谈到她时总是说："我们家玛德娜的身体长得十分健美!"与其说玛德娜长得非常漂亮,不如说她长得十分迷人。她是一个朴素、坦率、善良和勤劳的姑娘。她的脑瓜子很灵,什么活儿一学就会。她跟小伙子们在一起时总是显得十分快活,而且喜欢唱歌,小伙子们也喜欢伴她跳舞,因为她跳起舞来非常轻松愉快。耶塞尼采村有许多小伙子在追求她,可是她直到目前也没有相中谁。如果她的父母把她嫁给别的好青年,而不是嫁给那个面目可憎的坏蛋的话,那她也许会听从父母之命出嫁的,而且会慢慢地习惯起来,并在村子里度过自己的一生,也会像乡村里其他无数的男女结合在一起一样,既不感到不幸,也不感到幸福。

哈耶克到达赫拉德茨之前,在路上又让两个被父母送到维也纳学手艺的男孩搭了车。这两个男孩大约有十二岁的模样,一个家里有父母和几个兄弟和姐妹;另一个只有守寡的母亲和两个弟妹,这些都是哈耶克后来打听出来的。他们的父母让他俩结伴同行,免得路途上寂寞生悲。他们都穿着一身好衣服,肩上还挂着一双系在一起的皮靴,他们的父母叫他们赤脚走路,主要是怕他们在路上把皮靴穿破了;此外他们背上还背了一个小包袱,里面装着面包和衬衫。当哈耶克看见这两个孩子在路上走时,马上就知道他们是干什么的了。

"你们是干什么的呀?"哈耶克赶车走到他们身边时问道。

"我们是上维也纳学手艺的。"男孩子们回答说。

"是哪个村子的人?"

"是扎洛略夫村的。"

"你们叫什么呀?"

"我是斯特尔纳德家的洪齐克,他是斯特赫利克①家的弗兰蒂克。"那个年纪稍大的男孩子回答说。

"你们可都是一些美丽的鸟儿呀。"哈耶克笑着说,连那两个男孩子也为自己起的这么漂亮的名字好笑起来。

"孩子们,你们带的钱多不多?"哈耶克又问他们。

"我带了二十个哈莱士②。"那个年纪稍大的男孩子说。

"妈妈给了我十二个格罗什③,没有更多的钱啦。可我带着面包呢。"

"尽管你们一点一点地啄着吃,亲爱的小鸟呀,还不到维也纳你们就要把面包吃完啦,到那儿以后怎么办呢?"

"爸爸说面包够我们路上吃的啦,等我们一到那儿就该马上找工作,然后就由师傅管我们吃住了。"那个年纪稍大的男孩子说。

"原来是这样! 要是你们在一两天内能赶到那儿,而且师傅又在那儿等着你们的话,那倒可以马马虎虎过得去。唉,跟你们说这些也是白搭。你们想搭我的车吗?"

两个男孩子喜出望外地对他说:"哎呀,大爷,这教我们太高兴啦。我们刚才求过一个赶大车的,可他不肯让我们白搭车。"

"喏,要是你们走累了就上车吧,上那辆小车。你们别靠近那两匹公马,它们野得很,会踢伤你们的。"

男孩子们高兴极了,立刻爬上马车,放下包袱,不停嘴地感谢大爷的好意。

---

① 斯特尔纳德是颊白鸟的译音,斯特赫利克是金翅雀的译音,故引起下文。

②③ 都是当时奥地利最小的辅币。

"嗳，玛德娜姑娘，您现在是不是坐得太挤啦？"当那两个男孩子坐上车时，哈耶克说，"您可以坐到前一辆车上来，坐在我的位子上，反正我走路的时候要比坐车的时候多。"

虽然哈耶克从来没有让乘客坐过自己那辆车，这次真算是破格优待玛德娜，但玛德娜却不领他的情，使他感到十分恼火。玛德娜回答说："哦，大爷，别为我操心了，他们可没有挤我呀。您带上这两个可怜的孩子，可真是做了好事啦！我也有个弟弟，跟这两个孩子年纪差不多大，可是上帝才知道他现在在哪儿呀！"

"您怎么不知道他在哪儿呢？"

"当他不上学的时候，爸爸就送他上赫拉德茨学鞋匠手艺。可是谁知道呢，是他嫌生活不好，还是不喜欢那种手艺，只学了三个月手艺就逃走了，打那以后他就杳无音信啦。"

"你们没有找过他吗？"

"爸爸和教父上赫拉德茨找过他，可是上帝才知道究竟是谁说得对——爸爸骂他是无赖，说以后不再管他了；教父却说师傅虐待他，他忍受不了，才逃到维也纳去。要是我能在维也纳找到他，那才是上帝赐给我的最大欢乐呢！他是我的亲弟弟，妹妹是后父养的。我们俩是同父生的。"玛德娜说完长长地叹了一口气。

"亲爱的姑娘哪，维也纳可是个大都市呀，住在那里的大人有时候都很难找到，要找一个小学徒可就更难了。你们也许能在那里偶然碰上，世上什么奇迹都会发生的呀。"

"唉，是呀，我在几天以前也不曾料到我会走上这条路的。"

"如果我没有搞错的话，您是因为后父的缘故才离开家的吧?"哈耶克开始盘问着。他从来不是一个爱管闲事的人,可是这次好奇心却突然驱使他详细地盘问起玛德娜离家的原因来。

"是因为爸爸,还因为另一个人。"玛德娜微微羞红着脸说。哈耶克注意地看着她,正准备向她提新问题时,谈话却被那几匹牡马打断了。那几匹牡马这时暴跳如雷,因为嘴上套着笼嘴无法撕咬,便昂起头来嘶叫着,叫声响彻四野。这时迎面奔来几匹马,哈耶克必须非常小心谨慎地驾驭着马,使马不致互相碰伤。但马打断了他们的谈话,这使哈耶克非常生气,他大概是平生第一次挥动马鞭抽打了马匹。

玛德娜也许不曾料到旅途生活会过得这样愉快。天气晴美,道路平坦,眼前不断出现新的旖旎的风光,使她感到趣味盎然。她有生以来还没有去过比新城、多布鲁什卡和奥波奇纳更远的地方呢。她没有十分注意亚罗姆涅日,因为在离别时只顾回头看家乡的景色了。她很喜欢赫拉德茨,她更赞美赫拉德茨郊外那辽阔的田野、古堡的远影和大片菜地,并对库克伦和普洛蒂什塔附近一眼望不到边的菜地赞不绝口。但哈耶克却教她注意看洛赫尼采,那些因头巾包法奇特而闻名的洛赫尼采妇女正把洋葱运往各地。当他们到达赫鲁蒂姆斯科时,哈耶克告诉她,这里的农民擅长养马,非常富裕,这辆大车驾辕的马就是这里出产的。他们还遇见不少的农民用漂亮的马匹驾着精美的马车从赫鲁蒂姆斯科赶集回家。可是使玛德娜最感到惊异的是那儿妇女穿的服装,当她看见一个穿着紧身马甲的姑娘时便大声嚷道:"看哪,这儿姑娘也像我们家乡的老太太一样穿着紧身马甲呢。我们都笑她们胸前像戴上了乳罩,撑得鼓鼓囊囊的怪难看呢。"

"你们就不想把自己的民族服装保留下来?"哈耶克说。

"应该保存下来才好呀,大爷,可是新式服装也已经扎下根了。做妈妈的都叫自己的孩子穿新式衣裳,据说粗呢裙子价钱不断上涨,印花布围裙也不做了,而外套又比长皮袄便宜些;所以呀,除了红黑绣花头巾之外,我们什么古老的民族服装也没有保存下来,这花儿还是我们自己动手绣的呢。"

"可是你们没有想到,这种新式服装穿着虽然很大方,但它们并不太结实呀。"哈耶克说。

"这点我们可没有注意到,现在我们都已经穿惯了,就像我们夏天不愿穿长筒毛袜,而愿意穿拖鞋,冬天上教堂怕冻伤脖子而戴上头巾一样。这叫作习惯成自然啦。"

"可是你们那里的男人还习惯于穿那种后襟打着长褶子的绿大衣呢。耶塞尼采的乐师可是远近闻名的呀。我曾经在他们的伴奏下跳过几次舞,他们演奏得挺出色。"哈耶克说。

"我们那里每个男人和小伙子都是乐师。在音乐节的时候,他们三三两两地结伙跑出去,可挣了不少的钱呢。"

"听说你们那里从前有一个非常聪明的人,还跑到俄国去了呢,姑娘,您没有听过人家谈起这事吗?"

"哪会没有听过呢?我们那里谁都知道这事,这大概是一百年前的事了。我们村里一位老教师和一位老大爷都知道这件事的来龙去脉,我不止一次地听到他们谈起这件事。"

"您愿不愿意也说给我听听呢?"

"有啥不愿意的,只是我不像那位老师那么会讲哪。"

"您就随便谈谈吧,反正我们都爱听。"哈耶克说。

"那位乐师名叫约瑟夫·帕维尔①,据说他还是个放牛娃的时候,就会出色地演奏乐器,完全是自学的。有一次,他和其他的同伴在奥波奇纳给公爵大人演奏,公爵大人听了很喜欢,便出钱送他去深造。那时正好爆发了跟普鲁士人打仗的七年战争②,普鲁士大军开进了捷克。我不知道帕维尔当时怎么被俘了,普鲁士人把他关进布鲁莫夫修道院。据说他是个捣乱鬼,从修道院里逃了出来,只穿着一件衬衣越过崇山峻岭一直逃到奥波奇纳,在公爵大人府邸里躲藏了起来。后来公爵大人送他到布拉格上音乐学校,他在那儿学会了各种乐器。据说他这人非常聪明,学习成绩相当出色。这所音乐学校据说在当时是远近闻名的,俄国皇后,老百姓都叫她卡特仁娜,她听到人们谈起这所学校,也想建一所这样的学校。她写信给布拉格,请求派遣一位音乐大师去俄国帮助建立音乐学校,奥波奇纳的公爵大人便推荐帕维尔去。于是他们派遣帕维尔到俄国去了。据说他在俄国过得挺好,赚了许多钱,当了大官,还娶了一个名门望族人家的小姐做夫人。据说他住在一个又大又美的城市里,城市的名字叫莫斯科。过了许多年以后,跟波拿巴③又打起仗来,俄国人也开进了我们的国家。据说有两个俄国年轻军官还跑到斯卡尼采来,不断地打听亚谢纳④在哪里。可是没有人能听懂他们的话,后来他们就跑

①　确有其人,但其身世不详。
②　七年战争(1756—1763),以奥地利、法国、瑞典、萨克森、俄国和西班牙为一方,普鲁士、英国和葡萄牙为另一方所进行的七年战争。
③　指拿破仑一世(1769—1821),即拿破仑·波拿巴,法国皇帝,一八一二年率大军侵犯俄国,被俄国击败,逃回法国。
④　亚谢纳实为耶塞尼采,因外国人发音不准。

去找市长大人（他的名字叫约瑟夫），市长听懂了他们的话，说他们在打听耶塞尼采，他们是约瑟夫·帕维尔的儿子。他们又询问父亲的朋友的情况，市长大人就给他们写了我们村子的名字；当时约瑟夫的哥哥伊日·帕维尔还在世，市长大人也写了他的名字。他们真想到耶塞尼采去看看，可是军队只是路过这里，不许停留。市长大人把这事告诉了伊日·帕维尔，并劝他给他的两个侄儿写信，可是他不肯写。隔了很长时间以后，他接到他的弟弟从俄国寄来的一封信，说他的两个儿子都在巴黎附近一次战役中牺牲了，他的两个儿子生前曾写信告诉他，他们到过斯卡尼采以及市长先生告诉他们的一切情况。他在信中还说，他将给他的哥哥寄来几千金币，请他分给孩子们，并说钱将从邮局寄出，他一定能收到。当时伊日的日子过得并不坏，可是他有几个孩子，寄这么一大笔钱来还是中他的意的。他等着，等着，可是什么东西也没有等来，于是他就跑到邮局去打听；邮局里的人回答他说，他们根本不知道这件事情，他问了几次都是这样的回答，就懒得再问了。可他又不肯给他的弟弟写信，怕信寄不到他的手里。从那以后人们再也没有听到乐师的消息，钱呢，伊日连一个子儿也没有收到。他常常这样说，他的弟弟一定给他寄过钱，可是被人偷啦；他死抱着这种看法，谁也无法说服他。另外呢，我们村上各地去的乐师多着呢，可是没有人像帕维尔那样聪明，也没有人像他那样幸福。"玛德娜结束了谈话。

"幸运可是变化无常的呀。"哈耶克补充说。

他们就在这样的交谈中走了一大段路。到伊赫拉瓦，玛德娜又看见人们穿着另一种民族服装，而斯特尔纳德和斯特赫利克却对伊赫拉瓦城里的打谷场赞不绝口。可是哈耶克纠正他们说城里人管它叫广场。过了伊赫拉瓦，他们就来到摩拉维亚地区①，又有许多东西使他们感到新奇：他们赞美那宏伟壮观的城市、那幽静美丽的乡村、那耕作方法特别的田野和那式样新颖而又绚丽多彩的民族服装。玛德娜不绝口地称赞这儿的人们穿的服装，当她发现这儿的服装有些地方同捷克相似时，总是惊叹不止。然而玛德娜感到最高兴的，还是她能听懂这儿的人们的讲话。"他们的捷克话②虽然讲得不太好，可是还能听得懂呢。"她第一次听到人们讲摩拉维亚方言时，这样评价说。然而哈耶克却向她解释，说他们讲的不是捷克话，而是摩拉维亚话，但这两种语言非常相似，因为捷克人和摩拉维亚人都是同一祖先传下来的后代。哈耶克老在外面走南闯北，熟知其他车夫根本就不注意的各种事情，一般车夫虽然一生也在自己的车旁度过，但他们除了关心自己的货物、马匹和大车外，根本就不关心别的事情。而哈耶克在路途中喜欢跟客人闲聊，问这问那，在客栈里也喜欢跟旅客们一块儿玩，阅读一些随手能拿到的各种报纸。他熟知从捷克到维也纳沿途的风土人情。他谈吐不俗，举止文雅，而这些都源出于他那体贴入微的思想和善良的心灵。

沿途他就像关心自己的姐妹那样照顾着玛德娜。她要是步行，他就跟在她身边走，她要是坐车，他就跟在车旁走；马儿可以随意地走着，他也不去管它们。第一天，玛德娜不愿上客栈吃饭，说她带着吃的东西。"喏，行啦，可是等您把东西吃完了，我们再在一块儿吃吧。"于是，玛德娜头一天自己在车

---

① 今捷克东部地区。
② 指摩拉维亚地区的方言，与捷克话相近似。

上吃了饭,哈耶克像往常一样带着两个男孩子到客栈里吃饭。下午玛德娜把自己带来的食物分给哈耶克、两个男孩子、雅古普和那条小狗吃,他们便狼吞虎咽地吃了起来,最后只给她剩下了一小点儿。第二天她只得跟哈耶克一块儿吃饭了,这使哈耶克很高兴,但没在脸上流露出来。晚上,在玛德娜还没有想到歇夜的事情以前,他就已经安排好她跟老板娘一块儿过夜了,因为各地客栈的老板都愿意为哈耶克做点儿好事。如果玛德娜拒绝了他的好意,他就说:"我既然答应照顾您,我就要像保护自己的眼睛那样地保护您;您别以为我只对您才这样做,妇女需要住得舒服点儿,对待妇女跟对待男人总得有点儿区别才是呀。"哈耶克说完就笑了起来。他们彼此之间的了解日益加深,玛德娜心里为自己能跟哈耶克结伴同行而感谢着上帝,她就像相信自己兄长那样地信任他;但哈耶克对玛德娜称呼他大爷却感到无名的烦恼。雅古普这样叫他,两个男孩子这样叫他,大家都这样叫他,他从来也没有觉得有什么不好,唯独玛德娜喊他大爷时,他总是感到闷闷不乐,把马鞭挥得啪啪地响。玛德娜心里也在琢磨着:为什么他总叫我小姐呢,就好像我是城里人一样!她还打定主意将按城里人的叫法喊他少爷。于是她找到一个绝好的时机跟少爷讲话了。

哈耶克听见她这样叫他,满脸显出不高兴的样子,把马鞭在空中乱挥着,说:"我还不是大爷,更不是少爷;大家都叫我伊日克·哈耶克,您就从姓和名字里随便选一个吧,可是请您别再叫我大爷了。"

"我也请您别再叫我小姐了,那是称呼城里姑娘的,而我呢,只是一个农村的姑娘哪。"

"您虽然是农村姑娘,可那样称呼您挺合适,如果您高兴的话,我就叫您的名字,"哈耶克高兴地说,"那您呢?"

"我光叫您哈耶克的名字,恐怕有点儿不合适吧。"玛德娜害臊地拒绝说。

"随便您叫我伊日克或者哈耶克都行,这不关谁的事,我们总是同乡哪!"哈耶克补充说。他们就这样商定了,谁也没有注意到他们彼此叫法的变化;而哈耶克却为此感到十分高兴,就像自己办成一桩了不起的大事似的。他从来也没有感到这趟路程是这样地短,他以为还没有出捷克国境呢,可是第四天他们就快到维也纳了。那天晴空万里,骄阳似火,天气闷热异常。那两个男孩子从这个水沟里跑到另一个水沟里,他们跟狗围着大车互相追逐着,孩子们和狗才不把走路当回事呢,直到最后他们跑得精疲力尽才爬上车来,雅古普陪着他们坐在车上。玛德娜沿着小径走到鲜花盛开的树荫下,她没戴头巾,也没有穿外衣。她感到脸被晒得直发烫。哈耶克牵着马走着,呢帽拿在手里,不断擦着被烤得汗水直流的前额和脸庞。他低头沉思着走了一会儿,然后又情不自禁地抬起头来望着玛德娜。这时玛德娜正在摘那些草丛中的雏菊,把它们扎成花束,小狗跟在她后面跑着。

"哈耶克,狗在啃青草,要下雨啦!"玛德娜突然嚷道。

"看天上是像要下雨的样子。"哈耶克指着天空中聚拢起来的乌云说。

"让它下吧,只是希望别打雷呀,我最怕下暴雨。"玛德娜坦率地承认说。

"您为谁扎花束呀?"哈耶克指着雏菊问。

"您要是喜欢花的话,我就给您,可是您得把帽圈上的税单取下来,把花插在帽子上。"

"这太好啦,还没有人给我送过花呢。"哈耶克回答说。

"大概是您不愿意接受别人送的花吧?"玛德娜一边狡黠地问,一边整理着花束。

"您算是说对啦,我是不随便接受别人送的花的,可是,如果您送给我花,那对我来说可算是件爽心的乐事啦。"哈耶克说着就把插在帽圈上的所有税单全扯了下来,把呢帽递给玛德娜。玛德娜脸带甜蜜的微笑把花束插在他的帽圈上。

"希望这花永不凋谢。"哈耶克边说边把帽子戴在头上。

"等这花凋谢了,我再给您送别的花。"

"听了这话我太高兴啦,因为您如果要履行自己的诺言,那您就得跟我一块儿回家去啦。"哈耶克回答说,眼睛里流露出无限的喜悦。

玛德娜没有再说话。这时已经开始掉雨点了,乌云已经完全遮住了太阳。

"快上车吧,别把衣服淋湿了。"哈耶克建议说,虽然他更愿意同她一起步行。

"淋点儿雨没有坏处,这是五月的雨,是促进万物生长的雨呀。我的个子太矮啦!"玛德娜微笑着说,伸开手掌接雨,并把脸仰向天空来接受雨的洗礼。

"什么太矮?谁跟您说的?"哈耶克问,他的眼睛一直在打量着这个身材苗条的姑娘。

"我们家的别特卡这样说。"玛德娜回答说。

"她在撒谎,要不她就是近视眼。"哈耶克说完便朝马匹那儿走去。

雨越下越大,玛德娜想上车,可是那两个男孩子直挺挺地躺在车上睡着了,雅古普也在打瞌睡呢。

"上大车吧,玛德娜。"哈耶克看见她没有地方可坐,赶紧邀请她上大车。

"我怕您的那几匹马呀。"

"有我在您身边,您什么也不用怕。"哈耶克说着就把玛德娜像小孩子似的抱起来,放到车上去。玛德娜羞得满脸通红;哈耶克沉默地坐在她的身旁,心在怦怦地乱跳,一时说不出话来。玛德娜也一声不吭地坐着。马车在肥沃的平原上奔驰。田野到处一片葱绿,欣欣向荣的草场,宅旁百花盛开的果园,稀稀落落地长在田间的一些野生树也盛开着乳白色的花朵。青山的轮廓已经出现在遥远的地平线上。炽热的阳光从那乌云里钻了出来,从乌云里落下来的雨点在阳光照射下变成了无数闪烁着宝石光芒的小星星。

哈耶克舒服地坐在车上驾着车,为了能清楚地看到外面,他把车篷撩在车顶上。玛德娜和哈耶克两人就这样默默地看着四周的景色,一直看了很久,然后哈耶克伸出右手(他的左手握着缰绳哩)握住玛德娜的左手,用一种压抑的声音说:"玛德娜,等到太阳下山的时候,我们就要到维也纳了,我们就要分别了。"

"天哪,快到维也纳了!"玛德娜吃惊地说。

"我从来也没有觉得这条路是这样地短,我带别人时从来没像这次带您上维也纳这样高兴,玛德娜。"

"我理解您,哈耶克,"玛德娜叹了一口气,"您是个好人哪!您希望我好,怕我落到坏人手里,可我希望上帝能帮助我找到一碗饭吃!"

"会有人照顾您的,不会使您日子过不下去。可是,这并不就是一切呀,玛德娜。您从来也不知道这个世道是多么坏。我已经带过许多年轻的同乡上这儿来,男的和女的都有,我为他们中间许多人的遭遇痛哭过。您回去吧,玛德娜!"他的声音是那么感人,他脸上的表情是那么真挚和善良,使玛德娜无意中把他那粗硬的手按在自己的胸口上。"我不能呀,哈耶克,我不能回去!"她摇着头说,眼眶里噙着泪水。

"玛德娜,为什么您不能回去呢?您难道还不相信我吗?"

"相信,哈耶克,我相信您。您要知道,我父母在逼着我嫁给一个我非常讨厌的男人!"玛德娜说,然后又低声地诉说着那个恶棍和丑八怪如何地爱上了她,他发誓要不择手段地把她弄到手。"您看,亲爱的哈耶克,我必须远远地离开家乡啦,唉,我在维也纳连个躲避他的藏身之地也没有呀!要是被他找着,他会杀死我的,他可是个报复心很重的人哪!"

"但愿不会发生这样的事!"当玛德娜结束叙述时,哈耶克长长地叹了一口气说,"我宁愿看见您进棺材,也不愿看见您投进他的怀抱。您不回家,我不再为这事儿生您的气了,等到您本人或者您家里情况改变了再回去吧。眼下随您把我当作自己的兄长也好,把我当作诚实的同乡也好,只请您把一切都告诉我,有事不找别人帮忙,只来找我。玛德娜,您答应我的要求吗?"

"我就像相信自己的兄长那样相信您,我决不会忘记您的好心,等我需要帮助的时候,一定来找您。"玛德娜边回答说,边满面流泪地把手伸给他。哈耶克握了握她的手,便跳下车来。车子又向前走了一段路,这时玛德娜突然看见面前是一片鳞次栉比的屋顶,一座黝黑色的尖塔高耸在屋顶之上,落日的余晖染红了塔尖。

"维也纳到啦!"哈耶克嚷着,边用马鞭向那边指指。

"我这个可怜的姑娘要躲到哪里去才好呢?!"玛德娜痛苦地叹了一口气,双手却无力地落在膝头上。

三

在维也纳的拉奥波尔多夫市郊区一个百货商店的看守人的房子里,有一个穿着清洁家常便服、身材又高又胖的大娘坐在一张铺着羊皮褥子的躺椅上,头上系着一条白头巾。这就是看守人的老婆。维也纳的熟朋友和老女用人安茄都管她叫卡蒂大娘,而捷克的熟朋友却管她叫卡特仁娜大娘。虽然她的前额和脸庞上都出现了老年人的标志,但她的头发却像煤一样乌黑闪亮。在她不说话的时候,仿佛愁容满面,可是当她一开口说话时,她那对灰色的眼睛就顿时放出炯炯的光芒,整个脸都舒展开来,显得非常慈祥,都快变成另一个人了。她肩上披着黑色的外衣,像个圆圆的滚筒靠在躺椅靠背上。她的手是一双操劳惯家务的手。厨房里熊熊的炉火穿过敞开的房门照在她身上,也染红了摆放在房里的古式橡木家具。年老的女用人安茄在炉火边忙碌着,把罐子煨在火边上。挂在厨房墙壁上那些铜的和锡的炊事用具在闪闪发亮。只要外面有点儿响声,安茄就侧耳谛听着,眼睛看着门口。"可这孩子怎么还不来呢,"安茄等得不耐烦地说,"他大概不会出事吧?"

"瞎说,你老在为这孩子担心害怕。你总不能老把他看作小孩子吧,你也不想想,他已经是能抡起大锤打铁的大人啦!"卡特仁娜大娘回答说。

"说这些有什么用呀,卡特仁娜大娘,雅鲁谢克在我面前永远是个孩子。"

"好啦,可是你别惯着他,别看着他的眼色行事,要不你会宠坏他的。"

"当他跑来求我说:安茄,我的老安茄,我喜欢你,你就为我做了吧,我哪能不给他做呢? 天哪,那孩子那么喜欢我,我的心都高兴得怦怦地跳起来了。你说得多好呀,别为他做这个! 我的雅鲁谢克可是我在这个世界上唯一的欢乐呀。"

"那我对你来说就不算什么啦?"卡特仁娜大娘故意捉弄她,可是她的眼睛带着真挚喜悦的神情久久凝视着年老的女用人。

"您不算什么?卡特仁娜大娘,您倒不算什么啦? 我的天哪,在我生病的时候,在我得天花的时候常来照顾我和劝慰我的是您,打那以后直到眼前一直关心我的还是您,您对我来说反而不算什么了? 哎呀,您是怎么想的? 我的上帝呀,雅鲁谢克总是您的亲骨肉嘛,所以我才那样喜欢他呀!"年老的安茄说着就放声大哭起来。

"嗳,别哭啦,老傻瓜,你还能不了解我? 你以为我看不透你的心吗? 可是你为什么老在唠叨着我为你做过的那些微不足道的小事呢? 你不是早已报答我了吗? 我们是同病相怜嘛,我过去也给人家当过女用人,我知道一个离乡背井的人的苦处,我也知道好言相慰对这种人来说是多么宝贵!"

"唉,您是知道外乡人的苦处呀,要是您不知道的话,您哪会照顾哈耶克带来的那些姑娘呢,您待她们就像亲妈妈一样哪。"

"我为她们做的事算得了什么呢,比起哈耶克做的事来简直不值得一提。要是我以前没有给人家洗过衣裳,我也不会知道她们的甜酸苦辣的,那我就很难使哈耶克感到满意了。"

"那时候可真是糟透啦,我病后您把我接到身边来时,我啥活儿也不能干,您就通宵彻夜地干活来养活我啦。"

"唉,别说啦,你净在胡扯。"卡特仁娜大娘打断了她的话,可是,如果安茄不是站得离她太远的话,她一定会看见大娘脸上挂满了泪珠啦。

"喏,我再也不说啦!您是知道的,您把我接到身边,第二天米哈尔大爷就带着结婚礼服来找您了;您呢,您不想穿礼服,说那是给太太们穿的,后来您还是穿着那件衣服和他结婚了。当时我为你们准备早餐,还为你们做祷告呢。卡特仁娜大娘,您那时可真是个漂亮的新娘哪。米哈尔大爷是个德国人,说真格的,他也是个天字第一号的大好人,他恨不得把心都掏给您啦。"

"你说得挺对呀,米哈尔真是个道道地地的大好人哪!起初我们生活过得挺困难,可是上帝给我们帮了忙。"

"如果夫妻两个互相关心,互相体谅,那他们就会生活得和睦美满,上帝都会为他们祝福的,何况对你们这样的好人呢。当米哈尔大爷在'小羊羔酒店'干活,而您为太太们洗衣裳的时候,你们挣的钱可不多呀,可是你们还是为哈耶克的爸爸做了那件好事。他的儿子是永远也不会忘记这事的!"

"我的上帝啊,这是每个熟人都会帮忙的呀。米哈尔认识他,当他突然病倒在'小羊羔酒店'的时候,米哈尔就把他搬到我们家里来了,路程也不算太远。我服侍他养病,米哈尔照料他的马匹,把他所有的事情都管了起来。当时我们真担心他会有个三长两短。喏,可是过了一个礼拜他又好起来了。他已经成百倍地报答我们了。你不是也知道,小哈耶克每次都不是空着手捎来他妈妈的问候的吗?"

"可是他总说,那是酬劳大娘对那些孩子的操心啦。"

"我的上帝呀,那算是哪门子操心哪!如果我能为每个姑娘找到个好位子,并且关心到底的话,那还可以说我做了点儿好事,可我不能够跟在她们每个人的背后呀。"

"照看一袋跳蚤也比照看这些姑娘来得容易些,男人都在欺骗她们哪,"年老的安茄说,"这儿是索多玛①呀,我的天哪,只要漂亮姑娘们一在街上露面,那些男人就像嗥叫的狼群似的把她们包围起来,恨不得把她们一口吞了下去!您就是跑遍天涯海角,大概也难听到这些人说的那些脏言秽语呢。"

"每个大都市里都是这样的,你是知道的,火多烟就多,人多罪也就多嘛。你今天没有看见伦卡吗?她已经好几天没有上这儿来了,平时她打这儿经过,总要进来坐一会儿。"

"我今天没有看见她,昨天也没有看见她;她曾告诉过我,说她过得挺好的。她是一个天真无邪的姑娘,可是我觉得她很喜欢那些浪荡子跟在她后面跑。您看,安尼奇卡却是另一类的姑娘,她上街时只顾低头快走,就像有人追她似的,谁也不瞧一眼。她是个又文静又腼腆的姑娘哪,我非常喜欢她。伦卡这姑娘可太轻佻啦。"

"喏,我得劝劝她,如果她不听我的话,那太可惜啦。"

"今天还有两个皮鞋匠学徒来打听哈耶克大爷什么时候来。我问他们找他干什么,他们可真是守口如瓶啦,一点儿口

---

① 指维也纳。

风也不漏。后来他们才告诉我,说大爷答应过他们,如果他们乖乖地学手艺,他将给他们每个人带一件新衬衫来。这两个可怜的孩子身上都穿着破烂不堪的衣裳。只要大爷一到,他们就飞快地跑来找他了。"

"他真是个好人哪。从来也没有见过谁像他那样关心这些孩子。在路上给他们吃,到了这儿还为他们找师傅,在生活上关心他们,他真是个好人哪,他做的好事谁也比不上。"这时从厅堂里传来了脚步声。

"我的雅鲁谢克回来啦!"安茄说,她的脸色因欢乐而显得开朗起来。卡特仁娜大娘站起来,点着了桌上的灯。这时侧门被推开了,一个半大的小伙子跑进房里来,他就是卡特仁娜的儿子和年老安茄的干儿子。他长得一副生龙活虎的样子,黝黑的皮肤,乌黑的头发,腰间围着一块油渍麻花的皮围裙。

"你们好! 妈,你看谁来啦!"他兴高采烈地嚷着。

"谁呀?"卡特仁娜大娘正想问他,可是这时玛德娜和哈耶克已经先后进门来了。

"我们刚说到狼,狼就到啦!"卡特仁娜大娘边笑着说,边将手伸给哈耶克。"欢迎您上维也纳来! 我们刚刚还在叨念着您呢。雅鲁谢克,快搬椅子来!"

"别搬啦,雅鲁谢克,快去洗洗吧,你浑身脏得就像从烟囱里爬出来似的。"

雅鲁谢克跑进厨房去洗脸,安茄搬来椅子。

"安茄,您这一向都好吗?"哈耶克边说边坐下。

"上帝保佑,过得马马虎虎,亲爱的大爷呀,我可已经是个风烛残年的人哪!"

"哦,您的身子骨还挺硬朗的嘛!"哈耶克说,可是安茹耸耸肩,向玛德娜看了一眼,就跑进厨房去了。

"您给我们领来的客人是谁呀?"卡特仁娜大娘坐下时问道,眼睛在打量着玛德娜,而玛德娜正对在这儿所见所闻感到惊讶不已呢。

"大娘哪,我给您带来什么人,您是知道的呀。"

"也是当女用人的吗? 大概是您的亲戚吧?"

"我们都是兄弟和姐妹,都是亚当①的后代呀,实际上我们只是同乡,"哈耶克开玩笑地说,"因为没有谁能像您那样热心地帮助同乡,卡特仁娜大娘,所以我总是带着同乡的姑娘们来找您,拜您做干妈。"

"如果她们都想做我的干女儿,那我可该怎么办呢?"卡特仁娜大娘笑着说。

"那当然会叫您受不了啦。如果这儿没有您在,我也不能管这些闲事了。她们可是珍贵的宝贝呀,我总不能把她们运来,往街上一倒,让随便什么人伸手抓了去;我得凭着良心做事呀。"

"我并不想夸您,哈耶克,可是我得说,希望有更多的人能像您有这样的好心肠,来关心爱护自己的同乡!"卡特仁娜大娘边说,边把自己肥胖的大手搭在哈耶克的肩上。

"这样的人有的是,您就是这样的好人嘛,大娘。"哈耶克说。

"哎呀,我算得了什么呢。——可是我不想再说下去了,我知道您不喜欢人家夸奖您。喏,有的人可喜欢别人到处吹

①《圣经》传说中的人类始祖。

他呢。您脱下外衣吧,姑娘,您还想上哪儿去呢?这儿您也许有熟人吧?"

"一个熟人也没有呀,大娘!"玛德娜回答说。

"喏,那您就像别的姑娘那样先住在我们家吧,这事我们跟哈耶克早就商量好啦,我们还有一间空房间呢。可是朋友们,让我去招呼一声。"卡特仁娜大娘道了歉,就站起来走出房间去了。她走路时身体左右摇摆着,就像在水里游泳似的。

大娘离开房间以后,哈耶克就凝视着玛德娜,抓住她放在膝头上的双手。"玛德娜,"他低声而深情地说,"鼓起勇气来吧,您看哪,卡特仁娜大娘是个多么和蔼可亲的女人,她会把您当作妹妹一样看待的,您有什么心事都可以告诉她,您要相信我呀,要是我不知道他们都是好人,我是不会把您带到他们这里来的。"

"唉,哈耶克,我感到天就像坍在我的身上了,我心里都快憋死啦。"玛德娜叹了一口气,同时把他的手按在自己感到窒息的胸口上。哈耶克是多么愿意向她倾诉衷情,并且带她离开维也纳啊!他哪里愿意把她一个人留在这儿呢,然而他没有吭声。他之所以缄口不语,是因为他怕一张嘴就把占据自己整个心灵的感情泄露出来了。"哈耶克,"姑娘羞答答地问,"您明天还来吗?"她眼里噙着泪花急切地望着他。

"玛德娜,只要我不死,我就会来的。"哈耶克低声地说。这时门打开了,米哈尔大爷走进房里来,他是一个肩膀宽阔,身材魁梧,脸庞圆胖而神情愉快的大汉。

"上帝保佑你呀,兄弟!"他边问候哈耶克,边诚恳地把手伸给他,但他一直目不转睛地在瞧着玛德娜;他啪的一声弹响指头,大声嚷道:"见鬼了,这可是个该死的漂亮姑娘哪①!"

"亲爱的德国朋友,她是个捷克姑娘,你得用捷克语跟她说话才行啦。"哈耶克说,因为他看到这番欢迎使得玛德娜感到不知所措。

"哟,得用捷克语说,可我不会呀②。"米哈尔大爷耸耸肩说。

"你还有脸说呢,卡特仁娜大娘教了你十五年捷克语,可你现在还是一句也不会讲。"哈耶克嘲笑他说。

"哟,我才不会讲呢,你们的语言是他妈的该死的语言,要学会讲你们的话,我得再安上一个特制的舌头才行;好在维也纳人都讲德语,而且讲的都是标准的德语呢③!"

"你们看他呀,"卡特仁娜大娘这时正走进房里,听到丈夫这样讲,便搭腔说,"你的舌头就不能学捷克语,那我的舌头就应该讲你们的话?你不想学捷克语,要我们妇道人家学你们的德语,你就不害臊吗?我们女人不该那么傻,应该让你们男人学才是!"

"我们是大丈夫嘛,你们妇道人家一切都应该按照男人的意愿去行事才对。"米哈尔大爷边说,边拍拍自己的胸膛。

"你们是男人哪,可也得有个聪明的脑瓜子呀。"卡特仁娜大娘边笑着说,边指指自己的脑袋;然后她把手搭在丈夫的肩上,补充地说:"亲爱的米哈尔,我们在一起能讲得通,你得感谢我才是,要是我不会讲德语,那我们谈起话来才叫出洋相呢。"

---

①②③　原文为德文。

"卡琴卡①,就是那样,我们也会彼此了解的!"米哈尔大爷笑着说。然后他转身向哈耶克,问姑娘叫什么名字,当哈耶克告诉他叫玛德娜时,他装着听不懂,后来卡特仁娜大娘跟他说,她是伦娜。

"啊,这是另一个伦娜了,您不叫卡恰应该感到高兴才是。每个叫卡恰的都是坏女人。"

"可她的日子过得蛮好的,据说非常好呢,"哈耶克说,"你为她操啥心呀。"

"喏,有什么办法呢?我只好不管她啦。"米哈尔大爷耸耸肩说,可是卡特仁娜大娘已经上厨房里去了,没有听见他下面的话。这时安茄进来铺桌布,过了一会儿,她们就端来了晚饭,洗得干干净净的雅鲁谢克也跑来帮她们端菜。玛德娜也想动手帮忙,可是卡特仁娜大娘不让她动手,说:"将来要您干的活儿还多着呢,只管坐下吧,坐在您的同乡身旁。"

"既然大娘这样说了,您就来坐下吧。"哈耶克大爷边说边给她端椅子。哈耶克不论什么时候来维也纳,第一顿晚饭总是在米哈尔大爷家里吃,这早已成为习惯了;在他们之间是没有必要邀请的。哈耶克的老妈妈几乎每次都要给大娘捎来黄油、奶酪以及类似的家乡土产,这些土产在维也纳被看作比任何东西都珍贵的礼物。米哈尔大爷拿出好葡萄酒,卡特仁娜大娘总是做一两样哈耶克喜欢吃的菜,他们一整月都在盼望着这顿晚餐呢。安茄也坐在桌旁吃饭,根据农村的习惯,主人和仆人都是坐在一个桌子上吃饭的。

这顿晚餐并没有什么山珍海味,只不过是些煎鸡蛋、红烧

---

① 卡特仁娜的爱称。

羊肉、黄油、奶酪和葡萄酒而已，但每样菜都做得美味可口。"我也不给你们搛菜了，只管随意吃吧，喜欢吃什么就拿什么，能吃多少就吃多少!"当大家都围着桌子坐好后，卡特仁娜大娘才坐在自己特备的那张铺着羊毛褥子的椅子上说。

"这样最好。"哈耶克说。除掉玛德娜外，大家都吃得津津有味。玛德娜心事重重，吃饭难以下咽。安茄把自己一份菜里最好吃的菜悄悄搛到雅鲁谢克盘子里，仿佛她的胃是装不得这样好菜的。

"嗳，玛德娜，您尝尝这黄油呀!"大娘劝请着，"是家乡带来的美味呀。哈耶克告诉我，这是他妈妈给我捎来的礼物呢。"

"我知道你们在外地觉得家乡的东西好吃，而我们呢，在家里净吃这些东西呀。我自己也是这样的，每当我回到家里，我觉得最好吃的东西是家里烤的面包和新鲜的黄油。"哈耶克说。

"要是有个漂亮的老婆为你做饭的话，那就更对胃口啦，我说得对吗?"米哈尔大爷说着大笑起来。哈耶克听了这话几乎把脸都臊红了，幸好玛德娜听不懂德国话。玛德娜的确没有理解这句话的含义，她切了一小块黄油，说："在我们村子里老百姓都舍不得吃黄油。都把黄油攒起来送到普列斯去卖。"

"我们山里人，"哈耶克说，"过得也非常节俭，他们都省吃俭用地把东西攒起来卖点钱。黄油、鸡蛋都拿到附近镇上去卖，布拉格的小贩在那里收购。穷苦人家最多只能喝点儿汤，吃点儿白水煮土豆，连油也舍不得放点儿，偶尔才能吃上一口面包呢。家境稍好一些的农民也舍不得把钱花在吃上。他们省吃俭用惯了。过去我们曾祖母是怎样做饭，今天我们妇女还是那样做，什么烹调技巧呀，那就更不用提了。他们就这样祖祖辈辈吃同样的饭，大概还要这样代代传下去呢。"

"我的天哪，我们家乡也是这样呀。人们只在重大的节日里才舍得吃上点儿肉，还不是每家都能吃得上呢，只是有钱的人家才能吃点儿。穷苦人家能吃上一口白面烙饼就高兴死啦。奶牛呢，请原谅，有钱的人家才养两三头；穷苦人家只能养一头过日子，而且全年都得把黄油省下来卖点儿钱呢。我的天哪，这样的苦日子我在家乡可熬够了，可是，尽管这样我还是想回家去看一眼。卡特仁娜大娘，您知不知道我已经离开家乡快二十年啦？"安茄说。

"光阴如流水，日子过得真快呀！我在维也纳也已经待了二十年啦，当初我刚到这儿时，曾打算最多待一个礼拜就回去，要不然的话，我会想家想死的。人哪，就是容易安于现状呀。"卡特仁娜大娘回答说。

"安茄，您是哪儿人？"哈耶克问道。

"我跟卡特仁娜大娘是同乡：是普拉哈蒂采背后的耶林科夫村人。我姓耶德尼奇科娃，可是我们原先并不认识，直到我们有一天在我帮工的那家人家偶然遇上了，谈起来才知道是同乡。那可是上帝的安排呀，因为我后来生病了，卡特仁娜大娘就把我……"

"给哈耶克斟酒呀，安茄。"卡特仁娜大娘打断了她的话，不让她没完没了地说下去，然后接着说，"现在我想起家乡，想起那儿的山山水水和森林就像在做梦似的。当我们以前去采杨梅的时候，那儿是一片葱绿，美极啦！那儿所有的人都姓耶德尼切克和耶德尼奇科娃①呢。后来我的父母过世了，哥哥要了那所木房子，娶了亲，我就背上一个小包袱上布杰约维采帮工去了，后来我又跟着女主人来到这里，打那以后我在这儿什么好日子和歹日子都过过啦。从前我有时候还做梦梦见过家乡，在梦里一切都显得格外美，特别是那片葱绿的森林。早上醒来我总是在怀念家乡呢。"

"我也很长时间感到不习惯，最使我感到头痛的是用头顶着木盆去打水。"安茄说。

"哪种活儿都要勤学苦练才能学会。我劝您呀，玛德娜，在您去打水以前，先在家里学会它。先在头顶上垫上个柔软的圆圈，再把木盆放在圆圈上，这样使木盆可以不直接压在头上，而且还可以放得很稳。先用空木盆练，然后再盛上水。您先在厨房里练好了，等您学会保持头部和身体的平衡再出去打水。明天我来教您。"卡特仁娜大娘说。

"谢谢您，可是为什么我不能用水桶提水呢？我喜欢用水桶提水，这样提水不仅轻快，而且一次还可以提回更多的水呢。"玛德娜羞怯地问道。

"好姑娘，我知道您一次可以提一大桶水，可是，各地习惯不同哪，而女主人已经根据当地的习惯置好盛水的用具了。您看，布拉格人是用水桶背水吃的。这种水桶可以装六十磅水，如果您背着它上二楼和三楼的话，您的腿都会直打哆嗦，连气也喘不过来啦。可是用这种水桶一次可以背很多的水，这倒是真的。"

~~~~~~~~~~

① 捷克人即使是同姓，男女姓氏的写法也有区别，男人姓耶德尼切克，女人则念成耶德尼奇科娃。

"那还没有我们家乡用的背桶装的水多呢,提起来也挺轻快。"安茹说。

"什么样的背桶呢?"哈耶克和玛德娜异口同声地问道。

"这种背桶呀,"卡特仁娜大娘解释说,"大概算是最大的水桶了。它是一个圆形水桶,上端安了一个半环形的铁圈,跟桶上安的两个铁环连在一起。这种水桶一般是用软木做的,中间箍上了铁箍,有钱的人家还箍上了铜箍,桶上还镶嵌着黑色的木条,安有铁链子。穷人便用绳子代替链子,用木头做的钩子代替铁钩,桶身也是用木制的桶箍箍住。背水的时候把铁链子拉紧,桶就不会在身上晃动了;背着桶走起来很轻快,因为水的重量都压在肩膀上啦。"

"各地习惯都不相同哪,人就得入乡随俗才能和当地人和睦相处呀。"哈耶克说。晚餐就在这样的闲谈中吃完,安茹开始收拾桌子了。可是米哈尔大爷还给大家的酒杯斟满了葡萄酒,建议为大家的健康和欢乐而干杯。玛德娜显得有点儿忸忸怩怩的样子,但还是举起杯来向主人表示敬意。酒使大家情绪快活起来。他们谈起各种各样的事情,谈他们两人的职业,谈他们熟朋友的情况,还谈自己的事情。最后哈耶克谈起那两个跟雅古普留在旅店里的男孩子,并问米哈尔有没有师傅想收他们做徒弟。"他们也可以学别的手艺,不一定就学皮鞋匠,"他补充说,"只要是个规规矩矩的好心肠的人就行啦。"

"亲爱的朋友呀,"米哈尔大爷说,"如果这两个孩子能出学费的话,我可以为他们每个人找到十个师傅,可是师傅都想把这些孩子变成自己家里的奴隶呀,要不谁也不收这些不要报酬的徒弟;即使有个把待徒弟较好的师傅,那也马上在整个

372

维也纳传开,孩子们就一窝蜂地拥到他那儿去了。"

"爸爸,"雅鲁谢克说,"猎人大街有一个木匠,名叫克尔切克,他想收徒弟,他今天去铁匠铺里还跟我师傅说来着。"

"哎呀,是凯尔谢克①,"米哈尔大爷说不出他的名字,"喏,是呀,他是个好人,但他很严厉。如果他能收他们,那他们就该感谢你了。"

"我好几次注意看了他的招牌,我想他一定是个好人哪,因为招牌上是用捷文写上他的名字的,不像许多人用德文写名字,连上帝也念不出这些名字来。"哈耶克说。

"朋友呀,你们可真有些名字,你就是把舌头绕断了也念不出来呀。"

"那只是些没有字尾②的名字,就像你的名字那样。"哈耶克说着大笑起来。他们经常彼此开这样的玩笑,但他们从来也没有因开玩笑而生过气。

"今天已经有两个皮匠学徒来找过您,"卡特仁娜大娘说,"我猜是从普日科普来的。"

"我知道啦,我曾经许过愿要给他们东西。可怜的人哪,他们来时差不多是赤身裸体的,没有衣裳穿。他们是两个身体健壮的小伙子,我去年带他们来这儿的时候,他们是那样地穷困,那样地发育不全,叫人看了都心酸啦。"哈耶克说。

"要是这些孩子的父母知道他们在这儿这样受苦,他们就不会这样听天由命地把孩子们送到这儿来了。人们看见这些孩子背着沉重的东西在城里走,都心疼得哭起来。如果师

① 德国人因不会念两个子音相连的名字,故念错了。
② 名字最后的字母不是母音,而是子音。

傅是个好心肠人的话,那么,师母或者他们家的孩子们或者师兄们就是些恶人。师傅家里所有的重活和脏活都一股脑儿地推到学徒的头上,压在他们肩上,他必须听从他们每个人的摆布。学手艺反而变成次要的事情啦。学徒要是生病了,他们把他往医院里一送就再也不管了。如果他病好了,那该谢天谢地;如果死了,他就像一块石头一样被扔进水里去。的确,有些学徒是不信仰上帝的,可是这有什么好奇怪呢,他们生活在那样的环境里呀。

"最糟糕的是,他们长大以后都变成了野兽,什么手艺也不会,既不信仰上帝,也不尊重社会道德,每个人都在听天由命地鬼混。谁会在乎这些孩子将来变好还是变坏呢?如果这些孩子变成了小偷,他们就惩罚他们;如果这些孩子变成了规矩人,他们就待他们好些。我曾多次考虑过这种情况,可是这又有啥用处呢?我也无法改变这种状况呀,我除了为他们帮点儿小忙之外,是无能为力的;而帮忙对这些人来说只不过是杯水车薪,解决不了任何问题。"

"要是每个人都这样想就好啦,亲爱的哈耶克,可是我们无法把这个世界颠倒过来呀。"卡特仁娜大娘说,"姑娘们的情况也是这样:她们来时全是天真无邪的好姑娘,过年把工夫就都变坏了!她们初来时就像瞎子一样,分不清好人歹人,一旦落到人贩子手里,就会被卖到任何地方去。谁也不尊重这些姑娘,谁也不给她们指出那个极容易掉入的无底深渊。东家待用人都没有心肠,不把用人当作有用的帮手,当作跟自己平等的人,而把他们看作是被上帝注定了要做仆役的奴隶。常言说:不当用人,不知下人的苦衷。这话说得真对呀!在用人还能拼命干活的时候,东家还喜欢他,可是等到他把力气耗尽,即使他在东家家里消磨掉了自己的青春岁月,这时东家也觉得他有些碍手碍脚了。他们都骂女用人坏;哎呀,就算他们说对了一半,可是谁应该为这个负责呢? 上梁不正下梁歪嘛①。您可别害怕呀,玛德娜,"卡特仁娜大娘看见玛德娜眼睛里涌出了泪水时说,"一切规则都有例外嘛,这儿也有好东家,就像这儿有好用人一样。我在好东家和坏东家家里都帮过工,我算是看透了他们的为人啦,可是,应该赞美上帝,我虽然经历过这一切,可我的良心并没有变呀。当我攒了几块钱,我就想,我宁愿在自己家里啃黑面包,也不愿在东家家里吃烤肉。于是我在一个正派人家里租了一间房间,给人家洗衣服了。附近的人很快地就认识了我,都愿意送衣服来洗。我本打算过一阵子就回家乡去,可是我在这儿认识了这个德国佬,他改变了我原来的想法。有一天,他跟我说:'你看呀,卡蒂,你是一个品行端正的好女人,正是我朝思暮想的女人哪。你的年纪也不轻了,我也是这样。我是一个正正派派的汉子,我爱你,我们结成一对挺般配。我没有多少钱,可我能够养活你。'于是我们就结婚了,我们谁也没有为此而感到后悔,米哈尔,你说对吗?"

米哈尔大爷满面笑容地把自己长着硬茧的手伸给老伴,举起酒杯,深为感动地说:"祝你身体健康,老伴!"

哈耶克也端起酒杯,默默地喝了一口,他虽然非常喜欢卡特仁娜大娘,但他这次可不是为她的健康而干杯。

当卡特仁娜大娘领着玛德娜到那间收拾得很干净的小房

---

① 直译:小钟得按着大钟调整时间啦。

间里去睡觉的时候,圣什杰潘钟楼①上的大钟已经敲响了十一下。她脱了外衣,就像在家里一样跑到窗前去做祷告。她撩开窗帘向外一看,可是窗前没有百花盛开的果园,也没有月光照进窗内,连一小块繁星密布的天空也看不见。一堵黑黝黝的高墙巍然耸立在窗前,她赶忙放下窗帘,在壁上挂着的那幅圣母马利亚的小像下跪下。做完祷告后,她熄了灯,在床上躺下,闭上了眼睛,可是很久也不能进入梦乡,她怎么也摆脱不了白天在这城市所看到的那种种纷乱的情景。她陷入一种似梦非梦的状态中,一会儿她觉得那帮快活的女友来拉自己去玩、去干活,一会儿她仿佛看见有一双老手在为自己画十字祝福,一会儿她又觉得自己同那个善良的和亲爱的,甚至可以说非常亲爱的——男人在外国漫步!她仿佛看见自己在那熙熙攘攘的人群中间走着,没有一个人跟她打招呼,两边高楼林立,就像要倾倒到她身上似的,她还看见了一群善良的人,后面的事情再也记不清楚了。睡眠已经阻止她再梦想下去了。"玛德娜,明天再见!"从那个亲爱的男人嘴里说出来的许诺使她安然入睡了。

四

每天早晨和傍晚,姑娘们都跑到什杰潘广场中央的水池旁汲水。于是那儿便成了女仆们的诉讼法庭。她们在那儿咒骂自己的女主人和她们的家庭,揭发她们家庭的隐私,同时也

①　维也纳圣什杰潘大厦上的钟楼。

谈自己的爱人、时装和军服,谈上埃利齐乌姆娱乐场①和普拉特尔公园②游玩的情况。

有一天傍晚,那儿像往常一样站着一群姑娘。有几个姑娘已经打好了水,站在水池旁,有几个姑娘还没有打水,或者正在打水。她们便站在那儿闲聊起来。

一个年纪大些的姑娘正在讲话:"我早就叫你抗议嘛!有一次我也碰上了一个这样的女东家,她为了一个小子儿也要叫你跑断腿,但又不给你吃饱,叫你喝西北风过日子,可我把她狠狠地痛骂了一顿;我还跟她说,要是她不给我吃饱,那我就偷吃或者离开她的家。"

"喏,后来她让你吃饱了吗?"一个姑娘问她,因为她的女东家也是这号人。

"咳,傻丫头,对吝啬鬼威胁和请求都不管用哪。我辞职了。"

"我们家老太太,"人群中另一个姑娘说,"她倒不小气,而且还经常请客人来家吃饭,她的钱又不多,所以每请一次客,我们就要吃好几天素。"她的俏皮话引起了大家哄堂大笑。

"我们的女主人家也有一个女食客,每天上午只要你把汤匙一摆好,她就飞快地跑来了,就是她家的房子要倒坍下来,她也不会放过这吃饭机会的。"

"你管这么多事干吗?"另一个姑娘笑着说。

"你当然知道,家里没有猫,老鼠可就过节啦。昨天我们家里吵了一架，老头子抱怨把他的家都吃穷了；太太们一来就玩纸牌，我家的太太还输掉五块钱呢。"

"输得好！反正她宁肯上吊也不肯把钱赏给乞丐。"

"她们要是不玩牌，就在背后说人家的坏话。"一个姑娘说。

"她们恨不得把我们女用人浸在咖啡里当作角酥吃掉呢。"另一个姑娘说。

"她们一个个表面上都装得和蔼可亲，如糖似蜜，相见时屈膝到地，可是一转身就说别人的坏话。"脸蛋黝黑的若夫卡一边说，一边模仿着太太们的手势。

"昨天我家的太太谈到你家的太太了，蕾扎，说她是个轻浮①的女人呢。"另一个姑娘说。

"难道你家的女主人称过我家的女主人啦？"蕾扎反唇相讥地说，"叫你家圣洁的女主人住嘴吧，麻雀在屋檐上叫喳喳，说的净是些坏话。"

"你别跟我嚼嘴呀，我说的话只不过是现买现卖的，全是学来的呀。"那个姑娘道歉地说。

"可你别买些破烂货来呀，懂吗？你家女主人嘴里的话都快臭死人啦，哪怕她用香从头到脚熏过了，教堂也还是香不起来。随你怎么去告诉她。可别管我家女主人的闲事，她待我好，我不许别人说她的坏话！"

"哟，蕾扎，你过得倒挺好呀，要是我能干你那份活儿就好啦，"另一个姑娘说，"你常常还得到一些东西，我家的女主人可是一毛不拔呀，带那几个孩子都快把人累死啦。"

---

① 原字有轻和轻浮的双重意思，故引出下句的俏皮话。

"你为什么要到有孩子的人家去呢?"一个长相粗鲁的姑娘说,"再也没有比这更累的活儿啦。我从前也给人家带过孩子,吵得你日夜不得安宁,你如果想上哪儿去,孩子们缠住你不得脱身;你要是跟谁说几句话,这些兔崽子一回家就告诉大人了。我曾经有几次狠狠地揍过他们,我对他们决不客气。有一次我的爱人来跟我们一块儿玩;女主人知道了,说我教坏她的孩子啦。喏,我就说:如果你认为我教坏你的孩子啦,那你就自己带吧。我一气就离开了她家。"

"我是不会伤害孩子们的,我要是不喜欢孩子们,当然也就不会在那里待下去了。"第一个姑娘说,"上个礼拜天多尼克约我上施佩尔①饭店去吃饭,可我们家的孩子恰恰在这个时候病了,我不能离开,使我非常懊恼,可是当孩子第二天死了,我再也不为那天留在家里而后悔啦。那是多么漂亮的一个小女孩呀! 女主人送给我几件衣裳,还答应我在礼拜天可以去找多尼克。我得回家去啦,再见吧,姑娘们!"

"她真是个软心肠的傻瓜。"姑娘们纷纷议论说。

"她的运气可好着呢,她的那个多尼克一个礼拜可以挣很多钱,穿着也挺阔气,是个清清白白的人哪。"

"这才叫作奇怪呢,找个皮鞋匠,算哪门子好运气呀!"一个姑娘冷笑地说。

"总比找个大兵或者大学生好,你的那个大学生呀,浑身都是铜臭味,可他还为你害臊呢。"蕾扎说,"这种爱人就是来给我垫脚我也不要,他只在晚上才待我好,要是白天他碰见我头顶着木盆打水,就像遇见了魔鬼似的转身就跑。"

---

① 维也纳一家花园饭店。

大家哄堂大笑。

"你呀,你把所有的人都骂遍了。你爱怎么说就怎么说吧,反正我觉得大学生比所有的学徒或者笨手笨脚的铁匠更可爱。"那个爱上大学生的姑娘边回答,边把木盆很快地放在自己的头顶上。

"我看你的爱人连半文钱也不值呢。如果有一个打短工的,更不用说手艺人啦,要娶你的话,你也会高兴死的,臭娘儿们。"蕾扎听到那个姑娘暗骂她的爱人是笨手笨脚的铁匠,便大动起肝火来。

这时又来了两个姑娘;一个年纪稍小,容光焕发,手里拿着一个水罐,另一个年纪大些,手里提着打水用的木盆。

"多罗特卡,你今天已经来打几趟水啦?"蕾扎问那个年纪稍大的姑娘。

"唉,上帝才知道呢,你们瞧瞧我的手,全是打出来的水泡,我累得都快迈不开步了。我再也坚持不下去啦。我的脚都快跛了,可我冬天还得在阁楼上睡觉呢。"

"家家差不多都是这样哪。"姑娘们异口同声地嚷着。

"身体好的人还可以忍受,可是如果得了风湿病,那才叫受罪呢。真该死,我家的女主人已经爱洁成癖啦!如果这所房子是我们家的话,那我家的太太每天都要从屋顶上的风信标一直擦洗到楼下的地板。我们只差没有擦洗烟囱啦。她整天拿着刷地板用的大刷子,我就拿着抹布和水跟在她后面,要是只用清水倒还好,水里还要放碱和漂白粉呢。你们也别想找到更好的女主人啦。"

"那么人可得长一双铁手才行哪,要不然的话,哪受得了呀!"

"唉,到处都是一样哪。我们隔壁邻居有一位太太,一年要换十二个女用人;鬼才知道这种人是怎么回事,她脑子里总是产生怪念头,认为每个女用人都在偷她家的东西;每个月都要赶走一个女用人,还不给人家工钱呢。"

"喏,要是我呀,我就跟她讲,"蕾扎说,"咱们客客气气地上衙门那里去讲理:你给我拿出证据来,要是她拿不出来,我若不叫她永远记住我,那我就不叫蕾扎了。给这种人干活真是最大的耻辱!"

"是呀,她甚至把每个人都看作小偷呢。她从前也当过女仆,她应该知道,这样诬陷人家叫人多伤心哪!"

"她自己过去肯定就偷惯了。谁自己偷惯东西,才会怀疑别人也偷东西。嗳,洛尔卡!听说你家小姐找到了一个又漂亮又有钱的姑爷?"蕾扎问那个刚来的漂亮姑娘。

"漂亮倒是蛮漂亮,可是,如果他是个有钱的人,那他就不会娶我们家的小姐啦。"那个姑娘回答说。

"是呀,你家小姐长得并不漂亮。你还跟到她家去帮工吗?"

"去啊!姑爷也跟我这样说过了。昨天我下楼给他点灯,他跟我说,他真希望能娶我做新娘呢!"

"见鬼去吧!那样的夫妻生活才叫美呢!"蕾扎哈哈大笑起来,其他的姑娘们也都在做鬼脸,"洛尔卡呀,你家小姐要带你过去,那她准是个大傻瓜啦!"

"你们是这样想我的吗?"

"要我们怎么想你呢?你是个盖世佳人哪!而你的未来的女主人尽管出生于名门望族,可她只是菜地里的一个稻草人;你的那位未来的男主人跟我一样眼睛长在头顶上,他也会这样想的。"蕾扎反唇相讥地说。

"让我们谈点儿别的事吧。"

"喏,那就谈你身上穿的这条漂亮的裙子吧!值多少钱啦?"

"两块金币;我还花十块钱买了一套衣服呢。完全是按最新的式样剪裁的。我还准备买一顶呢帽和一条新腰带。"

"该死的,你打扮这么漂亮,是谁给的钱呢?"蕾扎面带狡黠的微笑问道。

"要是没有人出钱,那我可买不起呀,我就喜欢打扮得漂漂亮亮的,人生在世不就是图个吃穿嘛!"洛尔卡说完就提着一罐水走了。

"等着瞧吧,姑娘,你将会落得一场空的,这样的姑娘我们认识的可不少呢,她们现在都被遗弃啦。"

在她们谈话中间,有一个鞋匠学徒来到她们附近,他手里拿着一双皮鞋,绕着身子乱甩着,嘴里吹着当时流行的小调《清道夫之歌》。他浑身上下全是油污,两个胳膊肘子都从破袖子里露出来了。他腰间围的粗布围裙都可以榨出油来,粗布裤脚高高地吊在踝骨以上。头发蓬乱得像刺猬,脸庞脏得像恶鬼。他走到姑娘们身边站住,突然像只公羊要抵人似的低下头,冲进姑娘群中乱抓人,吓得姑娘们四散奔逃。

"你发什么疯啦,脏鬼!滚开!"蕾扎大声叫骂着,但她也得向后退却,因为这家伙像个鞋匠用的锥子似的在姑娘群中乱碰乱撞,用手打这个姑娘的头,用胳膊肘撞那一个姑娘的身子,又把皮鞋甩到第三个姑娘身上。当所有姑娘都从水池旁逃开时,他低头望着街上的石板,就像在寻找什么东西似的,突然大声喊道:"喂,喂,大家快来看,这儿发生什么事啦!"在维也纳是不必喊第二声的，人们马上都站住了，互相惊问着发生了什么事。这时那家伙大声嚷道："这些姑娘把这儿的青石板都踩出个坑来啦！"

"你这个不信神的调皮鬼，你这个肮脏的野孩子，你等着老娘们来教训教训你！"姑娘们叫嚷着，想一把抓住他的乱头发，可是还没等到她们赶来之前，那个淘气包已经逃得无影无踪！他在她们的手下就像水银似的消失了。围观的人们哈哈大笑起来，可是也有一些人很生气，因为这个小学徒把他们也当作傻瓜耍了。姑娘们都赶忙顶着盛水的木盆回家去，免得在那里当众出洋相，她们一路上都在骂着那个小流氓。

在水池旁边的人群中有一个眉清目秀的姑娘，许多人都在打量着她。她的身材长得中等偏高，四肢结实而匀称，像一座大理石的雕像。皮肤像天鹅绒般黝黑，脸庞像仙桃似的鲜艳。樱桃小嘴鲜红可爱，下巴微向前翘，额头洁白得像百合花的花瓣。然而她身上长得最美丽的地方是：一对像矢车菊一样天蓝色的眼睛，一个小小的鹰钩鼻子，一头闪光发亮的乌黑的秀发，向后梳成一根粗辫子。头上包着一块绣着花边的头巾，全身穿着深色的衣服，上身还穿着一件黑天鹅绒外套。她的面部表情活泼而伶俐，可以看得出她正在享受生活的欢乐。她在那里站了一会儿，又来了一个姑娘，在她身边停下。她也挺年轻，个子稍微矮点儿，一根淡黄色的粗辫子像灿烂耀目的金链子似的盘在头上，并用梳子别在后脑勺上。她的长脖子像白天鹅一样洁白，一对浅蓝色的眼睛富于幻想，显得格外迷人。她的脸庞长得俊俏，似乎还带点儿天真的神情。她看上去像一幅慈爱的圣母马利亚的画像。她身上的穿着很简朴，但十分干净。她在第一个姑娘身边停下，用手拍拍她的肩膀；

那姑娘回过头来,互相问好,相视微笑,接着她们便转身一块儿走了。

"这样教训一下那些搬弄是非的女人才好呢,谁叫她们净管别人家的闲事呀。"那个皮肤白皙的姑娘说。

"我来汲水时,看见她们净在背后说人家的坏话,我都想转身回去了。"

"尽管她们是我的同乡,我跟她们也合不来。她们在一起净说三道四的,我可不想伤害别人哪。伦卡,你上哪儿去呀?"

"我出来买东西,现在回家去,安琳卡,你上哪儿去呀?"

"我上大娘家里坐了一会儿,现在也回家去。"

"你能不能陪着我走走呢,我们已经很久没有见面啦。"

两个姑娘臂挽着臂通过广场向猎人大街走去。人们带着羡慕的心情注视着她们的背影,特别是那些男人,差点儿把眼睛丢在她们身上了。两个姑娘边走边谈,根本就没有注意到这些,直到有一个打扮得花里胡哨的浪荡公子死盯着伦卡的脸看时,她们才察觉出来。

"呸,死不要脸的!"伦卡愤怒地骂着,躲闪到一边去,"在我们那里没有一个小伙子会干这种事的,可是这儿的坏蛋一点儿也不知道羞耻!"

"当这些花花公子看见普通姑娘时,他们甚至还认为可以对她动手动脚呢。"安琳卡说。

"你看,安琳卡,这一点也使我非常生气,不管你多么善良、正直,不干活的人反而瞧不起干活的人。所以呀,等我攒下几块金币,我马上就不帮工了。"

"如果没有人来关心你,那你怎么生活呢?"

"大娘经常跟我说,她从前靠给人家洗衣糊口,她日子过得不是也挺好吗?"

"谁有那样的勇气呢,你不能跟大娘比,你身子单薄,干不了那种活儿呀。"

"当然我并不想当个洗衣妇,可我会裁衣缝衣呀,我可以做个女裁缝,自由自在地过日子。经常上我们家的那个女裁缝,年纪也很轻,她跟我说,她的日子过得蛮好的。"

"你跟大娘说过了吗?"

"我还没有告诉她呢,等将来再说,我怕她为我辞退活儿生气呢,虽然我现在过得还好,可我在那家实在待不下去了。"

"那是为什么呢?"

"等将来再告诉你吧。你在那家满意吗?"伦卡问道。

"我倒是挺满意的,在厨房隔壁我有一间小房间,冬天怪暖和的;活儿不多,我可以轻而易举地干好。两位老人也挺和善。老头子吃完早餐后就去喂狗、喂鸟;老婆子就去浇花,然后他们就坐下来读报,中午一块儿去散步;散步回来就吃午饭,午饭后两人都坐在躺椅里打一会儿瞌睡,然后我们家的常客,那位年迈的县长老爷就来了。他们一起玩玩牌或者聊聊天,就到傍晚了。他们吃完晚饭,马上就上床睡觉。现在老两口日夜盼望儿子回来,他是一个军人;老太太什么时候一想起他就高兴得哭起来,她还跟我不停地谈她的儿子呢。根据画像看,他一定是个英俊的男子汉。"

"喏,安琳卡,你可别爱上他啦!"伦卡捉弄她说。

"如果他能平等待我的话,我想我会爱上他的,可是,我是不应该爱上老爷的呀。"

"谁也不能下令,叫相爱的人不相爱呀,不管他是老爷还是乞丐,爱情才不管穷富呢。"伦卡说。

"哎呀,你这样说,就像你已经恋爱过啦!"安琳卡说。

"天晓得,让我们来谈谈别的事情吧。我还没有问你,你家里是不是给你来信啦?"

"你是知道的,婶娘并不关心我,除了她,我再也没有别的亲人了。"

"哈耶克也很少帮我从家里捎信来。哥哥不关心我,爸爸年纪老了,而且也不会写信。我想马上去看看哈耶克,当我看见他时,我觉得就像看见家乡了。"

"我也喜欢看见他。我们喜欢他是有原因的呀!"安琳卡说。

"他为我们做的那些好事,真是一百个人里也难找到一个能做到的呀。当那些姑娘刚到这儿的时候,人生地不熟,大家都看到他是怎样帮助她们的,他的心肠是多么善良呀!我们有像哈耶克和卡蒂大娘这样的好人来帮忙,真算是万幸呢。"

"克丽斯廷娜大娘,那个住在我们街上的老媒婆可恨死她啦,骂她抢了她的生意。她已经不止一次通过我们家的厨娘告诉我,叫我找她去,还说她乐意为我帮忙呢。"

"那你去找过她了?"安琳卡问。

"我真不想去见那个坏女人;我叫她少管别人的闲事。跟她来往绝不会有好事的。"

"我们那里也有一个这样的老妖婆。有一次她抓住我并对我说,只要我辞退这家的工作,她就可以为我找到能挣一百金币的位子,她还不要我给很多报酬。可我干脆地把她顶了回去,说我并不希望比现在过得更好。这事我还没有跟大娘说过呢。"

"我也没有说过呀;哈耶克虽然说过,你们要把一切都告诉大娘,你们要诚实,可是有些事就是没法子说出口呀。要是我把这事告诉大娘,她准会找那个老妖婆去算账的,以后那个老妖婆就要来找我报复了;所以呀,我宁愿把这事儿埋在心里。安琳卡,你喜欢玛德娜吗?"

"我非常喜欢她。她身上好像有什么东西非叫你喜欢不可,看来她是个好姑娘哪。可惜我住在市郊,不能在晚上碰面,伦卡,你们住得倒挺近的。"

"我以后常找找她好啦。以前除了你,我一个好朋友也没有,现在我可爱上玛德娜了。可怜的姑娘大概很想家呢。我刚刚去过大娘家里,在哈耶克跟她握手告别的时候,玛德娜都哭了,哈耶克自己也是满眼含着泪水。这一切使我感到,玛德娜在哈耶克心里所占的分量比我们所有的人更重些。"

"谁知道你看见什么啦,她兴许是他的亲戚吧?"安琳卡说。

"哎呀,哪是什么亲戚呀!要说是亲戚嘛,大概就是他的妈妈跟她的妈妈两个都是女人哪。"伦卡笑着说。

"总之呀,哈耶克是个非常好的人,如果他穿上城里人的衣服,一定显得很漂亮,可是穿乡下人的衣服,看起来就有些粗野了。我想玛德娜跟他在一起是不般配的。你怎么看呢?"

"我跟你就实话实说了吧,安琳卡,哈耶克不只是个好人,心地善良,而且他就是穿上那身车把式衣服也是个漂亮的男子汉。当我和他结伴同行的时候,我非常喜欢他,要是那时他跟我说‘伦卡,我要娶你做妻子’,我会马上答应他的,我根本就不考虑跟他般配不般配。他们两人将来要是相爱,就不会考虑这么多;如果将来玛德娜也用同你一样的眼光来看他的话,那她当然可以爱上更好的人。”

“要知道,我也是把他当作最好的朋友来看待的,”安琳卡抱歉地说,“可我不愿意嫁给他。”

“我现在的想法也不同了。经过这一年,我的许多想法都改变啦。人跑到这样的大都市来,耳闻目睹都增长了人的见识,可是我并不想隐瞒我是非常喜欢哈耶克的。”

两个姑娘边走边谈地走到了猎人大街,她们必须分手了。“你一定要去看看大娘哪,等你有空的时候,我们可以上哪儿去玩玩,请卡蒂大娘跟我们一块儿去。”伦卡说。

“我们以后再商量吧。再见了!请向玛德娜问好!”

“我一定转告,再见啦。”两个姑娘握了握手,就分开了。一个朝离得很近的家里走去,另一个快步穿过维也纳广场,因为天已经慢慢地黑下来了。

五

伦卡在一家有钱的商人家帮工,玛德娜在一家富有的官吏家干活,这两家都住在猎人大街,相隔不远。卡特仁娜大娘跟玛德娜说,东家不会亏待她的,而且她还很自信地陪着玛德娜上那家去。她认识那家的女主人,这人举止和谈吐都很优雅,于是卡特仁娜大娘认为把姑娘交到这样的人手里绝不会有错,女主人一定会和蔼地对待她的,她还天天看见女主人上教堂,因而她就认定虔诚的人必定是好人了。尽管卡特仁娜大娘是个富有经验的人，可是这次她还是受骗了。卡特仁娜大娘亲自领着玛德娜到东家去上工，并且请求女主人在开始的时候忍耐点儿，以后玛德娜定会叫她满意的。"喏，我的孩子，我希望将来她能满意我，我也能满意她。"女主人非常和蔼地说。卡特仁娜大娘知道，玛德娜一定会努力使女主人感到满意，所以她非常放心地把玛德娜留在东家了。可是玛德娜很快就认识到，所有能发光的东西并不都是黄金，外表神圣的东西并不都是真正的神圣。在优雅、和蔼可亲和富有同情心的外表下经常隐藏着极端的蛮横、粗暴和心灵上的空虚。玛德娜的女东家就是这样的女人。在社交界，在外人面前谁也比不上她那样和善和仁慈了，可是在家里她却完全是另一个人。

　　玛德娜很快地就感到不满意。照说一般的女仆在这家干活是会满意的，因为吃得饱，活儿不累，工钱也不少；可是性格温柔的玛德娜却宁愿在仁慈而善良的女主人家里少吃饭多干活。这个女东家可不是一个和蔼可亲的人哪。上工头一天她就听到女主人口出恶语骂人，使她听了头发都直竖了起来。她自从出娘胎以来在村子里也没有听见过这样的骂法；甚至连乡村的牧人也不像女东家那样咒骂自己不听话的牛群。第二个女用人自然在背后窃笑女东家，玛德娜却感到无比的忧愁，但她没有吭声。她过去在家干活时喜欢唱歌，刚开始时，她唱了几次自己爱唱的小调：《啊，他不在这儿》，一半是为了使心情舒畅些，一半是为了使活儿干得快些。有一次，老爷听见她唱歌便对太太说："我们家从来还没有雇过这样快活，这样漂亮和规矩的女用人呢，你可要尊重点儿人家呀！"然而这位可怜的老爷却把事情搞糟了，她为这点儿小事把他狠狠地骂了一顿！从那以后，玛德娜的日子就更难过了。有一次她在无意中又唱起歌来，东家的小女儿就马上跑来叫她别"汪汪叫"了，说她妈妈不爱听这个。玛德娜顿时脸都臊红了，眼泪一下子涌出眼睛来，就像夜莺突然受到严寒的袭击而沉寂了下来。实际上她唱起歌来十分悦耳动听，歌声就像银铃一般清脆。啊，要是哈耶克一定会愿意整天听她唱的！

女主人把家里所有的东西都锁了起来，甚至连面包也是根据需要去取的，这点使玛德娜感到惊讶不止。当女主人要上哪儿去的时候，她把家里所有的橱子和柜子统统锁上，还把房间的钥匙随身带走。玛德娜经常回想起家乡的情景，全村的人上地里干活时，木房的门只扣上搭链，根本就不上锁，全部财产都留在家里。从来也没有听说过有人丢了什么东西呀！这种不信任使她感到很痛苦，何况她还经常听到那些指桑骂槐的话，说这样或那样东西少了，或者说钱丢了呢。玛德娜自然总要为自己辩护，因为这些话太刺伤她的心了，可是女主人仍然按照自己的那套行事。有一次，当女主人又在折磨玛德娜，而玛德娜不得不进行申辩时，女主人却讥讽地说："你别怕呀，你是捷克姑娘，在捷克人面前每颗钉子肯定都要害怕得发抖的①。""可是别人会拔掉这颗钉子的②。"第二个女用人反唇相讥地说，她也是捷克姑娘，她人虽然很粗野、很土气，可也被这句话刺痛了。女主人听见她这句话就像被大黄蜂蜇了一下，气得浑身都抽搐起来，她转过身来，打了那个女用人一记耳光。

---

① 暗指捷克人都是小偷，连钉在墙壁上的钉子都偷。
② 这里暗指女东家是女用人的眼中钉。

"你打我,你——等着吧！我要让你知道捷克姑娘的厉害!"个子高大、身体笨重的女用人一边叫嚷着,一边抓住女主人,也想回敬她一记耳光,可是玛德娜把她们隔开,不让女用人动手。女主人气得浑身发抖,连句话也说不出来。"算你走运,你这个泼妇,玛德娜救了你,要不的话,我非叫你以后再也不敢说人家是小偷了,再也不敢净挑正派的捷克姑娘的刺了。"她丢开活儿,收拾好自己的衣裳,让女主人看了她没有带走别的东西之后,打成包袱,扛在肩上说:"还有一个月的工钱,我也不要了,给你做祷告吧,你犯下了许多罪孽,祈求上帝饶恕你吧!"女主人大声嚷着,说要控告她,叫她别走,可是女用人一把推开她,跟玛德娜告了别,并叫她宁愿去做砖坯也别再给这样的老妖婆干活,说完就迈出大门扬长而去。

女主人一气病倒了,但她没有跟老爷说起这件事,因为她丈夫为人公正,一定也希望她遭到这样的谴责。女主人本应该感谢玛德娜,因为玛德娜不仅使她没有挨打,而且在病中还周到地服侍了她;可是女主人并不认为有必要感谢女用人,更没有必要在她面前收敛自己的恶行,认为这样做是有失自己体面的。因此,除了吩咐做事外,她不许孩子们跟玛德娜讲话,并且常常对孩子们说,跟女用人说话有失身份,会学会说下流话。在家里全家都说德语,只因为第二个女用人是捷克姑娘,女主人才说点儿捷克话。卡特仁娜大娘本来以为玛德娜会很快地学会德语,而且相信女主人有时候会用捷克话提醒她,可是女主人只在开始的时候用捷克话吩咐她干活;等到玛德娜能听懂点儿德语后,她就不用捷克话跟玛德娜说话了。玛德娜有时候听不大懂,女主人开口就骂道:"哟,你怎么就是记不住呀,捷克人的脑瓜真笨!"

玛德娜就是在这样的人家里煎熬着。有时候也想学那个女用人的模样,拎起包袱离开。这里的一切使她再也忍受不了啦! 她在家乡的时候,根本就不懂得人格和民族自尊心受到侮辱是什么滋味,现在这些都激发她起来反抗。通常她都到晚上躺在床上才考虑到这些问题。"上帝呀,"她抱怨地说,"为什么这个女东家老辱骂捷克姑娘呢,难道她们不是娘生的? 难道阳光不照耀她们? 难道上帝不是她们的天父吗? 她为什么老骂我们呢,难道我们是最坏的人吗?"她老这样抱怨着,可是她那颗诚恳待人的纯洁的心并不懂得亡国之恨①。卡特仁娜大娘对这些情况一无所知;玛德娜又觉得没脸把这些事告诉她,同时她也怕卡特仁娜大娘不相信这些事反而责怪她;因为当她来了解玛德娜情况时,女主人总是装得格外慈爱地来谈玛德娜。玛德娜还怕人家把自己看成是经不起风霜的软弱的姑娘,当女用人而不能在东家待下去可是耻辱呀。她甚至没有向伦卡和安琳卡埋怨过女东家。安琳卡现在生活得挺得意,玛德娜认为她不会相信她的话;而伦卡呢,见面时总是谈自己的事,玛德娜只顾听她唠叨也就忘记自己的事了,因此,她不能把自己的心事告诉任何人了。哈耶克呢? 哈耶克是她唯一能倾心相诉的人,可是他离得很远,一直在赶大车,谁知道什么时候能来呢?

　　起初,玛德娜不想脱掉自己的农村服装,因为哈耶克曾请求她不要换装;可是,当她上街招引许多人跟在她后面看时,她的脸庞总是热辣辣地发起烧来。而这个可怜的姑娘总以为

---

　　① 　一六二〇年,捷克民族在反对哈布斯堡王朝的"白山战役"中失败后,即沦于奥地利哈布斯堡王朝的统治之下,长达三百年之久,直到一九一八年才宣告独立,建立捷克斯洛伐克共和国。

自己的脸弄脏了,或者身上衣服没有穿好,显得无地自容。有一次年老的安茄向她解释说:"他们这样盯着您看,是因为您长得非常漂亮,像一朵鲜艳的红花,而这儿的姑娘们呢,都像是用奶渣做的,苍白无力,您身上穿的衣裳也挺合适呢。"当她把这事告诉卡特仁娜大娘时,大娘劝她逐渐把农村服装换掉,穿点儿城里的衣裳,就不会那样惹人注目了。可是玛德娜只听了大娘一半话,她照安琳卡那件外衣的式样做了一件外套,并把裙子放长了些;但她仍旧留着农村的发式。尽管她这样打扮起来也挺美,但她还是愿意穿自己的农村服装。因此,当她上街时仍有人盯着她看。她上市场买东西的时候,总要上教堂去做祷告,使她感到万分惊骇的是,城里人竟然穿着衬衣,手里拿着东西,就像穿过走廊似的随随便便地穿过教堂。

在玛德娜东家附近有一座圣杨·乃波莫茨基①教堂,她经常上那里朝拜捷克的保护神。第一次上那里正是圣杨的纪念日②,她回想起家乡人在那天前夕都聚在菩提树下的那座雕像前唱歌,姑娘们还用鲜花把雕像装饰得非常美观;而在维也纳却没有一点儿节日的气氛,像平常的日子一样,使她感到十分惊讶。那天她是跟卡特仁娜大娘和安茄一块儿去的。教堂里挤满了人,可以看得出大多数是劳动阶层的人,他们都穿上了节日的衣裳。圣杨的画像挂在旁边的一个圣坛上,圣像是用几个捷克妇女敬献的花环装饰起来的。这是一个沉默的弥撒,没有唱颂歌;做完弥撒后,神甫又为超度亡魂念了几段祷文。他用德语念祷文,而人们用捷克话跟着念。神甫离开

---

① 捷克的保护神。
② 六月二十四日,即仲夏节。

圣坛时，教堂的唱诗班里有一个白发苍苍的老人走到大风琴旁坐下，开始演奏大家都熟悉的《圣杨之歌》的曲调，接着整个教堂开始欢乐地唱着："圣杨啊，捷克国家的保护神！"当她们走出教堂大门时，看见那个老人站在教堂门口，有几个男人围着他，向他表示感谢。"他是学校老师，教音乐的，是捷克人；每年他都要上这儿演奏这首歌，以表示对我们捷克保护神的崇敬。"卡特仁娜大娘跟玛德娜说。

平时，玛德娜在附近几个教堂里根本就听不到唱捷克歌，念捷语祷文或用捷语宣教。这种做法使她惊异得走出教堂以后就像没有上过教堂似的。当她听到用德语宣教时，她觉得似乎没有听到上帝的话；最使她感到惋惜的是，连在教堂里也不能唱歌。她把这个心事也跟卡特仁娜大娘说了，大娘答应以后带她上斯霍德圣母教堂去听捷语宣教。可是这个愿望很久也没能实现，因为玛德娜正巧在每天早晨六点钟宣教的时候没有空，而且上那座捷克教堂还得走很远的一段路呢。安琳卡住在维也纳市郊，也跟卡特仁娜大娘抱怨说，她那儿离捷克教堂太远，差不多一年才能去一趟。

"亲爱的姑娘，"卡特仁娜大娘说，"许多捷克人都在抱怨，说他们一年也听不到一次捷语宣教。这里应该建立三座捷克教堂才行啦。"

弟弟音信杳无也使玛德娜感到莫大的苦恼。哈耶克到处打听过，卡特仁娜大娘、米哈尔、安茄和雅鲁谢克也到处寻找过，就是找不到他的行踪。哈耶克送到克尔切克木匠师傅那里学徒的斯特尔纳德和斯特赫利克也到处寻找名叫瓦夫日内克的小伙子。他们倒是找到几个在维也纳重新洗礼命名为瓦夫任和洛伦内茨的年轻人，可是没有一个是从耶塞尼采村来的瓦夫日内克·扎列斯基。玛德娜还能抱什么希望呢，只好以为他死了，并为他痛哭了好几次，每天晚上睡觉以前，她都拿着她姑妈送给她的那串念珠为可怜的瓦夫日内克祈祷。玛德娜是在厨房旁边一个小储藏室里睡觉；那里只能通过一个小窗户接受从厨房射来的一点儿光线，尽管如此，那里就是在中午也是一片漆黑。小屋里一张床，床上的垫褥很薄，紧挨床边放着一把小椅子和一张小桌子。玛德娜的衣裳挂在床后墙上一个挂钩上，钩子底下放着她的木箱，小储藏室里摆了这些东西之后就再也没有空地方了。玛德娜用一只小玻璃杯在小桌子上养着几枝花。花是她的心爱之物，她也像农村的姑娘一样很喜爱花，就是在冬天她们也在花盆里养花。玛德娜在维也纳也买花，只可惜花放在小储藏室里过不了几天就凋谢了，但又不能放在厨房里，因此，她每隔一天就得从那个坐在广场附近走廊里的小姑娘手里买一束鲜花。那个小姑娘说的话有点儿像捷克话①，脸总是很苍白而消瘦。有一次，玛德娜问了她，才知道她的父母是斯洛伐克人，家里有许多孩子，很穷，全家都住在一个很小的地下室里。玛德娜很可怜这家人，第二天她拿出为瓦夫日内克保存的几件衣服和几文钱送给那个小姑娘。第三天她又去买花，那个小姑娘已经准备好一束最美丽的花送给她，一文钱也不肯收。打那以后，玛德娜经常给那个小姑娘带点儿礼物和吃的东西，而那个小姑娘也总是为她准备好一束最美丽的鲜花，使女主人看见都有些抱怨了。玛德娜之所以能这样施舍，是因为她并不像别的女用人那样爱打扮，她既不戴呢帽，不穿贵重衣裳，也不用值钱的披肩和

---

① 斯洛伐克语与捷克语相近，同属斯拉夫语系。

首饰,而其他许多姑娘却为了追求这些东西不仅花掉自己的全部工钱,有时甚至还出卖自己的尊严。玛德娜穿戴很简朴,所以她的工资不仅够用,而且还能节省些下来做点儿好事,她根本还没有想到为自己的晚年攒钱呢。

尽管玛德娜的卧房又小又黑,但那儿是她在这所房子里最心爱的一角,是她富有诗意的圣洁的神殿。当全家人都上床睡觉而她也干完活儿的时候,她就提着一只马灯,钻进自己的储藏室。有时候她还做点儿针线活,一边嘴里哼着小调,通常她都脱掉外衣,坐在床上,腿架在小桌子上,双手捧着头,眼睛一会儿凝视着芳香的鲜花,一会儿看着马灯的火焰,一会儿又闭上双眼,冥想着那个使她挂念的人。她看着花,经常想起家里的那个小花圃,快活的女伴,芳草如茵的草场,她仿佛看见她们在收割青草,在耙集干草,听见她们欢乐的歌声;她看见姑妈傍晚坐在窗下,还看见自己在给花圃浇水。她仿佛看见某个教父、某个叔叔、某个小伙子从篱笆旁路过,他们跟她打着招呼并停下说几句话。她看见小伙子们从地里收工归来,听见奶牛放牧归来的铃声,傍晚时分农村的热闹情景一下子呈现在她的眼前,嘈杂的声音直往她的耳朵里灌。可是当她一想起那个逼得她离乡背井的丑八怪,浑身就直打哆嗦,她连忙闭上眼睛,又有一幅使她高兴的画像呈现在她的眼前,她的灵魂长久地沉浸在欢乐之中。她没有吱声,但那种甜蜜的微笑老挂在她那半张开的嘴边,而那种炽热而充满希望的眼神却泄露了她心里在想着谁。她的脸色突然阴沉下来,长长地叹了一口气,微语着说:"他是干那一行营生的人,而我却是个穷姑娘,不,不行啦,这是不可能的!他待我好只是出于怜悯,他是个好人哪,而且伦卡和安琳卡都喜欢他呢。唉,我多么傻呀!"她的眼神十分忧郁,眼泪都涌出来了。玛德娜可真傻啊!

六

哈耶克恋恋不舍地离开了维也纳,如果不是沿途有事要他去照料,他真想从原路返回去;可是他必须继续前进。他觉得旅途已不像从前跟玛德娜同行时那样充满乐趣,大地也不像从前那样娇绿得可爱,太阳也不像从前那样灿烂耀目了。平时,他沿途都唱着歌,吹着口哨,跟雅古普聊天,跟狗嬉戏,兴高采烈地围着马匹转着,而现在他却什么也不干。他沉思地跟在大车旁走着,脸色阴沉,就像要下雨似的。平时,当他来到客栈时显得非常活跃,一会儿跟店老板聊聊天,一会儿跑到老板娘身边谈谈她喜欢听的那些趣闻,每个人都高兴看见他和欢迎他。现在他对每个人虽然同样和蔼和客气,可是还有许多人跟雅古普打听,他们是不是在维也纳遇到什么不愉快的事情啦,因为哈耶克这次回来时情绪十分烦恼。可是雅古普却回答说什么也不知道,说大爷情绪跟过去一样。雅古普这次却在撒谎了。他最清楚大爷现在已经变成另一个人了,可是他又想到这跟他不相干。雅古普是个诚实的人,对哈耶克忠心耿耿。所以大家都认为雅古普虽然不是一个机灵的人,但他也绝不是一个呆头呆脑的傻瓜,尽管这些并没有写在他的额头上。大家看见哈耶克去时兴高采烈,归时愁容满面,于是众说纷纭,莫衷一是,而雅古普好像除了四个车轱辘以外什么也没有看见;其实雅古普把这一切都看在眼里了,只是他不肯把他知道的事情全盘托出罢了。雅古普清楚地看见哈耶克怎样把玛德娜写给姑妈的信小心翼翼地揣在怀里,而把所有的税单都插在腰带上,而且还看见他不止一次地掏出信来看看,然后又好好地藏在怀里。雅古普暗想,爱情使人发疯,这话可真不假呀,而这位大爷是深深地坠入情网了。喏,只希望那个姑娘不要拒绝他才好,别让他像我一样落得这般下场。

"嘿,噢——噢,驾!"雅古普对马嚷着,把鞭子挥得啪啪地响,因为他看见有一辆马车迎面驰来。哈耶克赶快也勒住那几匹牡马的头,因为它们老喜欢在大路上踢陌生的马匹。当那辆马车走过去以后,哈耶克和雅古普才又恢复各自原来驾车的架势。

"真可惜呀,我们只能带小伙子上维也纳去,而不能带他们出来,如果有他们在周围蹦蹦跳跳,人也显得快活些。那两只小鸟①也不知道在那儿过得怎样?"

"他们找到一个好师傅了,只要他们听话,好好地学,他们将来一定能成为正派的人。"哈耶克回答说。

"喏,男孩子们有时候结果都挺好,只要他们能熬过来,将来的日子就好过啦;这两只小鸟将来也许有点儿出息呢。在习惯那种生活以前,玛德娜姑娘的情况大概是很糟的……"

哈耶克用手抚摸着牡马的腿,没有吭声。雅古普装着没有注意到这点,继续说道:"可是这些姑娘都像柳树,到哪儿都能扎根生长,何况她们特别喜欢维也纳呢。那儿好玩的地方又多,男人又会讨好姑娘们,特别会讨好漂亮的姑娘们,而姑娘们恰恰又都喜欢这一招。这些姑娘哪,都是些滑头鬼

<hr>

① 指斯特尔纳德和斯特赫利克。

呀!"雅古普补充说完,把鞭子在空中挥得啪啪地响。

"谈到耍滑头嘛,你大概还没有我知道的多呢。"哈耶克笑着说。

"喏,大爷,我可不希望您跟我一样知道那么多呀。"雅古普回答说。

"难道有哪个姑娘欺骗了你? 为什么你从来也没有提起这件事呢?"

"这事儿可没有什么好吹牛的呀,要是说出来,人家会笑话我的,所以我才不愿说。在您面前,大爷,我不必保守什么秘密。当我还跟波德海伊斯基一块儿赶车上布拉格的时候,我在那儿认识了一个姑娘,我非常爱她,没有她我就不能生活下去。她是我的同乡,在布拉格一家我常去的人家帮工。大家都说她长得漂亮,她对我来说更是全世界上最美丽的姑娘。尽管我的长相并不漂亮,跟她比起来可说是很丑的,但她仍然对我说她喜欢我,还说一见面就真的爱上我了。她非常爱打扮,还喜欢有人盯着她瞧,这些使我不太喜欢;我希望她将来离开布拉格,这些事情就算了啦。所以我想方设法使我们快点儿结婚。亲爱的大爷呀,可是没有到达目的地,我就翻车啦,一头栽进了泥潭! 她又爱上另一个人啦,他长得比我漂亮呀;这人的穿着像老爷似的,又会哄骗她;而她呢,也喜欢他那一套;于是她拒绝了我这个普通车夫的求婚。原来如此,她是在欺骗我呀,于是我放开缰绳,让她去了。我并不是说,这事对我是无所谓的,我为她忍受过长时期的折磨,直到我上您这儿来的时候还不能忘掉她,现在我可真的不在乎啦。我原谅了她;她也受到了惩罚!"

"她嫁人了吗?"哈耶克同情地看着雅古普问道。

"像大家所说的同居啦。"雅古普痛苦地回答说,同时挥了一下马鞭。

　　"以后的事你就不知道了?"

　　"不知道。我没有回家,也没有上布拉格,我一直在您这里;就是我上布拉格,也不愿打听她的什么事,更不愿意看见她。"

　　雅古普沉默了。哈耶克也没有吱声,雅古普的谈话很不愉快地刺痛了他,他开始考虑到自己和玛德娜的关系。他想到玛德娜是一位那么美丽和可爱的好姑娘,而自己跟她相比却是个笨手笨脚、既不伶俐又不漂亮的粗汉子;她是一个风华正茂的年轻姑娘,而自己却是个年纪不轻的老光棍汉了。从前他妈妈逼他娶亲时自己觉得好笑,现在他却感到有个沉重的铅块压在心头。当他再三考虑了这一切以后,觉得自己不可能被玛德娜这样的姑娘看中。他当然也意识到,如果玛德娜将来成为他的妻子,他将用自己最热烈的爱情来补偿她这一切;但他又考虑到,如果她不爱他,他就是愿意为她献出自己的生命也是白搭呀。然而从他的心灵上一个秘密的角落里总是传出一种声音,它使他想起她那充满热爱的眼神,她那情意深长的话语和那表示感恩不尽的亲切的握手,这一切都证明了他们之间互相爱慕之情正在日益增长,而这些正是恋人们用以建造自己爱情神殿的宝贵基石啊。他真愿意相信这种心声,可是他又不敢对它寄予太大的希望;因为玛德娜可能把他的爱慕更多地看成是怜悯,而哈耶克又把她对他的信任看作是她孤苦无依的表现,这对天真烂漫的恋人就这样地在欺骗自己。哈耶克在听了雅古普不幸的爱情故事之后,便决定在未弄清楚玛德娜是否变心以前,决不向她表白自己的爱情,只有在摸透她的真意以后,他才问她是不是真爱他。"要是我不能娶她做妻子的话,那我就打一辈子光棍。"他的沉思默想总是这样宣告结束。

第三天傍晚时分,当哈耶克驱车到达小斯卡尼奇卡的时候,有一个坐在路旁大树下的妇女站了起来,并迎着哈耶克跑来。她是年老的别特卡。"您好呀,大爷,我从中午就在这儿等您,现在总算把您等着啦。玛德娜怎么样?您给我们捎来信了吧?"她边问边抓住哈耶克的手。

"我给你们带来信啦,给大家带来问候啦。"哈耶克说着就把手伸进背心里去掏信,但又空着手抽了出来,说,"您能不能跟我走一段路呢,我跟您谈谈信上没有写的有关玛德娜的情况,然后再把信给您。"

"哎呀,我的好人哪,我哪会不愿意呢,我早就想听听这姑娘的情况怎样啦。"别特卡满腔高兴地回答说。

哈耶克把他们怎样到达维也纳、怎样找卡特仁娜大娘以及姑妈必须知道的一些情况简单地跟别特卡说了一遍,只是没有涉及他自己的事情。别特卡津津有味地听着,没有放过一个字,她还不断地打听其他情况。当哈耶克把大部分情况都说了以后,便问玛德娜父母是不是知道她在哪里,他们又说了些什么。

"唉,现在全村人都知道玛德娜上维也纳了,只是谁也不知道她在哪家帮工,实际上连我们也不知道呀,当然我们现在知道了,也不会说出去的;她妈妈大发了一顿脾气,爸爸是连见都不想见她,只有那个不信神的磨坊老板还不肯放过她。姑妈正在为她担心呢,因为那个磨坊老板说过,他要上维也纳去找玛德娜,一定要把她弄到手,我们还听说,他打算把磨坊卖掉。请您告诉她,大爷,教她留点儿神哪。她姑妈也不放心把她长期留在那里。我跟您说呀,大爷,村长的儿子托麦什会喜欢她的,他们知道她姑妈把自己的全部财产留给她,村长正在巴望着托麦什能结上这门好亲呢。她姑妈也乐意能看到办成这门亲事,托麦什是个规规矩矩的好青年,人也挺勤奋;比玛德娜大约大一岁。"

"玛德娜喜欢他吗?"哈耶克着急地问。

"凭良心说,这事我可说不准,知人知面难知心哪,我只知道,玛德娜现在还没有看上谁。喏,事情都不是一成不变的呀,要等她回来才能见分晓。"别特卡说,接着她还谈到大家怎样想念玛德娜,姑妈又如何日夜在思念着她,最后还问到瓦夫日内克。她为他的下落不明而感到很惋惜。当他们走到小斯卡尼奇卡时,哈耶克把信交给别特卡,并叫她们快点儿写好回信,因为他在家里待不了多久。别特卡千恩万谢地走了,而哈耶克却愁肠百结、心烦意乱地继续驱车前进。

哈伊科娃①老大娘非常疼爱自己的儿子,儿子一回家,家里就像过节一样。邻居们也都跑来看望他,他在夏天也常跑到酒店门前那棵大树下同大家一起聊天,冬天他们都聚集在酒店里。连那些上了年纪的老大爷也喜欢听他聊;他带回家来的消息是村里人整年里能听到的唯一的新闻。这次他年轻的妹妹和小扎鲁巴②也在迫切地等待着他;他的一句话能决定他们全家的幸福。"你们等一下,我一个人先跟伊日克谈谈。"当哈耶克早上一跨进家门,妈妈便对他们说。尽管哈耶

①　哈耶克母亲的姓。
②　他妹妹爱人的姓,名字叫耶内什。

克矢口否认自己有什么痛苦和不顺心的事情,可是他妈妈还是一眼就看出他的脑瓜里出了问题。妈妈问他,可他一个劲儿地说没事。于是她就像从前一样狡猾地去找雅古普,可是从他的嘴里也问不出一个所以然来。她跟女儿说:"这个古帕①真是个木头人,我跟他说了半天,他就像根木头似的一声也不吭。"她们认为,哈耶克做生意一定遇到了什么不如意的事,而分发货物更增添了他的忧郁。妈妈一整天没有跟他说话。晚饭后,女用人和妹妹都离开了房间,而哈耶克还在那里坐着。妈妈在房里来回忙着,哈耶克用两个手指夹着一把小刀的刀柄,在桌子上敲得叮当响,同时在想着玛德娜,如果她作为女主人坐在他身旁,那该多好啊!这时妈妈在桌旁坐下,夺下他手里的小刀,说:"我不能听这种响声,你难道不知道你这样敲刀子会给家里招来困苦②吗?你过世的父亲从来不这样做的。"

"妈妈,我没有想到您不喜欢听这声音。"哈耶克笑着说,他没有责怪妈妈的迷信,要是换上别人的话,他是决不轻易饶过的。

"喏,好啦,我又没有说你什么呀。可是,伊日克,我心里有桩事,希望你能听我说说。"妈妈过了一会儿说。

"您请说吧,妈妈,我在听着呢。"哈耶克说,同时他想到妈妈除了要他结婚外,不会说别的事;可是这次他却想错了。

"昨天扎鲁巴老大爷来过,"妈妈开口道,"他想把玛尔基塔③说给耶内什。我没有答应他,我只跟他说,等你回家后由

---

① 雅古普的爱称。
② 迷信:无故敲刀子会招致不幸。
③ 哈耶克妹妹的名字。

你决定。喏,你是怎么看的呢?"

"可是,要知道玛尔基塔还是个小姑娘呀!"哈耶克惊异地说。

"只是你这样觉得吧,要知道你爸爸去世那年,玛尔基塔是十岁,从那以后又过了七个年头,她就快到十七啦,耶内什是二十四岁,这样最合适,俗话说得好:'讨媳妇由自己决定,嫁女儿由人家决定哪。'扎鲁巴一家人都是正正经经的人,耶内什又是他们的独生子,玛尔基塔嫁给这样的男人是再好也没有啦。"

"要是玛尔基塔愿意的话,我没有什么可反对的,扎鲁巴家是个好人家呀。"

"这你是知道的,伊日克,如果她不愿意,我是不会强迫她的,只希望他们彼此相爱就好啦。喏,现在得到你的同意,他们就可以订婚了,趁你在家的时候,收获节后就给他们办喜事。唉,伊日克,我也多么地盼望你能成家呀!我年纪老了,还能活多久呢?等玛尔基塔出了阁,以后你的家务事又搁到哪儿去呢?——你没有注意到耶内什的妹妹维隆卡吗?——她可是个人儿又漂亮、心肠又好的姑娘哪,跟我们家的玛尔基塔同年。"

"喏,我的年纪大了,按照您的说法,跟她不般配呀,妈妈,因为我比耶内什大七岁;我们的年龄相差一大截呀!"哈耶克狡黠地笑了起来。

"差上几岁,算得了什么呀,只要两人相爱就行啦,俗话说:'男儿已在草上飞,姑娘还在摇篮里睡呢。'要是根据俗语的说法,两人年龄最好是相差几岁呢。伊日克,你听我的劝告,娶了维隆卡吧,你要是能这样做就太好了,我也心满意足啦。"

"妈妈，"哈耶克说着并握住妈妈的手，"我知道，您并不想要我只为了您而不是为了自己去结婚；所以，我请求您别再劝我娶这个或者那个姑娘啦。维隆卡是个漂亮的好姑娘，可我不愿娶她做妻子。妈呀，我已经凭着自己的心愿相中了一个姑娘啦，如果我得不到她，我就打一辈子光棍！"

"伊日克，我的儿呀，她大概不是维也纳女人吧？"

"别担心，妈，"哈耶克打断了她的话，"她既不是维也纳姑娘，也不是城市里的姑娘；她是我们农村里的人，人长得很漂亮，心肠跟你一样好呀，妈。"

"伊日克，那你为什么不带来让我看看呢，你认为跟她一起过日子会幸福吗？"

"可我必须先搞清楚她是不是爱我。"

"她哪能不爱你呀！"老人说。哈耶克听了妈妈的话笑了起来，这时玛尔基塔正好走进房间，跟妈妈咬着耳朵，不愿意让他听见。他不知道是因为妹妹即将做新娘的缘故呢，还是因为他以前没有仔细观察过她，他现在觉得他妹妹比以前长大多了，也漂亮多了。他拉妹妹坐在自己身边，妈妈便把她不在时跟哥哥已商量好的事告诉了她。她的脸庞顿时羞红了，眼睛里涌出了泪水。这种泪水晶莹透亮，是不会使眼睛浑浊不清的。第二天在哈耶克家举行了订婚仪式，并决定在收获节后举办婚礼。

七

这是一个天气晴美的礼拜天。那天玛德娜有半天空闲时间,她整整一个礼拜都在盼望着这一天,因为她已经约好卡特仁娜大娘和米哈尔大爷一块儿去郊游。伦卡也说去,可惜安琳卡已经不在维也纳。这几个姑娘的情况在这个短短的时间内发生了很大的变化。安琳卡整天愁容满面,谁也不知道是何缘故,伦卡已经辞退了东家,现在住在卡特仁娜大娘一个熟朋友家里,给人家缝白衬衣糊口。起初,卡特仁娜大娘不让伦卡辞退东家,可是她知道这姑娘的脑瓜子就像花岗石一样顽固,同时也担心如果自己丢开不管的话,伦卡可能乱找别人而落到坏人手里,因此才为她安排了住处和工作。可是卡特仁娜大娘并不知道,伦卡已经爱上了一个青年人,一个富有的工厂主的儿子,并且为了他才辞活不干的;她只认为伦卡是个固执的姑娘,天性骄傲,不听别人劝告。玛德娜是知道这件事的,可她不想说破;她本人就不止一次地劝伦卡,叫伦卡别跟有钱的老爷来往,以免招来不幸。而伦卡却说:"要是我知道跟他在一起不会幸福的话,我就会抛弃他。可我现在并不担心他会欺骗我,他是个诚实的小伙子,真挚地爱着我。他跟我说过,如果他父母不允许他娶我,他就离开家庭,到别的地方去找工作,仍要娶我做妻子。我自己也会干活,为什么我们不能结婚呢?"玛德娜听她这样说,只好不吭声了;她凭着亲身的经验清楚地知道,劝人扔掉自己心爱的东西,即使是已经腐烂变质的东西,那也是枉然的。

卡特仁娜大娘通过安茄才知道玛德娜的东家并不像她以前所说的那样好,心里非常后悔,可是玛德娜在她面前只字未提,因此她更尊重玛德娜。当伦卡辞退自己的东家时,卡特仁娜大娘劝玛德娜到那家去帮工,并且还为她联系好了,可是玛德娜就是不肯去。玛德娜用自己的耐心、善良和所有其他的美德终于征服了这个坏女人,使她对自己更尊重些。女主人的确慢慢变得稍微和蔼些,不再随便骂她了。有一次玛德娜在无意中又哼着小调,她也没有下令禁止。玛德娜也注意到女主人的变化,并为此感到很高兴;同时她对这家人也熟悉了起来,所以不愿离开这家。

那天玛德娜做完了活,便穿上在维也纳做的那套朴素大方的衣裳,跑去找卡特仁娜大娘。卡特仁娜大娘已经穿好衣服,拿着呢帽子在等着;而脱去外衣的米哈尔大爷却坐在桌旁抽烟。安茹在给雅鲁谢克刷衣服。"你们好哇!"玛德娜走进屋时问候道。

"您好!"卡特仁娜大娘边回答,边亲切地迎接玛德娜;然后她绕着玛德娜转了一圈,说道:"您穿上这身衣服真漂亮啊!"

"我常说,玛德娜是个非常漂亮的姑娘嘛。"米哈尔大爷说,可是安茹却摇摇头,说她穿上农村服装更好看。

"这话倒是真的,人还是穿上自己家乡的衣服最好看,可是玛德娜现在在这儿,还是这样装束好,免得惹人家睁大眼睛盯着看。"卡特仁娜大娘断定说。

"人家可不是睁大眼睛瞧衣裳,而是在瞧别的呢。"米哈尔大爷用自己喜悦的目光狡黠地打量着玛德娜说。

过了一会儿,伦卡也来了,她穿得也挺朴素,可她头上戴了一顶草帽,使她带有一种上层妇女的味道,除此以外,她的穿着倒是挺合适的。卡特仁娜大娘用一种喜悦的目光打量着她,虽然她什么也没有说,可是她心里想:这样的身材要是能穿上丝绸一定比穿混纺毛料更好看呢。大家寒暄以后,卡特仁娜大娘叫米哈尔大爷快穿衣服。过了一会儿,除了安茹留下看家外,所有的人都走出大门来。他们徒步上普拉特尔去。许多人都到那里去郊游,走在他们前头的是个手艺人家,这是根据学徒看出来的,有一个学徒给他们背着孩子,另一个学徒拉着坐在小车里的孩子。

"上帝呀,"玛德娜叹息地说,"我一看见学徒,就想起瓦夫日内克。天知道他是不是还活着呢。"

"即使他还活着,恐怕也不在维也纳,要不然,我们早就找着他了,我们已经到处都找遍了呀!"

"我一听见有哪个小伙子叫瓦夫日内克,马上就问他是哪里人呢。"雅鲁谢克说。

"我们还到捷克教堂里去找过,学徒们都上那里学习宗教仪式,可我们在那里也没有找着他呀。"卡特仁娜大娘说,她看见玛德娜显出一副灰心丧气的样子,于是补充说,"让我们谈点儿别的吧。"大家开始聊起别的事情,可是玛德娜总也丢不掉这种悲观的想法:她的弟弟大概在哪里穷困潦倒地死了。他们来到普拉特尔,当她看见到处都是熙熙攘攘的人群,到处都在表演着各种各样的滑稽戏、把戏和游戏,到处都在演奏音乐时,她的心思才从弟弟身上转到这个热闹的场面上来。他们带着玛德娜转了一圈以后,卡特仁娜大娘就想找个地方坐下来休息,因为她不喜欢多走路,而米哈尔大爷只关心有什么好吃的东西,他若不吃点儿什么,就是有再好的娱乐也不能使他尽兴。

他们在离人群不远的一棵大树下找到一个舒服的歇脚地方。"这儿离演奏音乐的地方很近,他们就像专门为我们演奏似的。"卡特仁娜大娘边说边搬着椅子,并向旁边坐着几个乐师的桌子那边点点头。

"但愿他们能奏几支好听的曲子。"伦卡说，并上下打量着他们。

"谁还能比他们演奏得更好呢，他们可是捷克人哪！"雅鲁谢克说。

"真的？他们都是捷克人？"玛德娜问。

"很可能是呀，雅鲁谢克没有说错，我不止一次听人家说，在维也纳的乐师肯定都是捷克人。"卡特仁娜大娘说。

"妈妈，我知道他们就是捷克人，我认识他们，他们曾经在我们铁匠铺附近演奏过，我有好几次还听到他们讲捷克话呢。"雅鲁谢克肯定地说。

"他们大概是哪些地方的人呢？"玛德娜问。

"他们中间大概各个地方的人都有呀。"卡特仁娜大娘回答说。这时米哈尔跑来了，他们才开始聊起别的事情。

乐师中间有一个年轻的小伙子，身材单薄，脸庞晒得很黑，有一头乌黑的头发和一对黑色的眼睛，从卡特仁娜大娘跟姑娘们在桌旁坐下时起，他的眼睛就一直盯着她们看。他的面部表情非常忧郁，跟他的年龄很不相称。他身上穿的衣服也比别的乐师破旧。在他面前的桌子上放着一支黑管。

"瓦夫日内克，你干吗这样东张西望的？"坐在对面的一个乐师用琴弓敲着那个小伙子说。

"嘿，他看上那两个姑娘啦！"另一个乐师说，"这两个妞儿可真漂亮啊。"听了这话，大家都转过头来看这两个姑娘。

"喏，"第一个说，"从她们身上的打扮就可以看出，她们一定是我们家乡牧场上开的花朵；瓦夫日内克，你看上哪个啦？"

"你要发疯就发疯好啦，可别来捉弄我呀。"那个年轻小伙子心绪不佳地说。

"喏,你干吗装得像一把旧式低音大提琴那样一本正经呀! 我没有说错吧? 你不是一直在打量着那两个姑娘吗?"

"我看她们是有缘故的,因为有一个姑娘使我想起自己的姐姐;我心里想,如果她不是在家里的话,这一定是她了。"

"你怎么知道就不是她呢,你已经有好几年不知道家里的消息了。"有一个乐师脱口而出地说。

"我只知道她不必出来帮人,不必离开家乡,所以不可能是她;可是这个姑娘跟她长得一模一样。"瓦夫日内克说,他那带着悲伤神情的眼睛一直在盯着玛德娜。这时提琴手开始调提琴,其他乐师也都拿起乐器来,而瓦夫日内克也必须把注意力转到调音上来了。他们演奏了一支施特劳斯①当时流行的华尔兹舞曲,米哈尔大爷把施特劳斯捧上了天,可是卡特仁娜大娘并不喜欢他,说她希望他们能演奏几支捷克小调,姑娘们也赞同她的意见。米哈尔大爷毫不退让地捍卫着施特劳斯的声誉,而妇女们却坚持说捷克小调好听,他们这样争吵了很长的时间,最后还是卡特仁娜大娘占了上风。这时乐师们刚好奏完一曲,坐下来休息。

"可那个吹黑管的怎么老在看我们呀?"伦卡说,"我看见他老盯着我们。"

"哎哟,他看上你们啦。"米哈尔大爷说。

"我在圣杨教堂里经常看见他,每个礼拜天他都在唱诗班里唱诗呢!"雅鲁谢克说。

---

① 约翰·施特劳斯(1825—1899),奥地利著名作曲家和指挥家,著有华尔兹舞曲《蓝色多瑙河》。

"我从前一定也在哪里见过他,我觉得他很面熟,可我想不起在哪里见过他了。"玛德娜注意地看了看瓦夫日内克以后说。

乐师们又演奏了第二支曲子、第三支曲子,这些都是米哈尔大爷爱听的曲子,这时小提琴突然开始演奏《我在地里播种》。玛德娜一把抓住伦卡的手,脸都涨红了,眼睛熠熠地发亮,要不是因为害羞,她会立即和着曲子放声歌唱起来。

"啫,这是我们的音乐,听了叫人高兴得心都快跳出来了,米哈尔,还是让你的那套尖叫刺耳的音乐滚蛋吧!"卡特仁娜大娘欢叫起来,然后又补充说,"听了这支曲子,我要是不赏给他们半块崭新的金币,就不是人!"姑娘们马上也跟着嚷嚷要赏给他们钱。

"啫,等着瞧吧,你们说话可得算数呀;我也愿意赏给他们点儿钱,因为我也喜欢听这支曲子!"米哈尔大爷怕他的卡琴卡生气,故意凑趣地说。

乐师们奏完这支曲子后,放下乐器,便嘀嘀咕咕地商量了一阵子;然后瓦夫日内克和另一个乐师站了起来,每个人拿着一张乐谱从两边向客人讨赏钱。瓦夫日内克首先走到米哈尔大爷、卡特仁娜大娘和姑娘们坐的那张桌子旁。一般他用德语跟客人打招呼,可是走到这张桌子前他无意中讲起捷克话来:"请赏点儿钱吧!"卡特仁娜大娘把她许过的半块金币放在乐谱上,米哈尔大爷也赏了半块金币。"这是赏给最后那支捷克小调的,先头演奏的那些曲子我们可不爱听哪。"卡特仁娜大娘心直口快地说。

"我们必须演奏各种曲子,亲爱的大娘,因为这人喜欢听这个,那人又喜欢听那个呀。"瓦夫日内克回答说。

"这是明摆着的事,各人爱好都不相同嘛。"卡特仁娜大娘赞同地说。

"你们都是捷克人,对吗?"雅鲁谢克问。

"都是呀。"瓦夫日内克回答说,目不转睛地在看着玛德娜,而玛德娜也一直在注意地打量着他。

"你们是哪里人呢?"玛德娜问。

"各地方人都有,我们是偶然凑在一起的。比如说,我就是赫拉德茨地方的人。"

"赫拉德茨地方的人? 请问您的家在哪儿?"玛德娜声音有点发颤地问。

"在耶塞尼采村,我叫瓦夫日内克·扎列斯基!"

"弟弟呀!"玛德娜嚷着,迅速从桌后跑过来,双臂搂着弟弟,边哭边吻着他的脸腮。瓦夫日内克双手垂了下来,乐谱和钱散落得满地都是,像尊雕像似的傻呆呆站着;过了一会儿,泪珠才像丰满的豌豆从他眼睛里滚落下来。

"上帝啊,等我写信告诉妈妈和姑妈,说我找着你了,她们该多高兴呀!"玛德娜连哭带笑地跟弟弟说。

"她们不生我的气了吗?"瓦夫日内克问。

"她们不生你的气啦,可是妈妈因为你杳无音信痛苦极了。你为什么不给家里写信呢? 瓦夫日内克,你在哪里度过这三年的?"

"你等一等,玛德娜,我会把一切都告诉你的;可你在维也纳干什么呢?"

"我在帮人家干活。"

"你也在帮工? 为什么呢?"

"等一会儿再告诉你。"

"要是我猜到你也在这儿,我会马上就来找你的,可我做梦也没有想到你会上维也纳来。我只觉得你长得像我姐姐。"瓦夫日内克边说,边喜笑颜开地看着姐姐。

"唉,瓦夫日内克,我们到处找过你,就是找不着你呀,连一点儿消息也打听不到。我可没有想到你参加乐队啦。"玛德娜说。

"我们真不该老在皮匠学徒中间找您。"米哈尔大爷笑着说。

"其实呀,我应该想到他可能爱上另一种手艺,他可能选择我们家乡每人都会玩的音乐呀。"玛德娜说。

"我以为瓦夫日内克年纪更小些,所以我老在那些小一些的孩子中间找你。"雅鲁谢克坦率地说。

"他是很年轻,可是瘦高个儿。"玛德娜说。

"当我们在找人的时候,我们什么都想到了,可又有啥用呢,还是上帝指点了我们哪。"卡特仁娜大娘说,"哈耶克一定会高兴得跳起来,他千嘱咐万嘱咐地托过我找您哪,瓦夫日内克。"

"过些天他就会来了,"米哈尔大爷说,"他来信叫我为他办点儿货,他不会在家待多久的。他一般总是在家里过收获节。他还告诉我,他们已经订婚了,过了收获节就办喜事呢;可我弄不清楚是他结婚呢,还是他妹妹结婚。"

玛德娜听到米哈尔大爷的话后脸刷的一下变白了,她很快弯下腰去,装着寻找掉在地上的东西。

"他妹妹大概还没有到出阁的年纪吧?"卡特仁娜大娘说。

"我们会听到真实消息的。瓦夫日内克,您能不能跟我们一块儿走呢?"米哈尔大爷问道。

"这还用问,他会跟我们走的!瓦夫日内克,您去跟您的那些朋友说一声,告诉他们是怎么回事。他们一定在奇怪这儿发生什么事了呢;然后您就回到我们这里来。"卡特仁娜大娘吩咐说。

"我愿意跟你们一块儿走,可我不知道朋友们放不放我走呢,他们没有第二个会吹黑管的。好在我没有跟他们签订过什么合同,我随时都可以走。"瓦夫日内克说完,朝着乐师们坐的那张桌子走去。他把酬赏演奏那支捷克小调的赏钱交给他们,并告诉他们:他遇到天大的喜事,找到姐姐了,还说那些好心肠的人邀他跟他们一块儿回去。乐师们都表示反对,可是他没有理睬他们,拿起黑管就要走。"明天我再回来,再告诉你们我今后还跟不跟你们一块儿干。"他说完这些话,就告别他们走了。他们没有再阻拦他,因为他们都了解他这人虽然年轻,但很有主见。这时妇女们和米哈尔大爷正准备回家,因为天慢慢地黑下来了,而卡特仁娜大娘总希望在天黑之前赶回家去。在回家的路上,玛德娜跟她的弟弟走在一起;她跟弟弟谈了家里的情况和她为什么要离乡背井的原因。瓦夫日内克听到那个丑八怪磨坊老板要娶他的漂亮姐姐,大吃了一惊,他还很清楚地记得这个讨厌的家伙呢。"我们的继父总算把我们俩都从家里赶出来了。"瓦夫日内克叹了一口气说。

"他倒是希望我们将来能过上好日子的,只是他太专制了,一定要强迫我们听他的话。"玛德娜说,"他不应该逼着我嫁给一个我不能跟他幸福生活的人,也不应该强迫你去学你不喜欢的手艺。可是你得告诉我,瓦夫日内克,你为什么逃走了？为什么不给家里写信呢？我们整整三年都不知道你在哪里游荡哪！"

"当时我不想回家去，在找到工作之前也没有什么好告诉你们的，我不知道你们一点儿消息，也是非常痛苦的。我为什么要逃走？因为我不能再在继父给我找的那个地方忍受下去了；如果我是在一个好师傅家里的话，也许我不会逃走的。我在那家人家根本就学不到手艺，我只是不断地给他家抱孩子，摇他睡觉，还要为他家每个人上街买东西。我要为他家挑水、扫地、擦桌子，总之一句话，我干的都是女用人和保姆的活儿，而不是学手艺。我们吃的饭本来就很差，而我吃得就更糟，因为我必须等他们吃完了，才能吃上一口冷饭。我在阁楼里睡觉，冬天那里冷得要命，我曾经想过我会冻死的。"

"妈妈不是给了你一床鹅绒被吗？"玛德娜惊奇地问道。

"妈妈当然是给了，可是给师母拿去了，她抢走了我的鹅绒被和枕头，给了我一件盖马用的旧马衣和一个鸡毛枕头。我说这不是她的东西，她不应该拿走；而她却说，在我学徒期间，根本就不配盖这样的好被子，等我出师了，这被子也早已用坏了。我又有什么办法呢？可是，玛德娜呀，最折磨我的还是挨打受骂和给他家带孩子。我整天不断地在挨打挨骂。如果那孩子稍微哭了一声，那师母就会跑来，说我拧了她的孩子，马上就打我一记耳光，而我连想也没有想到要拧她的孩子呢。如果他们要我到街上去给他们买东西，他们总是不是嫌少就是嫌坏，我又得挨骂挨打。如果哪个孩子跌倒了或者摔碎了什么东西，那我也得为这挨打。你是知道的，我很喜欢音乐，当我上街的时候，碰巧遇上军乐队，我跟在后面走了一会儿，我也得为此付出沉重的代价。这些都算是我的错呀，玛德娜,你相信我吧。每当师傅或师兄晚上上小酒馆去,我必须等着他们回来,给他们开门,如果我睡着了,没有马上听见他们叫门,我又得挨打了。那个师兄可比师傅还坏呀。我耳朵上方的那块伤疤就是他给我留下的纪念哪。"瓦夫日内克脱下帽子,分开头发,让玛德娜看耳朵上方被头发遮住的那块大伤疤。

"那家伙怎能下这样的毒手呀?"玛德娜怜悯地问道。

"他要我去给他买面包;我给他买来了,他又嫌面包小,叫我拿去换。面包房的师傅狠狠地骂了我一顿,可是他看我苦苦地哀求,还是给我换了一个同样大小的面包。当我把面包递给他时,他却把面包扔到地上去啦。"

"这家伙真是个异教徒呀。"卡特仁娜大娘说,她虽然走在他们前面,可是她听见瓦夫日内克的讲话了。

"我也不知道他到底是个什么人哪,可是他肯定是个恶棍。"瓦夫日内克回答后,接着往下讲,"当我看见他把面包扔到地上,我就再也忍不住了。我跟他说,他这样做是亵渎上帝,他将来总归有一天会觉得能吃上一口面包也是好的;他还没有等我说完,就拿起一把割皮子用的大刀朝我头上扔过来,我马上血流满面了。他正在割皮子,他一生气就把刀子朝我扔了过来。我血流不止,晕倒在地。师傅送我找医生,医生才把我的头包扎起来。可是我痛得要命,很长一段时间我头上都包着绷带呢。我大哭了一场,这些情况我也不能跟你一一细说。我有几天不能抱孩子,他们就不给我好脸色看,他们还责怪我多嘴多舌,因为那天没有人在场,而那个师兄一口咬定由于我多嘴才使他生了气,还骂我是个不可救药的孩子,大家都相信了他的话。只有一个年纪大点儿的学徒同情我,因为他也是个受气包呀。当我的伤口略微好一点儿的时候,我又得干活了。后来那个师兄因为我的逃跑而受到责怪,难道我在那儿还能待得下去吗?"

"你为什么不写信告诉家里呢? 你总会写信吧?"玛德娜问道。

"我的好姐姐呀,那可不像你想的那么简单哪! 如果我给你写信的话,他们一定会知道,而你们要是给我捎口信和写信的话,他们照样会知道;所以我情愿什么也不写。你和姑妈托人捎来好吃的东西,我也很少能吃上一口呀。"

"难道那个师兄还不让你安宁吗?"

"这家伙是个十足的恶棍哪。"瓦夫日内克接着说,"我虽然一点儿也不喜欢这种手艺,可我对待工作还是挺认真的,那时我考虑到活儿多,便自个儿学着补鞋子;有时候活儿堆得像山,师母就自己抱孩子,我就坐在小凳子上干起活来。有一天,我又被叫去干活,那个师兄拿一只鞋叫我补,还嘱咐说,要是补得不好,他就要用那只皮鞋打我的头。我请求他教我怎么补;可是他直截了当地拒绝了我,说我应该知道怎么补。当时师傅不在家,那个年纪稍大点儿的学徒正在干别的活儿,我没有办法去问他们。于是我就尽自己的本领去补那只皮鞋;当我补好鞋,拿给师兄看看,他把皮鞋扔到我的脚下,站起来便要打我的头。我怕他打着我的伤口,便伸出那只握着锥子的手来保护头。我弄不清楚,他是没有看见我手里握着锥子呢,还是认为我会退避。他一巴掌打来,正好打在锥子上,锥子刺进了他的巴掌。他于是大叫大骂起来,如果我不在这时逃开,他兴许会杀死我的。我跑到我睡觉的阁楼上,抓起一件外衣,便从天窗里跳下楼来,尽力逃到野外去了。晚上我走进一个村子,那里的人留我在家里睡觉,请我吃了晚饭和早饭,还给了我一块面包在路上吃。第二天我马不停蹄地赶路,晚上我在一个客栈里过了夜。那里大多数人都在麦秆堆里睡觉;我也睡得挺香。早上醒来,不知谁把我的衣服偷走了。我大哭了一场,但这又顶什么用呢?有几位客人可怜我,给了我几文钱在路上花。我想上维也纳去,可我既无钱又无衣服怎能去呢?于是我便在乡下流浪过日子,直到有一位神甫可怜我,把我收留下来给他家放牛。礼拜天我常上教堂唱诗班给风琴踏风箱。有一次我拿起黑管吹起来,有一位教师听见了,问我是在哪儿学的。我把我所有的情况都告诉了他,他又把我的情况跟神甫说了。从那时候起,他不让我去放牛了,叫我干些家务事,同时教我学音乐。他们都很喜欢我,那位教师先生还说,我将来会成为一个音乐家,我自己也抱着这样的希望。可是我的运气不济呀!我在那里只过了一个冬天,第二年春天,那个好心肠的老神甫就去世了。我又得离开那里啦。那位教师劝我上大城市去学音乐;可怜的人尽可能地帮助了我,于是我就到了维也纳。当我刚到这儿时,我既无分文,也没有一个熟人,我就到处瞎闯。后来我碰上这些乐师,他们劝我参加他们一伙吹黑管。我听了他们的劝告,希望能攒点儿钱,将来再去学习。我跟他们在一起已经混了一年多啦。我虽然省吃俭用,可仍旧没有攒下几文钱。你看,玛德娜,这就是我的全部经历了。我是吃够了苦头啦,现在我知道妈和姑妈都不生我的气,并且还在这儿找到了你,我就完全放下心来了。我也原谅了那位师兄,要不是他发了那阵脾气,我还不会当上乐师呢,这是最合我的口味的职业呀。"

他们就这样边走边谈地一直走到家。当他们走进屋里的时候,看见哈耶克的马车夫雅古普坐在桌旁。"大爷在哪儿呢?"米哈尔大爷急速地问道。

"躺在家里呢,他被马撞伤啦。"

大家听了这话都大吃了一惊;玛德娜面色发白,血都快凝固了。

"他是怎么被撞伤的呢?"米哈尔大爷问道。

"在我们准备动身上这儿来的头一天,我驾着两匹马拉的轻便马车上纳霍德去。大爷给您米哈尔大爷寄信,同时为我们的新娘玛尔基塔办点儿家具。在我们回家的路上,碰上一个喝得醉醺醺的农民驾着马车迎面闯过来,大爷还在很远的地方就叫他躲开点儿,说我们的马很野,而他却大模大样地叫我们让开。就是上帝也得对醉汉让三分呀!我们尽量把车往路边靠。可是那条路太窄,当他的马走近我们的马时,我们的那两匹马嘶鸣起来,猛地向左一拐,直立起来,一下子跳到那匹马身上,搅成了一团。我们从车上滚了下来;大爷虽然被马撞伤了,但他还死死地勒住了马的笼头。我有生以来也没有见过马那样地发狂,我真为大爷的性命捏一把汗。真算是奇迹呀,他还活着,并且还牢牢地勒住了马匹。那个农民这时酒也吓醒了,等大爷一制服了马,他就驾车飞快地逃跑了。马只蹭破点儿皮,可是大爷被撞得浑身是伤,如果他不是个像参孙①那样的大力士,准会在马蹄下送命啦。一回到家,我就立刻上乌皮采去找医生。那医生说,大爷伤势很重,十四天内也不能痊愈。第二天我就一个人来了,我给你们带来了东西和问候。"雅古普说完就把黄油送给卡特仁娜大娘,把姑妈捎来

---

① 《圣经》中的大力士。

的一小包东西送给玛德娜，还转达了别特卡对她的问候。

玛德娜非常高兴，并且把她如何碰见瓦夫日内克的事告诉雅古普，雅古普向她表示祝贺。雅古普提醒大家把要捎走的东西在第二天准备好，说完他就走了。

玛德娜看过信，向大家转过问候，然后打开小包裹给卡特仁娜大娘看，原来是姑妈在信里提到的那块"给弟弟做衬衫"的布料。卡特仁娜大娘留瓦夫日内克在家里过夜。"您明天再来一趟，趁哈耶克没有来以前，我们把您弟弟的事情安排一下。"当姑娘们向卡特仁娜大娘告别时，她对玛德娜说，然后玛德娜和伦卡告别走了。姑娘们本来还想谈点儿什么宽心的话，可是因为有年老的安茄陪她们走路，所以也就没有谈了。玛德娜东家的家离那儿不远，姑娘们在门口握手告别。伦卡跟玛德娜低声地说："晚安，愿你梦见哈耶克！"玛德娜握了握她的手之后，快步地跑进自己的小储藏室，这时她才深深地舒了一口气。

八

现在正是收割的季节。在维也纳人们当然闭口不谈收割的事情，就像卡特仁娜大娘所说的那样，这儿有许多人根本就不知道粮食是怎样长出来的。人们正在哈耶克家地里紧张地收割庄稼。身体已经恢复健康的哈耶克等收获节都快等得不耐烦了，要不是他妹妹玛尔基塔在收获节举办婚礼，他恨不得马上就上维也纳去，可是作为一家之主所负的责任却把他留了下来，他既要照顾收割工作，又要代替已去世的父亲来主办妹妹的喜事。这些大事可不能撒手不管哪，他只好自己设法消磨时光,耐心地等待着。"死人等久了会化成泥,活人总能等到底嘛①!"哈耶克终于耐心地等到了收获节和妹妹办喜事的日子,也等到了妹妹婚礼后第二天——自己上维也纳的日子。在家里还在大摆宴席、鼓乐喧天、贺客盈门的时候,主人已在愉快地挥动马鞭,希望那几匹差点儿送掉他性命的烈马长出翅膀,飞快地把他送到维也纳,以便弄清:他将像玛尔基塔那样幸福,还是将像雅古普那样成为一个倒霉的老光棍。他焦急地在等待着和玛德娜的重逢。雅古普当然向他转达了玛德娜的问候,并且告诉他,玛德娜怎样为他的不幸遭遇担心害怕,还说玛德娜近来人也消瘦了,情绪显得很忧郁。可是雅古普批评玛德娜改穿城里人的衣服的话还是使他感到十分不快。他曾经请求过她不要换装,可是她并没有听他的话。他觉得她已经把他所喜爱的那套衣服抛掉了。他平时虽然并不注意老婆婆们的饶舌,可是村长儿子的事情和别特卡的谈话却使他心神十分不安。因此,他在上路时跟妈妈说:"我真愿意背上马车飞快地赶到维也纳去。"而妈妈心里却想:"要是那姑娘不爱伊日克,那可就糟啦!"

当大家在卡特仁娜大娘家里商量如何帮助瓦夫日内克达到目的,成为一个正式的乐师的时候,卡特仁娜大娘突然想起那位常在圣杨节前来给捷克同乡演奏《圣杨之歌》的年迈的捷克老师。当天米哈尔大爷就陪瓦夫日内克去找他。他们很快地就把事情谈妥了。他是个有声望的音乐家和音乐教师。当瓦夫日内克给他吹了一段黑管和拉了一阵小提琴以后,他

---

① 谚语,耐心等到底的意思。

说："您将来会成为一个音乐家的。"并且当场收了他做徒弟。瓦夫日内克仍住在米哈尔大爷家里,一切生活费用都由他负担,但瓦夫日内克以教雅鲁谢克拉提琴作为报偿。他高兴得差点儿发起疯来。他虽然平时显得有点儿忧郁并且沉默寡言,但大家都非常喜欢他。玛德娜说,他的性格完全跟爸爸一样。玛德娜把弟弟的事情安排妥当以后,心里的一块石头也就落了地啦。可是姑妈的来信却又使她发起愁来。每天晚上她就像念祈祷文似的念着姑妈的来信,姑妈的每一句热情的话语都像清凉的甘露一样落进她的心田,但信里也掺有苦艾的苦汁,使她感到不快,那就是谈到村长儿子的事情。如果哈耶克不是那样深深地铭刻在她心上的话,她虽然不能全身心地爱村长的儿子,但她也许还会听从姑妈之命嫁给他的,然而现在这一切都是白说了。哈耶克遭遇到的不幸事件也使她很痛苦,特别是她听不到关于他目前的情况和什么时候来维也纳的消息,使她更是痛苦莫名。她非常思念他,而且不知道他现在是否还爱她。伦卡是唯一能安慰她的人,所以她经常跑去找伦卡,在那间摆满了鲜花的小房间坐一会儿。玛德娜把那个可怜的卖花小女孩的事告诉了伦卡,所以她也常从那个小女孩那里买花。有时候还在伦卡那里碰见多曼先生,因为他像哈耶克一样谈吐正派,而不像街上那些花花公子那样油腔滑调,所以玛德娜也挺喜欢他。她认识他以后,就再也不奇怪伦卡为什么把他的话当作《圣经》,并把自己的一切希望都寄托在他的身上了。卡特仁娜大娘也知道了伦卡的爱情,因为爱情是无法保密的,就像纸包不住火一样。起初,卡特仁娜大娘还想劝她,可是当她知道劝说也无用,并且听到伦卡住在那家的熟朋友也说多曼先生是个正派人时,她就缄口不说了,只是她很可怜这姑娘的希望将会落空。她认识多曼的家,知道他虽然有个好妈妈,可是他的父亲却是个盛气凌人的吝啬鬼,他是决不允许他的儿子和女仆谈情说爱的。

　　当玛德娜从新维也纳郊区回到家的时候,已经是圣玛日·玛格达伦娜①前一天的傍晚。女主人要跟老爷带孩子们出门两天,便吩咐她上卡特仁娜大娘家去住。玛德娜并没有为此而生气,因为第二天是她的命名日;在家乡人们没有庆祝命名日的习惯,可是伦卡一定要为她庆祝一下,而且卡特仁娜大娘又请她们来家做客,她也就无法推却了。卡特仁娜大娘还邀请了多曼先生,并希望他一定屈尊光临。只少了玛德娜最愿意见到的那个人了。时间还早,她就在附近走走,并顺路走到大教堂②前去做祷告。教堂外面大柱中间有一个圣坛上供着基督的精美的雕像,像前点燃着许多小蜡烛,显得一片灯火辉煌,许多路过的行人都要停下来祈祷。玛德娜走近栅栏,跪在一位年老的妇女身边,热情地做着祷告。过了一会儿,她画了个十字站起来,并心情振奋、容光焕发地离开了。她既不瞻前也不顾后,没有注意到有一个男人从普日科普起就在跟踪着她,在她做祷告时,他站在旁边,当她离开时,他总在她后面几步跟踪着。他看见玛德娜走进屋里时,他站住了,然后便突然下定决心跟在她背后走进屋里。玛德娜东家住在二楼,和其他人家是完全隔绝的。在整套住宅里现在除掉玛德娜就没有第二个活人了。玛德娜身上只带有厨房和第一间房间的钥匙,其他房间的门女主人都锁上了。玛德娜一走进厨房就

---

① 玛德娜的命名日,具体日期不详。
② 指圣什杰潘大教堂。

插上了门闩,放下手提包,脱下外衣,便走进房里去关窗户。当她走进那间黑咕隆咚、空无一人的房间时,突然感到很害怕,于是向四周东张西望着,生怕有什么怪物向她扑来。她关上窗子,便开始唱起她最喜欢唱的一支小调:《我的小脑瓜老在隐隐作痛》。这时忽然有人敲门。她站在门后问道:"您是安茄吗?""是我。"门外传来的粗鲁声音说,声音倒挺像安茄的。她拨开门闩,门被推开了,那个耶塞尼采村的丑八怪磨坊老板突然出现在她的面前。她就像踩着一条蛇似的吓得直往后退,并且惊恐万状地大声叫喊起来。她猛地扑向他,想把他推到门外去;尽管他是个又矮又瘦的男人,但他仍然把她制服了。"我们别再演戏啦,你现在已经落到我的手里,就是魔鬼也别想从我的手里夺走。我可没有白白地长途跋涉来找你呀!"他大声地嚷着,他那张令人讨厌的脸因流露出魔鬼般的复仇欢乐而变得更加狰狞可怕了。玛德娜陷入恐怖之中,拼命从他的怀抱中挣脱出来,一步蹿到火炉前,拿起一把斧子。她身子靠着墙壁,脸色发白,浑身战栗,大义凛然地嚷道:"你这个下流坏子,你胆敢碰我一下,我就劈开你的脑袋!"

"我才不怕你那个武器呢,你看哪!"他从地上捡起一根手杖,并从手杖里拔出一把又长又细的剑来,"我本打算娶你这个贫农女儿做妻子,可你使我受到全村人的嘲笑。现在我再也不要你做我的老婆了,但你必须先成为我的人!"

"我宁愿去死也不受你的侮辱!"玛德娜绝望地嚷着。磨坊老板想用手杖打掉她手里拿着的斧头,正在这时门外传来了急速的脚步声,玛德娜大声呼救,在磨坊老板还没有跳到门口以前,哈耶克就像一声霹雳似的跨进门槛。玛德娜大叫一声:"哈耶克!"高兴地向他奔去。

"出了什么事啦？这个流氓是谁？"哈耶克问道，他额头上暴出像棍子一般粗的青筋。

"我不是什么流氓，我是耶塞尼采村的磨坊老板，这姑娘是我的未婚妻，我有权利找她。"磨坊老板回答说，眼睛里冒出愤怒的火花。

"魔鬼的权利，你这个恶棍！你敢再说一声未婚妻，我就塞住你的嘴！"哈耶克像头激怒的雄狮，一只手抓住磨坊老板的胸口，另一只手掐住他的脖子，磨坊老板的脸马上涨得通红了。

"别弄脏了您的手，哈耶克！"玛德娜说。

"您说得对，没有必要跟这样的流氓计较！你马上从城里滚蛋。快滚吧，我可不为你的性命担保呀。"磨坊老板看见面前站着这个巨人，听到他的威胁语言，陷入不知所措的窘境；原来他只在毫无自卫能力的人面前才称好汉呢。他满脸气得发青，从大门溜走了。哈耶克也气得连话都说不出来。

"感谢上帝把您引到这儿来了，哈耶克，要是没有您在，我可该怎么办呢？"玛德娜边说边长长地叹了一口气。

"我来到维也纳后，首先就去找卡特仁娜大娘。我本以为可以在那儿找到您，但只有安茄在家，于是，我就像得到上帝的启示似的赶到这儿来了。可是，玛德娜，您怎么一个人在家呢？"

玛德娜把事情的经过全告诉了他，然后便点着灯，因为这时天已经完全黑下来了。

"这个恶棍，我不应该不教训他一下就把他放走了。"哈耶克懊悔地说，"您的脸色苍白得可怕，玛德娜，快坐下吧。"他抓住她的手，扶她坐在椅子上。

"放心吧,谁也不敢再来欺负您了,"哈耶克又说道,"可是,玛德娜呀,我看这件外衣大概不是在耶塞尼采村做的吧?"

"这可不是出于我的本意呀,哈耶克。卡特仁娜大娘要我做这件外衣,免得老有人用凶眼盯着我看。"

"事情原来是这样,那我就没有什么可说的啦。"哈耶克说,"可是,玛德娜,您不应该在维也纳再待下去了。"

"哪怕马上就回去也行哪,可是我摆脱了一个人,又回去找另一个人,恐怕不好吧,不管我愿不愿意我还是得留下来呀。"

"这事我听说过;您难道不喜欢村长的儿子吗?听说他是个漂亮的年轻小伙子呀!"哈耶克试探地说,同时目不转睛地看着玛德娜。

"管他长得怎样,反正我不要他。"玛德娜边回答边看着哈耶克的眼睛。他的两只眼睛像两团火似的在熠熠发光,他的手在玛德娜的手中颤抖着。玛德娜垂下自己的眼睛,脸庞臊得通红。

"玛德娜,"过了一会儿,哈耶克开口说,"玛德娜呀,假如现在有个男人,他的年纪和长相都跟我一样,也像我这样有点儿笨手笨脚的,可是他有一颗赤诚的心,他向您伸出手并且说:'玛德娜,我爱您,爱您爱到简直都无法说出来的地步。请接住这只手和我所有的一切吧。'他虽是个硬汉,可他将会温柔地对待您,并且为您而工作。玛德娜,您会怎样回答他呢?"他声音发颤地问着,并用手搂住她的脖子。

玛德娜用一种表现出炽热爱情的目光瞧着他,细声细气地说:"我会怎样回答他呢?我会说:伊日克,你是我在世界上最亲爱的人哪!"她说出这句话后,就把她那羞得通红的脸伏在他的胸口上。他把她紧紧地搂在怀里吻着,就好像他要永远这样抱着她,吻着她!

九

玛德娜搬到卡特仁娜大娘家以后第八天早晨,她穿上了农村新娘的盛装,打扮得花枝招展;手里拿着一封妈妈和姑妈捎给她的祝福信。过了一会儿,哈耶克在朋友们的陪同下领着她上圣杨教堂,神甫为他们主持了婚礼。哈耶克感叹地说:"没有勇气就不能得到幸福呀!"他要把妻子玛德娜带回家去,他也如愿以偿了。他到处都听到众人的交口称赞,并且赚了一大笔钱。举行婚礼以后,卡特仁娜大娘又请他们到家里吃饭,他们感到盛情难却就去了。大家还为另一位新娘伦卡的健康干了杯。早餐以后,大家一直把这对年轻夫妇送上马车。哈耶克扶着自己漂亮的妻子坐上马车,自己坐在她身旁,便掉转马头朝着捷克方向驶去,他揩掉玛德娜脸上最后一滴眼泪,心里感到自己就像国王那样富有。尽管朋友们都带着惜别的忧愁在注视着飞驰而去的马车,可就连玛德娜的弟弟也同意卡特仁娜大娘说的话:"恭喜他娶了这样一个好妻子,他可真是个天字第一号的好人!"

"外国文学名著丛书"书目

第 一 辑

书 名	作 者	译 者
伊索寓言	〔古希腊〕伊索	周作人
源氏物语	〔日〕紫式部	丰子恺
堂吉诃德	〔西班牙〕塞万提斯	杨 绛
泰戈尔诗选	〔印度〕泰戈尔	冰 心 石 真
坎特伯雷故事	〔英〕杰弗雷·乔叟	方 重
失乐园	〔英〕约翰·弥尔顿	朱维之
格列佛游记	〔英〕斯威夫特	张 健
傲慢与偏见	〔英〕简·奥斯丁	王科一
雪莱抒情诗选	〔英〕雪莱	查良铮
瓦尔登湖	〔美〕亨利·戴维·梭罗	徐 迟
欧·亨利短篇小说选	〔美〕欧·亨利	王永年
特利斯当与伊瑟	〔法〕贝迪耶	罗新璋
巨人传	〔法〕拉伯雷	鲍文蔚
忏悔录	〔法〕卢梭	范希衡 等
欧也妮·葛朗台 高老头	〔法〕巴尔扎克	傅 雷
雨果诗选	〔法〕雨果	程曾厚
巴黎圣母院	〔法〕雨果	陈敬容
包法利夫人	〔法〕福楼拜	李健吾
叶甫盖尼·奥涅金	〔俄〕普希金	智 量
死魂灵	〔俄〕果戈理	满 涛 许庆道

2

书　名	作　者	译　者
波斯人信札	〔法〕孟德斯鸠	罗大冈
伏尔泰小说选	〔法〕伏尔泰	傅　雷
红与黑	〔法〕司汤达	张冠尧
幻灭	〔法〕巴尔扎克	傅　雷
莫泊桑中短篇小说选	〔法〕莫泊桑	张英伦
文字生涯	〔法〕让-保尔·萨特	沈志明
局外人　鼠疫	〔法〕加缪	徐和瑾
契诃夫小说选	〔俄〕契诃夫	汝　龙
布宁中短篇小说选	〔俄〕布宁	陈　馥
一个人的遭遇	〔苏联〕肖洛霍夫	草　婴
少年维特的烦恼	〔德〕歌德	杨武能
德国，一个冬天的童话	〔德〕海涅	冯　至
绿衣亨利	〔瑞士〕戈特弗里德·凯勒	田德望
斯特林堡小说戏剧选	〔瑞典〕斯特林堡	李之义
城堡	〔奥地利〕卡夫卡	高年生

第 三 辑

埃斯库罗斯悲剧二种	〔古希腊〕埃斯库罗斯	罗念生
索福克勒斯悲剧二种	〔古希腊〕索福克勒斯	罗念生
欧里庇得斯悲剧二种	〔古希腊〕欧里庇得斯	罗念生
神曲	〔意大利〕但丁	田德望
西班牙流浪汉小说选	〔西班牙〕克维多 等	杨　绛 等
阿拉伯古代诗选	〔阿拉伯〕乌姆鲁勒·盖斯 等	仲跻昆
列王纪选	〔波斯〕菲尔多西	张鸿年
蕾莉与马杰农	〔波斯〕内扎米	卢　永
莎士比亚喜剧五种	〔英〕威廉·莎士比亚	方　平
鲁滨孙飘流记	〔英〕笛福	徐霞村

书　名	作　者	译　者
月亮与六便士	〔英〕威廉·萨默塞特·毛姆	谷启楠
萧伯纳戏剧三种	〔爱尔兰〕萧伯纳	潘家洵 等
红字　七个尖角顶的宅第	〔美〕纳撒尼尔·霍桑	胡允桓
汤姆叔叔的小屋	〔美〕斯陀夫人	王家湘
白鲸	〔美〕赫尔曼·梅尔维尔	成　时
马克·吐温中短篇小说选	〔美〕马克·吐温	叶冬心
老人与海	〔美〕欧内斯特·海明威	陈良廷 等
愤怒的葡萄	〔美〕斯坦贝克	胡仲持
蒙田随笔集	〔法〕蒙田	梁宗岱　黄建华
悲惨世界	〔法〕雨果	李　丹　方　于
九三年	〔法〕雨果	郑永慧
梅里美中短篇小说选	〔法〕梅里美	张冠尧
情感教育	〔法〕福楼拜	王文融
茶花女	〔法〕小仲马	王振孙
都德小说选	〔法〕都德	刘　方　陆秉慧
一生	〔法〕莫泊桑	盛澄华
普希金诗选	〔俄〕普希金	高　莽 等
莱蒙托夫诗选	〔俄〕莱蒙托夫	余　振　顾蕴璞
罗亭　贵族之家	〔俄〕屠格涅夫	陆　蠡　丽　尼
日瓦戈医生	〔苏联〕帕斯捷尔纳克	张秉衡
大师和玛格丽特	〔苏联〕布尔加科夫	钱　诚
茨威格中短篇小说选	〔奥地利〕斯·茨威格	张玉书 等
玩偶	〔波兰〕普鲁斯	张振辉
万叶集精选	〔日〕大伴家持	钱稻孙
人间失格	〔日〕太宰治	魏大海

第 五 辑